KB163288

을 유 세 계 문 학 전 집 · 8 9

노인

노인

СТАРИК

유리 트리포노프 지음 · 서선정 옮김

❀ 을유문화사

옮긴이 **서선정**

서울대학교 노어노문학과와 동대학원을 졸업했다. 러시아 학술원 러시아문학 연구소에서 12세기 러시아 문학전통과 작가 키릴 투롭스키의 창작 간의 상호관계에 대한 문헌학적 연구로 박사학위를 받았다. 현재 서울대학교, 상명대학교, 성균관대학교에 출강하고 있으며, 주요 논문으로 「중세 러시아 예술론 고찰: 언어와 도상 텍스트를 중심으로」, 「민중의 문학에서 허위 민속으로: 비평 속에 드러난 소비에트 구술문학과 이데올로기」, 「고대 러시아 문학의 공간 표상과 여행자」 등이 있다.

을유세계문학전집 89
노인

발행일 · 2017년 5월 25일 초판 1쇄
지은이 · 유리 트리포노프 | 옮긴이 · 서선정
펴낸이 · 정무영 | 펴낸곳 · (주)을유문화사
창립일 · 1945년 12월 1일 | 주소 · 서울시 종로구 우정국로 51-4
전화 · 734-3515, 733-8152~3 | FAX · 732-9154 | 홈페이지 · www.eulyoo.co.kr
ISBN 978-89-324-0471-4 04890 978-89-324-0330-4(세트)

차례

7월에 편지가 왔다.

　사랑하는 파벨! S. K에 대해 네가 쓴 기사를 정말 우연히, 그
것도 5년이나 지나서야 읽게 된 잡지의 편집부로 나는 무턱대고
너에게 보내는 편지를 쓰고 있어. 얼마 전 베르댠스크에 있는 지
인의 집에 갔는데, 거기서 사람들에게 폐지로 줘 버릴 작정이었
던 옛날 잡지들 사이에서 S. K.의 조그만 증명사진과 네 기사가
실린 그 잡지의 1968년 3호를 보게 되었어. 그 순간 내가 무엇
을 느꼈는지, 친애하는 파벨, 너는 상상도 못 할 거야. 나는 정말
아무것도 몰랐어. 네가 살아 있다는 것도, 이제는 사람들이 더
이상 S. K.를 내전의 영웅으로 생각하지 않는다는 것도 말이야.
너는 아마 나를 잊었을 테지. 하지만 나는 너를 아주 잘 기억하
고 있고, 너에 대해서는 언제나 따뜻한 감정을 간직하고 있어.
그만큼 많은 일들이 우리를 이어 주고 있으니까. 나는 아샤 이

굼노바, 바실리옙스키 섬 15번가에 살던 네 이웃이야. 파블리크 너는 우리 집에 살던 내 이종사촌 오빠 블라디미르와 무척 친하게 지냈어. 1919년 겨울, 크라스노프*의 군인들이 미하일린스카야 마을에서 그를 살해했지. 나는 가까스로 살아남았어. 아마 너는 기억할 거야. 세르게이 키릴로비치가 나를 구했지. 너는 네 친척이 통솔하고 있던 혁명 군사 위원회의 서기인가 전령이었고, 나는 세르게이 키릴로비치 부대 본부의 타자수였지. 그때 나는 열여덟 살이었고, 너는 그 비슷했거나 좀 더 어렸어. 내가 기억하기로 너, 나, 블라디미르, 우리 셋은 프리고딘스카야 학교의 한 학년에 다녔어. 나한테는 대학생 오빠 알렉세이가 있었는데, 코르닐로프* 반혁명당 편에서 싸웠기 때문에, 나는 어떻게 처신해야 할지 몰라 무척 괴로워했어. 블라디미르가 나의 첫 남편이 되었지. 엄마는 알렉세이가 살해당하자 그와 나를 저주했어. 나중에 나는 세르게이 키릴로비치 미굴린의 아내가 되었어. 나는 그를 매우 사랑했고 그는 내게 삶을 되돌려 주었지. 하지만 이 모든 게 고작 몇 달 동안 지속되었을 뿐, 5월에는 이미 너도 잘 알고 있는 비극이 일어났지. 사랑하는 파벨, 내 삶에는 수많은 고통이 있었지만, 지금 너에게 다 쓰지는 않을 거야. 왜냐하면 네가 이 편지를 받을 수 있을지, 네가 살아 있고 건강한지, 그리고 나와 편지를 주고받고 싶어 할지 모르기 때문이야. 내 인생이 끝을 향해 가는 지금, 정말 네가 보고 싶어. 그 시절 사람들 중 아무도 남지 않았거든. 형제들은 사고로 죽었고, 아버지는 로스토프에서 장티푸스에 걸려 돌아가셨어. 엄마는 동생 바라 부부와 함께 1921년에 불가리아로 떠나셨고 그다음엔 프랑스로 가셨어. 그들에 대해서는 아무것도 몰라. 내가 한순간도 믿지 않았던 그 모욕적인 오명이 S. K.처럼 훌륭한 사람에게서 이제 벗겨졌다니 나는 행복해. 나한테는 아무것도 알려 주지 않았는데, 그건 내가 그의 아내였고 그의 아들을 낳았다는 사실을 아무도 몰랐기 때문이야. 심지어 내 가족들도 몰랐으니까. 나도 잘 이해가 안 되는데, 대체 내가 너에게 왜 이처럼 솔직하게 편지를 쓰고 있는 걸까? 네 기사는 나를 뒤흔들어 놓았어. 나는 여러 해 동안 줄곧 돌덩이처럼 무감각했거든. 왜 다름 아닌 네가 그 기사를 썼는지 나는 이해가 안 돼. 정말 아무도 없는 걸까? 나는 오래전부터 이굼노바도, 미굴리나도 아니야. 1924년에 네스테렌코 게오르기 표도로비치와 결혼한 이후 나는 남편의 성을 따라 네스테렌코야. 게오르기 표도로비치는 군대 기술자였어. 우리는 온 나라를 끝없이 돌아다녔고, 극동에도 몽골에도 가 봤어. 그는 레닌그라드 봉쇄 때 죽었는데, 내 아들을 친자식처럼 사랑했지. 아들은 3년 전 혈액 질환으로 죽었어. 나는 모스크바에서 멀지 않은, 클류크비노라는 주택 단지에 살고 있는데, 이곳에 손자가 일하는 대형 연구소가 있어. 그 애 엄마도 여기서 일해. 모스크바에서 오기는 어렵지 않아. 기차로 세르푸호프까지 온 다음, 버스를 타고 40분쯤 더 오면 돼. 사랑하는 파벨, 내가 너를 만나는 꿈이라도 꿀 수 있으면 좋으련만! 내가 너를 볼 수 없었던 때도 있었지만, 그건 잠깐 동안이었어. 제발 네가 살아 있기를, 그리고 건강하기를. 가끔 밤에, 특히 내가 늙은

이가 되어 버린 최근에는 더욱더, 바실리옙스키 섬 우리들의 거리, 그리고 다락방 같은 곳이 있어서 우리가 어른들을 피해 가끔 숨어들곤 했던, 각진 돌출부가 딸린 3층짜리 우리 집을 꿈에서 보곤 해. 힘든 일이 많았지만, 나는 삶에 대해 불평하진 않아. 파벨, 두어 줄이라도 좋으니 답장을 줘.

너에게 포옹을 보내며.

너의 오랜 친구 아샤.

안나 콘스탄티노브나 네스테렌코.

추신. 나는 일흔세 살이고 온통 백발에 초췌하며, 늙은이들이 으레 그렇듯, 병들었어. 겨우 걸어 다니는 지경이지만, 파출부를 구하기가 어려워서 온갖 집안일을 하고 있어. 어쨌든 간에 내 손자와 실제보다 한층 더 순진하고 어리게 보이는 그의 아내 스베틀라나의 사진을 보낸다. 걔들은 1년 반쯤 전에 결혼했어. 파벨, 나는 그때 미하일린스카야에서 내게 다가온 첫 번째 사람이 너였다는 사실, 너의 말과 너의 얼굴을 영원히 기억할 거야. 사람들은 내가 의식이 없다고 생각했지만, 나는 보고 들을 수 있었어. 물론 아무것도 느끼지는 못했지만 말이야. 파벨, 나를, 이 늙은이를 용서해 줘. 그리고 뭐라도 답을 주길.

파벨* 예브그라포비치는 사진을 돌려 턱수염에 퉁방울눈을 가진 젊은이를 바라보았다. 아무것도 눈에 들어오지도, 이해하지도 못한 채, 그저 심장 발작 비슷한 것 — 불안감과 한기, 숨이 막힐

듯 답답해져 오는 가슴, 저 깊숙한 곳으로부터의 기억 ─ 과 그로 인해 공포가 밀려드는 것을 느낄 뿐이었다. 가끔 밤에 이렇게 생각하며 혼자 스스로를 달랠 때가 있었다. '진정해, 넌 벌써 좋아졌어, 많이 나아졌어. 통증은 곧 지나가, 지나간다고.' 그러면 지나갔다. 지금도 그렇다. '특별한 건 하나도 없어. 그냥 편지일 뿐이야. 흥분할 필요가 없어. 생각해 봐. 55년 동안이나 못 만났잖아!'

그는 아샤 이굼노바를 곧바로 기억해 냈다. 15번가와 돌출부가 딸린 집, 철창으로 된 대문도. 갑자기 기뻤다. 아이들에게 이야기하러 가는 거야! 사실 흥미로울 것이다, 55년이나 지나서라니. 그러나 곧, 그들과 다퉜기 때문에 이야기를 나눌 수 없다는 사실을 떠올렸다. 어제 기분이 몹시 상할 정도로 서로 다퉜고, 그는 또다시 몰이해에 부딪혔다. 아니, 그건 아니다. 그들 모두 이해하고 있지만, 그럼에도 불구하고 그러는 거다. 더 나쁜 건 생각이 모자라다는 것, 미처 느끼지 못한다는 점이다. 마치 다른 피로 만들어진 것처럼 말이다. 루시카*에게도, 베라*에게도, 처제에게도, 아무에게도 이야기하고 싶지 않다. 갈랴가 살아 있었더라면…….

그는 편지를 집어 들고 한 번 더 읽었다. 또다시 심장이 쑤시기 시작하자 그는 서둘러 편지를 탁자 서랍 깊숙이 종이 더미 아래에 넣었다. 어제는 생활에 대한 거북한 대화가 시작되었다. 참으로 이상하게도, 서로 너무 달라서 모든 일에 대해 항상 다투는 베라와 루시카가 이때만큼은 순식간에 의기투합했다. 화를 내고 달려들면서 얼마나 가치 없는 이유들을 들이대던지. 베라가 말했다. "영원히 축복받은 우리의 가난이 지겨워요. 왜 우리는 가장 가난하게, 가장 좁게, 가장 불쌍하게 살아야 하는 거죠?" 루시카는 위협적으로 손가락을 흔들어 댔다. "아버지의 양심에 죄가 있을 거라는 것만 알고 계세요. 아버지는 영혼의 평온만 생각하시잖아요. 당신 손자는 생각하지 않으시고요. 사실 아버지와 저희가 아니라 개들이 살 거잖아요." 노인의 이기주의에 대해 뭔가 부당하고 혐오스러운 것을 말한다. 저런 바보, 저런 무자비한 녀석. 아니, 용서해서는 안 된다. 말해 봐야 아무 소용이 없었기 때문에, 어제 그는 손을 흔들고 나와 버렸다. 아니다, 착각이다! 어제가 아니라 그제였다. 어제는 아무 일도 없었다. 누구와도 대화하지 않았고, 처제가 연금을 타고 의사에게 검진도 받으러 모스크바로 떠난 덕분에 잠시 비어 있던 베란다 위의 골방에 앉아서 마이코프의 주민인 P. F. 그로즈도프에게 답장을 썼다. 그로즈도프는 문법도 맞지 않는 긴 편지에서 카시킨스카야 마을이 1920년 1월에 점령되었다는 헛소리를 늘어놓았다. 그 일이 2월에, 정확히는 2월 3일에 일어났다는 것을 모든 사람들이 알고 있는데도 말이다. 편지는 노병위원회에서 보내왔는데, 답장을 쓰기가 몹시 힘들었다. 고민을 거듭하며 단어들을 골랐지만, 그 바보들 때문에 머리가 어지럽고 가슴이 아파서 가장 평범한 단어들조차 떠오르지 않았다. 베라가 올라와서 성난 듯 문을 두드려 대며, 이렇게 대들었다. "무슨 일이세요? 왜 대답을 안 하세요? 일부러 우리 화를 돋우시려는 거죠? 와서 차 드세요." 일부러 그들의 화를 돋우다니, 이 역시 헛소리다. 마치 그의 귀가 잘 들리지 않는다는 걸 모르는 것처럼 말이다.

이 모든 것은 그가 아그라페나 루키니치나 소유의 이 불행한 집

문제로 집행 위원장과 이야기를 좀 해 보라는 그들의 요구를 이행하려 하지 않았기 때문이다. 하지만 사실 그럴 수가 없었다. 그렇게 할 수 없었을 뿐이다. 결론적으로 절대 그렇게 **할 수 없었다.** 어떻게 그가 할 수 있겠는가? 폴리나 카를로브나에 맞서서? 갈랴에 대한 기억을 부정하면서? 그들은 엄마가 살아 계시지 않으니, 그녀의 양심도 없다고 여기나 보다. 그래서 모든 것이 원점에서 시작되고 있다. 하지만 아니다. 그가 이 세상에 존재하는 한, 갈랴의 양심은 존재하며 아직 사라지지 않았다. 물론 사라지게 될 것이다, 그것도 곧. 그럼 그땐 너희들이 원하는 대로 하려무나.

불쾌감에 달아올라 아샤*에게서 온 편지를 깜빡 잊어버린 파벨 예브그라포비치는 요양소로 가기 위해 부엌에서 도시락 그릇을 가져올 생각으로 낡은 계단을 따라 아래로 내려갔다. 조금 이른 시간이었다. 점심은 12시부터 줬다. 하지만 그는 천천히 걸어서 해안가 벤치에 잠시 앉아 있다가, 줄 서느라 고생하지 않기 위해 제일 먼저 부엌에 도착하는 것을 좋아했다. 그곳에서의 줄은 도시의 '식이 요법 가게'나 식료품 가게의 것과는 완전히 달랐다. 모두들 뭔가에 대해 칭찬하거나 불평하고 있었다. 파벨 예브그라포비치는 깨끗이 씻어 햇볕에 말리려고 가지런히 창가에 놓아둔 그릇을 집어 — 싸울 땐 싸우더라도 어쨌건 간에 발렌티나는 살림꾼이어서 일을 잘했다 — 한데 모은 다음, 우유 담을 통을 집어 사람들이 많은 베란다로 나갔다. 일요일엔 모두 모였다. 루시카, 니콜라이* 에라스토비치와 함께 온 베라, 그들의 지인으로 그 전날 저녁에 온 사라판을 입은 키 작은 여자, 가리크와 그의 친구 페티카, 빅토르*가 거기에 있었고, 발렌티나*는 베란다에서 부엌으로, 다시 부엌에서 베란다로 계속 돌아다니고 있었다. 누군가는 이미 아침을 먹었고, 누군가는 차를 다 마셨으며, 가리크와 페티카는 식기를 한편에 치우고 식탁 끝에서 장기를 두고 있었다. 파벨 예브그라포비치는 음식을 먹을 때 사람들이 그를 기다려 주지 않는 것에 이미 익숙해졌다. 사실 결코 그 누구도 다른 사람을 기다려 주지 않았고, 모든 것이 제각각이었다. 발렌티나는 자기 식구인 루슬란과 가리크의 식사를 챙겼다. 베로치카는 니콜라이 에라스토비치가 왔을 땐 그와 따로 식사를 했지만, 그가 없을 땐 처제, 즉 그녀의 이모인 류바*와 함께 식사를 했다. 아무도 부르지 않았지만 자주 왔던 뮤다와 빅토르는 베로치카와 함께 식사하는 것 같았는데, 언제나 그녀에게 단 과자들을 갖다주었다. 파벨 예브그라포비치는 때로는 이들과, 때로는 다른 이들과 먹었고, 혼자 요양원에서 가져온 것들을 먹을 때도 있었다. 가끔은 모두 함께 커다란 탁자에 둘러앉기도 했는데, 그러면 대혼란이 벌어졌다. 예전에도 그랬었지만, 그땐 함께였다. 갈랴가 살아 있었을 때는.

하지만 갈랴가 죽었다. 마치 작업 라인이 탈선한 듯, 바퀴들은 무질서하게 헛돌았고 곧 축이 날아갈 참이다……. 내버려 둬! 파벨 예브그라포비치에게는 마차를 정상적으로 끌고 갈 힘도, 의지도 없었다. 이젠 그럴 수 없을 것이다. 아이들, 손자들의 목소리와 외침이 마치 물 저편에서 들리듯 아련히 그의 의식에 다다랐다. 그들의 삶에 뭔가가 일어나고 있었지만, 파벨 예브그라포비치는 귀 기울여 듣지 않았다. 그 뭔가에 대해서 그는 전혀 알지 못했고, 추측할 뿐이었다. 예를 들어 루슬란에게 또다시 여자가 생겨 발렌티나가 괴로워하고 있으며 어쩌면 이혼할지도 모른다는 것에 대해서나, 베로치카가 어딘가에 병이 생겨 일을 그만두고 치료를 시작해야 한다는 것에 대해서 그러했다. 베로치카가 어디가 아픈지 파벨 예브그라포비치는 알지 못했고, 알게 될까 봐 두려워했으며, 알게 되면 대체 무엇을 해야 하는지 이해하지 못했다. 예전에는 그 모든 것을 갈랴가 해 줬기 때문이었다. 여기 이제 모두 베란다에 모였다. 어슬렁거리며 떠들고 서로 논쟁하고 있다. 그런데 무엇에 대해서지? 뭔가 시시한 걸 텔레비전에서 봤겠지. 저 배우가 좋고 이 배우는 나쁘고 하는 식의 논쟁. 그런 식으로 반나절 동안 입방아를 찧을 수도 있고, 일요일을 통째로 보낼 수도 있다. 아니다, 그는 귀 기울여 들었고, 뭔가 다른 이야기를 하고 있다는 것을 깨달았다. 이반 뇌제에 대해서인가 보다. 역사에 대한 주제다. 사실 그들에게는 모든 게 마찬가지였다. 천둥이건 논쟁이건 '나'라는 존재를 내세우면 되는 거다.

특히 지독한 논쟁가인 루슬란은 언제나 여동생과, 혹은 절대로 이해하지 못할, 지루하기 짝이 없는 니콜라이 에라스토비치와 싸워 댄다. 그는 진짜로 경건한 자, 즉 다 성장했지만 아직 정신이 미성숙한 사람이거나, 아니면 그런 척하며 무슨 까닭에서인지 꾀를 부리는 것일 것이다. 에라스토비치는 파벨 예브그라포비치의 마음에 들지 않았는데, 그건 베라가 그와 행복하지 않으며 앞으로도—7년이나 끌어오면서도 모든 게 제자리인 걸 보아—그럴 것이기 때문이 아니라, 그가 어딘가 사기성이 짙고 이해할 수 없는 사내이기 때문이다. 베로치카와 함께 연구소에 있으면서 마치 지식인인 척하지만, 성화나 교회 축일들 혹은 그와 비슷한 시시한 것들에 대해서는 마치 신실한 수도사인 것처럼 이야기한다.

"아버지, 식사하고 싶으세요? 아직 아침도 안 드셨어요?" 베라가 흥분한, 그러나 완전히 공허하고 얼빠진 시선을 아버지에게 던지며 물었다.

파벨 예브그라포비치는 대답을 하는 대신, 손으로만 '신경 쓰지 말고, 대화를 방해하지 말라!'는 시늉을 하고는 식탁에 앉아 자기 쪽으로 찻잔을 끌어당겼다. 정말로 차를 좀 마시고 싶었다. 그런데 식탁은 전투로 끓어오르고 있었다. 니콜라이 에라스토비치는 비음 섞인 잰 목소리로 자기주장을 퍼붓고 있었고, 베라도 몹시 흥분한 톤으로 그에게 화답하고 있었으며 — 모두 이반 뇌제에 대해서였는데, 그것이 그들에게 영향을 끼치고 있었다! — 루슬란은 뭔가에 대해 그들을 몹시 비난하고 있었는데, 손으로 삿대질을 하며 옛 시절을 연상시키는, 집회를 하듯 쩌렁쩌렁한 목소리를 천둥처럼 질러 대고 있었다. 그런데 사실 그는 논쟁할 땐 언제나 고함을 질렀다. 예전에는 그런 걸 '목구멍 속으로 쑤셔 넣는다'라고 말했다. 파벨 예브그라포비치는 오래전에 그와 논쟁하지 않겠노라고 맹세했다. 지옥에나 가 버리라지. 그저 혈압만 높아질 뿐이야.

"지독하고 혹독한 시절이었지요, 유럽을, 세계를 보세요……. 프랑스의 종교 전쟁은요? 칼뱅파 학살은요? 그리고 스페인 사람들은 미국에서 어떤 일을 저질렀던가요?"

"광신도들을 정당화하는군요! 사디스트, 악마를! 변태 성욕자를요!" 테이블에서 벌떡 일어나 자신의 튼튼한 팔을 휘둘러 에라스토비치의 얼굴에 날릴 기회를 엿보며 루슬란이 소리쳤다. 이미 아침부터 취해 있었던 게 분명하다. "시절, 시절이라니요! 제길, 어떤 시절 말인가요? 르네상스, 미켈란젤로, 루터……."

"여러분, 우리는 주제에서 너무 벗어났어요. 우리는 도스토옙스키에 대해 말하고 있었잖아요." 사라판을 입은 키 작은 여인이 새된 소리를 냈다.

"형벌, 광신도……. 오로지 악행만 기억해서는 안 되지요. 당신의 벨린스키가 그를 비범한 사람이라 불렀잖소."

"당신의 벨린스키라니! 당신이나 가져가세요!"

"그럼 국경의 확장은요? 카잔, 아스트라한은요?"

"나한테 공짜는 필요 없어요! 나한테 국경의 확장이 뭐란 말이오? 피와 익사자들로 이룬 것 말인가요?"

"바르톨로뮤의 밤의 대학살과 노브고로드 대학살은 거의 동시대지만, 아무도 카를 대제를 악당이라고 부르지 않는 반면, 러시아 황제는 당연한 것처럼 괴물이지요."

"여러분, 우리는 '모든 것이 허용된다'는 관점에서 이반 황제에게 접근했어요. 하지만 '모든 것이 허용되지요', 만약 신이 없다면 말예요……."

"이반 황제는 러시아를 위해 헤아릴 수 없이 많은 일을 했어요!" 가는 목소리로 니콜라이 에라스토비치가 부르짖었다. 그의 얼굴은 굳어졌고, 피가 몰려 검게 변했다. 그런데 도대체 왜 황제 때문에 흥분하는 거지? 그러자 루슬란이 발끈 성을 내곤 시뻘게져서 마치 누군가를 파문시키기라도 할 것처럼 손을 들어 올렸다.

"입 다물어! 역사에 대해서는 당신, 낙제야, 박사 동지! 이반 황제는 러시아를 양분시켰고, 모두를 망쳤어요. 어떤 사람들은 형리로, 다른 사람들은 그 제물로 만들었으니…… 에흐, 뭘 더 말해야 하나! 데블렛 기라이*가 공격해 왔을 때 했어야만 했는데…… 그랬어야 했는데……." 루슬란은 갑자기 고개를 떨어뜨리고 의자에 주저앉으며 가녀린, 질식이라도 당한 듯한 목소리로 말을 끝맺었다. "오프리치니크* 놈들, 악당들, 싸울 줄은 몰랐지…… 그들이 어떻게 알았겠어? 황제라 불리는 자가 스스로 도망쳤으니……. 그는 우리를 능욕에 내맡겼고, 그 이교도 놈들이 모스크바를 불태웠지." 손바닥으로 뺨과 수염을 쓸어내리며 잘 알아들을 수 없는 뭔가를 더 중얼거렸다. 그건 눈물이었다. 루슬란은 술에 취하면 보기 흉할 정도로 눈물이 헤퍼졌다.

파벨 예브그라포비치는 연민과 비밀스러운 혐오감을 느끼며 아들을 바라보았다. 갈랴가 보지 않는다는 것, 그것 한 가지는 좋다. 5년 전, 갈랴가 그들과 함께 있었을 때는 그가 이처럼 이상한 짓을 하지는 않았다. 루슬란이 갑자기 벌떡 일어나더니 마치 누가 그를 황급히 호출한 것처럼 방으로 뛰어갔다. 집 안에서 뭔가가 쾅 소리를 내며 떨어졌다. 그가 문을 때린 것이었다. 베라는 움찔했다. 장기를 두고 있던 가리크가 말했다. "저런, 아빠, 힘내세요!" 하지만 발렌티나는 아무것도 듣지 않은 것처럼 계속해서 조용히 접시를 닦았다. 파벨 예브그라포비치는 슬픔과 분노를 느끼며 그녀에 대해 생각했으나, 그가 갑자기 느낀 이 슬픔은 그의 것이 아니라 갈랴의 것이었다. 아니다, 그의 생각에 그녀는 그를 소중하게 생각하지도 않고, 사랑하지도 않는다. 그러니까 맞지 않는 거다. 그녀에게 중요한 건 붙잡아 두는 것이다. 그녀의 곁에 있어만 준다면 주정뱅이, 불구 혹은 그 어떤 파탄자라도 괜찮을 것이다. 그래서 이런 추잡한 행동까지 허용하는 것이고, 심지어는 그녀 스스로 그걸 부추기기도 한다. 왜냐하면 자유 의지를 잃은 사람은 아무 데로도 떠나지 못할 테니까. 그녀는 이걸 이해하고 있는 것이다. 영악한 여자다. 하지만 뭘 어쩌겠는가? 갈랴라면 뭐라도 할 수 있었을 테지만, 그는 아무것도 할 줄 모른다. 할 줄 알았던 적이 한 번도 없다. 이제는 모든 것이 추락하고 있다. 아이들의 삶도 이미 추락하고 있다. 그러나 최근 여러 해 동안 그의 생각에 그림자를 드리웠던 이 익숙한 슬픔 너머로 뭔가가, 뜻하지 않은, 먼 곳으로부터의 따뜻한 기운이 희미하게 피어오르고 있었다. 그는 그것이 아샤의 편지라는 것을 곧장 알아차리지는 못했다. 혼자서 생각을 정리하고 찬찬히 기억을 떠올리기 위해 조용히 나가고 싶었다. 그래서 그는 의자에서 일어나기 위해 몸을 앞으로 숙이는 동작을 취했는데, 베라가 그를 제지했다.

"아버지, 내 친구 인나 알렉산드로브나를 아버지에게 소개하는 것을 잊었어요. 그녀는 법률 사무소에서 일해요. 그녀가 순번 없이 무료로 유익한 조언들을 해 줄 수 있을 거예요."

"아니, 나는 당신네들의 멋진 공기를 사례로 받을 거예요!" 사라판을 입은 키 작은 여자가 미소를 지으며 매우 큰 만족감을 표현하듯 눈을 감고 깊이 숨을 들이마셨다. "이곳의 공기는 정말 신선하군요!"

파벨 예브그라포비치는 별생각 없이 그저 우스꽝스러운 것을 지적하기 좋아하는 탓에 이런 생각을 했다. '공기는 그렇다 치고, 벌써 케이크를 세 조각째나 해치우고 있군.' 그럼요, 물론이지요. 공기는 필요하지요. 매우 기쁩니다. 법학은 진보했지만, 그는 여전히 그 출발점에 서서 50년 전 재판 과정에 참여하고 있었다. 젊은 이들에게 교훈이 되도록, 매우 극적이면서도 혼란스러웠던 미굴린의 재판 과정 이야기를 시작하고 싶었으나, 첫 구절 "마몬토프가 남쪽에서 우리 전선을 돌파했던 1919년 가을에……"라고 첫마디를 떼자마자 아무도 흥미로워하지 않는다는 것을 느꼈다. 발렌티나는 나갔고, 베라와 니콜라이 에라스토비치는 뭔가에 대해 속삭이기 시작했으며, 되돌아온 루슬란은 공허한 시선으로 허공을 바라보며 갑자기 침묵했다. 이 모든 게 아무짝에도 쓸모없군. 소귀에 경 읽기야. 미굴린에 대한 이야기가 없어도 돼. 하지만 무척 흥미로운 인물인데! 그에 대해 아무것도 알고 싶어 하지 않다니, 정말 바보들이야. 그는 또다시 편지와 아샤의 생각에 잠겼고 갈랴라면 얼마나 집중하며 들었을까를 상상했다. 심지어 상상 속에서는 그녀가 어떤 표정을 짓는지도 보였다.

사라판을 입은 키 작은 여자는 아그라페나 루키니치나의 집에 대해 베라에게 뭔가를 설명하고 있었다. 그러니 어찌 넌덜머리가 나지 않겠는가? 듣는 게 권태로울 뿐이다. 파벨 예브그라포비치는 또다시 일어나 갈 채비를 했으나, 루슬란이 그를 제지했고, 심지어는 앉도록 강요하며 손으로 어깨를 눌렀다.

"아버지, 들어 보세요. 들어 보시라고요. 유익할 거예요." 그러고는 법률가인 그녀를 향한다. "그들이 뭘 강조하는지 이해하시겠지요? 8년 동안 아그라페나에게서 임차를 해 왔고 집수리를 해 왔다는 사실을 강조하고 있어요. 게다가 제일 먼저 신청서를 제출했어요."

"그러나 여러분에게도 나름대로 유리한 점들이 있어요. 첫째, 여러분이 공동체의 가장 오래된 주민이고…… 둘째, 가족 수가 늘었어요……."

이제는 모두가 일제히 말했다. 법률가 여자는 엄숙하게 이마를 찌푸린 채 크고 권위적인 목소리로 또박또박 발음하고 있었다. 그녀의 목소리가 뿔피리 같다는 사실이 드러났다. 파벨 예브그라포비치는 나이 든 지금, 물론 어리석긴 하지만, 큰 목소리를 가진 사람들을 두려워하게 되었다는 것을 깨달았다. 처음에 그는 대화에 참여하여 여자 법률가에게 본질을 설명하고 싶었다. 왜 그가 이 집에 대한 계획에 반대하는지를. 그건 폴리나 카를로브나가 갈랴의 친구였고, 갈랴가 8년 전에 그들 모두를 이곳으로 끌어들였기 때문이다. 갈랴가 살아 있었다면 이런 논쟁은 생각조차 할 수 없었을 것이다. 그러나 아이들은 일단 엄마가 안 계시니, 그건 곧 괜찮다는 뜻이라고 생각한다. 게다가 폴리나도 곧 엄마처럼 될 테니까. 이 모든 것을 고함지르듯 큰 소리로 이야기했다.

그러니 저들을 지옥으로 보내 버렸으면.

"나는 누구와도 대화하지 않겠다고 말했다!" 파벨 예브그라포비치는 우울하게 얼굴을 찌푸리며 지팡이로 지탱하여 몸을 앞으로 기울이며 의자에서 간신히 일어섰다.

"제발, 아버지! 원하시는 대로 하세요…… 우리는 어떻게든 해볼 거예요……."

뒤쫓듯 니콜라이 에라스토비치의 목소리가 들렸다.

"그런데 황제 이반 바실리예비치에 대해서는…… 루슬란 팔르이치 씨, 황제한테 그렇게 달려들더니, 당신 자신은 뭐죠? 마찬가지로 영역을 넓히려고 애쓰면서도 부끄러워하지 않는군요."

소음, 웃음, 그릇 부딪치는 소리 — 아무도 파벨 예브그라포비치가 떠나는 것을 알아차리지 못했다. 다과 모임은 아침부터 밤까지 끝없이 계속되었다. 에라스토비치의 콧소리, 베라의 가냘픈 목소리와 루슬란이 내는 저음의 둔탁한 울림. 그리고 이제 막 파벨 예브그라포비치가 현관에서 땅으로 내려섰고 — 현관 턱은 꽤 높았고, 파벨 예브그라포비치에게는 언제나 문제가 되었다 — 그리고 바로 그때 그는 아샤의 편지에 대해 생각하기 시작했다. 나중에, 요양소에 다녀온 뒤 다시 읽기로 결정했다. 그가 일을 끝냈을 때. 점심 식사를 하고 나서 말이다. 짧지 않은 여정을, 아스팔트 길을 따라 온 마을을 통과하여 1.5킬로미터를 지나가야 한다. 시냇가를 따라서 갈 수도 있는데, 좀 더 먼 대신 벤치들이 있기 때문에 휴식을 취하며 잠시 멈췄다가 갈 수도 있다. 낮은 그 이전 날들과 똑같이 시작되었고 무더위는 지독하다. 검은 개 아라프카는 보통 파벨 예브그라포비치가 길을 떠나면 따라다녔지만, 오늘은 나서지 않았다. 더위에 기진맥진한 나머지, 떨꺽거리는 친숙한 소리를 들었음에도 불구하고 베란다 그늘에 누워 꼼짝도 하지 않았다.

"안 갈 거냐?" 파벨 예브그라포비치가 물었지만 개는 꼬리를 간신히 흔드는 둥 마는 둥 하더니, 앞발 위로 떨군 낯조차 들지 않았다. 수영복을 입고 음악을 들으며 공을 든 수천 명의 젊은이들이 트롤리버스 종점에서 해변으로 쏟아져 나왔다. 파벨 예브그라포비치는 아무도, 아무것도 보지 못한 채 편지에 대해 생각하고 있었는데, 미처 생각지도 못했고 미처 읽어 내지 못한 뭔가가 갑자기 그를 괴롭히기 시작했다. 별것 아니야, 아무것도 아닌 헛소리, 그런 문장일 뿐이야. '왜 다름 아닌 네가 그 기사를 썼는지 나는 이해가 안 돼'라니. 뭐가 이해 안 된다는 거지? 이해가 안 된다니 어리석어. 그래, 편지는 온통 뭐라고 할까, 신이여, 용서하소서, 뭔가 할망구스럽고 어리석어.

나의 날들이 점점 더 기억 속으로 흘러들고 있다. 그래서 삶이 뭔가 이상하고 이중적인 것으로 변하고 있다. 그 하나가 현실의 삶이라면 다른 하나는 투명한 기억의 산물인데, 서로 나란히 공존하고 있다. 망가진 텔레비전에서 그렇듯, 이중 영상이다. 그리고 나는 생각에 잠긴다. 기억이란 대체 무엇인가? 행복인가 혹은 고통인가? 무엇을 위해 우리에게 주어졌을까? 갈랴가 죽은 후, 기억의 고통보다 더 잔인한 고통은 없는 듯했다. 그저 기억하지 않을 수만 있다면 그녀의 뒤를 따라가거나 동물로 변하고 싶었다. 아이들의 삶을 방해하지 않도록, 그리고 그들이 끊임없이 상기시켜 나를 괴롭히지 않도록 다른 도시에 있는 아무 동료에게로, 나 같은 늙은이에게로 떠나고도 싶었지만, 동료들이 남아 있지 않아서 어디에도 갈 곳이 없었다. 그래서 나는 영원히 꺼지지 않는 불로 우리를 지지는 형벌, 혹은 좀 더 정확히 말하자면 스스로 내리는 벌로 우리에게 운명 지어진 것이라고 결론 내렸다. 그러나 얼마의 시간이 지난 뒤, 3~4년, 약 5년이 지난 무렵, 나는 기억의 고통 속에 위안이 있다는 것을 느끼게 되었다. 갈랴는 나와 함께 남아 있었고, 그녀의 불멸이 끊임없는 고통을 가져다주었지만, 나는 이 고통을 기뻐하고 있었다. 그래서 기억이야말로 인간에게서 앗아 가 버린 가장 소중한 것에 대한 보상이라고 생각하게 되었다. 자연은 기억을 통해 우리에게 죽음에 대한 대가를 치르고 있는 것이다. 여기에 충분치는 않지만 우리의 불멸이 있는 것이다. 나는 프리고딘스카야 학교의 동급생이자 남부 전선 시절 나의 여자 친구였던 아샤가 살아 있는지 어떤지 알지 못했다. 그녀는 가까이 있는 것도, 멀리 있는 것도, 혹은 그 어디에 있는 것도 아니었으나, 마치 광산이 무너져 광부를 매장시키듯, 시간이 쌓여 그녀를 묻어 버렸다. 그런데 이제 와서 내가 어떻게 그녀를 구해 내겠는가? 그녀는 아직도 살아 있고, 유혈암 아래, 단단한 광석 더미 아래, 공기도 없이 앞도 보이지 않는 지하 굴속 어디에선가 55년이 지나도록 여전히 숨 쉬고 있다……

그녀는 아직도 숨을 쉬고 있다. 하지만 나에게는 그녀가 죽은 것 같았다. 집 안으로 달려 들어간 내가 맨 처음 본 것은 바닥에 놓인 움직이지 않는 흰빛, 뭔가 희고 둥근 덩어리다. 이른 아침, 동틀 무렵의 어둠 속, 나는 바닥에 나체의 사람이 있다는 사실을 이해하지 못한다. 완전히 벌거벗은 여인. 그것이 눈덩이처럼 이상하게 솟아올라 굳어 있으며 결코 희지 않다는 것을, 그것이 피멍과 찰과상들로 뒤덮여 있다는 걸 즉시 발견하지는 못한다. 그러나 어둠 속에는 흰빛 외에 아무것도 없다. 손을 대자마자 피부에 와닿는 냉기. 여인을 들어 올리며 소리 질러 불러 보지만, 대답하지 않는다. 그녀를 안고 가면서도 **내가 누굴 데리고 가는지** 짐작하지 못한다. 얼굴이, 죽은 얼굴이 뒤로 젖혀진 탓이다. 여인의 몸에서는 숙성되지 않은 보드카 냄새가 난다. 어찌 보면 죽도록 취한 것 같아보인다. 그리고 아주 무겁다. 그런데 그다음 문득 — 계속 손에 안고 있으면서도 어디로 뭘 위해 가야 하는지 모른다 — 끔찍한 추측과 더불어, 갑자기 **내 팔에 안겨 있는 이가 누구인지** 이해한다. 모든 것, 모든 것을 순식간에 이해하게 된다. 밤새 일어난 그 공포스러운 일의 전모를, 그리고 55년이 지난 지금 그것이 그때보다 훨씬 더 공포스럽게 다가온다. 감정이 메말라 버린 날들이 있었다. 날이면 날마다 너무 많은 죽음과 폭행, 파괴적인 긴장이 있다. 머리로는 그것이 공포스러운 일이라는 것을 이해하지만, 그러한 이해가 피를 얼어붙게 하거나 무릎을 굽히게 하지는 않는다. 머리에선 또렷한 생각이 떠오른다. '술을 꺼내자. 그녀가 살아 있다면 우선 그녀를 따뜻하게 데우자. 그들이 아이를 죽였다.' 그런데 동시에 난생처음 나체의 여자를 안고 있다는 것에 대한 정신적인 의미에서의 놀라움이 일어난다. 그런데 누구지? 끔찍한, 처음보다 더 끔찍한 생각이 들지만, 온통 뒤집히고 왜곡되었다. 나는 열여덟 살이었고 이미 많은 것을 보았고, 많은 것을 겪었다. 하지만 나는 아무엇도 보지 못했고, 아무것도 겪지 못했다. 순간적이고 망상적인 이 모든 것들은 정신적인 공포에 짓눌렸고, 이제 내 무릎은 엄청난 무게로 인해 진짜로 꺾어지고 있었다. 그리고 이 모든 것 위로 잔인하고도 충격적인 말이 떠올랐다. "늑대를 쏘듯, 그들도 모두 쏴 버려!"

그때 미굴린의 사령부 사람들이 뛰어 들어왔고, 적황색 펠트 코트를 입은 미굴린이 숨을 헐떡이며 앞서 뛰어가는 사람들을 밀쳐 낸다. 슈라도 그들과 함께 있다. 미굴린은 내가 들고 있는 것을 내 손에서 낚아채더니, 펠트 코트를 거칠게 바닥으로 던진 다음, 그 안에다 말아 넣는다. 그제야 처음으로 알아차린다, 그의 얼굴과 살기 띤 행동으로 보건대…… 불쌍한 볼로댜! 하지만 볼로댜는 없다. 바로 그날 밤에.

그들이 초를 켰다. 나는 삶이 어떻게 되돌아오는지를 영원토록 기억에 새겼다. 눈을 뜨거나 신음을 하는 것이 아니라 딸꾹질을 하며 되돌아온다는 것을……

1919년 2월, 미하일린스카야 마을. 돈 북부 지역이다. 미굴린은 2개 기병 사단을 풀어 크라스노프의 부대를 남쪽으로 몰아내고 있다. 전선은 2백 베르스타 더 남쪽에 있다. 한편 필리포프 일당에 대해 알게 된 미굴린은 4백여 명을 데리고 미하일린스카야 마을로 내달렸다. 몇 시간 늦었다. 슈라와 함께였더라면 우리는 솔료 노예에서 머물지 않았을 테고, 지금쯤 눈 위에 시커먼 피투성이로 누워 있을 것이다. 볼로댜와 열여덟 명의 혁명 위원, 그중에는 제4 라트비아 연대에서 온 라트비아인이 네 명, 페테르부르크 노동자가 세 명 있고 나머지는 지역 사람들이다. 그들은 마당에 서로 겹쳐 누워 있는데, 손발이 제각각 흩어진 채 벌써 꽁꽁 얼어붙었다. 모두 맨발이다. 죽은 얼굴들은 서리로 덮였고, 나무껍질처럼 굳어 버린 헐벗은 사지들은 눈으로 덮여 있었으며, 눈 위에는 점점이 검게 피로 얼룩져 있다. 엄동설한에도 메스꺼운 피 냄새가 난다. 습격은 자정에 있었다. 혁명위원회에 있던 이들 모두가 도륙되었다. 하필 그곳에서 늦게까지 앉아 맹렬히 — 비록 슈라와 내가 그곳에 없었지만, 일주일 내내 논쟁이 계속되었으리라는 것을 우리는 안다 — 포로들을 어떻게 할지에 대해 논쟁하고 있었던 것이다. 감옥에는 70여 명이 있었는데, 필리포프는 모두를 풀어 줬다. 그들은 혁명 위원들의 손을 결박한 다음, 마당으로 끌고 나왔다. 그리고는 카자크인들이 나무를 베는 규칙에 따라…….

여인은 말한다. 10여 분간 인간의 것이라고 할 수 없는 울부짖음이 계속해서 들렸다고. 78세의 늙은 카자크인 모케이치를 그저 혁명위원회가 있는 건물에 앉아서 졸고 있었다는 이유만으로 마구 베어 버렸고, 페테르부르크 사람 중 하나가 자신이 가는 곳마다 데리고 다녔던 아들, 열세 살짜리 소년도 베어 버렸다. 그가 아버지 옆에 누워 아버지의 벗은 발을 껴안고 있는 것이 보인다. 모두 장화가 벗겨졌다. 볼로댜는 잘린 목을 손으로 틀어막고 있다. 벌린 입은 기형적으로 일그러져 있는데, 그 때문에 볼로댜 같지 않다. 하지만 눈에는 영원토록 얼어붙어 버린, 볼로댜의 절망적인 놀라움이 굳어 있었다. '어떻게 죄 없는 사람들을 재판도 없이, 조사도 없이 처형할 수가 있지?' 사람들 말로는, 필리포프가 구출한 포로들이 혁명 위원들을 베는 '도살자'가 되기를 자원했다고 한다. 그들은 볼로댜가 그들을 위해서 죽을힘을 다해 버티며 어떤 전쟁을 치르고 있었는지, 시곤체프나 브이친과 다른 혁명 위원들이 그의 속을 뒤집고 모욕하며 멘셰비키, '썩어 문드러진 인텔리겐치아'라고 불렀으며, 시곤체프는 볼로댜가 '풋내기'가 아니었다면 1918년 로스토프에서 복역자이자 오랜 친구인 예고르를 멘셰비키처럼 불평을 늘어놓았다는 이유로 재판에 넘겼듯이, 그를 재판에 회부했을 거라고 말했다는 걸 알 리가 없었다. 그래서 지금 그는 잘린 목을 부여잡은 채 죽은 눈에 경악한 표정을 띠고 있는 것이다. 나는 언제나 그의 운명에서 극적 사건과 피, 돌발성을 예감하고 있었다. "죽이더라도, 단지 카자크라는 이유만으로 조사도 하지 않고 재판도 없이 어떻게 그럴 수 있는지 이해할 수 없어……." "그런데 너 같은 자들 때문에 혁명이 망하고 있다고!" "너 같은 자들 때문이야!" "아니, 너 같은 자들 때문이야!"

놀라움과 고집, 그에게 이 두 가지 본성은 본질적인 것이었다. 그는 갑작스레 사상에 매료되어 볼셰비키에 가담했다. 나는 그와 아샤, 둘 다 사랑했다. 어린 시절이 그들과 함께 흘러갔다. 하지만 그는 목이 잘린 채 누워 있고, 아샤는 따뜻한 집으로 데려갔다. 그녀가 살아난다면 미굴린이 그녀를 데려갈 거고, 그녀는 그의 아내가 되리라.

그런데 그 후 이런 일이 있었다. 1년 뒤, 로스토프, 사도바야 거리에 있는 집, 어딘가 어색하고 냉기가 가득하며 어두운 홀은 사람이 살지 않는 듯싶고, 깨진 유리창은 합판 같은 것으로 덧대어져 있다. 밖은 이 지역에서 드문 영하의 추위였고, 나는 아샤가 나타나야만 하는 옆방 문 앞에 서 있다. 거기에는 뭔가가 데워지고 있어서 연기가 새어 나오고 있다. 아샤 대신 옐레나 표도로브나가 나온다. 페테르부르크에서 나는 자주 그 집에 놀러 갔는데, 청동 받침대 위 무쇠로 만든 기사가 전등을 지탱하고 있는 거실에서 차를 마시고 우유 냄새가 나는 수제 아이스크림을 먹었다. 옐레나 표도로브나는 나를 파블리크라고 불렀다. 지금 그녀는 외투를 걸치고 머리에는 터번처럼 흰 뭔가를 둘러쓰고 있는데, 거의 그녀를 알아보기 어렵다. 시선에는 내가 뒷걸음질을 칠 만큼 냉기가 가득하다. 그녀는 들어오라거나, '안녕, 파블리크'라고 말하지도 않고, 아파서인지 혹은 울어서인지 충혈된 눈꺼풀 아래 적의에 찬 눈으로 쳐다보며 단호하게 말한다. "내 딸을 가만히 내버려 두시오. 그녀를 비웃지 마시오." 그녀는 아주 오래전부터 나에게 '너'라고 말해 왔는데 말이다. 그러고 나선 문을 닫으려 한다. 하지만 나는 문짝 사이로 발을 밀어 넣으며 "아샤!"라고 소리친다. 나한테는 전혀 상관없다. 나는 다 잊었다. 옐레나 표도로브나가 어떤 사람인가? 눈물, 증오, 나를 더 이상 파블리크라 부르지 않고 '당신'이라고 말하는 것, 이 모든 것이 내게 영향을 끼치지 못하고 튕겨 나간다. 나는 아샤를 봐야만 하고, 그래서 터번 위를 바라보며 더 크게 외친다. "아샤, 너 여기 있는 거야?" 낯선 목소리가 집 안 깊숙한 곳에서 대답한다. "응!" 내게는 그것이 남자 목소리 같았다.

나는 지난밤 미굴린이 부대원들과 함께 보가예프카에서 체포되었다는 사실을 그녀에게 알려야만 한다. 아샤가 베개 위에서 일어나 목을 내빼는데, 그녀의 머리는 장티푸스를 앓은 후 깎인 터라 병아리 솜털로 덮인 것 같았다. 눈에는 당황스러움이 깃들어 있다. "보가예프카에 무슨 일이라고? 아무 일도 안 일어났다고?" 내 얼굴에 모든 것이 쓰여 있다. 그러나 혀가 돌아가지 않아서 나는 기짓말을 한다. "아무 일도 없어. 너한테 인사를 전하더군, 네 건강에 대해 걱정들 하고 있어. 자!" 가방에서 달걀과 비곗덩어리를 꺼낸다. "그럼 편지는 없어? 어떻게 그럴 수가 있지? 정말 아무것도 안 써 보낸 거야?" 이건 내가 예상하지 못한 일이다. 계속해서 거짓을 늘어놓는다. 그는 단 1분도 한가하지 않았다고. 그리고 주변에 종이도, 연필도 아무것도 없었다고. "무슨 말을 하는 거야!" 그녀는 공포에 질려 애처로운 표정으로 나를 보고 있다. "파블리크, 무슨 일이 일어난 거지? 나는 그가 항상 야전용 책을 갖고 다니는 걸 알아. 노르스름하게 광택이 나는, '전쟁……'이라는 출판사 책 말이야." 어쩌겠는가? 나는 중얼댄다. 그녀가 아무것도 알아서는 안 돼. 그녀의 몸 상태는 아주 나쁘다. 그리고 그녀의 엄마는 문 앞에 서서 금방이라도 방아쇠를 당길 듯이 퉁퉁 부어 찢어진 눈동자로 나를 조준하고 있다. 하지만 이 모든 것이 내게는 아무 상관 없다. 나는 그녀의 엄마가 무슨 일이 일어났는지 짐작하게 될까 봐, 심지어 그 사실을 기뻐할까 봐 두려워 더욱 입을 다문다. 그리고 계속해서 거짓말을 늘어놓는다. 이 일은 나중에 내가 발라쇼프에서 법정 서기로 **임명된** 일과 마찬가지로 그녀에게 용서받지 못할 것이다.

그녀는 내가 언제나 할 수 있는 일을 다해 왔다는 사실을 이해하지 못했다. 나는 내가 할 수 있는 것 중에서 더 나은 것을 실행했다. 나는 내 힘이 닿는 한에서 최선을 다해 왔다. 실제로 나는 명예 회복을 할 수 있는 가능성이 생겼을 때, 그것을 위해 싸운 첫 번째 사람이다. 55년 전 그때도 나는 법정 서기로서 내가 할 수 있는 모든 걸 다했다. 그가 변호사를 만날 수 있게 주선했다. 게다가 그와 그녀의 마지막 만남은 또 어떻고? 이 모든 일을 다했음에도 그녀는 이렇게 놀라고 있다. '왜 다름 아닌 네가 그 기사를 썼는지 나는 이해가 안 돼'라고.

얼마나 이상한가, 내가 그녀를 그렇게 오래도록 사랑했다니. 그녀는 나를 이해하지 못했다. 그리고 나는 그러한 몰이해를 짐작하면서도, 그로 인해 고통받으면서도, 그렇게 오래도록 그녀로부터 자유로워질 수 없었다. 심지어 갈랴가 생겼을 때조차도, 우리가 노보로시스크에 살았던 처음 몇 년 동안에도, 그러고도 영원토록 나는 잊을 수 없었다……. 단 한 번도 그녀에게서 스스로 벗어나 본 적이 없었다. 꽁꽁 얼어붙었던 2월의 로스토프, 모든 것을 다 말해 버렸고 거짓말도 다 해 버려서, 다른 사람을 그리워하는 데다 그녀의 엄마가 나를 증오하는 그 아파트에서는 아무것도 할 일이 없었던 그때조차도 나는 나 자신을 일으켜 떠나게 하지 못했다.

병아리 솜털이 덮인 머리에, 나를 위해서가 아니라 다른 남자를 위해 극도로 두려워하며 마치 우체부나 전신주를 바라보는 것처럼 날카롭게 허공을 응시하고 있는, 비쩍 말라 아름답지 않은 그녀에 대한 강렬한 연민이 나를 묵직하게 채우며 땅에 붙박아 두고 있다. 나는 마치 다리에 납이 달린 장기판의 말처럼 벗어나지 못한다. 나는 여전히 뭔가 말이 더 오갈 것이고, 무슨 일인가가 더 일어날 것만 같다. 그러나 그들은 나를 쫓아내기에는 지나치게 교양이 있다. 옐레나 표도로브나가 찻주전자를 들고 와서, 우리는 무슨 맛인지 알 수 없는 뜨거운 차를 마신다. 약간의 비계 절임 조각이 옐레나 표도로브나를 누그러뜨렸다.

그러나 이내 논쟁이 — 논쟁이 없을 수 없었는데 — 시작된다. 처음에는 11월에 이 아파트에서 아샤의 아버지 콘스탄틴 이바노비치가 어떻게 죽었는지에 대한 눈물겨운 이야기가, 자원 부대가 후퇴할 때 아샤의 오빠 알렉세이가 어떻게 전사했는지, 그들이 생계 수단이 없어 가난으로 고통받은 나머지 모든 것을 팔아 치웠고, 아샤의 언니 바랴가 발진티푸스 환자들의 당직 근무를 서며 돈을 벌고, 그녀의 남편은 『돈 강의 물결』*에서 일했는데, 기생충 같은 지주 계급에 속하기 때문에 지금은 별다른 생계 수단도 없이 아무런 일자리도 얻지 못한다는 이야기가 이어졌다. 어느 사무소에서는 그에게 이렇게 선고했다. "당신은 노동 대중의 기생충으로, 가장 혹독한 육체노동을 배정받을 겁니다. 그러면 감사하다고 말하시오." 그는 '감사합니다'라고 말하려 했으나, 육체적인 일자리는 없다. 도대체 그에게 뭘 하라고 하는 건가? 그는 뭘 해야만 하는가? 어떻게 살란 말이지? 영지도 자본도 없이 어릴 때부터 스스로 일해서 살아왔는데, 그가 무슨 기생충이란 말인가? 유일한 명예가 있다면 그건 귀족이라는 것……

회상컨대 옐레나 표도로브나는 확실히 기생충의 범주에 속한다고 할 수 있다. 그녀에게는 주식과 증권이 있었다. 그런데 지금은 아마 모두 팔았을 거다. 그 때문에 적개심도 생겼다. 엄마는 이굼노프가(家)에 대한 나의 충성스러움을 보고 여러 번 말했다. "어쨌거나 너는 이굼노프가 사람들이 전형적인 부르주아라는 걸 잊지 마라. 그녀는 매우 부유한 부인네고, 그는 시종 출신이야." 부유한 부인은 주석 컵으로 차를 마시며 털 코트를 입고 집에 앉아 있다. 나는 그녀가 안쓰러운데, 그건 그녀가 모든 걸 잃고 기아에 허덕여서가 아니라 아샤의 엄마이기 때문이다. 나는 그녀와 조용하고 점잖게 말하려 애쓰고 있다. 그 어떤 사회적 변혁도 충격 없이 지나가지 않는 법이다. 유산 계급이 싸우지 않고 기득권을 내줄 것이라 가정하는 건 순진한 생각이다. 로베스피에르의 시대는 어땠던가? 드 브록 자작을 읽어 보라. 나와 시곤체프가 즐겨 읽는 책이다. 시곤체프는 내게 늘 역사를 되돌아보라고 가르쳐 줬다.

"하지만 혁명은 3년 전에 일어났다!"

나는 단순한 사실들을 설명해야 한다 — 혁명이 계속되고 있다는 것에 대해. 그리고 적이 있는 한 혁명은 지속될 것이다. "너희들에게는 언제나 적이 있을 거야!" 이 여인은 자신의 증오로 눈이 멀었다. 그녀는 고통받았다. 나는 이해한다. 그러나 화해할 줄 모르는 사람과 대화하는 건 힘겹다. 그 때문에 당장이라도 나가야 했고, 지금이 바로 그 순간이고 그래야 하지만, 나는 마치 어리석은 개처럼 그 장소에 붙박인 채 스스로를 마음대로 하지 못하고 있다. 유년 시절의 사랑보다 더 영원하고, 더 기만적인 것도 없다. 그녀에게 무엇이 있었을까? 언젠가 내게 죽을 정도의 충격을 안겼던 소녀에게서 무엇이 남았던가? 그녀와 내게 일어난 그 모든 일 이후, 볼로댜 이후, 그리고 아버지뻘이었던 미굴린 이후에 말이다……. 내 기억 속에서 사도바야 거리에 살던 그녀는 정말 기형적이었다. 나를 쳐다보지도, 자기 엄마와 나의 논쟁을 듣지도 않으며 그녀가 생각하는 그자에 대한, 그 믿기 어려운 사랑을 나는 느끼고 있다. 그녀는 말하는 것조차 힘겨워서 입을 다문 채 옅은 미소를 짓거나 반대를 표하느라 가끔 엄마에게 손을 내젓지만, 그녀의 생각은 먼 곳으로 떠나 있으며 이미 불행을 예감하고 있다.

한편 나와 옐레나 표도로브나는 너무 다퉈서 이미 난폭한 말이 오갔고, '범죄자', '살인자', '범죄' 같은 단어들도 사용되었다. 옐레나 표도로브나는 심술궂게 비웃으며 "내가 그만큼 지껄여 댔으니, 이제 나를 체포해서 법원 재판소에 넘길 수 있겠구려. 이렇게 말하는 게 맞겠지요? 파벨, 당신은 전권 위원이니까 말이지요? 당신은 나를 현장에서 즉시 체포할 권리를 가진 게지요?" "저는 전권 위원이 아닙니다, 옐레나 표도로브나." "아니, 당신은 전권 위원이에요. 당신은 백 퍼센트 전권 위원입니다. 나는 당신의 얼굴과 겉옷으로 그걸 알 수 있어요. 당신은 위원용 겉옷을 입고 있잖아요." "엄마!" 아샤가 소리친다. "그 사람은 전권 위원이 아니야!" 그때 갑자기 바랴와, 내가 처음 보는 그녀의 남편이 나타난다. 그들은 도시에 총격이 벌어지고 있다고 말한다. 일부 의용군들이 교외로 돌진했고, 진짜 전쟁이 벌어지고 있다는 것이다.

실제로 벌써 두어 시간가량 총성과 발포 소리가 들려오고 있지만, 아무도 신경 쓰지 않는다. 모두가 이 음악 소리에 익숙해져 버렸다. 옐레나 표도로브나는 체념 섞인 유쾌한 모습으로 손을 흔든다. "저런, 당신네들 윗분들께는 마찬가지지! 다 물리칠 테니까……." 이건 나와 아샤에게 하는 말이다.

그러나 바랴는 흥분하며 반박한다. "아니야, 엄마. 뭔가 심각해. 사도바야 거리에 방어벽을 만들고 있어. 제발, 신이시여." 그녀는 지친 듯 성호를 긋는데, 목까지 닫힌 긴 잿빛 원피스 때문에 수녀처럼 보인다. 바랴는 유쾌하지 않고 위선적이어서 단 한 번도 내 마음에 든 적이 없다. 옐레나 표도로브나는 소개한다. "비켄티이 바실리예비치, 문학가요. 지금은 불운한 가계로 말미암아 백수지만……. 파벨, 우리의 페테르부르크 친구, 이젠 전권 위원이고……. 아마 도와줄 수 있을 거예요…… 위원회에 좋은 연줄이라도 있으면……. 안 그래요, 파벨?"

또다시 가련하고도 무력한 독설이다. 바랴의 남편은 나보다 좀 더 나이가 많은데, 창백하고 나처럼 야위었지만, 온몸으로 그가 다른 세계의 사람이고 다른 연령에 속하며 모든 점에서 다르다는 것을 말하고 있다. 약간의 턱수염과 콧수염, 목소리는 조용하고, 시선은 가볍고 남성적이지 않은데, 마치 시선이 아니라 날아가는 솜털 같다. "감사합니다. 걱정하지 마세요." 조용한 목소리로 말한다. "저는 현재 상태에 완전히 만족하고 있습니다." "아니, 너희들이 어떻게 만족한단 말이지?" 옐레나 표도로브나가 외친다. "너희는 빵살 돈도 없잖아! 신발도 없고!" "바랴와 저는 충분합니다. 저는 아무것도 원하지 않습니다. 내면의 소리를 들을 수 있는 사람은 그런 게 필요하지 않습니다……." 이후 계속된 이상한 속삭임은 홉

사 잠꼬대 혹은 종교인이나 톨스토이주의자들의 설교를 닮았는데, 레프 톨스토이를 추모하는 모종의 진정한 자유 협회에 대해서, 선(善)의 행위에 대해서, 자신이 막 강의하고 온 자유-종교적 지식 강습에 대하여, 아니면 신만이 아시겠지만, 새로 생겨난 '억압에 저항하는 자들을 위한 보호소'에 대한 것이었다.

"하지만 너희들은 소비에트 기관의 문을 두드렸잖아? 그러곤 거절당했지?" 사위를 바라보며 엘레나 표도로브나가 분노하여 소리친다. "아니면 이것도 벌써 부정하고 싶은가?"

"네, 문을 두드렸지요. 그러나 당신을 위해 그랬던 겁니다." "오호, 나를 위해 **선의를 베풀었다?** 그렇다면 불행한 이여, 그대는 오늘 뭘 잡수셨는지?" 이상한 인물이 설명한다. 강습에서는 강연료로 보리죽 한 그릇과 커피 한 잔을 주었다고.

그사이 총성은 더 강해졌다. 포탄이 바로 옆에서 쿵 소리를 냈고, 옆방에서는 요란한 소리와 함께 유리창이 깨지며 산산조각이 났다. 이제 나는 더욱더 도망을 가야 하지만, 우물쭈물하고 있다. 도시에 데니킨* 추종자들이라니, 이런 터무니없는 일은 상상할 수가 없다. 사실 전선은 멀리 있고, 데니킨은 상황이 그리 좋지 않다. 그런 그가 어디로 모험을 감행할 수 있을까? 그런데 그닐로르이보프 장군은 위험을 무릅쓰고 돌격을 감행하여 전선을 돌파한 다음 로스토프 변경에 이르러 도시에서 전투를 시작했다. 나는 아무것도 모르고, 그래서 평온하다. 어느 쪽인지는 모르지만 총격은 일당들을 소탕하고 있다. 매일 일어나는 일이다. 대포의 발포 소리는 나를 조금 긴장시키지만, 내가 즉시 거리로 뛰쳐나가게 할 정도는 아니다.

"주여, 주여……." 창문가에 서서 작고 빠르게 성호를 그으며 바랴가 속삭인다. "하다못해, 제발, 제발……." 옐레나 표도로브나는 명령한다. "바르바라, 물러나!" 모두들 신경이 날카롭다. 이젠 명백하다 — 진짜 전투다. 도시를 점령하기 위한 전투. 거리에서 사람들이 소리친다. 갑자기 하늘이 밝아지면서 노랗고 불그스름한 빛이 방을 가득 채운다. 옆집이 불타고 있는 것이다. 집은 우리 눈에 보이지 않지만, 옆에서 불빛이 번쩍인다. 나무가 갈라지는 듯한 소리, 뭔가가 둔탁하게 땅에 부딪히는 소리, 사람들이 외치는 소리가 들린다. 탄 냄새가 방으로 스며들어 온다. 갑자기 바랴가 소리친다. "러시아 깃발이 보여요! 사람들이 러시아 깃발을 들고 있어요!"

모두 창문을 향해 달려갈 때, 나는 작별하기 위해 아샤에게 다가간다. 그녀가 뜨거운 손으로 내 손가락을 쥐고 속삭이며 묻는다. "파블리크, 진실을 말해 줘, 세르게이 키릴로비치에게 불행한 일이 생긴 거지? 그가 전사했어? 전선이 뚫린 거야?" 나는 어제 그저께 무슨 일이 일어났는지 모른다. 군단이 점거하고 있던 방어선은 3일째 되던 날 아침까지 매우 평화로웠다. 데니킨은 더 남쪽으로 전선을 습격할 수도 있었다. "그에게 안 좋은 일이 생긴 거야! 나는 느껴. 보인다고! 시곤체프의 죽음 때문이야?"

순간 나는 망설인다. 어쨌든 간에, 말해야 하는 건가? 이해력이 빠른 그녀의 엄마가 말한다. "의용군이 올 거고, 그럼 여기에 미굴린의 아내가 있다는 걸 알게 될 거야. 그들이 우리를 어떻게 할까? 너희들은 어떻게 생각해?" "맙소사, 하고 싶은 대로 하게 내버려 둬!" 갑자기 바랴가 울부짖기 시작한다.

결국 말하는 것도, 뭔가를 결심하는 것도, 떠나는 것도 나는 해내지 못한다. 마치 연극처럼 무대 뒤에서 뛰어 들어오기라도 한 듯, 전혀 예기치 않게 세 사람 — 장교와 두 명의 군인 — 이 나타난다. 장교는 옐레나 표도로브나에게 달려가 포옹과 눈물을 흘린다. 오랜 지인인 모양이다. 그는 곧장 알렉세이가 어떻게 전사했는지를 이야기하는데, 아마 이것 때문에 달려온 모양이다. 군인들은 창가로 다가가, 그중 한 명이 침착하게 총개머리로 창틀을 세게 내리쳐 떨어뜨린다. 창틀은 거리로 날아가 아래에서 뎅그렁 소리를 내고, 군인들은 창문턱 아래 자리를 잡고 사격을 시작한다. 그러나 사격은 오래 지속되지 않는다. 거리는 온통 연기로 가득해 그들이 거기에서 뭘 봤는지는 알 수 없다. 내 겉옷에는 '스미스 웨슨'이 있어 나는 평온하다. 주머니에 손을 넣고 있다. 나는 선명하게 기억하고 있다. 나는 평온하다. 왠지는 모른다. 아마 거기에 아샤가 있기 때문일 거다. 그녀와 나, 우리가 함께 있으니.

장교는 처음엔 빠르게, 다음에는 좀 더 주의 깊은 시선으로 나를 쳐다본다. 그는 면도를 하지 못한 누르스름한 얼굴, 노란 흰자에 충혈된 눈동자를 하고 있다. 그의 시선은 2초 동안 바쁘게 움직였다. 나의 '전권 위원용' 가죽 겉옷이 그를 긴장시켰고, 뭔가가 더 있었을 터인데, 그건 기쁨도 동요도 없는 내 표정일 거다. 옐레나 표도로브나와 바랴는 서로를 껴안은 채 울고 있다.

"실례지만, 누구신지……?" 장교는 의자에서 일어나지 않고, 온몸과 눈, 대검의 칼자루를 쥔 손을 내 쪽으로 기대며 물었다. 나는 진정한 자유를 지지하는 자의 눈이 한순간 빛나기 시작하는 것을 본다. 비켄티이 바실리예비치는 음흉한 미소를 숨기지 못한다. 반면 아샤의 엄마는 눈물 사이로 "우리의 친구 파블리크야"라고 말한다.

이틀 후에 데니킨의 부대를 도시에서 몰아낸다. 이게 언제였더라? 2월이다. 영하의 날씨가 계속되었으니까. 아침에 나는 테메르니크 강을 지나며 간밤 영하의 날씨로 얼어붙어 하얗게 변해 버린 시신을 보았다. 1920년 2월 말이었다.

1월에 시곤체프가 살해당했다. 군단 사령부가 주둔해 있던 마을 근처 골짜기에서 머리에 총상을 입고 참살당한 채 발견되었다. 노보체르카스크 이후 불행이 이어졌다. 왼쪽 강변에 정착하려고 헛되이 애쓰느라 마니치 강가를 맴돌며 시간을 허비했고, 이 휴지기 동안 미굴린에게 적대적이고 악의적인 것들이 모두 꿈틀거리기 시작했다. 그러고 나서 갑자기 시곤체프가 살해당한 것이다. 그는 얼마 전에 나타났다. 시곤체프의 세 번째 출현이었다. 첫 번째는 1918년 1월 페테르부르크에서였는데, 시베리아, 오스트레일리아, 극동에서 오랜 시련을 겪은 이후였고, 그다음은 1919년 돈 강에서였다. 이제 세 번째 만남이다. 그는 매번 다른 사람이었다. 지금의 그는 신경질적이어서 화를 잘 내고, 병이 들어 끊임없이 기침을 해 댄다. "넌 치료받아야 해." 미굴린이 평온하게 말한다. "너는 아주 약해져서 뼛속까지 병들었어. 그런 네가 도대체 어느 전선으로 가겠다는 거야?"

그런데 미굴린은 평온할 때가 드물고, 자주 긴장하며 의심이 많고 거칠다. 사령부 마당에서 전령과 시곤체프를 본 첫 순간, 그를 알아보곤 약간 어리둥절해했다. 그 전날 전방의 혁명 군사 위원회로부터 전권 위원 임명에 대한 전보가 왔으나, 미굴린은 시곤체프라는 성(姓)을 '강철 부대'가 맹위를 떨치던 1919년에 서로 사납게 욕하며 싸우던 그 사람과 연결 짓지 않았던 것이다. 게다가 꼴사납게 멋을 부린 데다 옆으로 몸을 비틀고는 말 위에 펑퍼짐하게 앉은, 전혀 카자크인답지 않은 시곤체프의 모습에 분노하여 미굴린은 조롱하듯 쉰 목소리를 냈다. "오, 우리 각하! 오랜 친구여!" 검은 턱수염, 숱 많은 눈썹 아래의 각진 눈 때문에 사람들은 시곤체프를 러시아인이 아니라고 여겼다. 그래서 첫날은 온통 은밀한 조롱과 독설들이 난무했는데, 특히 미굴린이 더했다. 나는 광포한 분노의 욕설을 듣는다. 그러나 시곤체프가 없을 때, 자신들끼리 있는 사령부에서는 "도대체 왜들 그러는 거지? 일부러 그러는 거야? 나를 짜증 나게 하고 싶은 거야?"라고 말했다.

본질은 그것이 오래된 복수라는 것이다. 1919년이었다. 아마 더 오래된 일인지도 모르겠다. 한때 집요하고 악의적인 적대자였던 사람을 보냈으니, 미굴린은 당연히 모욕을 받았다. 나는 이것이 의도적으로 이루어진 일인지, 혹은 그저 서두르는 과정에서 생긴 단순한 해프닝인지를 알아내지 못했다. 그 후 전화상으로 미굴린과 혁명 군사 위원회 간에 격렬한 논쟁이 벌어졌을 때, 그들은 물러설 수가 없었다. 그들은 서로 주장을 굽히지 않았다. '혁명 군사 위원회는 전권 위원을 교체해야 할 이유를 찾을 수 없음. 이 문제는 더 이상 논의할 수 없음.' 뭔가 이와 비슷한, 몹시 모욕적인 메시지를 우리 전신 기사 페탸 가일리트가 수신했다. 그 당시 공기는 갈라질 듯 건조했고, 전기처럼 날카로운 감정들로 가득 차 있었다.

동틀 무렵 모두를 놀라게 한 어느 카자크인의 외침을 기억한다. "그들이 전권 위원을 죽였어!" 순간 나는 추측했고, 이런 생각이 떠올랐다. '미굴린을 죽였구나.' 거리에서 나는 우연히 아샤를 만나는데, 그녀는 모자도 쓰지 않은 채, 알 수 없는 어디론가로 순간적인 착란에 빠져 달려가고 있었으나, 갈 곳이 아무 데도 없었다. 미굴린은 그때 6베르스타가량 떨어진 두르나야 폴랴나라는 시골에 머물러 있었고 — 이날 밤의 모든 디테일을 완전하게 기억하고 있는데, 그것들이 결정적인 것이 되었다 — 아샤는 어둠 속에서 나를 향해 달려오더니, 마치 오로지 그러기 위해 달려온 듯, 내 품에서 곧장 쓰러진다. "넌 이게 무엇을 의미하는지 이해하니?" 나는 이해한다. 나는 그녀를 단단히 지탱하고 있다. 따뜻한 털 코트를 입고 있으면서도 추위 때문인지, 아니면 공포 때문인지 그녀는 떨고 있다. 나는 선명하게 기억한다. 나도 이내 떨기 시작했던 것을……

어쨌거나 그는 늙은이였다! 마흔일곱 살. 그리고 그녀는 열아홉. 마흔일곱이라는 건, 오, 신이시여, 이 멋지고 행복한 원숙미의 나이는 므두셀라*의 것 같았다. 왜냐하면 나 자신이 **거의** 열아홉 살이었으니까. 이 **거의**라는 건 고문이다. 언제나. 특히 어린 시절에는, 1월의 여명 속에서 어두운 얼굴로 떨고 있던, 벼락 같은 충격으로 재가 된 그녀를 안았을 때, 그 어스름 속에서 나는 너무 강렬한 나머지 지금까지도 이어지는 날카로운 느낌과 그녀에 대한 연민, 그녀를 위한 두려움인 영혼의 한기를 느꼈다. 그것은 사랑이라 불리는 것이었다. 하지만 나는 단 한 번도 그것에 대해 말하지 않았다. 모든 것이 혼란스러웠다. 그리고 '그들이 미굴린을 죽였구나'라는 생각이 떠오른 그 순간 내가 무엇을 느꼈는지 기억하지 못한다.

……전쟁 후 첫 번째 가을, 안개, 페테르부르크, 수업 후에 학급 전체가 22번가의 병원으로 가고 있다. 우리는 열네 살이다. 그녀는 만(滿)으로 꽉 찼고 나는 아직 아니었지만 곧 그 나이가 될 터인데, 사실 금세는 아니다. 나는 고통받고 있었는데, 내 생각에 나의 모든 불행은 이 '거의'로 인해 일어나는 것 같다. 그녀는 내게 무심하고, 내 말을 잘 듣지 않을뿐더러 내가 볼로댜에게 갈 때마다 교실에서 뛰쳐나가는데, 이 모든 일이 그 저주받을 몇 개월 부족한 나이 때문이다. 열다섯 살짜리들이 그녀에게 들러붙고 있는 그때, 그녀가 열세 살짜리 소년에게 관심을 가질 리 없는 것이다. 아니, 나는 어서 빨리 그녀와 같은 나이가 되어야 한다. 오래지 않아도 된다, 그저 반년만이라도. 대신 그 반년은 내 것이 될 테니까. 우리는 몰풍경한 15번가를 따라 가게들과 잿빛 집들을 지나쳐 걸어가고 있는데, 나는 그녀의 무관심으로 고통받고 있다. 그녀는 모든 사람들과 대화를 나누고 누구건 마음대로, 심지어 어린 학생들을 향해 오는 개들도 쳐다보지만, 나를 바라보지는 않는다. 내가 옆

에 있음에도 불구하고 장갑 낀 그녀의 손은 가끔 무감각하게 내 손을 스칠 뿐이다. 내가 그녀에게 더 가까이 자리를 잡는 건 어렵지 않다. 그건 내가 볼로댜의 친구라는 걸 모두 알고 있는 데다 그들이 남매이기 때문이다. 사실은 사촌 남매다. 그러나 같은 동, 같은 아파트에 살고 있고, 볼로댜는 이굼노프가에서 아들이나 마찬가지다. 그의 엄마는 카므이시노에, 아버지는 어딘지 모르는 외국에 있었는데, 그에 대해선 말을 하지 않는 것으로 미루어 그가 볼로댜의 엄마, 즉 옐레나 표도로브나의 언니를 버렸거나, 아니면 무정부주의자 또는 탈주자일 수도 있다. 무심코 그에 대해 이야기한 것을 기억하는데, 그가 '어리석은' 사람이라는 것이다. 내가 볼로댜에게 끌린 것은 단순한 우정이 아니라, 우리가 결코 말한 적이 없는 공통분모, 즉 아버지가 없다는 것 때문이다. 사실 나는 **어딘가에** 아버지가 있고, 그는 엄마에게 **뭔가가** 일어났다. 이따금 내 눈에 이굼노프가에서의 볼로댜의 삶이 어떤 것인지 아주 분명하게 드러나곤 했다. 내가 즐겨 다녔던 그 사랑스러운 집은 혼잡하면서 좁고, 시끄럽고 안락하고 친절한 곳으로, 서로서로 놀려 대는가 하면, 자신의 즐거움을 위해 온갖 유쾌한 일들, '동전' 놀이나 '단어' 놀이를 만들어 내거나, 나이를 불문하고 모두 석고상 만드는 데 몰두하기도 했으며, 더러운 손으로 다녀서 방바닥이 더러워지고 젖은 석고 냄새가 나는 일도 있었다. 모두들 열정적으로 경쟁한 나머지, 집 안에서 경연 대회를 벌이기도 했다. 그러면 콘스탄틴 이바노비치는 저명한 조각가를 심판으로 초대했는데, 그는 하녀인 밀다가 빚은 뭔가 시시한 걸 최고의 작품으로 꼽아 주곤 했다. 그곳에서는 모든 것이 거의 가족과도 같고 거의 자기 자신의 것과 같았는데, 거의 아버지, 거의 엄마는 볼로댜에게 그토록 친절했다. 하지만 그도 나처럼 이 **거의**로 인해 고통받았다. 볼로댜와 아샤는 보기 드물게 가까웠다. 아샤는 바랴와 종종 별것 아닌 일로 싸우기도 하고, 흔히 자매들 간에 그러듯이, 때로는 매우 적대적인 표정을 한 채 가벼운 주먹다짐에 이르기도 하는데, 언젠가 한번은 그들이 서로서로 부채로 — 물론 강하지 않고 우아하게 — 때리는 걸 보기도 했다. 그러나 오빠 알렉세이와는 완전히 멀었고, 볼로댜와는 이해하기 어려울 정도로 깊은 우정이 그녀를 묶고 있었다. 내가 볼 때 거기에 도를 넘는 건 아무것도 없는 듯했다. 아주 좋은 두 사람의 우정. 삶에서 그런 건 매우 드물다! 나는 오랫동안 이걸 믿었고, 그래서 평온했다. 나를 많이 불안하게 한 것은 병사 구바노프였다. 파내기 시작하면 모든 것이 기억으로부터 튀어나온다. 아무것도 사라지지 않았다. 기억은 필요 없는 것들의 창고, 완전히 내다 버리기 전까지는 낡은 신발이 가득 담긴 먼지투성이 광주리들, 못 쓰게 된 펜들이 들어 있는 트렁크들, 걸레 같은 것들, 우산들, 유리 조각들, 앨범들, 철사 조각들, 한 짝만 남은 장갑과 먼지, 짙게 늘어진 먼지, 시간의 먼지가 보관되는 광이다. 이곳에 인생의 문턱에서 아른거린 적 있는 병사의 성(姓)이 남아 있었다. 병사 구바노프는 수바우키 근교에서 약간의 부상을 당했다. 그는 상상하기 힘든 먼지 속에서 다이아몬드처럼 영면하고 있다.

우리가 22번가에 있는 병원에 가는 건 처음이 아니다. 5층에 우리 담당 병실이 있다. 자루 속에 사과, 사탕, 담배, 4분의 1파운드짜리 차, 종이와 연필들을 가지고 간다. 5층 복도에 우리가 나타나자마자 병사 구바노프는 기쁨에 넘쳐 소리친다. "헌정자들이 오셨네!" 그는 우리가 헌정자가 아니라, 방문자라는 것을 아무리 해도 외울 수가 없다. "어이, 얼굴 흰 소녀! 아뉴타! 애야!" 구바노프가 소리친다. "이리 오렴, 아가야!" 그러고는 뻔뻔하게 긴 두 팔로 아샤를 쓸어 낚아서 자기 쪽으로 당긴 다음, 마치 진짜 아빠인 양 무릎에 앉힌다. 놀라울 게 뭐 있는가? 그녀는 가장 잘 웃고, 가장 아름답다. 그토록 건강하고 조화로우며 성숙한 데다 연한 흰 빛깔의 머리카락을 가진 그녀는 페테르부르크의 창백한 영애들을 닮지 않았다. 그녀는 별장에서 온 소녀, 핀란드 여자, 아니면 우유 파는 여자의 딸 같았다. 흰 속눈썹을 갖고 있다. 아샤의 아름다움은, 예를 들어 빅토리아 여왕이 새겨진 영국 최초의 우표들이 지닌 가치처럼 의심할 여지가 없는 것이다. 그러므로 당연히 사람들은 이 아름다움을 보고 그녀를 침해하게 되는 것이다. 나는 그럴 권리가 없기 때문에 막을 수가 없다. 무엇으로부터? 게다가 병사 구바노프는 어리석은 짓을 하지 않는다. 나는 — 모두가 느끼고 있지만 — 그의 습관적인 행동에서 뭔가 추악한 것을 느낄 뿐이다.

병사 구바노프는 아샤의 도움을 받아 며칠 동안 쓴 글 「수바우키 근교의 전투」를 소리 내어 읽고 있다. 우리는 잡지를 출간할 생각이었는데, 각각 한 사람씩 회고록 작성하는 걸 도와주어야 한다. 나한테도 역시 돌봐야 할 사람이 있는데, 그는 말수가 많지 않고 아무것도 회상하고 싶어 하지 않는 데다, 우울하게 이렇게 중얼거린다. "살아 있는 사람을 때려죽이는데, 기록을 남기는 게 무슨 소용인가?" 반면 구바노프는 말도 많고 부지런해서 몇 페이지를 거의 독립적으로 썼다. 한 손으로 페이지를 넘기고 읽으면서 다른 손으로는 자기 무릎에 앉은 아샤를 잡고 있다. 나는 그녀가 몹시 불편해하고 부끄러워하는 것을 본다. 그녀는 이미 어린 소녀가 아니라 처녀이고, 흔히들 말하듯 살집이 있다. 그녀는 병사 구바노프의 손에서 벗어나기 위해 소심한 시도를 해 보지만 소용이 없다. 구바노프는 그녀를 붙잡은 다음, 단단히 안고 있다. 첫 페이지에는 전투와 부상, 그가 어떻게 자신의 참호까지 도망쳤는지, 가는 목소리로 "다쳤나, 형제?"라거나 "자네 붕대는 어디 있나?"라고 묻던 2등 대위가 있었다는 것, 그리고 다른 상세한 이야기들이 서술되어 있다. 나는 어떻게 그녀를 도울지 생각하며 긴장된 표정으로 아샤를 바라본다. 병사 구바노프에게 뭐라고 이야기하면 좋을까? 그는 영웅이므로 아샤는 그에게 무례를 범하고 싶어 하지 않는다. 하지만 영웅이라도, 그는 나쁜 자식이다. 나는 그를 증오한다. 그는 계속해서 어떻게 페트로그라드로 부상자들을 이송했는지, 페트로그라드의 모든 것들, 예를 들면 전차, 병원, 간호사들, 푹신푹신한 요, 흰 시트, 좋은 타월들이 얼마나 그의 마음에 들었는지에 대해 읽고 있다. '아주, 아주 잘 대해 주었다. 아침에는 간호사들이 와서 인사한다. 거기에 좀 더 상기하자면, 목욕탕에서 우리를 무척 잘 씻겨 주었다. 씻은 다음에는 깨끗한 셔츠와 속바지와 양말을 입혀 주었다.' 내가 보기에 이것들은 모두 어리석어서 우리 잡지에 적합하지 않다. 하지만 모두가 듣고 있고 부상자들 역시 듣고 있으므로, 구바노프는 계속해서 읽으며 아샤를 잡고 있던 오른손으로 마치 그녀가 그의 소유물인 양 쓰다듬고 다독인다. '그런데 10월 9일 **최고 이사회의** 서고 관리부에서 온 사람이 ― 그는 이 단어들을 특별히 강조하면서 읽는다 ― 우리를 방문하여 「시편」과 복음서를 선물했다……'

그때 갑자기 볼로댜가 무릎에 아샤를 앉힌 채 침대에 앉아 있는 구바노프에게 다가가더니 아무 말 없이 아샤를 잡고 있는 그의 팔을 편다. 그러자 해방된 아샤는 재빨리 일어나 자신의 고문자로부터 도망친다. 하지만 병사 구바노프는 마치 아무것도 눈치채지 못했다는 듯, 계속 읽는다. 볼로댜가 이겼다. 말이 필요 없는, 그저 다가가서 행동해야 하는 순간들이 있는 법이다.

볼로댜는 자주 나를 놀라게 한다. 그의 행동은 예측할 수 없다. 학교 전체를 술렁이게 했던 쥐 사건도 그렇다. 그 학교는 협동 교육이 이뤄지는 좋은 학교였고 나는 운이 좋았다. 바실리옙스키 섬에서, 어쩌면 페테르부르크 전체에서 가장 좋은 학교였는데, 창립자 겸 교장이며 토머스 무어와 캄파넬라의 열렬한 추종자이자 지지자인 니콜라이 아폴로노비치 프리고다의 이름을 따서 프리고딘스카야 학교로 불렸다. 그는 역사를, 그의 아내 올가 비탈리예브나는 생물을 가르쳤는데, 이상한 사람들이었다! 그들에게는 아무것도 필요 없었고, 학교와 학생들 외에는 삶의 그 무엇도 그들의 관심을 끌지 못했다. 1917년 2월 이후에야 도입된 학교위원회가 프리고딘스카야 학교에서는 훨씬 전부터 존재해 왔다. 모든 것이 투표로 결정되었다. 올가 비탈리예브나는 해부학을 배워야 하니 쥐를 가져오라고 요청했다. 누군가가 잡아 오겠다고 약속했으나, 오래도록 성공하지 못하다가 마침내 가지고 왔다. 학교 전체가 이날 우리 반에서 살아 있는 쥐를 해부한다는 걸 알고 있었다. 소년은 덫에 갇힌 쥐를 갖고 왔는데, 무슨 까닭인지 그 쥐의 이름이 페냐라고 말했다. 그는 스스로 해부하겠다고 나섰다. 갑자기 수업 중에 볼로댜를 대장으로 한 상급 학년의 대표단이 왔다.

"우리는 우리 학교에서 살아 있는 생명체를 죽이는 걸 원하지 않는다. 우리는 페냐가 가엾다." 한 무리의 학생들이 '가엾다!'라고 외치고, 다른 아이들은 '자르자!'라고 외친다. 끔찍한 논쟁이 벌어진다. 기억하기로, 올가 비탈리예브나가 이 논쟁을 더욱 격화시킨다. 쥐의 이름이 페냐라는 언급이 결정적이었던 것으로 밝혀진다. 쥐는 단순한 쥐가 아니라 개체가 된 것이다. 사람들이 예의 주시하자, 쥐는 자기가 페냐인 것처럼 행동한다. 겸손하게 자신의 운명이 결정되기를 기다리고 있는 쥐는 잊어버린 채, 회의에서는 격렬한 말들이 오가고 학문과 역사, 기요틴, 파리 코뮌에 대해 논쟁한다. '위대한 목표는 희생을 요구한다! 그러나 희생물은 이것에 동의하지 않는다! 그럼 당신이 쥐에게 물어보라! 하지만 당신은 쥐가 말을 하지 못한다는 것을 이용하고 있다. 만약 말을 할 수 있었다면, 쥐는 대답했을 거다!' 마침내 우리는 투표하기로 결정한다. 쥐의 문제가 학교 전체를 뒤흔들었기 때문에 우리 학급만 투표하는 것이 아니다. 그리고 쥐는 풀려났다. 볼로댜는 성대하게 덫을 마당으로 들고 간 다음, 모두가 있는 자리에서 실현되지 않은 학문의 희생물을 자유의 품으로 놓아준다. 흥분되는 순간이다! 특히 올가 비탈리예브나가 감정의 동요를 일으켰고, 그래서 우리는 이 일이 쥐에 대한 것이 아니라 뭔가 중요한 것에 관련되어 있다고 짐작하게 된다. 마지막 순간으로 인해 분위기가 조금 음울해진다. 자유롭게 풀려난 우리의 페냐는 어리둥절해져서 주위를 두리번거리고 있었는데, 그때 마당으로 달려온 고양이가 페냐를 잡아챈 것이다…….

시베르스카야의 겨울, 소나무에서 떨어진 건조한 눈이 구름처럼 날리고, 핀란드식 썰매는 썰매 날로 방향을 바꾸며 손잡이를 꽉 잡아야 할 만큼 경사로 아래를 향해 전속력으로 질주한다. 산림지기 마티센의 별장 베란다에는 형형색색의 얼음으로 덮인 작은 나무통이 화환처럼 걸려 있다. 우리는 마티센의 집에서 세 번째 겨울을 보내는 중이다. 여기서 그리 멀지 않은 곳에 이굼노프 가족이 살고 있다. 그들은 자기 집이 있다. 아샤는 회전할 때 핀란드식 썰매의 안장—'포트쿠리'로 불리는—에서 미끄러져 '포트쿠리'에서 날아올라 눈더미 속에 머리를 처박고 있고, 나는 반대편 눈 위에서 허우적거리고 있다. 창백해진 길이 가로등 불빛에 빛나고 있다. 아샤의 붉은 모자는 멀리 날아가 버렸고, 눈에 띄게 두툼하고 흰색과 검은색 줄무늬가 있는 그녀의 붉은 모직 상의는—운동할 때 입으려고 스웨덴 가게에서 산 것으로, 스웨터라 불린다—통째로 눈 위에 놓여 있는데, 아샤는 미친 여자처럼 소리 내어 웃고 있다. 그녀의 웃음은 때로 나를 겁먹게 한다. 내가 보기에 그녀는 특정한 누군가를 위해, 혹은 특정한 어떤 이유 때문에 웃는 것 같다. 한편 얼음 나무통은 이렇게 만든다. 색깔이 든 물을 찻잔에 부은 다음 밧줄을 담근다……. 아샤의 아버지 콘스탄틴 이바노비치는 자동차를 샀다. 그러나 겨울에 시베르스카야 기리에서 차를 타고 다니는 것은 위험하다. 한번은 차가 빠져서 말을 동원해 끌어내기도 했다. 사람들 이야기로는 시베르스카야 근방에 탈주병 그리보프라는 자의 패거리들이 돌아다니는데, 몇 달간 그를 붙잡으려 시도하고 있지만 잡지 못하고 있단다. 이때가 어느 겨울이던가? 성탄절 방학, 엄마는 통계청이 아니라 출판사의 교정자로 일하고 있어서 일감을 가지러 페테르부르크까지 가서 무거운 꾸러미를 가지고 와야 했는데, 그럴 때면 내가 역으로 엄마를 마중 나간다. '그리보프가 장난을 치고 있기' 때문에 더욱더 그러하다. 아무도 그리보프가 살아 있는 모습을 보지 못했지만, 사람들은 그에 대해 온갖 무시무시하고 허무맹랑한 이야기들을 한다. 사람들 말에 따르면, 그리보프는 특히 경찰들과 재정 관료들 그리고 리보니아 지주들을 증오한다. 이 세 부류의 사람들이 그의 삶에 크나큰 해악을 끼쳤기 때문에, 그들에게 복수하기로 맹세했다는 것이다. 그는 부유한 별장을 도둑질하지만, 가난한 이들은 건드리지 않는다. 그해 겨울, 나는 닉 카터와 존 윌슨에 대한 얇은 책을 심취하여 읽는데, 내가 그들 중 하나가 되어 그리보프와 싸우는 모습을 상상하기도 한다…….

그리고 드디어 그와 얼굴을 마주하게 된다. 저녁 무렵에 볼로댜, 아샤, 얼마 전 시베리아에서 돌아온 외삼촌 슈라* 이렇게 넷이 스키를 타러 간 숲의 언덕에서 그 일이 일어난다. 슈라! 그 당시 나는 계속해서 그를 눈여겨보고 있었다. 그는 나의 흥미를 끈다. 알렉산드르 피메노비치 혹은 그의 엄마가 부르는 것처럼 슈라는 약 서른 살 정도로 아직 젊은데, 온통 그을려 있고 얼굴에는 반점과 상처가 있으며 이발을 한 백발 머리에 강철 테로 된 안경을 썼다. 엄마는 그가 변했다고 말한다. 그들은 오랫동안 서로 보지 못했다. 슈라는 혁명가인데, 어떤 점에서 또 무엇으로 이름이 알려졌는지는 알 수 없고 물어보는 것도 금지다. 나는 이 규칙을 잘 알고 있다. 우리 집에는 가끔 비밀스러운 인물들이 나타나곤 하는데, 나는 그들을 어떻게 대해야 하는지 배웠다. 하지만 나는 참지 못하고 엄마에게 물어본다. 슈라는 직업이 뭐야? 혁명가야. 알아, 그런데 전문 분야가 있어? 전문적인 혁명가지. 그럼 혁명가가 되기 전에는? 엄마가 기억하는 한 언제나 그랬다. 어려서는 교회 본당에 있는 학교에 다녔는데 이미 그때……. 나는 차츰 알게 된다. 그가 혁명 초기의 투사이며 유형, 탈주에 파수꾼을 살해하고 징역을 살았다는 것을. 슈라는 알렉산드르 피메노비치도, 다닐로프도 아닌 이반 스피리도노비치 사모일렌코라는 이름으로 페테르부르크에 왔다. 나에게는 이것이 그리 놀랍지 않다. 엄마도 마찬가지로 낯선 성과 이름을 하고 다니기 때문이다. 모두들 그녀가 아나스타시야 표도로브나 메르케이고, 도시 레벨의 소시민이라고 알고 있지만, 그녀는 이리나 피메노브나 다닐로바, 남편 성을 따르면 레투노바이고, 노브고로드 현의 농민이다.

숲 언덕에서 썰매를 타고 아래로 내려가려고 준비한다. 아샤는 겁이 나는지 웃으면서 스키를 벗고 걸어 내려가겠다며 거부하는 중이고, 우리는 그녀를 부추기고 있다. 그런데 갑자기 모피 반코트를 입은 세 사람이 소나무 사이에서 나타난다.

"안녕들 하신가? 스키 타는 여러분들. 놀라지 마시오." 한 사람이 말한다. "나는 그리보프요." 그들 역시 스키를 타고 있다. 그들은 아무도 눈치채지 못하게 살금살금 다가왔다. 우리는 놀라서 모두 얼이 빠져 있었다. 나는 그리보프를 봤는데, 그의 모습에는 무서운 데가 전혀 없다. 짙은 턱수염을 기른 홍안의 젊은이로 핀란드 사람들이 사용하는 차양 있는 털모자에 귀덮개를 내려 쓰고 있다. 그리보프는 온화한 모습으로 바라보고 있어서 심지어 미소를 짓는 것 같다. "아, 그리보프!" 슈라가 말한다. "안녕하신가, 형제여……." 나는 막대기가 삐걱거리는 소리, 스키가 사각거리는 소리를 듣고 주변을 살펴보는데, 볼로댜가 아래로 질주하고 있다. 스키를 굴러 도약판에서 뛰어오른 다음 소나무 사이로 내달렸고, 오른쪽으로 방향을 바꿔 빽빽한 숲 사이로 보일 듯 말 듯하다가 완전히 사라졌다. "용감하군!" 하고 그리보프가 말하자, 그의 일행중 하나가 산적들 방식대로 휘파람을 분다.

슈라가 그리보프에게 다가갔고 그들은 조용히 이야기를 나눈다. 그런 다음 셋은 작별 인사를 한 뒤 떠났고, 우리는 집으로 돌아온다. 우리가 숲 속 공터에 과녁 모양의 널빤지를 세우자 슈라는 브라우닝 권총으로 사격을 한다. 나와 아샤도 총을 쏘게 해 주었다. 슈라는 시력이 좋지 못한데, 감옥에서 구타를 당한 뒤 더 나빠졌고, 그래서 오래도록 매우 세심히 조준을 한다.

쉬익 소리를 내며 탄피가 눈 위로 떨어진다. 나는 무엇 때문인지 그것들을 모으는데, 탄피들은 따뜻하다. 어두워지면 더 이상 사격을 해서는 안 된다. 우리는 볼로댜에 대해선 말하지도, 생각하지도 않으려고 애쓰면서 집으로 향한다. 그에게 생긴 일은 사고다. "진짜로 겁먹은 걸까?" 아샤가 속삭이며 묻는다. 나는 아무것도 이해할 수 없다. 그녀의 목소리에는 놀라움이 묻어 있지만, 우리의 눈앞에서 펼쳐진 일로 더욱더 놀란다. 슈라와 그리보프가 마치 친구인 것처럼 대화를 하다니. 슈라에게서 그리보프에 대해 알아내고 싶지만, 나는 **질문을 던지지 말라**는 엄마의 지시를 떠올리며 입을 다문다. 3년 후 내가 슈라와 함께 열차를 타고 러시아를 떠돌아다니며 그와 단둘이 밤을 지새우게 되었을 때, 그들이 그리보프를 통해 무기를 공급받고 있었다는 걸 알게 된다. 얼마 지나지 않아 그리보프는 국경 수비대에 의해 살해되었다.

완전히 어두워져서야 이굼노프가의 별장으로 되돌아온다. 저녁을 먹고 가라며 나와 슈라를 붙잡는다. 이 얼마나 맛있고 따뜻한 구원의 차인가! 별장 안은 또 얼마나 따뜻하고 편안한지, 콘스탄틴 이바노비치의 담배 냄새, 불타는 양초 냄새가 나고 난로는 윙윙 소리를 내며 나무는 타닥거리고 있다……. 볼로댜는 고개를 숙인 채 탁자에 앉아 있다. 나는 그를 이해한다. 내 생각에는 **뜻밖의 일을 저지르고** 나서 그 자리에 앉아 차를 마시려면 상당한 자제력이 있어야 하는 법이다. 비록 굳은 얼굴 표정을 하고 있지만 말이다. 차 마시는 시간은 평화롭게 이어진다. 콘스탄틴 이바노비치는 슈라에게 시베리아에 대해 이것저것 물어보는데 그가 시베리아에서 무엇을 했는지 알고 있다는 느낌을 주지 않기 위해 몹시 조심하였고, 그래서 화제는 산업과 주민들의 풍속에 대한 것으로 흐르거나, 전쟁이나 은둔자, 독일의 패배에 대해서 아니면 전염병과 스파이, 뇌물, 빈번해지고 있는 약탈과 폭행에 대해 말하거나, 혹은 콘스탄틴 이바노비치가 변호사로서 확실하게 알고 있는 것에 대하여 이야기한다. 갑자기 아샤가 유쾌하고 낙천적으로 — 아무런 의도가 없다는 것은 내가 확신한다. 그러니까 정말 만사태평으로, 어쩌면 어리석은 선량함으로 — 볼로댜에게 말한다. "볼로댜, 네가 도망가서 정말 유감이야. 그 강도는 꽤 유쾌한 사람이었어!" 어떤 강도? 누가 도망갔다고? 결국 심문이 시작되었고, 우리는 어쨌거나 가장 중요한 것에 대해서는 침묵을 지키면서 그리보프에 대해 이야기한다. 볼로댜가 갑자기 활활 타오르는 듯한 얼굴로 일어서더니 — 그는 왠지 얼굴 윗부분이, 이마와 눈이 빨개졌다 — 방에서 뛰어나간다.

"무슨 일이 있었던 거지?"라고 옐레나 표도로브나가 속삭이며 묻는다.

"그리보프가 나타났을 때, 그가 부리나케 도망을 갔거든⋯⋯."

"아, 겁을 먹었구나?" 알렉세이의 눈에 심술궂은 놀라움의 기색이 비친다. 아샤는 당황해서 바라보고 있다. 그녀는 어떻게 해야 할지 몰라 슬퍼한다. 볼로댜를 따라가야 하는지 아니면 여기서 그를 옹호해야 하는지? 나는 가설을 말한다. 그는 비탈에, 그것도 수없이 내달린 스키 자국 위에 서 있었기 때문에 조금만 움직여도 아래로 미끄러질 수 있었는데, 거기엔 멈출 곳이 없다고 말이다.

그러면 그는 왜 안 돌아온 거야? 우리는 그리보프와 최소한 15분 동안은 대화했어. 여러분, 본질적으로 대체 비겁이 뭔가요? 순간적인 의식의 정지 상태요. 그리고 원할 경우, 책임 회피의 동기가 되지요. 내가 볼로댜를 데리러 빨리 다녀올게요. 그러나 옐레나 표도로브나가 말한다. 안 그래도 돼.

콘스탄틴 이바노비치가 말한다. "법률적인 관점에서 비겁은 인간에게만 고유한 것으로 간주되지요. 타간체프가 쓴 것처럼 그것에 대해 벌해서는 안 된다고요……." "그러나 전쟁 상황에서 비겁함을 보인다면요?" "오, 그렇지요, 위험을 회피하면 형법상 처벌되지요……." 그러자 슈라가 이렇게 말한다. 모든 사람에게는 공포가 이성을 완전히 불태우고 어둡게 뒤덮어 버리는 순간이 있기 마련입니다. 그때 그는 이미 산을 내려오고 있어서 멈출 수도, 돌아갈 수도 없었고, 우리 얼굴을 쳐다볼 수도, 살 수도 없었지요. 세상의 모든 것을 법과 조항들로 규정해서는 안 되는 겁니다. 아니, 할 수 있어요. 심지어는 그래야 해요. 그래야만 이 세계의 견고함이 보장되니까요. 당신은 타락한 사회를 견고한 세계라 부르시는 건가요? 하지만 사회는 법이 거의 아무것도 규정하지 못한다는 것 때문에 부패했습니다. 법은 너무나 약해요. 제기랄, 우리 눈앞에서 몽땅 무너져 버리라지! 교회는 무너지고 있는데, 당신은 그 무슨 법에 대해 말씀하시는군요! 오로지 법만 구할 수 있어요. 그 경우 세계는 두 개의 범주로 나뉘지요. 법 안에 있는 것과 그렇지 않은 것으로. 당신은 그 외 나머지는 모두 어디로 치워 버리신 건가요? 나머지는 아무것도 없어요. 그럼 자기 양심의 심판 같은 건 어쩌고요?

비겁의 순간이 평생토록 지속되는 처벌이 될 수도 있어요. 법의 위대한 힘에 대해 예를 들어 설명하지요. 콘스탄친 이바노비치는 말한다. 여기서 볼로댜가 비겁했다고 칩시다. 당신들이 숲에서 범죄자를 만난 순간, 그는 도망쳤어요. 천만다행으로 별일 없이 끝났고, 범죄자들은 당신들에게 아무런 상해도 가하지 않았지요. 그러나 만약 불행한 일이 생겼다면……

이 말을 할 때, 외투와 모자를 걸친 볼로댜가 나타난다. 아마 모두 들었으리라. 나는 결코 그의 얼굴을 잊지 못할 것이다. 시선이 멈춰 버린, 회색빛 종이 석고 모형 같다. 아무도 쳐다보지 않으면서 그는 허공에 대고 말한다. "도시로 떠납니다. 부탁입니다, 아무도 내 뒤를 따라오지 마십시오. 누군가 따라오면 나는 총을 쏠 겁니다……" 그러고는 권총을 보여 준다.

몇 분이 지나 망연자실 놀라움이 가신 후에 우리는 그의 뒤를 향해 내달린다. 그러나 정원에도 길에도 짙은 어둠뿐. 그는 사라졌다. 기차역에도 그는 없다. 4일 후 카므이시노의 엄마에게서 전보가 왔고, 그리고 이 4일은……

누구에게나 있다. 그리고 내게도 마찬가지다. 육체적인 것도 아니고, 죽음의 공포도 아닌, 그런 공포의 순간이 있다. 그건 바로 이성이 빛을 잃고 영혼이 무너지는 순간이다. 타협의 순간이다. 혹은 자각의 순간일지도? 하지만 그 일 이후에 그는 말한다. **나는 당신들 앞에서 한 번은 미약했으나**, 더 이상은 결코 물러서지 않을 거라고. 1928년이었다. 아니, 1935년이다. 갈랴가 말했다. "나는 당신이 너무 안쓰러워요. 이건 당신이 아니라 내가 말한 거고, 우리 아이들이 말한 거예요." 그녀는 모든 것이 그들을 위해 그렇게 되었다고 여겼다. 이성이 흐려진 것이 그들 때문이라고. 이제 갈라는 없다. 그리고 아이들은 — 그들이 있는 건가, 아니면 없는 건가? 가야바의 마당에서 예수를 부인한 베드로는 아이가 없었다. 그로 인해 후에 그는 '반석', 즉 '단단하다'는 것을 의미하는 이름 페트로스를 얻게 된다.

아직 반쯤은 유년이었던 시절의 공포 혹은 미약함의 순간이라고 말할 수 있을 그 일 이후, 볼로댜는 결정적인 순간마다 보기 드문 정신력을 보이며 우리를 수없이 놀라게 한다. 1917년 여름 리곱스키 거리에서였던가? 정말로 우연히 그와 나는 어떤 왕정주의자의 회합과 맞닥뜨리게 되었다. 우리는 약국에 들렀는데, 내가 리시닌 오일을 달라고 하자 약사는 단 한 마디도 하지 않고 우리를 서쪽 방으로 데려가더니 복도로 향하는 문을 열고 등을 밀며 속삭인다. "계단을 따라 아래로! 어서 빨리, 벌써 시작됐어!" 지하실에는 마흔 명가량의 사람들이, 숫자와 이름을 열거하면서 '배신자들', '러시아 민중의 유다들', '소위 정부' 등 이러저러한 일에 대해 격앙하여 적개심을 갖고 내뱉는 풍채 당당한 신사의 말을 주의 깊게 경청하고 있다. 만약 내가 피마자기름을 달라고 했다면 우리에게 작은 상자를 주었을 테고, 우리는 조용히 떠났을 것이다. '리시닌 오일'이 암호였던 것이다. 그런 말도 안 되는 것으로 피를 흘리는 사태는 오직 그 당시에만 가능한 일이었다. 코르닐로프는 아직도 나서지 않았지만, 몇몇 사람은 알고 기다리고 있었다. 지하실에서 우리는 거의 총살당할 뻔했으나, 볼로댜가 램프를 깨뜨려 우리는 어둠 속으로 숨었다.

그 첫날들—3월, 도취한 봄, 질퍽해진 눈으로 젖은, 페트로그라드 대로에는 수천의 군중들이 있었고, 동틀 무렵부터 땅거미가 질 때까지 볼로댜와 아샤와 나 셋이서 돌아다니던……. 그렇게 모든 것, 모든 사람으로부터 완전한 자유였다! 학교는 안 가도 되고, 계속된 시위와 선거, 학교 법에 대한 논의들이 이어진다. 니콜라이 아폴로노비치는 위대한 개혁에 대한 강의 대신 프랑스 혁명을 이야기하고 수업 끝 무렵에는 프랑스어로 「라 마르세예즈」를 들려주는, 그의 눈에는 눈물이 맺힌다. 엄마는 문건, 프로그램, 강령을 인쇄하는 출판사에 있는 건지, 아니면 타브리체스키 궁전에 있는 건지, 혹은 수병들에게 가는 건지, 어딘지 알 수 없는 곳에서 여러 날을 보내고 있어 나는 그녀를 거의 볼 수가 없다. 그렇게 엄마가 집에 오지 않았기 때문에 나는 종종 이굼노프 네, 볼로댜의 방 간이침대에서 잔다. 거긴 참 안락하다. 밤새 볼로댜와 이야기를 하거나 장기를 둔다. 게다가 아샤가 바로 옆, 벽 너머에 있다! 그러나 그건 고통이기도 하다.

갑자기 아침에 가운을 입고 복도를 뛰어다니다가 당황해서 소리를 지른다. "오, 파블리크, 나는 잊고 있었어……." 그녀는 계속해서 내가 여기 있다는 것을 잊는다. 그러나 나는 단 한 순간도 그녀를 잊지 않는다. 이 집에서는 관계들이 이상하다. 모두들 사이가 좋지만, 한편으로는 약간씩 서로서로에게 무관심하다. 밤마다 갑자기 뿔뿔이 어디론가 흩어진다. 그러다가도 함께 모여서 무척 즐거위하며 농을 하고 장난을 친다. 콘스탄틴 이바노비치는 옐레나 표도로브나를 살짝 약 올리고, 알렉세이는 볼로댜와 아샤를 놀려 댄다……. 아샤는 욕실에 들어가 문을 닫는다. 볼로댜는 욕실이 비기를 기다리며 복도에서 꾸물거리고 있는데, 갑자기 알렉세이가 파렴치하게 문을 두드리고 심지어 열어젖히기까지 하며 "친오빠는 괜찮지만, 너는 사촌이니 좀 기다려!"라고 말한다. 나는 볼로댜의 얼굴이 어두워지는 걸 본다. 그는 이 집에서 농담을 좋아하지 않는 유일한 사람이다. 모든 것을 지나치게 고통스럽고 진지하게 받아들인다. 콘스탄틴 이바노비치와 옐레나 표도로브나 그리고 아샤, 바랴, 알렉세이는 도시에서 벌어지는 일을 비아냥거린다기보다는 반쯤은 장난스럽고 반쯤은 공포스럽게, 전반적으로는 마치 거대한 놀이처럼 대한다. 그래, 맞다! 선량하지만, 약간은 어리석은……. 그런데 나는 마치 꿈속에 있는 것처럼 살고 있다. 내 주위의 모든 것이 시끄러운 꿈, 나를 둘러싸서 어디론가로 옭아매는 것 같은 꿈이다. 아샤는 열여섯 살이고, 나는 아직 겨우 열다섯 살이다. 그리고 그녀는 더욱더 멀리, 더욱더 절망적으로 멀어지고 있다. 알렉세이의 동료인 대학생이 즈나멘스카야 거리의 클럽 '란슬롯'에서 열리는 '시와 춤'의 파티에 그녀를 초대하는데 나와 볼로댜는 데리고 가지 않거나, 혹은 어떤 사관생도가 자기 아버지의 자동차에 그녀를 태워 드라이브를 하거나……. 그런데 이 일은 여름이었던 것 같다……. 3월에는 끝없는 도주, 대중, 교차로, 뉴스, 공포와 환희 외에는 아무것도 없다. 궁전 격자에 새겨진 모든 독수리는 붉은 재료로 휘감겨 있다. 사방이 붉은 깃발이다. 요새에도 붉은 깃발이 있다. 경찰국에는 종이가 불타고, 거리는 재로 뒤덮여 있다. 이굼노프가의 집에는 시의 경찰관들이 숨어 있지 않은지 모든 아파트와 다락방들을 조사하기 위해 주택위원회가 조직되고, 콘스탄틴 이바노비치가 위원장으로 선출된다. 그는 커다란 붉은 완장을 차고 다닌다. 놀이, 놀이다! 그리고 우리의 슈라는 이제 높은 사람이다. 바실리옙스키 섬 노동자 대표 회의의 전권 위원이다. 아무도 그를 슈라라고 부르지 않는다. 그는 제정 시대에 투옥된 수난자, 이반 스피리도노비치 사모일렌코다. 3월 말에는 혁명에 희생된 자들의 장례가 치러지는데, 믿기 어려울 정도의 진창과 진흙이 가득하지만, 거리는 치워지지 않는다. 매일 거대한 인파가 진창을 뒤섞고 흩뿌리며, 축축한 눈을 웅덩이로 바꾼다. 우리는 마르소보 들판으로 향하는 긴 행렬 속에서 걸어가고 있는데, 니제고로드스카야 거리에서는 어떤 공장이, 그다음에는 간호 학교가, 멘셰비키들과 우크라이나 사람들, 소방수들, 어느 예비 부대가 합류하고, 군의(軍醫) 아카데미에서는 붉은 재료로 휘감긴 관들이 흘러나오고 있다. 계속해서 우리는 리테인느이 다리를 따라 불타버린 미결수들의 감옥을 지나 걸어가는데, 빨간색과 검은색 깃발이 건물마다 내걸려 있다. 넵스키 거리에서는 두 시간쯤 서 있는데, 사방에서 「영원한 기억」과 「당신은 희생물이 되었다……」를 부른다.* 검은 외투를 입은 사람이 정문 계단의 대리석 벽 위로 뛰어올라, 한 손에는 전등을 쥐고, 다른 손으로는 머리에서 모자를 벗어 흔들며 소리친다. "친구들이여! 우리는 페트로그라드 지역을 통과해야 합니다! 절제력을 발휘하고 인내심을 가지십시오, 친구들! 오늘은 위대한 애도와 자유의 날입니다……. 오늘날 전 세계에 러시아보다 더 자유로운 나라는 없습니다……." 그런 다음 또 무엇인가를 토하듯 큰 소리로 말하는데, 그가 검고 굽은 자신의 몸을 천천히 돌리자, 회색 비버 털 코트를 입고 강철로 번쩍이는 안경을 쓴 슈라의 그을린 얼굴이 보인다.

미굴린은 내 손에서 마치 **자신의 것**을 빼앗듯 몹시 강압적으로 거칠게 서두르며 아샤의 몸을 낚아챘는데, 나는 이것을 나중에야 알아차린다. 한편, 혁명위원회를 구하기 위한 이 모든 급습은 성공하지는 못했지만…… 그 누가 통솔하건 4백 명의 병사를 보내면 왜 안 되는 거지? 나는 직접 달려갔다. 나는 가장 비통한 고통으로 일그러진 노인의 얼굴을, 짙은 눈 밑, 거무스름한 회색빛 털로 덮인 뺨, 괴로운 공포로 새겨진 이마의 주름을 보았다. 시곤체프가 악의적인, 동시에 거의 광기 어린 미소를 띠며 다가와 "카자크인들의 수호자여, 이젠 어떻게 예상하시는지? 누가 옳았을까?"라고 물었을 때, 미굴린은 한 걸음 물러서서, 엄격하지만 자신의 감옥 동지를 위협하려는 것은 아닌 그런 시선으로 바라보며, "내가 옳아. 우리 중에도 짐승 같은 놈이 있지……"라고 대답했다. 하지만 볼로댜는 목이 잘린 채 눈 위에 있다.

……그리고 4월, 핀란드 역에서 레닌을 맞이한 이후, 슈라가 나를 데리고 간 크셰신스카야 궁전 근처는 이미 따뜻한 봄날이다. 나는 볼로댜, 아샤와 함께 도시를 돌아다니며 노동자 대표 회의를 위한 돈을 모으느라 바쁘다. 대략 세 시간 동안 6루블을 모았

다. 다리가 버텨 줄 때까지 우리는 걸어 다니고 있고, 거리에는 야단스러움과 혼란, 끔찍한 인파의 동요, 시위, 주먹다짐과 총격들이 여전하다. '임시 정부는 물러나라!'라고 적힌 깃발을 든 파르비아이넨 공장 노동자들이 무장을 하고 넵스키 거리를 따라 걸어가는 모습이 보인다. 그들 맞은편에는 리테인느이 다리 쪽에서 대학생, 장교, 옷을 잘 차려입은 부인네들의 시위대가 내려오고 있는데, '밀류코프와 임시 정부를 환영한다!'라고 적힌 깃발을 들고 있다. 지붕에서는 사람들이 돌을 던지고 있는데, 누구를 향한 것인지 알 수 없다. 두 시위대가 서로 맞닥뜨려 꼼짝하지 못하게 되자 여자들은 비명을 지르고 난투장이 되어 쓰러지고 도망가고, 부서지는 소리와 함께 깃발이 찢어지고 깃대가 부러진다. 모이카 수로에는 어떤 신사가 오픈카에 서서 사람들에게 돈을 던지듯 흰 소매의 오른팔을 흔들어 대며 연설하고 있다. "미국! ……공표했습니다! ……튜턴족에게! ……." 사람들은 '만세'를 외치는데, 높은 모자를 쓰고 인상이 험악해 보이는 한 남자가 사람들을 뚫고 자동차를 향해 가며 손을 내뻗어 사람들과 싸우면서, 씩씩대는 소리를 낸다. "그 자식을 넘겨줘! 내가 그놈의 볼기짝을 철사에 꿰어다가……."

또 나는 건물 벽 옆에 서 있는 두 사람이 말하는 것도 듣는다. 한 사람이 목소리를 낮춰 "거리에 있는 이 인파들이 뭘 연상시키는지 알아? 터진 배에서 흘러나오는 창자랑 똑같아. 이 칼을 맞고도 러시아는 제정신을 못 차릴 거야……." "신이 함께하길!" "곧 보게 될 거야! 이건 치명적이야. 그래도 기분 좋은 건……." 조용히 웃는다. "내가 죽어 가고 있는데, 러시아도 끝이라는 거야, 한 방에 말이지. 그러니 죽는 것이 그다지 유감스럽지도 않아……" 한 번 쳐다봤다. 넓게 자란 흰 턱수염에 눈 위까지 낮게 덮인 모자를 쓴 노인이다. 내게는 영원히 그렇게 남으리.

어둠 속에서 이굼노프가의 집으로 휩쓸려 들어간다. 아침부터 저녁까지 나는 볼로댜, 아샤와 함께 있으며 그들과 떨어질 수 없다. 어쨌거나 얼간이다! 나는 가끔 인파에 밀려 볼로댜와 아샤가 서로서로 바싹 붙어 있거나, 사람들이 밀치는 것으로부터 그녀를 보호하려 애쓰며 볼로댜가 그녀를 안고 있는 것을 보는데, 그럴 때 내 머릿속에 떠오르는 유일한 생각은 오빠인 듯 그녀를 안을 수 있는 그가 행복하다는 것이다. 그리고 그날 밤, 이미 많이 돌아다니고 많이 떠들었기 때문에 집으로 돌아가 쉬어야 하는데, 아샤가, 아마도 거의 기계적으로 그런 것이겠지만, 차를 마시러 들르자고 제안한다. "파블리크, 갈래?" 목소리가 건성인 것을 보니 그녀는 지쳤고, 볼로댜는 하품을 하고 있으며, 나도 몹시 지쳤다. 그런데도 그녀의 뒤를 따라 현관으로 들어선다……. 나에겐 거절할 힘이 없다. 모르긴 해도 그들에겐 내가 얼마나 넌더리가 났겠는가!

곧 알렉세이가 왔다. 그의 얼굴에는 피가 굳어 있고, 겉옷은 뜯어져 있다. 흥분한 상태로 분명치 않게 어떤 작은 충돌에 대해서, 키리크 나소노프를 때렸고 그를 뒤쫓아 갔다는 것에 대해서 이야기한다. 갑자기 그는 우리가 소비에트를 위해 모금하며 들고 다녔던 기부함을 보게 되었다. (볼로댜를 향해) "이건 도대체 무슨 어리석은 짓이지? 네가 이 일을 한단 말이야? 너절한 인간! 무능한 놈." 심지어 그는 때리려고 손을 쳐들기까지 했다. 그런데 왜 무능함이지? 전혀 적절하지 않고 어리석다. 나는 형제들 간에 맹렬하고 적대적으로 언쟁이 끓어오르는 걸 처음 본다. 알렉세이가 갑자기 볼로댜의 아비지, 즉 자기 삼촌을 공격하며 무슨 까닭인지 그를 얼간이라 부른다. 선명하게 연결되지는 않지만, 나는 감춰지고 쌓였던 것이 표면으로 터져 오르고 있다는 것만은 이해한다. 넌 지금 우리 아버지를 비웃는 거야? 그런데 네가 이 집에 살고 있으니, 이 집의 규칙에 따라야지! 어떤 규칙? 우리 규칙! 그 자리에는 바랴도, 옐레나 표도로브나도 있었지만, 아무도 농담할 기분이 아니었다. 왜냐하면 거리에는 군중이 있고, 알렉세이의 얼굴은 피범벅이기 때문이다. 아샤가 볼로댜를 방어하기 위해 뛰어든다. 즉시 사과해! 우리 집의 어떤 규칙에 대해서 말하는 건데? 그래, 사람을 죽이는 데까지 이르렀으니, 말하지. 반 시간 전에 내 눈앞에서 키리크 나소노프를……

모두 키리크 나소노프를 잘 안다. 그는 니콜라이 아폴로노비치 프리고다의 조카로, 측량 대학교 학생이다. 그런데 문제는 키리크가 아니다. 모두가 서로 싸우기 시작했고, 나는 한편에 물러나 있다. 그 방에는 내가 없는 것 같다. 비록 모든 혼란이 나로 인한 것이었음에도 불구하고 말이다. 엄마가 모금을 도와 달라고 부탁한 데다 사실 나도 입당하고 싶고 그걸 꿈꾸고 있지만, 나이가 걸렸다. 물론 내겐 거의 그럴 권리가 있긴 하지만 — 또다시 **거의** 다! — 말이다. 그리고 볼로댜와 아샤는 할 일이 없던 터라 우정 때문에 나를 도와주었다. 하지만 볼로댜도 아샤도 모금함을 손에 들지는 않았고 그저 나와 함께 다녔을 뿐이다.

또다시 볼로댜가 대화 도중 자기 말을 멈추고는 황급히 방에서 몸을 돌려 나가 버린다. 엘레나 표도로브나는 그가 없는데도 알렉세이를 달래며 모두를 화해시키려고 애쓴다. 콘스탄틴 이바노비치는 제1명령의 이중성을 이런저런 각도에서 논하고 있는데, 전체적으로는 역사의 새로운 실험이 답할 것이니, 4백 년이 지난 뒤에 와서 보면 된다는 것이다. 그러면서 그는 말린 철갑상어 등뼈가 든 케이크 조각을 맛있게 먹어 치우는데, 그것을 손에 넣기란 엘레나 표도로브나의 천재적 능력으로만 가능한 일종의 기적이었다. 그리고 이제 나 역시 이 집을 떠나야 할 때라는 것에 대해 생각하고 있다. 물론 그들은 내가 교육을 잘 받았다는 이유만으로도 나를 비난하지는 않는다. 하지만 논쟁 속으로 나를 끌어들이지 않고 내게 침묵을 지키는 것도 질책이다. 우리가 그토록 오랫동안 함께 서 있던 얼음장 어딘가가 쪼개졌고, 이제는 양쪽이 서서히 갈라지고 있다. 엄마는 그것을 오래전부터 예측하고 계셨다. "이굼노프 씨네서 네 삼촌이 지역 전권 위원이라는 걸로 너를 나무라지는 않니? 그들은 좋은 사람들이지만, 한계가 있어. 어쨌거나 그들이 부르주아라는 걸 잊지 마라." 아니, 그들은 나를 나무라지 않는다. 나는 느끼지 못한다. 하지만 사실 나는 많은 걸 느끼지 못한다.

시베르스카야에서의 어느 겨울처럼, 볼로댜는 또다시 떠나려 하지만, 지금은 다들 그를 붙잡으며 막아서고 있다. 바랴와 아샤는 트렁크를 빼앗고, 옐레나 표도로브나는 거의 눈물을 흘리며 애원한다. "애들아, 내가 맹세컨대, 도시에, 세상에 무슨 일이 일어난다 하더라도 너희들은 친구로 남아야 한다. 그리고 볼로댜 너, 그리고 파블리크 너, 그리고 애들아, 너희들은 어서 서로에게 손을 내밀어라."

알렉세이는 그 순간 즉시 손을 내밀지 못했다. 상처 때문이었다. 아샤가 상처를 씻고 요오드를 부었다. 그는 손가락으로 솜을 잡고 있어야 하는데, 고통스러워하면서도 굴하지 않다. 아니, 그는 한순간도 키리크 나소노프를 잊지 못한다……. 사람들은 매우 평화롭게 무기 없이 왔지만, 어디에선가 깃발 든 사람들이 흘러들었다……. 모욕과 위협이 시작되었다. 그것도 단지 그가 "배신자, 독일인들의 돈에!"라고 외쳤다는 이유만으로. 그러자 나는 참지 못한다. 비열한 것을 외쳐서는 안 돼요. 아니, 뭐든 외칠 수 있어, 친애하는 파블리크. 이걸 위해 혁명을 하고 검열을 철폐했잖아. 하지만 군화로 머리를 짓밟는 건 안 된다. 모두가 기회를 엿보고 있었다. 그 짐승들은 발부터 쳐서 쓰러뜨린 다음, 누워 있는 자의 머리를 장화로…….

키리크 나소노프는 며칠 후 병원에서 죽었다. 그러나 우리는 이 사실을 모르고 있다. 콘스탄틴 이바노비치가 예기치 않게 내 편을 든다. 그의 유연한 변호사적인 지성이란! 그를 바라보고 있다. 그는 얼굴에 마맛자국이 있는 뚱뚱한 금발 머리로, 언제나 알 수 없는 미소를 짓고 있으며, 촉촉한 입술은 밝은 적색 콧수염과 짧은 턱수염이 만드는 둘레 속에서 웃거나 혹은 뭔가 유머러스한 것을 말할 준비를 하며 떨리고 있다. 입술은 그의 얼굴에서 가장, 눈보다 더 생기 있는 부분이고, 그 때문에 그의 얼굴은 전체적으로 약간은 부인네 같은 표정을 띠고 있다. 미소를 띠고 자신의 앞 허공 속에서 크고 흰 손가락을 꼼지락거리며 이렇게 논한다. "신을 분노하게 하지 말자. 키리크는 정말 안타까워. 그는 부주의해서 고통받았어. 하지만 어쨌거나 러시아는 행복한 나라야. 위대한 혁명이 사실상 피를 흘리지 않고 일어났을 뿐만 아니라, 희생자도 거의 없으니까. 올라르*를 읽어 보게들. 프랑스 혁명 시기에 무슨 일이 일어났는지……."

옐레나 표도로브나가 열렬히 그를 지지한다. "그럼, 그럼, 제군들, 올라르를 읽어 보라고!" 그녀는 볼로댜에게 키스하고 아들을 껴안으며 내게는 부드럽고 행복한 미소를 짓는다. 이 여인은 언제나 행복하다. 그녀는 건강으로 빛나고, 홍조와 선량함, 삶에 대한 열망으로 반짝인다. 보석 브로치가 그녀의 풍성한 가슴 위에서 마치 무서운 인공 눈처럼 번쩍이고 있다.

발트 해 수병 가뉴시킨과 함께 나는 의회에서 「프라우다」 신문을 팔고 있다. 편집실에서 5백 부를 받아 오고 저녁에 돈을 갖다준다. 그리고 빵을 배급받는 줄에서 한 시간 반 동안을…… 그다음에는 자전거 등록 번호를 받기 위해 도시의 관청으로 가거나, 소비에트를 통해 받은 배급표로 장작을 가지러 골로다이 섬* 어디론가 가는데, 사방이 온통 줄이다. 굶주리고 기괴한 미증유의 시대! 모든 것이 가능하지만, 아무것도 이해할 수 없다. 슈라는 사라지기도 하고, 혹은 콧수염을 붙이고 낯선 이름으로, 심지어 사모일렌코가 아닌, 누군가 다른 사람의 이름으로 다니거나, 아니면 경찰을 조직하고 무기를 사면서 다시 바실리옙스키 섬에서 지휘를 한다. 콘스탄틴 이바노비치는 정부를 칭송하기도 하고, 극단적인 말로 비난하기도 한다. 그는 보안국의 숨겨진 협력자들을 색출하는 위원회 소속인데, 도취되어 있으나 극도로 긴장해 있었고 끊임없는 전화와 방문들이 이어졌다. 미소는 사라졌고, 흰 손가락은 더 이상 꼼지락거리지 않았으며, 대신 평평한 손바닥으로 계속 두드려 댈 뿐이다. 저녁마다 "여러분, 만약 그대들이 우리 그물망에 어떤 물고기가 걸렸는지를 안다면!" 하고 수수께끼 같은 말을 한다. 누군데? 누구? 아빠, 말해요! 아니, 아니, 친구들, 너무 귀찮게 하지 말라고. 우리도 공개하긴 하지만, 이것까지는 안 돼. 신문에서 알게 될 거야. 한 사람에 대해서는 알려 줬는데, 그는 아파트 최고급층에 사는 주민으로 은행원이며 페트로그라드에서 유명한 경마 도박사였다. 볼로댜는 저녁에 매복해 있다가 그의 중학생 아들을 죽도록 때려 줬다.

슈라는 "그들이 이 놀이를 즐길 시간은 얼마 남지 않았어. 여름까지도 살지 못할 거야. 그들을 쫓아낼 거야……"라고 말한다.

그리고 실제로 여름 중반 무렵 콘스탄틴 이바노비치는 절망했고, 매우 자주 정부를 저주했다. "바보들! 비열한 놈들! 큰 전쟁을 이기고 싶어 하지만, 소소한 내전에서도 이기질 못하지!" 위원회는 해산되었다. 밀고자들 중 아무도 진짜로 처벌받지 않았다. 아침마다 자랑스럽게 집을 나서던 콘스탄틴 이바노비치의 자동차는 군용으로 차출되었다. 시베르스카야의 오래된 별장은 누군가가 불태웠고, 모든 가구와 책까지 완전히 타 버렸다. 콘스탄틴 이바노비치는 재판해서 보상을 받으려 하지만, 어디에서 그걸 받겠는가! 아무도, 아무것도 할 겨를 없이 8월이다. 무시무시한 것에 대한, 임박한 학살과 카자크들의 복수에 대한 소문들, 어떤 사람들은 기뻐하지만, 다른 사람들은 공황 상태에 빠졌고, 모두 흥분하여 많은 사람들이 페테르부르크를 떠나고 있다. 소문은 이렇다. 케렌스키가 전보로 코르닐로프가 잡혔다고 공표했는데, 코르닐로프 역시 마찬가지로 전보를 통해 케렌스키 체포 소식을 공지했다는 것이다. 크르이모프 군단이 페테르부르크로 오고 있다. 이러한 나날을 보내며 나는 가뉴시킨에게 붙어 서서 한 걸음도 떨어지지 않는다. 그와 함께라면 아무것도 두렵지 않다. 크르이모프 장군도, 수도를 진압하기 위해 오고 있다는 '거친 사단'도 말이다.

오, 사바 가뉴시킨, 영원토록 놀라운 자여! 그는 어떻게 삶에서 사라졌고, 그다음에는 어디로 갔을까? 사바 가뉴시킨은 얼마 전까지 수병이었는데, 쉰 목소리로 무례하게 큰 소리를 지르는 자, 신문 독자이며, 거리 집회에서는 잔혹한 주먹싸움꾼이다. 그는 아무 논쟁이나 쉽게 끼어들고, 맞닥뜨린 사람이 누구든 간에, 설령 그가 병사이건 사관생도이건 간에 난투에 돌입하는데, 놀라운 건 언제나 그가 이긴다는 점이다. 단번에 한 사람 혹은 두 사람을 쓰러뜨리면, 나머지는 멀리 도망간다. 모두 사바의 힘이 엄청나다는 것을 직감하기 때문이다. 지난봄, 그와 나는 레닌의 연설을 듣기 위해 해군 사관 학교로 갔다. 표는 슈라가 구해 줬는데, 5천 명

이상의 민중이 군집하여 체조용 계단에도 사람들이 매달려 있고, 어떤 건방진 놈들은 복도에서 들어오는 문을 부수기 시작했다. 무질서였다. 사바는 무질서한 걸 좋아하지 않는데, 나는 그가 어떻게 그들을 몰아내는지를 보고 있다. 곰 같은 등짝을 그들 쪽으로 돌린 다음, 문기둥 속으로 손을 넣고는 마치 피스톤처럼 그들을 밀어냈다. 오, 사바여! 정말 사바는…… 어떻게 그를 잊을 수 있겠는가?

엄마가 돌아가신 그 겨울, 사바는 이렇게 말했다. "나는 꿈꿔 왔어. 친구, 너랑 내가 한집에서 사는 것을 말이야……." 이것이 그가 내게 한 말이다.

나는 마치 그래야만 하는 것처럼, 마치 모든 것을 다 알고 있는 것처럼 침묵하고 있다. 하지만 사실 아무것도 알아차리지 못했다. 나로서는 마치 폭탄이 터진 것 같았다. 다만 너무 멀리서, 너무 늦게, 소리 없이 일어났다. 모든 것이 쓸려 어디론가 날아가 버렸다. 엄마는 나의 삶에 대해, 나는 그녀에 대해 아무것도 몰랐다…….

코르닐로프 반란이 절정이던 여름의 끝 무렵 누군가가 군인 동맹 '수비대에서'의 가입 용지를 갖고 왔다. 온 힘을 다해 폭도들을 도우라는 호소다. 볼쇼이 대로에 많은 양이 뿌려졌다. 인쇄소가 버젓이 적혀 있는데, 16번가 5번지다. 내가 지역 위원회의 슈라에게 달려가자 그는 붉은 군대의 군인들을 할당해 줬고, 사바를 사령관으로 삼아 우리는 주소지를 향해 간다. 그런데 문을 열었을 때 문지방에 서 있는 첫 번째 사람이 알료시카* 이굼노프 아닌가!

그는 멍하니 나를 쳐다보다가 갑자기 소리를 내며 웃는다. "너야? 정말 멋지군! 이 무슨 운명의 장난인가!" 사바는 가벼운 손짓으로 그를 마치 커튼인 것처럼 한쪽으로 옮기더니, 방 안으로 모습을 감춘다. 아파트 안에서는 사람들이 차갑게 우리를 맞이하며, 오만하게 말한다. "젊은이들이 경솔하게 행동하는군. 이틀 후면 이곳에 크르이모프 장군이 올 거야. 그러면 우리는 자네들 모두를 기억해 두겠네. 한 사람도 빠짐없이……." 이틀 후, 크르이모프 장군이 총으로 자살했다는 소식이 전해졌다.

그가 질문을 던진다. "파벨 예브그라포비치, 당신은 왜 그렇게 고집스레 미굴린의 운명에 집착하는지요? 그의 친척인가요? 먼 친척이라도? 아내 쪽으로 그럴 가능성이 있나요?" 아니요, 나는 말한다, 친척이 아닙니다. "그럼 대체 무슨 이유지요?" 아무 이유도 없습니다. 그저 애써 보는 거지요. 그게 전부입니다. 당신에게는 반드시 이유가 필요하겠지만, 나한테는 가슴이 아프다는 것 외에는 아무 이유가 없습니다. "파벨 예브그라포비치, 우리는 그것에 대해서도 걱정하고 있습니다. 당신의 심장이 건강하지 않다는 것 말이지요. 당신은 이미 젊지 않습니다. 그런데도 로스토프에 세 번이나 방문해서 힘과 시간을 낭비하고 있습니다. 당신의 고집에 놀라고 있습니다. 연세가 어떻게 되시지요, 파벨 예브그라포비치?" 대답하지요. 나는 자기 민중의 역사에 전혀 관심 없는 사람들이 있다는 것에 놀랄 뿐입니다. 그들에게는 이렇건 저렇건, 저것이든 이것이든 모두가 똑같지요. 야위고 흥분한 어떤 노인이 의자에서 일어난다. "그럼 설명해 보세요. 당신은 왜 불의를 옹호하십니까? 좋아요. 그가 성공적인 지휘관이었다는 점은 그냥 둡시다. 크라스노프와 데니킨과 싸웠고, 명예의 무기*도 받았고, 그렇지요. 그러나 왜 그를 혁명가로 만드는 거지요? 왜 그런 거짓을 허용하는 거요?" 노인의 눈이 불타오르고, 검버섯 핀 주먹은 굳게 쥐어진다. 하지만 나는 조용히 대답한다. 단 한 번도 불의를 옹호한 적이 없고, 옹호하지도 않을 거요. 내가 뭔가를 말한다면, 그건 내가 근거를 갖고 있다는 뜻이오. "근거 따위는 없어요!" 노인은 몸을 떤다. "그는 그저 노동당원*이었을 뿐이오. 인민 사회주의자*라고요! 나는 그의 형제와 함께 아타만* 학교를 졸업했고, 그의 가족을 잘 알아요. 그들은 진보를 부정하는 암흑의 악마들이지요. 볼셰비키를 위해 일한 건 지휘봉 때문이라고요……." 이건 이해할 수가 없다. 흑백이니, 진보를 부정하는 악마니 혹은 천사니. 그리하여 그 사이에는 아무도 없다. 그러나 사실은 모두가 그 사이에 있다. 어둠으로부터, 악마로부터, 그리고 각각의 천사로부터도……. 1917년 8월의 나는 어떤 사람이었던가? 회상해 보면, 지금 나는 아무것도 이해하지 못하겠고, 아무것도 선명하게 그려낼 수가 없다. 물론 엄마, 슈라 삼촌 그리고 새로운 친구들……. 모두 도취되어 있었지. 하지만 1월에 엄마가 돌아가셨을 때, 아버지가 부르는 쪽으로 혹은 프리고다 노인이 초대하는 쪽으로 조금만 움직여도 충분했었어. 혹은 아샤가 자기와 함께 가자고 불렀다면……. 모르겠다, 나는 지금 어떤 사람이 되어 있을까? 아무것도 아닌 작은 일이, 마치 화살이 조금만 휘어져도 그렇듯, 하나의 길에서 다른 길로 이동하는 원동력을 만든다. 그리하여 당신은 로스 토프가 아닌 바르샤바에 이르게 되는 것이다. 나는 강력한 시대에 흠뻑 빠진 소년이었다. 아니, 다른 노인들처럼 거짓말하고 싶지는 않다. 길을 알려 준 것은 시대의 흐름—그 안에 있는 것이 기뻤다—과 우연, 직감이지, 엄준한 수학적 의지가 아니다. 거짓말을 하게 두지 마라! 사람마다 달랐을 수 있다. 이런, 그럼 내가 무엇 때문에 논쟁하는 거지? 아마 다른 노인들은 상황이 달랐겠지. 누구도 모욕해서는 안 된다. 나는 고독하고 꿈이 많은, 거리의 삶을 살고 있으며 정신이 나갈 정도로 사랑에 빠진 소년이었다…….. 내게서 아샤를 빼앗아 간 그는 1917년 8월 30일 우스티-메드베디츠카야 마을에서 거의 죽을 뻔했다. 백부장 스테판 게라시모프가 그를 베어 죽일 뻔했으니까.

겨우 들릴 만큼 가냘픈, 그러나 살아 있는 목소리로 자신에 대해 이야기하고 증명할 수 있는 그들만이 진정 혁명가들인가? 그렇다면 폭주하고 분노하며 피거품 속에 숨을 헐떡이다가 자취도 없이 사라져 버린, 연기와 악취 속, 그리고 그 알 수 없는 것들 속에서 죽어 간 사람들은……. 눈앞에 펼쳐진다. 카자크인 마을의 추수, 테 없는 모자와 위가 높은 모자를 쓴 수천의 기마 부대, 활짝 열린 창문들, 지붕 위의 소년들, 그리고 밝은 색의 장군용 여름 제복을 입은 거무스레하고 폭염에 쇠약해진 칼레딘.* 먼지와 더위. 그곳에 나는 없지만, 내겐 보이고 들린다. 운명을 예감하는 듯한, 약간 쉰 듯 가늘고 높은 목소리가 "우리 계획은 우리 카자크인 모두에게 다 알려져 있습니다. 우리는 사회주의자들이 아닌 민중 자유당과 함께 갈 것입니다……"라고 말한다. 두 달 전 카자크인들의 군사 회의에서 칼레딘은 돈 카자크인들의 아타만으로 선출되었다. 폭동의 시기에 칼레딘은 임시 정부에 최후통첩을 보낸다. 만약 코르닐로프와의 합의를 거부한다면, 칼레딘 그는 카자크인들의 도움을 받아 모스크바를 러시아 남부로부터 분리시킬 것이다. 임시 정부는 아타만을 체포하라는 명령을 내렸다. 그러나 칼레딘은 이러한 사실을 모른 채, '돈 지역을 봉기시키기' 위해 우스티-메드베디츠카야로 말을 달렸다.

그는 페테르부르크에서 무슨 일이 벌어지는지 모르고 있다. 군대는 수도가 아니라, 각 가정으로 달려가고 있다. 수년간 전쟁을 치른 이후 또다시 '돈 지역을 봉기시키기' 위해서는 어떤 힘을 갖고 있어야 할까? 목에 핏대를 세우며 모두가 오래전부터 들어 알고 있는 것이 공허하다고 외쳐 대는, 얼굴이 검게 그을린 이 노장군에게는 그럴 힘이 없다. 선출권이 있는 노인들은 손바닥을 두드리면서 '옳소!'라고 외치며 으르렁거리지만, 출정하는 군인들은 욕설을 퍼부으며 휘파람을 분다. 미굴린은 연단으로 돌진하고 싶어 하지만 그를 보내 주지 않는다. 미굴린은 군대의 중장이자, 돈 지역 제33연대의 부사령관이다. 그래서 모든 카자크인들이 그를 밀어내며 어깨로 힘을 보태 그에게 길을 뚫어 준다. 그가 연설을 한다. 그는 연설하는 것을 좋아한다. 나는 여러 번 들었다. 2년 후 1919년 여름, 그가 돈 지역 특별 군단을 창설하여 우리가 군용 열차를 타고 역에서 역으로 옮겨 다니며 허송세월을 보내고 있을 때, 그는 어디든 정차하기만 하면 창밖으로 몸을 내밀고 큰 소리로 사람들을 불러들이며 집회를 열었다. 우물쭈물하거나 점잔을 빼지 않고 그는 곧바로 사람들의 혈관을 자극하여 군중이 전율하며 감정을 분출하게 할 수 있다.

"카자크 마을의 시민들이여! 카자크인들에게 과거에 중요했던 것은 지금도, 그리고 앞으로도 그러할 것입니다……." 그는 잠시 모두의 불안을 즐기며 말을 끊고 기다렸다가, 쩌렁쩌렁한 목소리로 군중에게 수류탄이라도 던지듯 팔을 흔들며 말한다. "카자크인들에게 자유를! 이미 오래전부터 거의 2백 년 동안 우리 카자크인들에게는 이 달콤함이 없었습니다. 그러나 사람들은 그것에 대해 말하고, 혀로 그것에 침 바르기를 좋아하지요. 자유, 자유……. 카자크인을 아무 나무통에나 어울리는 뚜껑처럼 취급하는데, 거기에 무슨 자유가 있나요? 불이 난 곳에 소방수를 투입하듯, 소란과 폭동이 있는 곳이면 그곳으로 카자크인들을 몰아넣지요. 그러나 자유에 대해서는 물어보지 않습니다. 혁명은 이 허구적인 '자유'에 종지부를 찍었습니다. 카자크인들을 러시아의 유령으로 만드는 것은 이제 충분합니다! 우리는 평화로운 삶, 평안 그리고 우리 땅에서 이루어지는 노동을 원합니다. 반혁명적 장군들은 물러나라!" 바로 이것이 홀에 앉아 있는 사람들에게 미굴린이 던진 말이다. 사람들이 자리에서 일어나 소리를 지르며 주먹을 휘두른다. 사람들로 꽉 찬 홀의 창문이 곤봉으로 열리고, 시장에 밀집해 있던 군중은 소음과 비명 소리를 듣더니 험악하게 날뛰기 시작한다. 거의 문을 박살 낼 듯 홀 안으로 몰려 들어간다. 미굴린은 계속해서 말하려 하지만, 분노한 노인들과 칼레딘 쪽 사람들이 그를 연단에서 끌어 내리고, 곧바로 이어지는 주먹싸움……. 갑자기 군중 속에서 백부장 스테판 게라시모프가 — 이 성은 뇌리에 박혔다. 물론 나중에 내가 문서들을 뒤적이다가, 1917년판 우스티-메드베디츠카야 지역 신문에서 스테판 게라시모프에 대해 읽기도 했거니와, 동시에 제8군대 사령부 소속 기병 중대에서 역시 북부 카자크 출신인 마트베이 게라시모프가 근무했다는 사실이 떠오르기도 했다. 그러니까 그는 이 열정적인 인물의 친척일지도 모른다 — 일어나 미굴린에게 소리친다. "아타만 앞에서 사과하라, 안 그러면 머리를 날려 버리겠어!" 그러고는 대검을 흔들었다. 미굴린은 허리에 찬 가죽 케이스에서 권총을 꺼내 그의 이마에 총부리를 겨눈다. "대검을 버려!" 증오의 눈빛으로 서로를 쏘아보며 얼어붙은 채 한순간 그렇게 서 있다. 그러자 어느 카자크인이 게라시모프에게서 대검을 뽑아 부러뜨려 창문 밖으로 던져 버린다. 그사이 칼레딘은 검은 통로를 통해 사라진다.

그 후 미굴린은 광장으로 나선다. 웅성거리는 군중 앞에서 그가 연설하는 동안 군 장관 베르홉스키의 전보 — 폭동의 동조자인 칼레딘을 체포하라는 — 를 갖고 온 사무관들이 사람들을 헤치며 현관을 향해 가고 있다. 미굴린이 자신에게 충성스러운 카자크인 군인들을 불러 서둘러 아타만을 찾았지만 이미 그는 자취를 감춘 뒤였다. 그는 노보체르카스크로 떠났다. 아직 피를 흘리지는 않았으나, 피비린내 나는 말로 카자크인들을 갈라놓았다. 어떻게 해야 하나? 누구 편에 서야 하나?

아버지에 대한 기억은 거의 나지 않는다. 아직 그가 살아 계셨을 때부터 잊어버렸다. 아버지는 마지막으로 바쿠에서 페테르부르크로 왔고, 그다음 1912년에 헬싱키로 이사 갔다. 검고 곱슬곱슬한 수염, 안경, 길고 부드러운 손, 계속해서 쑤시는 담배 파이프와 엄마에 대한 몇 가지 농담들을 기억한다. 그는 기술자다. 엄마는 그를 불쌍하게 여긴다. 그에 대해서 마치 선량한 타인처럼 얘기한다. "불행히도 그는 소심해. 아니, 겁쟁이는 아니야. 육체적으로 그는 용감하지만 생각이 소심해." 오래전에 그들은 헤어졌다. 이유는 정확히 모르겠다. 아마 사상의 차이 때문이었을 것이다. 대학 시절에는 그도 폭동을 일으키고 저항하여 북쪽 어딘가로 1년간 유배당하기도 했다. 하지만 나중에 기술자로서의 직책을 찾아 떠나 버렸다. 여기 그가 아주 크고 차가운 방 안에 앉아 차를 마시고 컵으로 손을 녹이면서 슈라와 나지막이 이야기를 나누고 있다. 무엇에 대해서인가? 엄마가 몹시 아프다. 독감 후 폐렴이 생겼다. 그녀는 죽을 수도 있다. 누군가가 헬싱키의 아버지에게 연락했고, 그가 왔다.

1918년 1월. 방금 전에 공고가 떴다. 빵 배급량이 8분의 3에서 4분의 1로 준다는 것이다. 나는 거리에서 세 시간을 보냈는데, 처음엔 석유를, 그다음엔 빵을 받으려고 서 있었다. 물이 없다. 전차들도 안 다닌다. 아버지와 슈라는 무슨 이야기를 나누는 걸까? 그들은 속삭인다. 엄마는 아침부터 의식을 잃어서 들을 수 없을 것이다. 그들은 내가 못 듣게 하느라 속닥거린다. 하지만 몇몇 문장들이 들려온다. "이제 법령 후에…… 독립된 나라……." "혼자 결정하게 내버려 둬……." "내 생각에는 그녀도 이 결정에 동의했을 거야……."

나에 대해 이야기하는 것이 느껴진다. 아버지는 거리감이 느껴지는 성공한 사람이다. 살이 쪘고 루나차르스키처럼 입술 위에 보일 듯 말 듯한 면적만 남기고 수염을 깎았다. 저장 식료품을 담은 바구니, 페테르부르크에서 구하기 어려운 약인 우로트로핀과 큰 우유병을 갖고 왔다. 그러나 엄마는 아무것도 먹지도 마시지도 않는다. 눈을 감은 채 누워서 가끔씩 두서없는 말을 중얼거린다.

슈라는 마치 어디에 적당할지를 평가하며 새로운 사람들을 쳐다볼 때처럼 인상을 찌푸리고는, 냉정하고 낯선 눈빛으로 나를 바라본 후 이렇게 말한다. "아버지는 너에게 함께 헬싱키로 가자고 권하신다. 이 제안에 대해 어떻게 생각하니?" 아무 생각도 없어요. 제가 지금 어디로 가겠어요. "지금도, 오늘도 그리고 내일도 아니야." 아버지가 속삭인다. "나는, 원칙적으로, 빠른 시일을 말하는 거다." 아버지는 멋지고 따뜻한, 체크무늬가 있는 회색 모직 정장을 입고 털양말과 두꺼운 밑창을 댄 부츠를 신고 있다. 그는 다리 위에 다리를 얹어 꼰 채 부츠를 흔들며 앉아 있다. 아버지의 시선은 친절하다. 안경 너머로 모든 것을 꿰뚫을 듯하면서도 연민 어린 시선, 선한 감정으로 충만한 저 세계 사람들의 것 같은 그런 시선 말이다. 아버지와 슈라는 마치 엄마가 없는 듯 이야기하고 있다. 엄마가 갑자기 눈을 떴지만, 나도, 오빠도, 아버지도 보지 못한다. 그녀의 눈은 박물관에 있는 것처럼 조형 장식이 있는, 철제 난로 때문에 그을린 천장을 향하고 있으나, 또박또박 이렇게 말한다.

"슈라한테서 아무 데도 가지 마……."

　나도 안다. 우리는 그녀에게 몸을 기울여 이것저것 주려 하지만 그녀는 또다시 아무것도 보지도 듣지도 못한다. 그다음에는 소총을 들고 띠를 맸을 뿐 아니라, 허리춤에는 두 개의 권총집을 찬 사바가 왔는데, 그와 함께 난쟁이처럼 아주 작은 키에 수염이 덥수룩한 노인 의사도 왔다. 사바가 그를 차에 태우고 데려왔다. 이 차는 슈라를 소비에트 전당 대회가 열리는 타브리체스키 궁에 데려다줘야 한다. 난쟁이는 엄마를 진찰하면서 아무것도 묻지 않고, 다만 자신도 아프거나 방금 식사를 한 것처럼 훌쩍거리고, 끙끙거리고, 기침할 뿐이다. 우리 넷은 빙 둘러서서 그를 주시한다. 그가 난쟁이이길 멈추고 우리 눈앞에서 자라기 시작한다. 그의 얼굴은 거칠고 음울해지는데, 우리에게는 배 모양의 둔탁한 코와 돌처럼 굳은 광대뼈만 보인다.

　"한 시간 후에도 일어날 수 있습니다. 밤에 일어날 수도 있고요……"라고 의사가 말한다. 그는 두 손으로 여행 가방을 들고 침대 옆에 서 있다. 한쪽 다리를 짚고, 마치 각자에게 수명이 얼마나 남았는지 결정이라도 하는 듯, 거만하게 뚫어질 듯 우리를 바라본다.

　창문 너머로 경적이 들린다. 슈라를 부르는 것이다. 그는 전당 대회에 가야 한다. 슈라는 망설인다. 사바가 그를 보낸다. "알렉산드르 피메노비치, 가세요! 내가 이리나랑 있을게요." 사바가 대체 누군가? 평범한 선원이다. 타인이다. 슈라는 침울하게 입을 다문 채 듣지 못한다. 그는 남의 충고를 경멸한다. 슈라는 스스로 모든 것을 빠르고 결연하게 최종적으로 결정하는 데 익숙했다.

난쟁이는 사라졌다. 또다시 아래에서 경적이 들린다.

슈라는 눈을 감은 채 미동도 없이 누워 있는 누이를 오래도록 응시하고 있다. 그런데 갑자기 또다시 엄마가 우리를 깜짝 놀라게 한다. 그녀의 손이 천천히 올라갔다 내려온 것이다. 엄마는 속삭인다. "슈라, 가라……." 슈라가 자리를 뜬다. 자동차는 터지는 소리를 내고 부르릉거리더니 이어 떠났다. 그 시각, 사바와 아버지 사이에 험상궂은 대화가 오가기 시작한다. 그들은 속삭이지만 마치 서로를 향해 소리치는 것 같다. 아버지가 침울하게 웃으며 혼잣말하듯 뭔가를 중얼거린 것에서 시작되었다. "그래, 이제 틀림없어……. 이런 사람들을 이길 수는 없지……." "어떤 사람들 말이지?" "이리나의 오빠 같은 사람들 말이야. 지금에야 내게 그것이 완전히 명백해졌어. 그러니 아무것도 기대할 게 없군……." "알렉산드르 피메노비치에 대해 무슨 이야기를 하고 싶은 거지?" 나는 그들에게 좀 더 조용히 말하든가 아니면 다른 방으로 가라고 부탁한다. 또다시 엄마가 손을 올리며 속삭인다. "여기 있게 내버려둬……." 그들은 말을 하거나 소곤거리기도 하고, 목이 쉬도록 논쟁을 벌이기도 한다. 사바는 아버지를 쏴 죽이든가 체포할 수도 있었다. 왜냐하면 그가 모욕적인 말을 했기 때문이다. 엄마는 그가 겁쟁이라고 말했지만, 나는 그가 아무것도 두려워하지 않아서 놀란다. 그가, 사바를 말한 것은 아니었으나, 쉰가료프와 코코시킨을 죽인 선원들을 강도라고 부른 것이다. 선원들은 그들을 마리인

스카야 병원에서 살해했다. "무정부주의자들에 대해서는 책임지지 않아." 사바가 속삭인다. "나라도 그들의 목을 졸랐을 거야." "아니, 모든 것에 책임을 져야지. 모든 사람들과 모든 것에 대해서 말이야. 이리나가 죽어 가는 것에 대해서도……." 아버지는 손바닥으로 얼굴을 가리고, 몸을 굽혔다. 그는 그렇게 길게 구부린 채 서 있다. 나는 짙은 머리카락 사이로 정수리에서 머리가 빠진 곳을 발견했는데, 그것이 흔들리더니 얼굴을 덮은 손바닥 아래로부터 배 속에서 나는 듯한 큰 소리가 울려 퍼진다. 빠른 걸음걸이로 아버지는 방에서 복도로 나가고, 거기서 더 멀리 부엌으로 간다. 사바가 그를 따라간다. 나는 엄마와 남았다. 아무것도 할 수가 없다. 수백만 명을 죽일 수도 있고, 왕을 폐위시킬 수도 있고, 위대한 혁명을 일으킬 수도 있고, 다이너마이트로 세계의 절반을 터뜨릴 수도 있는데, **단 한 사람을 살릴 수가 없다.**

이것이 바로 내가 생각하는 것이다. 죽어 가는 사람을 살릴 수는 없다. 이후 내 삶에는 이런 일이 많다. 마치 삶과 엮여 짜이는 것처럼, 그것은 이름을 붙일 수 없는 이상한 혼합물, 모종의 초자연적인 단일체인 삶-죽음을 형성하며 삶과 뒤섞여 있다. 해마다 죽음이 축적되고, 그것이 피와 살에 흡수된다. 나는 영혼을 말하는 것이 아니다. 나는 단 한 번도 그것이 무엇인지 알지 못했고, 지금도 모른다. 혈관이 콜레스테롤로 인해 마비되는 것이 아니라, 죽음이 적은 용량으로 계속해서 스며들기 때문이다. 엄마의 죽음이 첫 번째였다. 그리고 갈랴의 죽음이 아마도 마지막이리라. 그때도 지금도 단 하나뿐인 사람이 나를 떠나간다. 하지만 두 번의 죽음

사이, 즉 내가 아직 나 자신이 되지 못했을 때와 적어도 다른 사람의 눈에는 내가 나 자신이기를 그만둔 때 사이 ― 왜냐하면 아무도 내가 그대로라는 것을 알지 못하기 때문에 나는 진짜로 변한 체하며 끝까지 연기해야 한다. 이것에 대해 너의 외모가 소리쳐 말하고, 너의 걸음걸이와 쇠약해진 힘이 증명하는 것 같지만, 그건 거짓이다 ― 이 죽음들 사이에는 길고 긴 삶이 놓여 있어, 그것이 흘러가는 동안 너 자신이 아니라 이름을 붙일 수 없는 전일체(全一體), 즉 삶-죽음에 대한 너의 관계가 바뀌는 것이다. 젊을 때는 그렇게 느꼈다면, 이젠 완전히 다르다. 나의 그 모든 슬픔에도 불구하고 1918년 1월, 나는 얼마나 혈기왕성하고 충동적이며 경솔했던가! 공포와 연민이 나를 질식시킨다. 드러난 비밀 앞에서 느끼는 공포심, 나는 그 비밀 앞에 홀로 서 있다. 그리고 엄마에 대한 연민, 그녀는 완전히 파괴된 뒤 다시 세워진 멋진 세계에서 일어날 일들을 보지 못할 것이고, **내게 일어날 일**도 보지 못할 것이다. 엄마는 나를 그토록 사랑하셨다. 그럼에도 불구하고 살고 싶고, 알고 싶고, 이해하고 싶고, 참여하고 싶은 지독한 갈망들! 나중에 일어날 일이라는 건 없다. 모든 죽음이 네 안에서 살고 있다. 멀리 가면 갈수록 그 무게는 더 위협적일 것이다. 갈랴가 죽어 가고 있을 때 짐은 이미 거의 한계에 이른 것처럼 무거워졌다.

아버지는 똑바로 버티고 있다. 마치 묘지의 추위에 얼어붙은 듯 미동도 없이 눈도 깜빡이지 않고 아무것도 보지 않으며 대답도 하지 않는다. 그러다 갑자기 다리가 꺾여 무릎으로 주저앉는다. 털모자는 날아갔고 머리를 눈 속으로……. 그 후 우리는 그를 핀란드

역으로 배웅한다. 사바는 아버지를 다 용서하고 함께 배웅하러 갔다. 사바가 아버지를 설득한다. "헬싱키에서 사라지지 말게. 폭동을 도모해 보게! 자네는 우리 편 사람, 똑똑한 프롤레타리아여서 부르주아들은 자네에게 경련을 일으키지!" 아버지는 한숨을 쉰다. "그렇게 간단하지 않아……." "그래도 시작하게. 그리고 가담해!" 아버지는 2월에 다시 오면 그때 어떻게 할지를, 내가 그리로 가든지 아버지가 오든지를 결정하자고 말한다. 하지만 고민할 게 없다. 그는 좋은 타인이다. 2월에 아버지는 오지 못한다. 왜냐하면 1월 말에 그곳에서 그의 도움 없이 '폭동'이 시작되었기 때문이다. 처음엔 적위군, 그다음은 독일군, 모든 것이 분주하게 돌아갔고 소식이 끊겼다. 우랄에서 돌아왔을 때 엽서를 받았고, 그 후 영원히 사라졌다. 수많은 사람들이 사라졌다. 사람들, 실험, 희망, 진리의 이름으로 행해진 살인, 이들의 대순환이 도래하고 있다. 하지만 우리 앞에 무엇이 있는지 우리는 예측하지 못한다. 우리는 칼레딘 추종자들을 궤멸시키고 동쪽의 두토프 일당을 흩어지게 하면 온 나라에서 혁명이 승리할 것이라 여긴다. 승리가 머지않았다! 오렌부르크는 이미 1월에 우리에게 함락되었다. 두세 달 남았다.

나뿐만 아니라 슈라도, 또 많은 이들이 그렇게 생각한다. 슈라는 붉은 군대의 조직 협의회에서 일한다. 나는 그를 돕고 있는데, 커다란 광택지에 간행물을 재인쇄하고 있다. 종이들은 이렇게 불린다. '정보지. 전(全) 러시아의 붉은 군대 조직 운동.' 무엇이, 어디에, 얼마나, 어떤 어려움들이…… 기억하건대, 거의 모든 곳에서 그렇다. 돈, 선동자들, 책이 필요하고…… 2백만에서 3백만 루블이 필요하고……. 처음엔 마치 종이로 하는 놀이 같다. 그리고 협의회에서 이 놀이를 하고 있는 우리의 수도 많지 않다. 나중에는 이곳에서 절대적인 힘이 나온다.

노인들은 아무것도 기억하지 못하고 혼동하는 데다 거짓말을 하기 때문에, 그들을 믿어서는 안 된다. 나도 그런가? 그래서 나도 믿어서는 안 될까? 하지만 아주 잘 기억한다. 미굴린은 다부진 몸에 어깨가 넓고 키는 중간 정도인데 팔심이 아주 세다. 기마병이 아니라 대장장이의 팔이다. 새 장화 한 켤레를 공급원들이 가져왔다. 미굴린은 무슨 일 때문인지 공급원들에게 몹시 화가 나 있다. 장화를 잡고 맨손으로 솔기를 뜯어 버린다. "개자식들, 이런 썩은 것을 가져오다니!" 미굴린 이후로는 아무리 씩씩대도 그 누구도, 단 한 사람도 장화를 뜯지 못했다. 장화는 평범했다. 4년 전 로스토프의 박물관에서 노인들과 대화를 나누며 사진들을 보던 중이었다. 모두 미굴린을 기억하고 있다. 한 노인이 말한다. "나는 소년이었지. 로스토프에서 그를 봤는데 청년처럼 마르고 늘씬했지. 대략 서른 살 정도였어." 다른 노인이 반박했다. "아니야, 그는 죽었을 때 마흔다섯이었어." 키 작은 세 번째 노인이 말한다. "그는 그리 크지 않았어. 나만 했지." 그러곤 각자 자기만이 진실을 안다고 생각한다. 그곳 로스토프에서 또 한 사람이 애착을 가지고 캐물었다. "네가 그를 봤다고 했으니 말해 봐, 그의 가장 특이한 점이 어떤 거지? 외모야?" 나는 답하기 어려웠다. 그는 환희에 차서 말한다. "제일 특이한 점은 긴장할 때 왼쪽 눈을 가늘게 떴다는 거야!"

눈에 대해선 전혀 아무것도 기억나지 않는다. 그가 거짓말하고 있을 가능성도 충분하다.

칼레딘은 자살했는데, 1918년 초인 듯하다. 거의 1월쯤이다. 그것은 끝, 완전한 절망을 의미했다. 돈 지역의 마을들은 소비에트 권력을 인정한다고 선언함으로써 화재를 피할 수 있었다.

볼로댜와 이별, 첫눈이 내렸다. 10월 봉기 며칠 후. 나는 여름 동안의 요금을 지불하기 위해 '1886년 전기 공동체'로 갔다. 엄마는 왠지 그러고 싶어 하지 않았으나, 슈라가 돈을 주며 가서 내라고 명령했다. 돌아오는 길에 집 근처에서 볼로댜와 마주쳤다. 그가 전보를 보여 준다. '병이 났으니 속히 올 것.' 나중에 알고 보니 엄마는 단순히 여러 사건들에 놀라 그를 부른 것이었다. 기차표는 구할 생각조차 할 수 없다. 모든 사람들이 페테르부르크를 떠나려 하고 있다. 볼로댜는 한 시간 동안 나를 기다렸는데, 내가 슈라에게 표를 구해 달라고 이야기해 주길 원한다. 슈라가 올 때까지 나와 볼로댜는 큰 방에 앉아 있다가 ― 주인들이 사라져서, 이젠 아파트 전체가 우리 소유다 ― 촛불을 켜고 거대한 서재를 뒤진다. 아파트 주인은 굴뚝 공장 관리인이었다. 그를 몇 번 본 적이 있는데, 기분 나쁜 스타일이다. 엄마에게 '마담'이라고 말했다. 게다가 언제나 독설이다. "마담, 제가 당신의 친구인 선원에게 지적을 하더라도, 전혀 정치적인 것이 아니니 기분 나빠 하지 마세요. 제발, 기분 나빠 하지 마세요……. 변기에 독수리처럼 앉아 있으면 안 된다고 정확하게 말해 주세요. 변기는 부서지기 쉬운 물건인데, 선원은 7푸드쯤 나가잖아요." 대화 후 엄마의 얼굴은 창백해지지만, 가까스로 참아 낸다. 그런데 관리인이 갑자기 짐을 싸더니 어디로 간다는 말도 하지 않은 채 온 가족을 데리고 떠났다. 쪽지조차 남기지 않았다. 자정이 다 되어 집으로 온 우리는 무척 놀랐다. 층계참으로 난 문이 활짝 열려 있을 뿐 아니라, 안에도 모두 열려 있고, 종이들과 신문, 밧줄 조각들이 바닥에 널브러져 있어 마치 도둑이 든 것 같았다. 이제 우리는 앉아서 남의 책을 넘기고 있는데, 귀하고 좋은 책이 많다.

볼로댜는 카므이시노까지 표 두 장이 필요하다며, 동향인 대학생이 함께 갈 거라고 말한다. 그러나 볼로댜는 거짓말을 할 줄 모른다. 내 눈에는 그가 거짓말하는 것이 훤히 보인다. 눈을 쳐다보지 않는 데다 긴장해서 차가 온 것 같다며 계속 창가로 달려간다. 전기가 나간 거리는 암흑이다. 창문으로 몸을 내밀면 멀리 볼쇼이 대로의 모닥불을 볼 수 있다. 나는 묻는다. "너한테 무슨 일이 일어나고 있는 거지? 거짓말하고 있잖아." "거짓말하고 있어." "뭣 때문에?" 어깨를 움츠린다. "누가 알겠어……. 나, 아샤와 떠나."

그게 전부다. 잊어버린 아픔.

볼로댜는 서두르며 의심과 망설임, 고통스러운 디테일들을 폭풍처럼 격렬히 말하기 시작한다. 나는 묻는다. "너 『과거』지 마지막 호에서 프리메이슨에 대한 기사 읽어 봤어?" 나는 그의 말을 듣고 싶지 않다. 아무것도 알고 싶지 않다. 갑자기 문을 두드린다. 슈라가 자동차를 타고 도착하면 운전사가 현관에서 경적을 울려 신호를 한다. 반면 엄마는 특이하게 초인종을 누른다. "누구세요?" 남자 목소리는 바로 대답하지 않는다. "여기 알렉산드르 피메노비치 다닐로프가 살고 있습니까?"

털 반코트를 입고 귀달이 털모자를 쓰고 사냥꾼 장화를 신은 사람이 들어온다. 그러나 검은 안경에 야위고 코가 뾰족한 얼굴, 손에는 털 반코트에 어울리지 않는 외국제인 듯한 여행용 트렁크가 들려 있다.

"시곤체프 레온티이 빅토로비치입니다." 털모자를 벗어 이상하리만큼 좁고 위를 향해 길게 늘어진 두개골을 드러내며 그가 자기소개를 한다. 이 두개골은 그 즉시 사람을 놀라게 한다. 관자놀이 위가 움푹 들어가 있어서 그것이 그를 더욱더 좁아 보이게 한다. 잘못 구워진 빵을 닮은, 이상한 두개골을 한 남자는 그 당시에도, 1919년에도 내 인생에서 인상적인 역할을 한다. 그리고 이후 수년간 그림자를 드리웠다. 그러므로 나는 그의 첫 출현을 또렷이 기억하고 있다. 나는 슈라를 알렉산드르 피메노비치 다닐로프라고 부르는 그 사람이 틀림없이 오래전부터, 어쩌면 감옥이나 유형 시절부터 그를 알고 있을 것이라는 사실을 즉시 알아차린다. 그런 사람들이 자주 나타나곤 했으므로. 특히 봄에 많은 이들이 느닷없이 찾아와 일주일씩 우리 집에서 살곤 했는데, 이 사람은 왠지 조금 늦었다. 그는 어디서 온 걸까?

"오스트레일리아에서 왔습니다"라고 시곤체프가 말한다. 역시 그랬어. 그는 슈라를 토볼스크의 감옥 시절부터 알고 있다. 그 후 그를 고르느이 제렌투이로 이송시켰고, 유형을 갔으나 거기서 도

망쳐 오스트레일리아로 갔다가 두 달 전 블라디보스토크로 돌아
온 것이다. 그리고 이제 막 페테르부르크에 온 지 이틀째다. "아직
아무도 보지 못했고, 아무것도 모릅니다. 제일 먼저 알렉산드르를
찾으러 달려온 것이오. 토볼스크의 버려진 땅에서 혁명이 일어나
면 함께 페테르부르크에 갈 것을 얼마나 꿈꿨는지. 그리고 각자의
부채를 요구할 것을 말이지요." 어떤 부채 말인가요? "온갖! 모든
부채들! 온 세계가 우리에게 빚을 지고 있어요!" 시콘체프는 마치
상상의 세계 혹은 아마도 매우 거대한 여인을 포옹하여 꽉 조이기
라도 하는 듯 팔을 넓게 벌리고 손을 떨거나 미소를 지으며 윙크
를 하는데, 모든 것이 어딘가 부자연스러울 정도로 격렬하고 노골
적이다. 나는 안경 아래에서 작고 어두운 돌판 같은 눈동자와 그
속의 교활한 패기가 반짝이는 것을 본다. 그리고 그는 대화 중에
마치 열정과 조급함 때문인 것처럼, 거칠게 숨을 쉬고 꽉 다문 입
으로 미소 짓는 것을 좋아한다. 단 한 번도 그토록 정열적인, 그러
나 조금 우스꽝스러운 혁명가를 본 적이 없다. 이전에 우리 집에
왔던 이들은 모두 점잖게 침묵하는 사람들이었다. 그러나 이자는
밤새도록 입을 다물지 않는다. 슈라와 엄마가 오고, 우리는 차를
마시기 위해 앉는다. 볼로댜가 슈라에게 표를 부탁하자 그는 어
디론가 전화를 해서 처리하고, 엄마는 최신 뉴스에 대해 이야기한
다. 두호닌이 해임되고 중앙 최고 사령관에 해군 소위 크르일렌코
가 임명되었으며, 12일에는 제헌 의회에서 선거가 있을 예정이라
는 것이다. 이 모든 것이 서로 섞여 뒤엉키거나 혹은 시콘체프의
끊임없는 말소리가 그것에 반주를 넣고 있다.

심지어 그는 사람들이 자신의 말을 듣고 있지 않을 때조차 말한다. 그는 가능한 한 혀를 놀리기를 갈망했던 모양이다……. 신이시여, 그가 무엇에 대해선들 말하지 않았으리오! 시베리아에서의 도주, 두호보르파,* 비밀스러운 아편굴, 멘셰비키의 교활함, 바다에서의 항해와 오스트레일리아, 코뮌으로서의 삶, 러시아로 돌아오고 싶어 하지 않았던 여자 친구들, 심리 구조가 바뀌지 않는다면, 감각과 감정을 포기하지 않는다면 인류가 멸망할 것이라는 이야기에 이르기까지……. 슈라는 농으로 자신의 친구를 몬테크리스토 백작이라 부른다.

그러나 이후 모든 것이 농담할 수 없는 국면으로 변한다. 사실 모든 일이 곧바로 일어난 것은 아니다. 약 1년 반 정도 후였다. 대화들과 쾌활함이 가득하고, 사라지거나 사상이 바뀐 친구들을 회상하던 1917년 11월 당시에는 많은 사람들이 갑자기 페테르부르크에 나타나 투쟁에 참여하곤 했다. 예를 들어 예고르 삼소노프는 과거에 푸틸로보 경찰을 지휘하였으나, 이제는 붉은 근위대를 이끌고 있다.

"예고르카는 살아 있나?" 시곤체프가 소리친다. "그가 여기 있나? 저런, 그러니까 우리 제8감방이 러시아의 조종간을 잡고 있다는 뜻이군. 분명히 그런 거야!" 예고르는 감방에서 시를 짓고, 밀고자들을 두드려 패는 것으로 이름이 높았다. 나는 그를 안다. 그는 땅딸막하고 약간 우울하며 코안경을 끼고 있다. 왜 그런지 모두가 눈이 나쁘다. 시곤체프는 차 이외에는 아무것도 마시지 않았으나 마치 포도주를 마신 것처럼 흥분하여 그 즉시 예고르를 찾으러 달려 나간다. 그러나 불가능하다. 그러자 그들은 둘이서 앞다투어 겨루며 감옥에 대한 예고르의 시를 떠올려 읊기 시작한다.

"11월의 흐릿한 이른 새벽에 종소리가 우리를 일으키리라. 연기 나는 램프의 빛이⋯⋯." 시곤체프는 소리를 질러 대다 침묵한다. 잊어버린 것이다. "꿈의 조각을 쓸어 모으네." 슈라가 귀띔해 준다. "그리고 격렬한 외침과 광장 전투의 쇄도⋯⋯." 시곤체프가 계속한다. 그다음에는 함께 읊는다. "일어날 때다! 이봐, 개야, 일어나!"

시곤체프의 안경 아래로 물기가 비친다. 떨리는 손가락으로 뺨을 닦는다. 인간은 필멸의 존재, 감정으로부터 구원은 없다.

"그대들, 기도도 저주도 하지 않고 모든 것을 인내할 수 있었고, 단두대에서 입을 다문 채 낙인이 찍힌 어깨를 드러냈던 고집쟁이들⋯⋯. 당신들은 모든 것을 거부하고 모든 걸 시도한 형제들의 파발꾼, 선각자로 이곳을 떠날 것이니⋯⋯." 석 달 뒤 무슨 일이 일어날지 그들이 알았더라면. 예고르가 자신의 페트로그라드 부대를 끌고 돌진하는 로스토프에서 시곤체프가 그의 우유부단함을 고발하며 재판소 법정에 넘길 것을 요구하게 될 것이었다. 그러나 지금 이 순간에는 당장 예고르를 볼 수 없다는 이유로 울고 있는 것이다. 그리고 그는 그날 밤 학생 시절의 옛일들에 대해 말한다. 서클들, 추방, 교수와 관리자, 자신의 운명이 걸려 있던 무뢰배와의 대화, 양탄자 위에 굴욕스럽게 서 있던 것, 거대한 책상에 앉아 있는 딱정벌레같이 생긴 비러시아인, 문 앞에 혐오스럽게 서 있던 하인, 중얼거림과 엄마를 가련히 여겨 달라던 애원에 대해서. 오로지 엄마가 이 새롭고 낯선 상황을 견뎌 내지 못할 것이기 때문이었다. 그는 얼음장 같은 어조로 대답한다. "왜 엄마에 대한 걱정을 우리에게 전가하는가? 제때 엄마에 대해 염려했으면 좋았을 것을." 엄마는 견뎌 내지 못했다. 그는 오래도록 달콤한 순간을 기다렸다. 양탄자가 깔려 있는 바로 그 서재로 와서 ― 제발 징발당하지 않았기를, 바로 그 책상에 앉아서 딱정벌레 같은 다리로 뭐라도 긁고 있기를 ― 그의 턱을 쥐고 '그런데 기억하겠니, 이 짐승 같은 놈아……?'라고 말해 줄 순간을 오스트레일리아의 꿈속에서조차 갈망했다.

결국 꿈을 이루었고, 덮쳤다. 물론 서재도, 문지기와 하인이 딸린 강가 도로의 그 저택도 아닌 핀란드 역이었지만, 그를 기차 객실의 여행 가방들 사이에서 끌어냈다. 그리고 그는 한 시간도 안 돼 허공으로 사라졌다. 12월에 시곤체프는 귀중품을 숨긴 자들을 색출해 냈고 많은 것을 이뤄 냈다. 거리에 총성이 울려 퍼진다. 방은 매우 춥다. 총성이 울리고 안개가 잔뜩 낀 밤이 이어지는 가운데, 그 속에는 적들, 위험들, 음모들, 익명, 그리고 양초가 녹아내리고, 웅성거리거나 담배를 피우며 두 명의 죄수가 차를 마신다. 볼로댜는 나갔고 엄마는 졸고 있으며, 나는 이야기를 듣고 하품하고 상상하고 짐작한다. 러시아의 모든 것이 뒤집혀 질주하더니 곤두박질쳤다……. 한밤중에 모두 자리를 잡자 ― 아파트가 거대해서 각자 방 하나씩 ― 엄마는 슈라에게 들러 조용히 묻는다. "네 생각에는 레온티이가 똑똑한 것 같아?" 그런데 문이 열려 있어 전부 내 귀에 들린다. 슈라는 잠시 침묵한 다음, 말한다. "똑똑하다기보다는 열정적이지. 나는 들끓는다고 말하겠지만……." "나는 거품이 많다고 말하고 싶어." 엄마가 말한다. 둘은 웃는다. 한없이 서로를 이해하고 사랑한다.

그런데 아침 식사를 하면서 엄마는 새벽에 시곤체프가 그녀의 방으로 달려와 문을 열어 달라고 요구했다는 이야기를 한다. 완전히 명백한 목적을 가지고 말이다. "그답군." 슈라가 말한다. "그래서 그 멍청이한테 뭐라고 대답했는데?" "그는 바보가 아냐. 그냥 그런 사람이지. 그가 누굴 닮았는지 잘 모르겠어. 체르니솁스키의 영웅들을 닮은 건가, 아닌가? 자술리치가 묘사하는 것처럼, 아마도 네차예프를? 그런 종류의 인간을 나는 알고 있지……. 내가 말했어. 레온티이 빅토로비치, 사실 당신은 인류가 자신의 내부에 있는 감정을 극복하기를 요구하고 있지 않은가요? 그러자 그가 대답했지. 이리나, 여기서 감정에 대해선 말할 여지가 없어요. 뭘요? 어떤 것 말인가요?" 나한테 이 일은 황당하게 여겨졌지만, 슈라와 엄마는 웃는다. 슈라가 말한다. "결코 거짓말을 할 줄 몰라. 그게 그의 장점이지……." 그런 다음 진지하게 덧붙인다. "하지만 때론 거짓말도 해야 해, 과업을 위해서는……."

옆방에서 쩌렁쩌렁 코 고는 소리가 날아든다.

슈라는 뭔가를 회상하고는 검게 그을린 이마에 주름을 만들며 미소를 짓는다. 그는 토볼스크 중앙 감옥 제8감방의 골칫거리였다. 둘도 없는 사람들! 이 지상에 그들과 비슷한 사람은 없다. 시간이 그들을 남김없이 불태워 버렸다.

아샤는 볼로댜의 어깨에 기대어 있는데 볼품없고 절망적인 얼굴을 타고 눈물이 흘러내린다. 나는 그녀의 그런 모습을 본 적이 없다. 엘레나 표도로브나는 맞은편에 앉아서 나의 '안녕하세요'에 대답도 하지 않고 그 순간에 흠뻑 빠져, 간신히 들리는 소리로 말한다. "우리의 간절한 요구는…… 신성한 종무원에서 결혼을 허락하면……." 콘스탄틴 이바노비치는 문가에서 멈칫거리며 객실 안으로 들어오려 하지 않는데, 왜냐하면 갈 데가 없기 때문이다. 비좁다. 볼로댜와 아샤 외에 여섯 명의 사람들이 타고 있는 터라, 마치 전차에서처럼 의자 위에 바싹 붙어 앉아 있다. 콘스탄틴 이바노비치는 짐을 들고 복도를 따라 밀려드는 인파를 통과시키느라 계속해서 몸을 굽히며 사과한다. 그런데 어디로들 가는 거지? 모두들 어디에 앉을까? "레노치카,* 걱정하지 마! 레노치카, 종무원에 아는 사람이 있어. 바실리이 카르포비치에게 연줄이 있어……." 그는 아픈 사람을 대하듯 그녀와 이야기한다. 아무것도 반대하지 않고 동의하면서, 그녀가 내뱉는 온갖 헛소리에도 맞장구를 친다. 그녀는 진실로 약간은 감동을 받은 듯하다. 제기랄, 무슨 종무원이람? 결혼하는 데 무슨 허락? 누구도 어떤 허락을 구하지 않는다. 네 명이 타고 가야 할 객실에 아홉 명이 들어차 있다. 아마 종무원은 칙령에 의해 이미 폐지되었을 거다. 아무 의미가 없다. 나는 슬프고 아득하다. 나로부터 떠나다니, 나는 그들과 영원히 작별하고 있는 것이다. 그러나 이것도 똑같이 아무 의미가 없다. 한편 볼로댜의 얼굴에는 어쩔 수 없는 미소와 탐욕스레 모든 걸 삼켜 버리는 행복감이 깃든 눈이…….

벌써 1년 이상 나는 그들에 대해 아무것도 모르고, 그 어떤 소식도 듣지 못하고 있다. 커다란 구멍 속으로 끌려가더니 사라져 버렸다. 슈라와의 남쪽 여행, 군사 인민 위원회의 출장, 그다음엔 체코, 우랄, 제3군대, 후퇴, 페름 등 모든 일을 그들 없이 해냈다. 나는 다른 사람이 되었고, 죽음을 보았고 친구들을 묻었다. 1919년 2월, 부상 입은 슈라를 남부 전선, 더 정확하게는 남부 전선의 후방, 해방된 지역으로 보냈고, 그래서 우리가 북쪽 돈 지역에 머물게 되었을 때, 나는 누군가로부터 볼로댜의 소식을 듣는다. 그는 아내 아샤와 함께 제9군대 미굴린의 사령부에 있다는 것 같았다. 나는 믿을 수가 없다. 그가 진짜 볼로댜일까? 카므이시노 출신으로 페테르부르크에서 살았던, 성이 세카쵸프인 그 말이다. 큰 키에 곱슬머리, 홍조를 띤 뺨, 스무 살이 채 안 되었거나 혹은 그보다 더 적은 나이의 그, 그리고 그녀 역시 비슷한 나이고. 그는 사령부 소속의 기관총 부대에 있고 그녀는 타자수로 있단다. 그녀는 명령들과 온갖 공식 발표문, 선전문, 심지어 미굴린이 지어서 수천 부씩 뿌려 대는 시들을 타자로 치는 것이다. 우리는 미굴린의 창작물들을 그가 가는 곳마다 발견한다. '카르긴 부대의 카자크 형제들이여! 정신을 차릴 때다! 기관총을 내려놓고 소총의 언어가 아니라 인간의 언어로 대화할 때다……' 그런데 볼로댜와 아샤는 붉은 군대의 사령부에 어떻게 가게 되었을까? 그것도 그냥 사령부가 아니라, 그 당시 가장 승승장구하는 유명한 군대의 핵심부에 말이다. 미굴린은 남쪽으로 돌진했고 유례없는 성공을 거둔다. 돈의 거의 모든 지역이 해방되었고 크라스노프의 군대는 전멸하여 노보체르카스크로 질주하고 있으니, 돈 지역 중심 도시의 함락은 이제 시간문제다……. 사실 나는 볼로댜와 아샤가 예카테리노다르 어딘가에서 근근이 살고 있거나, 아니면 불가리아나 터키로 떠났을 거라고 생각했다. 그렇다 해도 내가 그들을 볼 수 있는 건 아니다. 그들은 남쪽에 있고, 나와 슈라는 미하일린스카야 마을의 지역 혁명 재판소에 있으니, 우리 사이엔 수백 베르스타의 거리가 있다.

미굴린에 대해서는 사람들의 대화들을 통해 알고 있다. 어딜 가나 누구든 그의 이야기를 하는데, 모두 제각각이다. 그가 가장 눈에 띄게 아름다운 카자크 — 포드툘코프와 크리보실르이코프가 전사한 이후, 얼마 전 코발료프가 사망한 이후에는 인상적인 자가 없다 — 라고 하는가 하면, 부대의 중장이자 노련한 지휘관이며 북쪽 지역의 카자크들에게는 매우 존경받고 있지만, 아타만들이 극도로 증오하며 크라스노프에게 '돈 지역 땅의 유다'로 낙인찍힌 자라고도 한다. 이렇듯 널리 알려진 것 외에도 숱한 소문들, 지어낸 이야기, 교훈적 일화들과 그의 삶에 대한 자세한 이야기들이 쏟아졌는데, 그건 우리가 바로 **그의** 구역에 왔기 때문이었다. 미굴린이 태어난 작은 마을이 10베르스타 거리에 있다. 그는 어떤 자인가? 아무도 모른다. 그는 이상하고 종잡을 수 없는 인물로, 이런 면이 있는가 싶다가도 또 다른 면이 드러나곤 한다. 그는 자랑스럽게 스스로를 옛 혁명가라 부른다. 지방의 중학생 같은 문체로 매우 진실하고 소란스럽게 작성된, 벽지건 사탕 포장지건 닥치는 대로 그 위에 눌러 찍는 그의 격렬한 호소문들에는 '나는 경험 많은 혁명가로서……', '군주 체제에 맞선 오랜 투사로서 나는……' 같은 문구들이 똑같이 반복되어 있다. 그리고 이건 빈말은 아닌 것 같다. 하지만 미하일린스카야 혁명위원회 의장인 브이친 같은 또 다른 이들은 그는 결코 혁명가가 아니며 그저 집회에서 목청껏 소리를 질렀을 뿐이라고 비방한다. 한번은 그가 공적 비용으로 페테르부르크에 와서 의회에 자신의 쪽지들을 가지고 갔지만, 모두 부질없는 일이었다.

이런 인간이 내 관심을 끌고 있다. 단지 볼로댜와 아샤가 어딘가 그의 가까이에 있다는 사실 때문만은 아니다. 신문들이 그를 가리켜 영웅, 돈 지역의 반혁명주의와 싸운 승리자, 패배하지 않으며 나무랄 데 없는 자라고 나팔을 불어 대기 때문만도 아니다. 크라스노프의 부대가 통째로 그에게 넘어가기도 한다. 또 그만큼의 사람들이 갑자기 그를 버리고 떠나기도 한다. 부상을 입은 한 카자크인은 이렇게 이야기한다. 미굴린은 붙잡힌 카자크들을 풀어 주는데, '프로파간다를 퍼뜨리기' 위해서라는 것이다. 하지만 혁명위원회로부터는 다른 정보도 있는데, 그가 카자크 형제들에 대한 연민을 극복하지 못하고 포로들을 풀어 준다는 것이다. 첫째로 그는 카자크이고, 그다음이 혁명가라는 것이다. **미굴린은 이중 플레이를 한다!** 군사위원회와 사령부, 재판소에서는 그렇게들 말한다. 무슨 근거로 그러는 것인가? 또다시 불안, 안개, 몰이해가……. 그가 돈 지역에 있는데 대체 무슨 플레이에 대해 말하고 있는 것인지?

털북숭이에 새치 머리를 한 젊은이, 정치부 신문을 내고 있으며 졸업하지 못한 대학생 나움 오를리크는 그가 잠재적인 분리주의자이기 때문에 위험하다고 말한다. 그가 돈 지역을 핀란드와 비슷한 것으로 만들려 한다는 것이다. 이건 매우 세심하게 감춰져 있지만, 옛날부터 그를 알고 있는 사람들은 근거를 가지고 그가 분리주의자임을 확신한단다. 비록 지금은 그가 볼셰비키에 충성을 맹세하고 있지만, 모두들 그가 과거에는 어느 쪽에 동조했는지를 기억하고 있는 것이다. 그는 노동당원이었다가 나중에는 인민 사회주의자였다. 페테르부르크에서는 돈 지역 의원들과 가까웠다. "좀 더 정확히 말하면, 그는 돈의 진정한 민족주의자야! 모든 좋은 자질들을 갖추고 있어. 게다가 — 오를리크는 마치 허공에 활자를 배치하는 것처럼 주먹을 흔든다 — 사회 혁명적인 내면을 갖고 있지!"

오를리크와의 논쟁은 어렵다. 그는 모든 것을 미리 알고 있고, 아무것도 의심하지 않는다. 그에게 사람들이란 노련한 화학자처럼 그가 한순간에 구성 성분들로 분리시킬 수 있는 화학적 화합물 같다. 이쪽 절반은 마르크스주의자, 4분의 1은 신칸트주의자, 그리고 4분의 1은 경험 비판주의자. 어떤 볼셰비키 당원은 겉으로 보기에 겨우 10퍼센트만 그렇고, 속은 멘셰비키이다. "그런데 넌 — 그가 내게 말한다 — 본능적이지만 불안정한 볼셰비키야. 네 안에는 자유주의적인 요소가 강해. 넌 3분의 2 정도는 우리 쪽이지만, 3분의 1은 썩어 빠진 지식인이야." 누가 알겠는가, 그가 무슨 근거로 그러는지! 아마도 내가 총살과 징발에 대해 그를 비롯한 다른 혁명 위원들과 논쟁하기 때문일 것이다.

하지만 내가 보기에 오를리크와의 논쟁, 그리고 다른 사람들과 벌이는 모든 논쟁의 주요 대상은 미굴린이다. 그가 그런 사람이라는 것을 이해하거나, 혹은 스스로 결론짓기만 해도 많은 부분이 선명해질 것이다.

우리 사이의 논쟁에도, 심지어는 욕할 때가 있음에도 불구하고 나는 오를리크와 좋은 관계를 유지하고 있다. 나는 그를 존경한다. 그러나 그가 나보다 열 살이 많고 1905년 혁명 때 의용군으로 참여하여 유형 생활을 했을 뿐 아니라, 고통당하며 궁핍하게 살기도 했고 심지어 대검에 손을 다쳐 사용할 수 없음에도 불구하고, 나는 그가 동료로 여겨진다. 예니세이에서의 유형 생활 동안 그는 많은 책을 읽었고, 그래서 나보다 백 배는 더, 슈라보다도 20배는 더 많이 알고 있다. 사실 슈라는 책을 많이 읽지는 않았다. 그러나 여전히 나는 슈라를 더 신뢰한다. "처음에는 사실을 수집하고—슈라가 말한다—그다음에 결론을 내릴 것. 나음은 언제나 서두르지."

슈라는 꼼꼼하고 확실한 사람이며, 통계의 애호가이다.

사실은 그렇다. 미굴린은 이제 마흔여섯 살이다. 혁명가로는 나이가 많다. 하지만 사람들 말로는, 그는 아직 행군, 말타기, 배 조종을 하는 데 굳건하고 강인하며 카자크들의 모든 일에 능수능란하다. 사람들은 다른 사실에 대해서도 증언하고 있는데, 그는 교육을 잘 받은 독서가로 그보다 더 학식 있는 사람을 찾을 수 없을 정도라는 것이다. 처음에 그는 교회 부설 학교를 다녔고 다음에는 중학교와 노보체르카스크 사관 학교를 다녔는데, 그가 가난한 집 출신이라 도와줄 사람이 아무도 없어 스스로의 노력으로 죽을힘을 다해 이뤘다는 것이다. 징집병에 대한 카자크 마을 회의의 결정을 가지고 페테르부르크 의회로 보낼 사람을 논의할 때 사람들은 그를 뽑았다. 왜냐하면 그가 회의에서 논의를 촉발시키는 연설을 했기 때문이다. 1896년이었다. 그는 연대와 함께 막 만주에서 돌아왔는데, 그곳에서 네 개의 훈장과 직급 승진을 상으로 받아 카자크 2등 대위가 되었다. 하지만 고향 마을 회의에서 그는 곧 지도부와 갈등을 빚었다. 문제는 '시민 정권에 대한 군대의 협조'로 지칭되는, 카자크인 정신에서 병들고 부패한 부분에 대한 것이었다. 때마침 정부는 '내부' 병력을 강화하기 위해 2등 대열과 3등 대열 카자크인뿐 아니라, 일본 전쟁에서 돌아온 자들까지 소집하기로 결정하였다. 그들은 주둔지의 카자크인들만으로는 불충분했던 것이다! 채찍 아래의 군 복무가 모두의 마음에 들었다고 생각하는 건 어리석은 일이다. 회의하는 동안 사방에서 저항하기 시작했다. 미하일린스카야의 우리 집주인은 이렇게 기억한다. 젊은이들은 용감하게 소리를 질러 댔고, 노인들은 설득하려 했으나, 특별한 열정이 없었다. 미굴린은 2등 및 3등 대열 카자크인들을 소환하지 말라는 카자크 마을 사람들의 요청서를 가지고 페테르부르크로 갔으나, 돌아오는 길에 갑자기 체포되어 노보체르카스크의 감방으로 이송되었고 장군 칭호도 박탈당한 채 군대에서 면직된다……. 그런데 이 사건을 혁명적 행위로 간주해야 할까? 내 생각에는 반드시 그래야 한다. 카자크인 장교가 권력에 반하여 그런 연설을 하는 건 전례 없는 일이다. 게다가 이미 그때 개인의 운명에 진실로 혁명적인 굴곡이 드리워졌다. 모든 것이 허물어졌다. 이력은 무너지고, 군 직위는 박탈되었다.

그 후 로스토프의 토지부에서 일하다가 전쟁이 시작되자 제33 카자크 연대로 소집되었다. 전투, 포상 그리고 성 게오르기의 무기*도 받았고…… 2월…… 볼로댜, 아샤와 함께 내가 소비에트를 위해 모금하며 페테르부르크 거리를 뛰어다니고 있을 때, 미굴린은 연대나 고향 마을의 집회에 나가 목청을 뽑고 있었던 것이다. 그는 노동당원들을 조직하고 지휘했다. 사람들이 그를 제헌 의회 후보자로 추대했다. 오, 그랬다! 놀랄 필요는 없다. 우리 시대의 사람들은 실성한 나머지 이리저리, 마치 중독된 것처럼 예측 불허로 돌진하니까. 어느 왕실 군사 전문가는 얼마 전까지 병사들에게 욕을 퍼부으며 '승리할 때까지' 싸우자고 호소했지만, 지금은 볼셰비키의 구호를 외치고 있다. 또 다른 자는 어제까지 우리 사령부에 앉아서 도표를 그리고 명령을 내렸는데, 오늘은 의용군들에게 가서 프랑스제 담배를 피우고 있다. 프세볼로도프와 노소비치같이 어제는 왕실 군사 전문가였으나 오늘은 카인이 된 자들…….

대령들! 전권 위원들의 무시무시한 꿈이오. 어떻게 하면 타인의 영혼을 들여다볼 수 있을까요? 그들이 정직하게 진정한 내적 요구에 따라 깊은 숙고 끝에 견장을 뜯어내고 별이 그려진 철모를 쓰기로 결정한 것인지, 아니면 사악하고 오래된 계산인지를 어떻게 알아맞힐 수 있을까요?

물론 미굴린도 군대의 책임자이고, 중령이다.

그 누구도 미굴린이 총부리의 방향을 바꿀 수 있다고 직접 말하지는 않는다. 물론 미굴린이 선봉에 선 제9군대가 백위군을 강력하게 공격하고 있는 이때에 그런 말을 하는 것은 이상하다. 그러나 혁명 군사 소비에트 위원들, 전권 대표들, 지역 재판관들의 대화에서 한 가지는 변함이 없다. 바로 **불신**이다. 아니, 더 정확하게는, **불완전한 신뢰**라고 해야 할 것이다. 전선을 돌파한 것 말고도 그는 돈의 거의 모든 지역에서 불순분자를 완전히 청소했다. 그런 그가 무엇 때문에 그러겠는가? 따라서 방해 공작일 뿐이다. 이런 종류의, 입 밖에 내어 말하지 않는 무언의 그 무엇, 그러나 믿을 수 없을 만큼 견고해서 그 어떤 것으로도 이길 수 없는 무언가를 나는 미굴린에 대한 모든 대화에서 감지한다. "생각해 보세요." 브이친은 말한다. "미굴린이 볼셰비키건 백위군이건 똑같이 좋아한다고 말이지요. 마치 개가 막대기를 좋아하듯 말입니다!"

나는 어쩌면 브이친을 믿을 수도 있었을 것이다. 그는 그 지역 미하일린스카야 출신으로, 비록 카자크인이 아닌 이민족이지만, 그의 아버지가 부유한 카자크의 집에서 일꾼으로 일했고 콜카 자신은 아조프 해에서 고기잡이를 하다 볼셰비키가 되어 돌아온 다음 곧바로 적위군의 아타만, 군사혁명위원회 의장이 되었다. 그의 머리는 건초 더미처럼 아래로 갈수록 넓은데, 갈색빛 얼굴과 찢어진 틈새처럼 생긴, 납덩이 같은 흰자위 속 푸른 눈, 어린아이와 같은 아마색 머리카락을 가졌다. 브이친의 두 주먹은 1푸드는 족히 나갈 정도로 무거워서 그는 그것을 저울의 추처럼 달고 다닌다. 슬라보세르도프가 아니었다면 나는 그를 믿었을 것이다. 슬라보세르도프 선생. 쉰 살이 조금 안 된 남자로 — 지금 생각해 보면, 그게 무슨 나이인가! — 그 아내의 나이도 그 정도다. 그들에겐 아들이 둘 있는데 나보다 약간 더 나이가 많고, 원래는 대학생들이었으나 어디에서도 복무하지도, 일하지도 않아 도통 무엇을 하는지 알 수 없다. 슈라와 내가 어떻게 알겠는가? 관용 없는 적대적인 투쟁이 들끓고 있다. 실수를 범한 자의 이마에는 총알이 박힌다. 계급 전쟁 시기에는 그럴 수밖에 없다. 브이친의 목록에 따라 우리는 크라스노프 추종자들과 연결된 마흔 명가량의 부자, 왕정주의자들을 즉각 체포했는데, 슬라보세르도프 가족은 그럴 이유가 없다. 부자도 반혁명당원도 아니고, 오히려 이전 정권과는 갈등이 있었다.

그런데 브이친이 고집한다. 나와 슈라가 어찌 알겠는가? 우리가 아는 건 한 가지다. 실수하면 이마에 총알이 박힌다는 것.

"공짜로 줘도 노인은 우리한테 필요 없으니까 — 브이친이 설명한다 — 살게 내버려 둬. 대머리 기생충 같으니라고. 하지만 젊은이들은 인질로 데려가세. 그들로 인해 혁명에 피해가 생길 수 있어." 슈라는 주저한다. 브이친은 그런 자다. 한번 말하면 그걸로 끝이다! 괴팍한 이 사내는 누구와도 의논하지 않고 그 어떤 언쟁도 참지 못한다. 슈라는 그런 고집불통들을 감옥에서 만나 봤는데, 그가 말하길, 처음엔 그들을 두려워하지만 나중에는 모두 함께 반죽음이 되도록 그들을 두드려 팬다는 것이다. 그러나 잔혹한 시대, 사방에 적이 있을 때는 **괴팍한 사내들도 필요하다**고 그는 말한다. 혁명 위원이 살육되거나, 누군가 총상을 입거나, 재산을 몰수하기 위해 파견된 부대가 기관총과 맞닥뜨리면서 진짜 전투를 전개하는 일들이 매일 벌어진다. 모든 것이 흔들리고 불안하고 혼란스러운데, 동시에 그것은 기쁨, 신문들에 기록된 환희, 집회에서의 승리의 외침, 뭔가 비밀스러운 희열, 파국에의 예감이기도 하다. 왜냐하면 우리는 경계를 따라 걷고 있기 때문이다. 돈 지역에서 이뤄지는 많은 일들이 슈라의 성정에는 맞지 않는다. 때로 그는 고함을 지를 정도로, 혹은 모욕을 주어 무례함에 이를 정도로 그 지역의 혁명 위원들, 브이친, 가일리트, 재판소에 있는 자기 쪽 사람들, 심지어 돈 지역의 혁명위원회에서 온 사람들에게도 잔소리를 하는데, 바로 그 대표로 뜻밖에 우리의 친구인 레온티이 시곤체프가 미하일린스카야에 나타난 것이었다.

그들이 얼마나 어리석은 일을 저질렀는지, 떠올리기만 해도 웃음이 나온다. 세로 줄무늬는 입는 것이 금지되었고, 스스로를 카자크라고 불러서는 안 되었으며, 심지어 '카자크 마을'이라는 단어도 없애고 대신 '읍'이라고 불러야 했다. 마치 단어와 줄무늬에 대의가 있는 것처럼 말이다! 그들은 석 달 동안 민중을 다시 대패질해서 깎을 생각을 했다. 맙소사, 그래서 그해 봄에는 숱한 장작들이 만들어졌다! 그 모든 것이 서두름과 공포, 광포한 내적인 희열 — 다시 만들어 고정시키자, 단 한 번에 영구히, 영원토록! — 로 인한 것이었다. 연대들이 지나가고, 사단들이 질주하며 휩쓸고 가도, 땅은 살아 있어 흔들거리기 때문이다. 물론 그중에는 진정한 적, 광포한 혐오자도 있었고, 부자, 악의에 차서 섬멸되지 않는 자들도 있었으나, 그들을 개조한다든가 화해시킨다든가 할 수는 없고 오로지 화염으로……. 그러나 빗 하나로 모두를 쓸어내릴 수는 없다.

브이친은 말한다. "나는 이 모든 혐오스러운 종자들을 믿지 않아! 왜냐하면 그들은 늘 우리의 목을 졸랐으니까. 사람 취급을 하지 않았지. 농부는 농부지만, 그들에겐 암소 똥이나 마찬가지지. 그들은 우리에게 좋은 말을 하는 법이 없어……." "아무도 안 믿어?" "아무도!" "정말 모두가 그럴까?" "모두가 늑대야, 그저 일부가 이빨을 드러내면, 다른 자들은 보지 않으려고 낯짝을 땅으로 숙이는 거지."

슈라는 참을성 있게 설명한다. 카자크인끼리도 서로 차이가 나는데, 예를 들어 남쪽 지역에서 평균적인 카자크인 토지 분배지는 20~25데샤티나*지만, 북쪽에서는 2~4데샤티나예요……. 어떻게 균등하게 만들까요? 카자크의 권리와 특권의 경우도 마찬가지인데 하류 지방에서는 의미가 있지만, 북쪽에서는 거의 아무짝에 쓸모가 없어요. 하다못해 어획에 대한 권리, 땅속에 대한 권리라도 취하세요. 남쪽은 언제나 북쪽에 손실을 끼치며 살았어요. 마르크스주의는 존재가 의식을 결정한다고 가르칩니다. 그런데 여기서 존재란 결코 동일하지 않아요.

……브이친은 마르크스주의에 대해 모두 알고 있고, 동의의 뜻으로 건초 더미 같은 머리를 끄덕이지만, 희고 청렴한 눈에는 납덩이가 있다.

"맞아. 가난뱅이도 있고, 깡패도 있기 마련이지. 하지만 알렉산드르 피메노비치, 이것만 알아줘. 그들이 내 동생을 채찍으로 때려 거의 죽일 뻔했을 때, 그는 지금까지도 불구인데, 거기에는 부자들만 아니라 깡패도 있었고, 못지않게 횡포를 부렸지." 그런데 나중에 밝혀지기를, 그들은 '젊은이들의 일로, 그가 선생의 딸을 짓밟았기 때문에' 그의 동생을 두드려 팼던 것이다. "사건 후에 어떻게 되었나요?" "사건이라니, 알렉산드르 피메노비치? 그는 사랑해서 결혼하고자 했던 거야. 그런데 그들은 네놈, 무례한 놈, 생각하지도 말라……는 것이었지. 모욕적이야! 우리 카자크인들은 우월한 계층 출신인데, 너, 마부 놈, 비열한 놈, 너는 똥거름이나 파헤치라니. 그들은 선생이긴 하지만, 완전히 깨끗한 물에 사는 부르주아야. 그들에게는 언제나 두 명의 일꾼이 있어. 미국산 풀 베는 기계, 말 떼와 칼므이크 출신의 목동이 있어. 그들의 집은 석조 토대 위에 2층으로 지어진 가장 좋은 건물이지. 게다가 옐레츠에도 집이 있는데 그 선생 소유야. 그러니까 이곳의 집은 지참금으로 받은 건데, 아내가 카자크 마을 아타만인 트보로고프의 딸이거든. 그러니까 유명한 가족이지. 그들로 인해 혁명에 끼치는 해악이 아주 커." 오래전, 5년 전쯤이었다. 선생의 아들들, 당시에는 중학생이었는데, 지금은 구치소에 수감되어 있다. 브이친이 그들에게 복수한 것이다. 그가 이곳 사람들을 잘 알고 있기 때문에, 그에게는 더 잘 보였다. 마침내 아들들을 잡아서 그들이 이틀 정도 지하에 앉아 있었을 때, 이마가 넓은 텁석부리로, 모피 깃이 달린 길고 검은 외투에 모자를 쓰고 더러운 장화를 신은, 도시 사람처럼 옷을 입은 슬라보세르도프가 우리에게 나타난다. 눈 녹은 물이 떨어졌고, 온통 진창 범벅이었다.

방에는 나와 슈라, 브이친, 그의 조수인 야시카 가일리트, 페티카의 형 그리고 거기에 세 사람 정도가 더 앉아서, 뉴스와 전신으로 보내온 돈 지역 혁명위원회의 명령에 대해 논의하는 중이다. 마차와 마구의 징발에 관해서다. 오를리크도 있다. 명령은 폭탄과 같다. 어떻게 착수해야 할지 모르겠다. 어제 받았으나 비밀에 부치고 있는데, 이해할 수 없는 방식으로 소문이 흘러나와서 마치 마른 풀에 불이 번지듯 온 마을을 떠돌고 있다. 그리고 이것이 무엇보다도 공포스럽다. 한번 시작하면 금세 그렇게 된다. 혁명 위원 하나가 카자크인들이 밤에 빈 수레가 달린 말들을 초원으로 몰아내는 걸 직접 봤다고 알려 왔다. 정지시키려고 소리치자, 총격으로 답하더니 말을 몰아 떠났다고 한다. 그래서 누구인지 알아내지 못했다. 물론 전보를 받은 즉시, 그러니까 그저께 사람들이 정신을 차려 진상을 알아채기 전에 곧장 습격하는 것이 더 확실했을 것이다. 이런 일에서는 무엇보다도 돌발적일 필요가 있다. 하지만 제동이 걸렸다. 슈라가 꾸물거리고, 그 지역 카자크인 혁명 위원 중에서 누군가가 역시 불평을 한다. 그러나 브이친과 가일리트는 지체 없이 실행해야 한다고 자신들의 생각을 말한다. 우리는 논쟁을 하고 고함을 지른다. 즉시 실행해선 안 될 이유는 이러하다. 붉은 군대의 분대가 지금 멀리 있다. 스타로셀스카야 마을의 혁명위원회 요청으로 그곳에 파견되었기 때문이다. 카자크 사람들이 오스트리아인 전권 위원으로 인해 동요하고 있기 때문에, 분대 없이 시작하는 것은 불가능하다. 슈라는 돈 지역 혁명위원회로 전보를 보냈다. '마구와 마차 징발 명령의 철회를 요청한다. 상황이 좋지 않다.' 뒤이어 신속하게 답이 왔다. '명령을 논의하지 말고 실행하라.'

우리에게는 아홉 개의 군대가 있고, 감옥 수비대와 재판소 호위대가 있다. 만약 매끄럽게 진행된다면 아홉 개의 군대로도 해 나갈 수 있을 것이다. 그러나 만약 그렇지 않다면? 아침에 스타로셀스카야에서 메시지를 가지고 전령이 달려왔다. 분대가 지체하고 있고 오스트리아인 전권 위원이 살해당했으며, 강도의 습격을 받았으나 강도 떼는 괴멸되었고, 마을은 평화롭지만 응징이 필요하다는 것이었다. 이것이 지체되는 이유다. 1919년 2월이다. 어두운 밤, 바람들, 앞이 보이지 않고, 오한이……

슬라보세르도프 선생이 들어온다.

브이친은 벌떡 일어난다. "누가 통과시켰지?" "당신네 보초가 자고 있소만……." 보초는 나이 든 카자크인 모케이치인데 ― 얼마 후 필리포프 일당이 그를 베어 버렸다 ― 현관에서 졸고 있다. 모두들 밤마다 잠을 자지 못해 지쳐 있고 피곤에 절어 있다. 브이친의 건초 더미 같은 얼굴은 야위었고 부기가 빠져 홀쭉해졌으며 눈가 주변이 푸르스름하다. 마치 파리인 양 문으로 내쫓으며 선생을 향해 손을 흔든다. "아니, 없어요, 없어. 이야기할 시간이 없다고! 나중에 와!" 그러나 슬라보세르도프는 의자에 가서 앉는다. "다음엔 안 되오. 늦을 거요." 야시카 가일리트가 다가가, 준엄한 목소리로 말한다. "여기서 당장 나가요!" 선생은 모자를 벗은 다음 가늘게 실눈을 뜨고 머리를 흔든다. 땀에 젖은 얼굴과 입술이 떨리는 것이 보인다. 나는 사람을 쫓아내서는 안 된다고 말한다. 오를리크도 말한다. "무슨 일로 왔는지 들어 봅시다!" 브이친과 슈라는 회의에서 언제나 마치 남몰래 경쟁하며 권세를 겨루듯 서로 어깨를 조금씩 밀치는 것 같다. 브이친은 혁명 군사 위원회 의장이자 지역 재판소 위원이고, 슈라는 지역 재판소 의장이며 혁명 군사 위원회 위원이다. 브이친은 공작새처럼 잔뜩 허세를 부리긴 하지만 모든 것을 이성적으로 이해한다. 그러나 슈라에게는 비교도 되지 않는 다. 그는 당에 몸담은 지 1년 반 정도 되었지만, 슈라는 15년이다. 그 차이다! 그래서 큰 소리로 이목을 끌기 좋아하고 오만해서, 어리석게 상대를 억누르며 자기 방식대로 하도록 강요하지만, 그러다가도 갑자기 이해력이 솟아나기라도 한 것처럼 공손하게 구도자처럼 굴기도 하는 것이다. 그리고 지금은 무슨 이유인지 공손해졌다. "알렉산드르 피메노비치, 어떻게 생각하나? 시민에게 대화하도록 허락할까? 아니면 내일 들르라고 내보낼까? 이 사람은 아타만 트보로고프의 딸에게 장가든 슬라보세르도프 선생이오. 그의 아들들은 적대적 인물로 감옥에 있지."

"말씀하세요 ─ 슈라가 선생에게 말을 건다 ─ 단지 짧게요. 시간이 없습니다."

브이친이 손가락으로 위협한다. "그리고 아들에 대해서는 탄원하지 마! 이미 끝난 이야기야."

슬라보세르도프는 짐짓 평화로운 듯 ─ 그러나 손가락이 떨리면서 낡은 모자를 구기고 있다 ─ 카자크 집단과 역사, 발생, 성정과 풍속에 대해 긴 헛소리를 시작한다……. 슈라는 집요한 눈으로 선생을 바라보고, 자신을 놀리고 있는 것이라고 짐작한 브이친의 얼굴은 갈색 물감을 들이부은 것 같다. 불쑥 이렇게 말한다. "뭘 늘어놓고 있는 거야?" 그리고 나움 오를리크도 역사 강의를 들을 시간이 없으니, 다른 때에, 세계의 혁명이 승리한 뒤 한가

할 때에 하자고 덧붙인다. 하지만 슬라보세르도프는 갑자기 단호하게 말한다. "시민 여러분, 당신들이 역사적 문제에 대한 답을 찾으시오. 역사를 떠올리는 건 죄가 아니잖소."

"무슨 뜻인가요?" 슈라가 인상을 쓴다.

"마을에서 떠들어 대는 얘기를 말하는 거요. 수레와 안장, 마구를 징발하라는 명령이 있는 것 같더군요. 하지만 그건 카자크인들이 지닌 전 재산이고, 그것 없이는 삶도 없습니다. 당신들은 이것이 무슨 의미인지 이해하는지요? 그들은 안장과 마구를 주느니 차라리 아내를 내줄 겁니다." "모든 사람들이 혁명이 요구하는 것을 내놓게 될 겁니다"라고 오를리크가 말한다. "만약 안 내놓으면 — 저런!" 브이친은 슬라보세르도프의 얼굴에 저울의 추를 닮은 주먹을 들이댄다. 그러나 선생은 주먹을 눈치채지도, 오를리크가 말하는 것을 듣지도 못한다.

"여러분, 나는 경고하러 왔습니다. 카자크 집단을 끝없이 쥐어짤 수 있다고 생각한다면, 카자크 집단을 너무나도 모르는 겁니다. 처음에는 아무도 부르지 않았고 어디서 왔는지도 모르지만 우리에게 덮친 그 분대를 위해 부유한 농장에 배상금을 매길 수도 있습니다. 그다음 빵과 꿀의 징발이……."

"여기서 배상금을 거둬 간 분대는 무정부주의자들이오. — 슈라가 말한다 — 소비에트 권력은 아무 관계가 없습니다."

"그와 지금 쓸데없는 이야기를 하시는군요! — 혁명 군사 위원회에서 브이친의 대리인인, 칼므이크 출신으로 평평한 얼굴에 까무잡잡한 우스마르가 소리친다 — 비열한 인간이 나타나셨구먼! 그를 없애 버려!"

그러나 슈라는 말한다. 아니요, 그냥 끝까지 말하게 두시오. 선생이 말한다. 만약 정말로 그런 명령이 있어서 그걸 실행하기 시작하면 폭동이 일어날 겁니다. 공연한 위협이 아니라 실제입니다. 슬라보세르도프는 겁을 주거나 위협하려고 온 것이 아니다. 그는 어떤 위원회에서 온 것이 아니라 스스로 왔다. 그는 평생 동안 카자크 집단의 역사에 대한 자료를 수집하고 책을 써서 카자크인들을 잘 알기 때문에, 지금도 실수하지 않는다고 생각하고 있다. 이제 한계에 이르렀다. 비극적인 사건이 일어날 것이다. 게다가 서로에 대한 증오와 복수가 고조되면, 그래서 인질들이 희생물로 전락한다면…… "러시아에 무슨 일이 일어나고 있는지 아시는지요?" 슈라가 묻는다. "우리가 전 세계의 부르주아를 처단하거나, 아니면 그들이 우리를 처단할 겁니다. 그런데 당신은 케케묵은 관념을 가지고 사는군요. '비극적인 사건', '복수', '증오'처럼 말입니다. 지금은 필사적인 계급 전쟁입니다. 이해가 되는지요?"

"나는 마르크스의 이론을 부정하지는 않습니다만, 다닐로프 씨, 나는 이미 알고 있을 뿐만 아니라, 심지어는 어느 정도 심취했었지요. 그러나 인정하십시오. 이론은 이론이고 실제는 다릅니다. 유감스럽지만, 복수의 감정은 아무리 비통해도 더해질 수 있습니다……"

기괴한 인상이다. 무의미하면서 불합리하게 섬세한, 견고하고 휘어지지 않으며, 당돌하고 분별력이 없는, 마치 모난 돌 같은 인상이다. 그가 가망 없는 사람이라는 건 곧바로 알겠다. 그는 아무것도 이해하지 못한다. 또한 아무도 그를 이해하지 못한다.

"그의 말을 듣지 마십시오! 저리 가, 이 까마귀야! 까악까악 울어 댔구나!" 우스마르다. 그는 누구보다도, 심지어는 브이친보다도 더 선생에게 화를 낸다. 카자크 중농 출신인 페댜 우스마르는 그을리고 얼굴에 마맛자국이 있는 자로, 선명하게 기억나는 건 팬케이크를 닮은 평평한 얼굴과 어디를 보고 있는지 알 수 없을 정도로 가늘게 뜬 눈이다……. 얼마 안 가 밝혀졌는데, 그는 백군의 첩자였다. 그의 지시에 따라 데니킨 일당은 미하일린스카야를 점령한 후 혁명 군사 위원회를 도왔던 모든 사람을 참수했다. 브이친은 멍청했다. 그래서 죽었다.

우스마르가 선생에게 리볼버를 보여 준다. "도발 행위에 대해서는 어떻게 하는지 알아? 네가 지금 도발자야!" "당신들이 두렵지 않소, 여러분……." 갑자기 선생은 힘이 빠져 모자가 그의 손에서 미끄러진다. 노인은 가녀린 목소리로 이렇게 말한다. "그러나 무고한 사람들을 도대체 왜? 내 아이들에게는 무엇 때문에 그런 벌이 주어진 거죠? 당신들에게 애원합니다만, 다닐로프 씨, 경솔하게 행동하지 마십시오……." 슬라보세르드호프의 얼굴에 눈물이 흐른다. 눈물이 제멋대로 흘러 얼굴이 흉하고 생기 없이 굳어 버렸다.

"오호, 바로 그거로군? 인질로 잡힌 아들을 쏴 버릴까 봐 봉기를 두려워하는군?" 슬라보세르드호프는 침묵한다. 그렇다면 명백하군. 그들을 위해 온 거야. 그런데 아무것도 멈출 수가 없어. 명령은 수행되어야만 하니까.

달콤하면서도 썩은 냄새, 흙, 저 먼 곳, 온기를 품은 바람이 깨진 유리창으로 날아 들어온다. 1919년 2월. 제9군대는 정면으로 북(北)도네츠를 향해 진격하지만, 힘도 끈기도 다 떨어졌다. 우리는 열기를 직감한다. 카자크인들은 그것을 공기 속에서 감지하고 있었는데, 마치 눈이 섞인 물속의 얼음 조각처럼 뭔가가 터져서 흘러 내려오고 있었다. 어두워진 후 스타로셀스카야로 전령을 보낸다. 그는 다음 날 저녁 무렵 모호한 정보를 가지고 돌아온다. 마을은 고요하고 황폐하며, 전권 위원을 살해한 것으로 고발된 여섯 명이 총살되었으며, 스무 명가량이 인질로 잡혔으나, 분대 지휘관인 선원 체브군은 서둘러 마을을 떠나지 않고 있다. 그는 전령을 통해 슈라에게 겨우 세 단어를 전해 왔다. '조그만 불꽃만으로도 충분하다.' 그리고 폭풍 전야와 같은 공기, 기만적인 평온 속으로 갑작스레 처음에는 볼로댜와 아샤가, 그리고 하루 지나서는 시곤체프가 덮쳐 온 것이다.

1년 3개월을 서로 보지 못했다. 못 알아볼 정도로 난폭해지고 냉혹해졌지만, 내면의 모든 것은 변함이 없다. 여전히 **특별하고**, 여전히 **마음이 아릴 정도로 따뜻하다**. 사실 모든 것이 날아가고 잊혀 영원히 사라져 버린 것이 분명한 듯했다. 그렇게 회오리바람에 날려 간 것 같았다. 하지만 아니었다, 아무것도, 아무 데로도 가지 않았다. 그 첫 순간, 첫 시간에는 어찌 되었든 마찬가지인 것 같았고, 그녀가 이제는 그저 여자 친구가 아니라 그의 아내로 그와 함께 있다는 사실 따위는 없는 것 같았다. 그들은 심지어 같은 표현을 사용하며 말했고, 한 사람이 말을 시작하면 다른 이가 받아 끝을 맺고, 지나치게 자주 서로를 향해 빠르고 애틋한 시선, 그러나 습관적인 주의와 '어떤가? 여기 있나?'와 같이 자동적인 탐색으로 가득한 시선을 던졌지만, 그것이 전혀 마음을 다치게 하지 않았으며, 오히려 갑자기 밀려온 기억의 따뜻함을 더 강렬하게 해 주는 것 같았다. 왜냐하면 그 둘은 떼려야 뗄 수 없는 하나였기 때문이다. 그러나 이후 고통이 시작되었다. 그것도 매우 빨리……

어떻게 그들이 미굴린에게 가게 되었을까? 모든 것이 또다시 우연과 흐름이다. 그것이 두 사람을 갈고리에 걸어 억지로 끌고 가고 있었다. 그건 갑자기 나타난 볼로댜의 아버지 때문이었다. 그는 미굴린의 사령부 출신 사람과 친하게 지내고 있었을 뿐 아니라, 1917년 봄, 미굴린이 도네츠크의 대초원에서 첫 번째 분대들을 조직할 때부터 그에게 가담해 있었다. 볼로댜의 아버지는 가이다마크*들이 폭파한 장갑 열차에서 전사했다. 전모는 이러했다. 아버지가 어느 변방 지역을 통과하여 미굴린에게 가고 있을 때, 볼로댜는 아버지에게 가고 있었고 아샤도 그와 함께였다. 가족이 해바라기 씨처럼 산산이 흩어졌다. 그럼 아샤의 부모님은 어찌 되었을까? 로스토프에 있는지, 아니면 노보체르카스크에 있는지는 신만이 아실 일이고, 어쩌면 남쪽으로 멀리 떠났을 수도 있었다. 어느 포로가 말하기를, 로스토프에서 초청 강사 이굼노프가 데니킨의 선동자들 가운데 반소비에트 의용군 부대의 정보 선전 기관에서 활동하는 것 같다고 했다. 곧 로스토프가 함락될 터인데, 그럼 그때는…… 그때는 무슨 일이 일어날까? 아샤는 이것에 대해 생각하지 않는다. 그녀에게는 다른 걱정거리가 있기 때문이었는데, 바로 출산을 기다리고 있었다. 하지만 볼로댜는 아무것도 말하지 못하고 오로지 미굴린에 대해서만 열렬히 초조해하며 말하고 있다. 그는 비밀스레 알려 준다. "전선의 혁명 군사 소비에트에서는 이제 그를 참아 내지 못할 거야. 그가 승승장구하고 있지만, 모두들 우리 편이 아니라고 생각해. 그래서 트로츠키마저도 그의 성을 들으면 빈정거린다는군……. 그럼 그가 우리 편이라는 걸 어떻게 증명해야 할까?"

그렇다면 볼로댜는 우리 편인가?

얼마 전까지만 해도 그는 지금 미굴린에 대해 그러는 것처럼 열렬하게 농민 공동체를 주제로 토론하며 포볼지예 지역에 대해, 친구들과 평범한 삶을 사는 것에 대해 꿈꿨다. 사실 11월에 그와 아샤가 궁핍한 페테르부르크에서 도망쳤을 때만 해도 두 사람에게 혁명을 위해 싸우겠다는 생각은 없었다. 시간이 그들의 방향을 바꾸어 놓았다. 급경사의 수로 쪽으로 노를 저어 그들을 데리고 간 것이다…….

볼로댜는 멋지다. 옷자락이 긴 기병대 제복에 별이 그려진 군모, 무정부주의자들이 갖고 다니는 것처럼 허리춤에 제멋대로 폼 나게 매달려 있는 모제르총 케이스를 가진 그의 모습은 완전히 새롭다. 그러나 눈에는 예전과 똑같이 젊은이다운 활기와 삶에 대한, 피할 수 없는 경탄이 어른거린다.

"너 한번 생각해 봐, 그가 얼마나 똑똑한 전략가인지, 자기 카자크들뿐만 아니라 백군들까지, 사람들을 얼마나 잘 아는지를. 게다가 대단한 행운아야! 그런데 이것이야말로 가장 필요한 자질이고 재능의 일부이기도 해. 그가 어떤 덫을 피해 왔냐고! 어떤 난리에서 그가 살아 돌아왔냐 말이지!"

그런데 아샤는 완전히 다르다. 우리가 단둘이 남게 되었을 때 나는 묻는다. 바보처럼 이렇게 질문한다. "어떻게 지내?"

"모두들처럼 그렇지……. 오늘 하루 살았고 그래서 살아 있으니까, 그럼 좋은 거지."

"볼로댜하고는 어때? 너네들은 좋아?"

역시 바보스럽고 소심하다. 하지만 나는 나 자신을 극복할 수가 없다. 아샤가 잠시 생각하더니 대답한다. "볼로댜보다 더 좋은 사람을 나는 몰라. 그리고 더 용감하고 더 진실한 사람도……." 또 잠시 생각하고는 덧붙였다. "그에게 내가 없는 삶이란 없어."

그러나 볼로댜가 도취하여 이야기하던 미굴린에 대해 그녀는 단 한 마디도 하지 않는다. 마치 듣지 못한 것처럼. 그리고 이것이 살짝 내 관심을 끈다. 이미 그때 둘 사이에 뭔가가 있었던 건지, 혹은 뭔가가 막 시작되고 있었던 건지, 지금까지도 나는 모른다. 암시를 위한 몇 분의 시간조차 남아 있지 않던 그런 때다. 어쩌면 그녀가 기다리고 있던 아이도 미굴린의 아이인 걸까? 무엇에도 허비할 시간이 없었다. 오로지 일과 전쟁을 치를 시간, 즉각적인 결정을 내릴 시간만 있었다. 그리고 거의 즉시, 볼로댜와 아샤가 나타난 지 이틀 후, 돈 지역 혁명 군사 위원회의 강철 분대가 미하일린스카야에 나타났다. 40명가량의 붉은 군대 군인들로 그중에는 선원들, 라트비아인들, 어디서 왔는지 모를 중국인들이 있었다. 위협적인 불굴의 군대였는데, 그 선봉에는 두 사람, 시곤체프와 브라슬랍스키가 있었다.

시곤체프는 돈 지역 혁명 군사 위원회를, 브라슬랍스키는 남부 전선의 시민집행부를 대표한다. 이 조직들은 돈의 해방된 지역에 세워진 권력이다. 그래서 한눈에 그들이 권력이라는 사실을 깨닫게 해 준다. 그들이야말로 혁명의 이름으로 세워진 진정한 강철 권력이다. 그들은 지역 재판소인 우리와 건초 더미 모양의 브이친이 지휘하는 미하일린스카야 혁명 군사 위원회가 행한 모든 것을 초라하고 부패한 엉터리라고 공표했다. 거의 범죄라고 한 것이다! 논쟁은 주로 최근 특사와 함께 밀봉된 문서로 보내온 지령을 둘러싼 것이다. 시곤체프와 슈라는 함께 회상할 것이 있는 두 명의 옛 감옥 동지가 아니라 언젠가 격렬한 언쟁을 중단한 논쟁가들처럼 만난다. 그러니 바로 그 부분에서부터……. 그래, 맞다! 그것은 1년 전에 시작되었다. 1918년 2월, 로스토프 탈환 이후 돌아온 시곤체프는 세 번째 친구이자 감옥의 시인인 예고르 삼소노프가 갑자기 당시 멘셰비키들과 주민들이 부르짖던 대로 부르주아 계층에 대한 총살과 추격에 반대하며 대의원 회의에서 연설했다는 사실을 몹시 화를 내며 알려 주었다. 그 후 모든 직위에서 파면되고 가까스로 총살을 면한 예고르가 페테르부르크로 왔다. 레온티이도 그를 구하려 하지 않았으나, 푸틸로보의 노동자들과 적위군이 그를 구해 냈다…….

"내가 말했잖아!"

"왜 로스토프를 잃은 거야? 왜 방어하지 못한 거지?"

"빌어먹을 독일 놈들 때문에 로스토프를 잃었어. 악선전하지 말라고." 시곤체프가 슈라를 향해 손가락으로 위협하며 어색할 정도로 갸름하고 관자놀이에 오금팽이가 있는 머리를 흔든다.

나는 언젠가 페테르부르크에서 나를 놀라게 했던 머리를 떠올린다. 이제 그 머리는 다 깎였을 뿐 아니라, 장티푸스를 앓은 뒤로는 노란빛을 띤 회색이 되었다. 시곤체프는 1년 동안 더 까매지고 야위었으며, 더 엄격해지고 말수가 없어졌다. 그는 목소리를 거의 잃은 탓에 쉰 소리를 낸다. 겨우 들리는 쉰 목소리로 언제나 조금씩 늦는 독일인 프롤레타리아가 열정적으로 비방을 퍼붓고 있다. 혁명도 1년이나 늦은 데다, 이제는 바바리아에서 질질 끌고 있다. 아이스너*가 살해당했지만, 이 기회를 이용해야 하는데……

"본질적으로 이야기는—그가 슈라에게 손가락으로 삿대질을 하며—우리가 성취한 것들을 어떻게 유지하느냐에 대한 거야. 정말로 역사가 아무것도 가르쳐 주지 않나?" 그러곤 언제나처럼 프랑스 혁명으로부터 인용과 예시를 잔뜩 늘어놓는다. "국민 공회의 결의가 전해진 뒤 리옹의 폐허에 '리옹은 자유에 반대하며 저항했다. 리옹은 더 이상 없다'라는 비문이 새겨진 기둥을 세웠지. 만약 카자크인들이 적이 되어 나선다면 리옹처럼 괴멸될 거야. 그런 다음 돈 지역의 폐허에 우리는 이렇게 쓰겠지. '카자크인들은 혁명에 저항했고, 카자크 사회는 더 이상 존재하지 않는다!'라고. 그건 그렇고, 이 지역으로 보로네시와 툴라, 다른 현의 농부들을 이주시키는 건 좋은 생각이야."

"그런데 당신은 왜 그렇게 총알을 두려워하지요?"라고 브라슬랍스키가 슈라에게 묻는다.

슈라는 아무것도 두려워하지 않는다. 감옥이 가르쳐 줬다. 세상에는 아무것도 두려워할 가치가 없다고. 그는 아프다. 아직은 아무도 모르지만, 절망적으로 병이 난 상태여서 저녁마다 쓰러지는데, 지금은 열이 있어 얼굴이 불덩이다. 그는 총알에 대한 공포가 아니라 붉은 군대의 뒤통수에서 일어나는 반란에 대한 공포가 문제라고 말한다. 브라슬랍스키가 3주 동안 재판소에 의해 얼마나 많은 사람이 총살되었는지 묻는다. 그는 키가 작고 얼굴이 붉으며, 기분이 상한 소년처럼 뾰로통한 뺨을 가졌다. 나이는 정확히 알 수 없지만 나와 동갑이거나 아니면 마흔 살쯤일 수도 있다. 그는 키에 맞지 않아 보기 싫을 정도로 길고 넓은 가죽 외투에, 가죽으로 된 자동차용 바지를 입고 있다. 시선은 묘한데, 약간 멍하면서도 정지된 것 같다. 그는 처진 눈꺼풀 아래로 무엇을 바라보고 있을까? 무슨 생각을 하는 걸까? 동시에 이 시선에는 집요하고 끈끈하며, 물러서지 않고 모든 것을 바라보는 뭔가가 있다. 슈라가 답한다. "열한 명이오."

브라슬랍스키의 눈은 붉게 부풀어 오른, 조가비 같은 눈꺼풀 속에 들어 있는 두 마리 달팽이 같다. 조가비가 조이자, 달팽이는 안으로 움츠러든다. "당신은 지령을 알고 있나요?" 슈라는 알고 있다. 지령의 의미는 '카자크 사회의 말살'. 소비에트 권력과의 전쟁에 조금이라도 관계했던 사람들을 모두 추적하고, 무기가 발견되는 자는 무조건 총살시키라는 것이다. 다 읽고 나서 슈라가 말했다. "좋게 말해서 실수군요! 후회하게 될 겁니다. 하지만 그땐 이미 늦을 테지요." 대체 무슨 안장과 마차란 말인가. 이건 카자크들에 대한 선전 포고다.

그러자 슈라가 말한다. 알고 있다고.

"당신들은 — 브라슬랍스키가 말한다 — 내가 당신들을 태업 분자로 재판에 넘길 수 있다는 걸 알고 있는지요?"

브이친이 놀라 투덜거린다. "동지, 우리에겐 모든 것이 준비되어 있고, 사람들은 인질로 대기 중이오. 나는 다닐로프 동지에게 몇 번이나 문제를 제기했는데……."

그토록 건강하고 힘이 세며 울퉁불퉁한 주먹을 가진 그를, 멍한 눈동자를 한 이 작은 남자가 거의 짓누르다 못해, 지금은 거부하며 고발하다니, 놀라울 뿐이다!

모두가 슈라를 공격하고 있다. 만약 스타로셀스카야에서 제때에 반혁명주의자들이 제거되었더라면, 거기에서 오스트리아인 공산주의자 프란츠 동지도 죽지 않았을 것이고, 지금과 같은 상황도 일어나지 않았을 것이다. 슈라는 반박하려고 애쓴다. 누가 반혁명 분자이고 누가 아닌지, 누가 40퍼센트 정도는 혁명을 지지하고, 45퍼센트는 의심하고, 15퍼센트는 두려워하는지를 간파하기가 간단치 않을 때도 있소. 그는 지금 오를리크를 비꼬고 있는 것이다. 모든 우연은 세밀히 조사되어야 합니다. 특히 사람들의 운명에 대한 것일 때는……. 그러나 시콘체프와 브라슬랍스키는 서로 다른 의견이다. 혁명의 운명에 대한 일입니다! 혁명 재판이 무엇을 위해 설치되었는지 당신들은 알잖소? 민중의 적을 처벌하기 위해서지, 의심하고 선별하기 위해서가 아니지요. 루이 16세의 재판이 있던 시기에 당통*은 이렇게 말했지요. '우리는 그를 심판하지 않을 겁니다. 우리는 그를 죽일 겁니다!'라고. 그러면 국민 공회에 의해 수용된 '용의자에 대한 법'은요? 혁명에 지속적인 충성을 보이지 않았던 과거 귀족 출신들이 용의자로 간주되었지요. 유혈을 두려워할 필요는 없소! 우유는 아이들을 양육하지만, 피는 자유의 아이들을 위한 식량이라고, 의회 의원이었던 쥘리앵*은 말했지요⋯⋯.

브이친에게는 시곤체프가 끌어대는 인용들이 숲 속 나뭇가지의 바스락거림과 같다.

"자, 이젠 누구를 뿌리 뽑아야 하는지 나왔군! ─ 종이를 흔든다 ─ 안토노프 네, 세미브라토프 네, 쿠하르노프 네, 두다코프 네, 이 사람들은 두다코프의 친인척들이오. 슬라보세르도프 선생은 아타만의 사위로 목록 첫 번째에 있군요. 내가 다닐로프 동지에게 여러 번 이야기했는데도 아직 자유롭게 활보하고 있어요⋯⋯."

슬라보세르도프에서 무너졌다. 슈라는 동의하려 하지 않는다. 이유는 모르겠다. 그는 선생을 단 한 번 보았을 뿐이고, 그와는 논쟁을 벌이고 격분하며 대화했을 뿐인데, 그런데도 버티고 서서 꼼짝도 하지 않는다. 반점으로 뒤덮인 그의 얼굴은 열기로 불타고, 눈병을 앓는 그의 눈이 빛난다. 그리고 손으로 지시한다. 물, 물을! 나는 점토 컵에 든 물을 그에게 갖다준다.

나움 오를리크가 소리친다. "저런, 아프군! 열이 있는데, 거의 40도야!"

"아니, 아니, 난 건강해. 나는 계속 이야기를 하고 싶네. 지령은 성숙하지 않은 사고의 열매라고 생각해. 내가 중앙위원회의 일리이치에게 편지를 쓰겠네⋯⋯."

브라슬랍스키는 슈라를 바라보며 잠자코 있다. 1분간의 정지. 그는 어떻게 해야 좋을지 생각하고 있다. 전선의 혁명 군사 위원회 의장이니 어쨌거나 여기선 그가 직급상 우두머리이다. 작은 손가락들을 구부린 손을 천천히 들어 올린 다음 — 결정을 뜻하는 몸짓인지 혹은 열병한 군대에 보내는 인사인지 — 브라슬랍스키는 지친 듯 말한다. "네, 그럼 원하는 대로 얼마든지 쓰세요! 이론에 열중하는 건 당신의 권리지요. 당신은 대학생이었나요? 그런데 나는 노동자, 무두장이예요, 그래서 이론을 배우지는 못했어요. 하지만 내게는 지령을 이행할 의무가 있습니다……." 손을 주먹 쥐더니 예기치 못한 힘으로 탁자를 쳤고, 그로 인해 점토로 만든 컵이 튀어 올랐다가 굴러 떨어졌다. "나는 카르타고인처럼 이 마을을 돌아다닐 겁니다."

이 표현이 너무 매혹적이어서 나는 참지 못하고 주석을 덧붙인다. "카르타고인처럼 돌아다닐 수는 없어요. 그러나 카르타고처럼 패망시킬 수는 있지요……." 묵직한 눈꺼풀 아래로부터 정지한 시선이 나에게 멎었다. 또박또박 단호하게 말한다. "나는 카르타고인처럼 이 마을을 돌아다닐 겁니다! — 잠시 말을 멈추고 모두를 둘러본 다음, 발작하듯 외친다 — 내가 무슨 말을 하는지 이해되는지요?"

나중에 시곤체프가 은밀하게 설명해 준다. 브라슬랍스키는 카자크인들 때문에 극심한 고통을 당했는데, 1905년 예카테리노슬라프 대학살 때 가족이 몰살당했다는 것이다. 엄마를 죽이고, 누이들을 겁탈했다……. 그러나 사실은 카자크인들이 학살한 게 아니라 그 지방 사람들이 그랬던 것 아닌가? 카자크인들이 도왔다고 말한다. 시곤체프는 거의 희열에 차 알려 준다. "이 임무에 더할나위 없는 사내를 생각해 냈어!"

만약 슈라가 병이 나서 그날 밤 의식 없이 쓰러지지 않았더라면 그들 사이에서 전투가 벌어졌을지도 모른다. 어쨌거나 그는 체브군을 호출하여 감옥을 지키도록 재판소 호위대를 배치하고 인질을 내주지 말라는 명령을 내렸다. 스타로셀스카야에서 총살이 시작되었고, 그곳으로부터 체브군이 돌아왔다. 반혁명주의자들에 대한 처형이었다. 공산주의자들을 살해한 것에 대한 보복이다. 프란츠 동지를 위해…… 우리 미하일린스카야는 아직 조용하고 인질을 건드리지 않는다. 체브군의 파수꾼이 감옥 현관에 앉아서 태평스레 씨앗을 까먹고 있는 것은 모두 강철 분대가 **카르타고인처럼** 스타로셀스카야 마을을 휘젓고 있기 때문이다. 내가 보기에 브이친조차도 그 같은 광포한 열성에 충격을 받은 듯했다…… 신이시여, 졸린 눈동자를 한 무두장이가 정말로 잔혹한가? 우리가 모래 섬에서 체포하여 나움 오를리크 살해 혐의가 있다는 이유로 즉석에서 총살했던 그 카자크인은 정말로 잔혹한가? 나움은 옆 마을 솔료노예에서 결박되어 창에 찔리고 눈이 뽑힌 채, 그리고 가장 끔찍했던 것은, 살아 있는 상태로 발견되었다. 보구차르와 열 명의 붉은 군대 병사를 체포한 후 '자, 너희들이 원하던 땅과 자유다'라는 말과 함께 땅에 파묻었던 카자크인들은 과연 잔혹한가? 또 1918년 봄 우크라이나에서 퇴각한 다음, 죽도록 피곤한 나머지 아무 의심 없이 카자크인들의 오두막에서 숙영했던 자아무르스코-티라스폴스키 부대를 함정으로 유인한 카잔스카야와 메시콥스카야 마을 사람들은 과연 잔혹한가? 중국인들로 구성된 군대 일부는 잠을 자는 동안 총살당했고, 나머지는 발가벗겨서 헛간에 가뒀다. 메시콥스카야 마을 사제는 이 일을 두고 감사의 기도를 올리며, 창고에 감금된 모든 적그리스도들을 산 채로 화형시킬 것을 요구했다. 그럼, 그해 봄, 혁명적 혈기의 발작으로 단번에 자신의 장교들을 죽인 뒤, 자신들을 새 권력의 지지자들이라고 선언했던 베셴스카야 마을의 카자크들은 과연 잔혹한가? 러시아어를 겨우 알아듣는 헝가리 사람 하나와 고향을 거의 잊은 세 명의 라트비아인 사내들로 이뤄진, 처음에는 독일인들을, 나중에는 가이다마크들, 그다음에는 위대한 이념을 위해 혁명의 적들을 죽이는, 네 명의 고달픈 페테르부르크 기술자들은 과연 잔혹한가? 자, 여기 그들, 바로 적들이, 텁석부리에 눈에는 지독한 증오심을 가득 띠고, 맨발에 속셔츠를 입고 있다. 한 사람은 주먹을 흔들며 소리치고, 다른 이는 무릎을 꿇고 주저앉았으며, 여자들은 울타리 뒤에서 소리를 지르고 있다. 그러자 두들겨 맞고 채찍질 당한 죄수, 서른 살 영감은 절망적인 폐를 혹사시키며 쌕쌕 소리를 낸다. "혁명의 적을 향해, 사격!"

　잔혹한 해, 잔혹한 시간이 러시아 위에 드리워지고 있다. 잔혹한 시간은 모든 것을 잠식하고 불길 속에 파묻으며 화산의 용암처럼 흐르고 있다……. 그리고 이 불길의 품속에서 새롭고 유례없는 무언가가 탄생하고 있다.

흐르는 용암 속에서는 뜨거움을 느끼지 못한다. 그러니 그 안에 있으면서 어떻게 **시대를 관조할 수** 있겠는가? 여러 해가, 온 생애가 흐른 다음에야 이해되기 시작하는 법이다. 어떻게, 무엇이, 왜 그러했는지를 말이다. 이 모든 것을 멀리서, 다른 시대의 정신과 눈으로 바라보고 이해한 자는 드물다. 슈라는 그런 사람이었다. 지금은 내게도 명확하다. 하지만 그 당시엔 나도 다른 사람들과 마찬가지로 의심했다. 그 혼자만이 진심으로, 나는 읽을 수조차 없이 비밀리에 보관되다가 두 달 후에 폐기되었던, 그러나 엄청난 해악을 불러온 그 지시로 인해 공포에 빠져 있었다. 나는 50년이 지나서야 그것을 읽었다. 이미 거의 아무에게도 공포도, 심지어 아픔도 아닌 때가 되어서야 말이다……. 대략 이렇다. 1) 카자크 상부에 맞선 집단 테러, 2) 곡식을 몰수할 것, 모든 비축분을 납부하도록 할 것, 3) 북쪽 현에서 돈 지역으로 농민 이주를 조직할 것, 4) 다른 도시에서 온 사람들을 카자크인들과 동등하게 대할 것, 5) 완전한 무장 해제를 실시할 것, 6) 다른 도시 출신의 믿음직한 분자들에게만 무기를 지급할 것, 7) 질서가 정착될 때까지 카자크 마을들에 무장 분대를 주둔시킬 것, 8) 카자크인 부락에 임명된 모든 전권 위원들에겐 최대한 단호하게 대할 것……. 맙소사, 어떻게 두려워하며 소리친 사람이 거의 없었던 걸까! 왜냐하면 용암이 눈을 멀게 했기 때문이다. 적자색 안개 속에서는 그 무엇으로도 숨을 쉴 수가 없다. 우리의 대지뿐만 아니라 사방, 모든 곳이 불타오르고 있다. 프랑스와 영국에서는 혁명적 파업이, 독일에서는 소비에트 권력이 거의 성립되었으며, 루마니아와 베사라비아는 농민 봉기의 화염에 휩싸여 있다. 그러니 어떻게 총검과 총알이 아닌 다른 방식으로 반혁명 분자를 괴멸시킬 수 있겠는가? 사실 거의 전멸시켰다. 그러나 여기에 바로 실수가, 치명적인 착각이 있었는데 ― 슈라가 보고 잠결에 중얼거린 그것 ― 마치 승리가 이미 손안에 들어온 것으로 여겼다는 점이다. 겨울 공격 이후에 크라스노프와 데니킨이 일어나지 않으리라고 판단한 것…… 그래서 나는 두려워하지도 소리치지도 않았던 것이다! 붉은 거품이 내 눈까지 덮고 있는 것이다. 나는 피를 흘리는 오를리크를 본다. 눈은 뽑혔고, 입술은 앞뒤가 맞지 않는 뭔가를 속삭이고 있다. **도대체 무엇 때문에 그 누구에게도 나쁜 일을 저지르지 않았던 나움 오를리크를 죽였을까?** 생각이 깊은 그는 사고를 통해 모든 것을 이해했다. 우리는 승리를 거둔 이후 어떻게 대학 교육을 혁신해야 할지를 놓고 대화하곤 했다. 그는 호위도 없이 혼자 떠나서 정치부 신문 꾸러미를 갖고 왔다. 선전하고 고취시키기 위해서였다. 그들은 반죽음이 된 사람을 조롱했고…… 그 마을에서 온 사내들은 모두 야밤에 초원으로 도주했다. 다음 날 브라슬랍스키는 전선의 혁명 군사 소비에트에서 내려온 명령에 따라 혁명 군사 위원회를 해산시킨 뒤 새 사람들, 새 의장, 모든 타지인들을 임명하고, 브이친은 관대하게도 일반 병사로 강등시킨다. 또한 슈라가 장티푸스에 걸려 의식을 잃은 채 거의 죽어 가고 있으므로, 재판소 의장에는 내가 지명된다. 나는 원하지 않았다. 그래서 최대한 거절했다. 대화는 매우 거칠었고, 그는 협박과 함께 내게 그럴 권리가 없다는 것을 증명하려 했다. 아니, 나는 원하지 않았다. 그 무엇을 준다 해도 싫었다. 선고,

처벌, 그런 건 전혀 내 분야가 아니다. 나는 말했다. "이런 일에는 특별한 사람이 필요합니다. 슈라와 같은 사람들, 감옥에서 단련된 사람들 말이지요." 그가 말했다. "그런 건 없어! 조서를 쓸 수 있는 사람들이 필요해. 사람이 없다고. 네가 유일해. 이건 자네의 의무야……." 선원 체브군이 말한다. "받아들여, 형제. 아니면 그 자리에 악당을 앉힐 거야……."

체브군도 필리포프 일당에게 난자당했다. 그는 그렇게 당한 이들 중 유일하게 죽지 않았고 사람들이 응급조치를 한 덕분에 살아났다. 그해 봄, 그는 어딘가로 사라졌다. 그리고 1932년이었던가? 그래, 우랄 지역, 투르가야시 지역 국립 발전소다. 나는 크르지자놉스키의 명령에 따라 투르가야시 개발 수석 엔지니어로 막 임명된다. 일이 태산이다. 갈랴가 아이들을 데려와 우리는 시골집에서 살고 있는데, 사방이 타이가다. 그곳에서 무슨 일이 있었냐고? 뭐가 힘들었냐고? 투르가야시 개발의 세 단계 중 첫 번째 단계(3천 킬로와트짜리 터빈 발전기 두 개)는 1923년에 완료되었다. 레닌그라드 기계 공장의 1만 킬로와트짜리 터빈 발전기 두 개와 연계된 두 번째 단계는 내가 이곳으로 오기 직전에 종료되었다. 보일러는 이미 가동 중이었고, 터빈 발전기들은 — 여기에 바로 악마가 있었다! — 증기량으로는 월등하게 탁월했으나 조절기의 큰 결함 때문에 어려움을 겪고 있었다. 언제나 터지기 일보 직전이었다. 그래서 곤욕을 치를 대로 치렀던 것이다! 하지만 세 번째 단계는 이제 겨우 준비 중이었다. 사슬 받침대 위의 보일러. 문제는 받침대가 아니라—공장에서 아직 제조하지 않았으므로 그건 아직 없었지만—넓이 10미터짜리 보일러들은 연료를 퍼 넣어서는 가동시킬 수가 없다는 것, 아니 완전히 불가능하다는 사실이다. 하지만 투르가야시 석탄을 연료로 공급하는 일은 필수적이다. 그러니 어쩌겠는가, 모스크바로 보고서를 보낸다! 사슬 받침대를 분쇄 연료 연소기로 대체하도록. 모스크바에선 화를 내며 조사위원회를 보낸다. 그들은 나에게 동의했고, 우리는 새로운 도구를 공급받게 되어 미국 회사 '콤바셴'에 연소기를 주문한다…… 그리고 한 달 후 모스크바로 긴급 호출된다. 무엇 때문이지? 대체 무슨 일이지? "모스크바에서 설명해 줄 겁니다. 빨리 가세요!" 전권 대표는 뭔가를 알고 있는데, 나머지 사람들은 어깨를 으쓱할 뿐이다. 갈랴는 몹시 걱정한다. 이것이 그녀의 단점이다. 결정적인 순간에 그녀는 평온을 유지하지 못하고, 온통 공포와 걱정으로 더욱더 강렬하게 흥분하고 마는 것이었다. 심지어 그 당시 루시카가 병을 앓고 있었는데도 아이들을 데리고 함께 모스크바로 출발하려 해서, 겨우 단념시켰다.

그런데 이해할 수 없는 이 호출은, 사슬 받침대 교체와 관련하여 내가 절대적으로 옳다는 것이 판명된 후여서 나를 몹시 걱정스럽게 했다. 갑자기 기차에서 밝혀진다. 신문을 샀는데, 선명하게 '콤바셴의 비호 아래 자행된 소비에트 적대 행위'라고 적혀 있다. 나와 술리몹스키를 비난하고 있다. 하지만 투르가야시 발전소가 아니라 그 이전 즐라토우스트에 대해서다. 우리 모두가 이미 자신의 '죄'를 '인정한' 것처럼 되어 있다. 국가는 주요 피의자를 처벌하

되, 기술적 실행자인 나와 술리몹스키는 벌하지 않을 수 있다고 판단했단다. 이 모든 내용이 '콤바셴' 사건에 할애된 지면 전체에 걸쳐 나와 있다. 그 밤, 기차에서 나는 당연하게도 잠들지 못한다. 그냥 헛소리다. 만약 내가 반정부 위해자라면 왜 체포하지 않나? 만약 죄가 없다면, 나를 범죄자인 것처럼 쓸 권리가 어디 있는가? 그러니까 뭔가가 진행되고 있는데, 피의자인 내가 신문을 통해 그 사실을 알게 된 것이다. 기차는 아침에 도착한다. 맨 처음 어디로 달려가야 할까? 슈라에게? 물론 슈라는 가장 가까운 사람이지만, 그는 이미 퇴직해서 연금을 받고 있으므로, 담당하고 있는 일이 없다. 그에게서는 그저 조언을 얻을 수 있을 뿐이다……. 호텔에서 그에게 전화를 건다. 그는 모두 이해했다. 신문에서 모든 것을 읽었기 때문에 설명할 필요가 없다. "지금 당장 알료시카 체브군에게 가 봐!" 그러고는 주소를 알려 주었는데, 그 당시 체브군은 검찰청에서 일하고 있었다. 이건 나도 알고 있었다. 하지만 그를 13년이나 보지 못했다. 혼자서 이렇게 결정했다. 단호하게 이의를 제기하고 국가통합정치부에 진정서를 써서 오늘 당장 루뱐카로 가져가리라고. 만약 내가 소비에트의 적이라면 체포해서 재판을 하시오! 체브군은 카멘스키 다리 근처의 거대한 건물에 살고 있다. 아침 8시경이다. 서재에서 나를 맞이한다. 매우 기쁘게라고는 말할 수 없지만, 몹시 침착하고 상냥하면서도 동시에 조심스럽다. 내가 건넨 진정서를 읽더니, 갑자기 의자에서 벌떡 일어섰다. "너 뭐야, 정신 나갔어! 쓸데없는 일이야! 나도 슈라도 너를 도와주지 못해. 아무 데도 가지 말고, 진정서도 넣지 마!" 현명한 충고였다.

슈라의 정신 착란은 한결같이 슬라보세르도프에 대한 것이었다. 끔찍한 목소리로 "나는 너희들에게 슬라보세르도프를 안 내줄 거야! 조용히! 슬라보세르도프를 내버려 둬!"라고 소리치는가 하면, "여보게들, 제발 부탁이네…… 그래서는 안 돼. 죽여서는 안 된다고. 내가 이렇게 비네, 슬라보세르도프를 죽이지 말게……"라고 소리치기도 하고, 이해할 수 없는 뭔가를 중얼거리기도 한다. 그는 병을 이상하게 앓으면서 다른 사람으로 변해 가고 있는데, 거의 희극적일 정도의 정신 이상이다. 수십, 수백 명이 죽어 가는 상황에서도 한 사람의 이름만 반복해서 부른다. 그러다 제정신으로 돌아와 침대 옆에 있던 우리 두 사람, 레온티이와 나를 선명하고 맑은 정신으로 바라보면서 겨우 들릴 듯한 목소리로 명령하듯 묻는다. "슬라보세르도프 선생은 어떻게 되었지?" 레온티이가 대답한다. 그에게 특별한 일은 없으며, 당연히 그래야 하는 대로 되었다고. "도대체 어떻게 되었지?" 문제가 철회되었고, 더 이상 그런 문제는 없다고 말한다. 슈라는 강철 테로 된 안경을 집어 들어 코 위에 얹으며 레온티이와 나를 바라보더니 눈을 감는다. 레온티이가 속삭인다. "또다시 섬망이야……" "아니 ─ 슈라가 말한다 ─ 자네들이 헛소리를 하는군. 나는 모두 다 이해하고 있어." 사실 목소리는 매우 명료하다. 그렇다면 그때 뭐가 섬망이었지? 섬망은 뜻 모를 말, 암흑, 저 깊고 깊은 곳에서 끓어오르는 무엇이다. 이성을 흐리게 하는 적자색 안개. "내가 아니라 자네들이 헛소리를 하는군" 하고 슈라가 말한다. 안경알 아래에서 눈물이 뺨을 타고 흘러내린다. 슈라에게서는 단 한 번도 눈물을 본 적이 없다. 예전엔 결코 없었다. 슈라가 속삭인다. "불행한 바보들 같으니, 내일 무슨 일이 있을지 왜 보지 못하는 거지? 다들 이마를 오늘 속에다 피 묻어 버렸어. 그래 놓고는 우리의 모든 고통이 또 다른 내일을 위해서라지…… 이런, 멍청이들, 멍청이들……" 우리는 기쁘다. 신이시여, 고비는 넘겼다! 슈라는 회복되고 있다. 그는 정신 착란을 일으키지 않고, 모든 것을 잘 이해하고 있다.

내가 기억하기로 슈라의 병이 극에 달했던 그 불운한 3월에는 모든 것이 마치 상처 위의 피 묻은 낡은 붕대처럼 뒤죽박죽 얽혀 붙어 있었고, 나는 그 모든 것을 낱낱이 분리시켜 떼어 낼 힘이 없었다. 오랜 상처는 건드리지 않는 법이다. 미굴린은 언제 나타났더라? 볼로댜와 아샤는 거기서 무슨 일을 했었지? 브라슬랍스키는 언제 총살당했지? 그러면 레온티이는 왜 살아남았지? 건드리지 말 것, 건드리지 말 것. 이 모든 고통에 새로 붕대를 감을 수가 없다. 아무 소용 없을 것이다. 그럴 필요가 없다. 잊었다. 피 묻은 붕대는 꽁꽁 얼어붙어서 돌이 되고, 석탄이 되었다. 그것은 분쇄용 망치로 두드려 깨부숴야 하는 단층들이다. 들여다볼 수 없는 끝 모를 어둠, 그 속 어딘가에 아샤가 있다. 그녀가 살아 있다! 이 모든 것이 3월, 해빙기, 북도네츠에 유빙(流氷)이 흐르던 때였다. 백군이 퇴각하면서 다리들을 폭파시켰는데, 미굴린의 여단은 강의 오른쪽 기슭을 따라 이동하고 있다. 공격은 좌절되었다. 그러나 해빙 때문은 아니다, 아니, 아니다! 해빙에 이유가 있는 것이 아니다. 11일

에서 12일로 넘어가는 밤, 어느 한 마을에서 마치 화재처럼 시작
되었다⋯⋯. 슈라가, 그리고 슈라보다 먼저 슬라보세르도프 선생
이 경고한 일이었다. 우리 모두 이것을 예감하여 날마다 기다리고
있었고, 오싹한 공기는 뭔가로 짓눌리고 있었다. 왠지 모르게 귀가
멍했다. 우리는 이곳, 지역 내의 소소한 불행들보다 먼저 세계가 폭
파되기를 기다렸다. 지구 상의 모든 혁명가들과 모든 노동자들이
마치 한 사람처럼 일어날 것이다. 어떻게 그러지 않을 수 있겠는
가? 다른 무엇이 우리의 눈을 가릴 수 있었겠는가? 이것이 우리의
아픔이자 변명이다. 나는 열여덟 살이고, 내가 두려워하는 사내들,
내가 모르는 여인들, 내가 이해하지 못하는 노인 수백여 명의 삶
이 내 손안에 있다. 그러나 슈라는 아직 중앙위원회에 자신의 분
노를 드러내며 분출하지 못했고, 장티푸스에서 간신히 회복된 후
그것을 보냈을 때는 이미 모든 것이 들끓고, 북쪽이 불타오르고
있었다. 이미 늦은 때였다. 맙소사, 어째서 늦었나? 겨우 1919년이
었다! 늦었다. 마을들이 들고일어난 데다 모든 후방 부대가 불타
는 바람에 전선에서 일부를 퇴각시켜야 했다. 브라슬랍스키는 명
령을 내렸다. "인질들을 묻을 공동 무덤을 파도록." 카자크인들은
그날 밤 뿔뿔이 도망갔다. 땅을 팔 사람이 아무도 없다. 노인도, 부
인네도 없다. 나는, 죄스럽지만, 생각한다. 그는 제정신인가? 그리
고 나는 제정신인가? 사실 매일같이 그런 일을 하면 바로 미치고
말 것이다. 아니다, 문제는 미치는 것이 아니라, 지각을 상실하게 된
다는 데 있다. 마치 모래 자루처럼 아무것도 느끼지 못하게 될 것
이다. 살아 있는 몸을 바늘로 찔러도, 마치 바늘이 모래를 찌르듯,

아무것도 느끼지 못하게 되는 것이다. 그것은 시곤체프가 꿈꿨던 감정의 부재이다. 도달해야만 하는 고도의 상태이다. 1919년 2월, 초봄. 습한 봄바람이 비명과 냄새, 연기와 총격, 울부짖음을 몰고 온다. 내 손에는 목록이 있다. 하나는 크라스노프 편이었던 자들, 다른 하나는 그의 가족들, 세 번째는 말을 내놓으려 하지 않은 자들, 네 번째는 소총이 발견된 자들, 다섯 번째는 투기한 자들, 여섯 번째는 권력을 욕한 자들, 일곱 번째는 장교였던 자들, 여덟 번째는 사제의 친척들……. 시곤체프가 반복해서 말한다. "방데!* 방데다! 공화국이 승리한 것은 관용을 몰랐기 때문이다." 나는 단번에 이 모든 것에 서명해야 한다. 브이친 사람 18명이건, 브라슬랍스키 사람 150명이건, 무슨 차이지? 사람들은 숫자에 경악한다. 마치 산술이 중요한 것처럼. 시곤체프가 그런 생각을 주입시키고 있다. "사람은 원칙적으로 결정을 해야 한다. 그가 위대한 결과에 자신을 통째로, 자신의 모든 내면을 바칠 수 있는지를?" 나라면 이렇게 말했을 것이다. 그가 **감각 상실에** 자신을 내맡길 수 있는지를? 즉 자기 안의 뭔가를 죽일 수 있는지를? 그러나 이후 진실이 아니라는 것이 밝혀진다. 산술은 중요하다. 이 모든 것이 돌이킬 수 없을 만큼 서로 달라붙어 뒤섞였다. 내가 읽은 것과 그들이 말한 것, 단편적으로 보존된 것과 상상한 것들, 그리고 실제였던 것들이 말이다. 실제로는 어떤가? 볼로댜와 아샤는 이웃 마을에 있고, 거기에서는 보충 연대가 조직되고 있다. 미굴린은 격노한 전보를 보내 혁명 군사 위원회의 해산과 다른 지역 전권 위원의 임명을 요구한다. 직접 와서 기관총으로 혁명 군사 위원회를 해산하고 모두 재판에 회부하여 총살시켜 버리겠다고 협박한다. 브라슬랍스키와 시곤체프 그리고 새로운 예비혁명 군사 위원회를 가짜 공산주의라고 부른다. 하지만 그가 어떻게 올 수 있겠는가? 전보로 치른 전쟁이다. 브라슬랍스키는 거칠게 답한다. "그가 나를 임명한 건 아니지! 나는 그에게 복종하지 않겠어!" 미굴린이 신임받지 못한다는 것을 알고 있기 때문에, 그들은 그 앞에서 두려움을 느끼지 않는다. 볼로댜는 브라슬랍스키를 증오한다. 그래서 내게도 적대적이다. "내가 너의 입장이었다면, 나는 스스로 이마에 총을 쏴 버렸을 거야." 이건 그가 아샤와 있을 때 우리 집에서 내게 한 말이다. 나는 어떻게 해야 할지 그저 친구로서 그의 조언을 구하는 중이다. 나는 속을 터놓고 조언을 구하지만, 그는 적의를 갖고 대답한다. 그에게는 언제나 연극적인 부분이, 충분히 성숙하지 못한 실러(Schiller)가 내재해 있다. 아샤가 훨씬 더 똑똑하다. 그녀는 비통하게 공감하듯 나를 바라보지만, 논쟁에는 뛰어들지 않는다. 그런 그녀가 내게 조용히 속삭였던 것을 기억한다. "넌 파멸했어……." 하지만 나는 파멸하고 싶지 않다. 나는 난자당한 채 살아 있던, 죽은 오를리크를 본다. 나는 카자크인들의 냉혹함과 그들의 완고함을, 적의와 절망을 느낀다. 이젠 명백하다. 우리의 실수를 악마적인 기운과 폭력으로 혁명의 적들이 이용했던 것이다. 그런데 그때 나는 숙명의 날이 도래했다는 사실을 느꼈다. 3월 초였다. 볼로댜와 아샤는 내가 브라슬랍스키에게 달려간 그날에 대해선 모른다. 시곤체프에게 달려가 봐야 의미가 없다. 그의 뇌는 인공적이니까. 브라슬랍스키에게 달려갔다. 내가 무슨 일이라도 저지를 수 있는 그런 상황이었다. 그를 쏘아 버릴 수도, 나 자신을 쏠 수도 있었다.

그러나 가장 중요한 것은 3월의 그 밤에 이미 중앙에 의해 지령이 폐기되었지만, 우리는 몰랐다는 사실이다! 그런데 돈 지역 혁명군사 위원회는 그 사실을 알면서도 서둘러 알리지 않았다. 내가 그날 밤을 어떻게 잊을 수 있었을까? 아득히 위협적인 붉은 소란 속, 습하고 궂은 밤이었다. 소년이었던 나는 어리석지만 용감했고, 마치 열병에 걸린 것처럼 떨고 있었다. 그러나 한 가지는 알고 있었다. **그날 밤 결심해야 한다는 것**. 그는 더 멀리, 계속 더 멀리 '카르타고인처럼 갈 것인데', 숫자는 의미가 없으므로 이 길에는 끝이 없다. 정문 옆에는 중국인들이 허벅지 사이에 소총을 세우고 앉아 있었다. 현관에는 기관총 사수가 자고 있었다. 제일 끝 창문에 불빛이다. 즉, 아직 잠들지 않았다! 동이 트기 전 그가 괴로워하고 있는 것이다. 어떻게 고통스러워하지 않을 수 있겠는가? 희망이 움텄다. 그러니까 뜻밖에 내가 설득하게 된다면? 최근 그는 낯빛이 어두운 적색, 버찌색이 되고 뺨이 더욱 부풀어 올라서, 그를 보게 될 경우 와인을 많이 마셨거나 심각하게 아픈 거라고 말할 정도였다. **동이 트기 전에 모든 것을 결정해야 한다.** 문을 밀었다. 혼자 의자에 앉아 있는데, 승마 바지를 입고 발을 대야물에 담그고 있다. 주전자에서 끓는 물을 붓는다. 이건 나를 놀라게 했다! "마트베이, 당신이에요? 당신, 괜찮아요?" 나는 자기 자신을 끓는 물로 고문하는 사람을 단 한 번도 본 적이 없다. 어떻게 사람을 죽이고, 어떻게 칼로 베고, 어떻게 총살하는지는 봤다. 그러나 어떻게 발을 삶는지는 보지 못했다. 그가 말한다.

"피가 나를 터뜨릴 지경이야, 머리를 때려. 거머리를 구해야 되는데, 어디서 잡지?" 스타로셀스카야에서 온 약사는 적으로 밝혀졌고, 그는 이미 없다. 부재중이다. 전령이 새 주전자를 가지고 온다. 나는 그의 발이 거의 분홍빛으로 삶긴 걸 본다. 그런데도 그는 뜨거운 물을 더 부어 넣는다. 비인간적인 의지다. "어떻게 참아 내지요?" "그냥 참아. 더 나빠지면 난로에 구울 때도 있어. 그래도 참아." 나는 그 즉시 그에게 말한다. "나는 못하겠어요. 서명하지 않겠어요. 거부하겠어요. 원하는 대로들 하세요. 나를 총살하세요." 그가 말한다. "너는 프롤레타리아적인 사고방식을 갖고 있지 않아. 네 배꼽보다 더 멀리 내다보지 못하고 있어. 차라리 앉아서 내게 신문을 읽어 줘." 저녁이면 그는 시력이 나빠졌다. 가끔 회의를 주재하고 연설을 하면서도 눈꺼풀이 저절로 감기곤 한다. 글자들이 뛰어다니고 내 혀는 읽을 수 있도록 돌아가 주지 않는다. 머릿속은 두드리는 소리뿐이다. 끝이 왔다! 출구는 없다. 나는 이 끓는 물을 참아 낼 수가 없다. **동이 트기 전에 그를, 아니면 나 자신을 끝장내 버리리!** 어쨌거나 끝이다. 그녀가 내게 말했다. "넌 파멸했어"라고. 하지만 그날 밤에 대해서는 그 누구도 아무것도 알지 못했다. 단 한 사람도. 갈랴에게도 이야기한 적이 없다. 그리고 나 자신조차 잊어버린 것 같았다. 완전히 깨끗이 잊어버린 것 같았다. 떠오른 적이 없었다고? 아니, 있었다. 주머니에서 리볼버를 꺼내 안전장치를 튕겨 낸다. 하지만 그 막막한 순간에도 나는 아직 누구를 쏴야 하는지 모른다. 바로 그랬다. 나는 전혀 알지 못한다. 다음 순간에 비로소 결정하리라⋯⋯. 그는 나를 쳐다보더니 뺨으로 작은 진홍빛 입에 경련을 일으켰고, 놀라서 주전자를 한쪽으로 밀친 뒤 자신은 다른 쪽 바닥에 쓰러져 누워서는 숨을 쉬지 않는다……. 아니, 그는 그때 죽지 않았다. 한 달 반 뒤였다. 그와 함께 다섯 사람을 처형했다. 그들은 강철 분대 전체를 제각각 감옥으로, 전선으로, 북쪽으로, 차리친 근교로 해산시켰다. 그들을 재판한 건 전선의 혁명 군사 소비에트에서 온 비상위원회였고, 나중에 비철 금속 공장에서 일하게 된 마이젤이 수장이었다. 그런데 그들은 왜 시곤체프를 그냥 두었을까? 이건 설명하기 어렵다. 잊혔던 거다. 아니면 누군가가 구한 것이다. 나는 그가 폐로 숨 가쁜 소리를 내던 것을 기억한다. 얼굴이 새까맣게 야위어 들어가고 피를 토하면서도 눈빛은 여전히 마귀같이 불타고 있다. "모티카 브라슬랍스키, 그 보석 같은 사내가 왜 죽은 거지? 왜냐하면 카자크인들이 봉기했기 때문이야. 그럼 왜 그들이 반란을 일으켰을까? 그래, 몽땅 다 불태우지 않아서야, 몽땅 다 도륙해 버리지 않아서라고……. 그러니 그 자신이 잘못한 거야. 눈먼 귀신 같으니라고!" 그러나 문제는 이것이었다. 봉기가 시작된 후, 갑자기 미굴린을 남부 전선에서 세르푸호프로, 노동자-농민 붉은 군대의 야전 사령부로 호출한다. 거기서 다시 더 멀리 서쪽, 벨라루스-리투아니아 군대로 보낸다. 도대체 무슨 일일까? 마침 데니킨의 습격으로 돈 지역에 그 어느 때보다도 더 미굴린이 필요한 그때에 말이다…….

파벨 예브그라포비치는 산책과 폭염에 지친 나머지, 식사하고 싶은 생각마저 없어져 자기 방으로 가서 누웠다. 꽤 오랫동안 누위 있었다. 아무도 그를 들여다보지 않았다. 그렇게 네 시간가량 흘렀다. 가끔 졸기도 했다. 졸음에서 깼을 때, 베란다에서 들려오는 목소리를 들었다. 한번은 가리크가 깨진 벽돌이 흩어져 뿌드득 소리가 나는, 창문 아래로 난 길을 따라 누군가와 함께 달려와 숨을 헐떡이며 이상한 구절을 외쳐 댔다. "그런데 너 그녀에게 몇 배로 되갚아 줬지?" 그 문장은 왠지 파벨 예브그라포비치의 심기를 건드렸다. 그는 불안해하며 문장에 대해 생각하기 시작했고, 그 의미를, 손자의 영혼 속에 이는 작은 불꽃을 이해하고자 애썼다. 그것은 마치 나비처럼 팔딱팔딱 요동치며 자연적인 알몸 속에 뭔가 중요한 것, 어떤 본질, 소중함을 간직한 채 우연히 창문 아래에서 날아들었다가, 무더운 날의 정적 속으로 사라져 버렸다. 그는 어떻게 세대가 교체하는지에 대해, 여인들과 복수 혹은 감사에 대해, 그리고 사랑이 이해와 아무 상관이 없다는 것에 대해 생각하게 되었다. 그리고 심지어 그들 모두가 돼지에 불과하다는 이해와도 말이다. 갈랴라면 열 번은 들러서 물어봤을 것이다. "어때? 괜찮아? 식사하고 싶어? 약은 안 줘도 돼?"라고. 손자는 아마도 폴리나의 손녀인 알룐카*에 대해 말한 것일 거다. 그곳에서 무슨 일이 일어나고 있다, 뭔가 고통스러운 일이. 신이시여, 놀라울 게 뭐가 있는가? 파벨 예브그라포비치가 60년 전 페테르부르크에서 아샤 때문에 고통스러운 학창 시절을 보낸, 딱 바로 그 나이다. 박해자인 그녀에게 아주 호되게 갚아 줘야 했던 것이다. 그런데 그게 바로 수수께끼다. 그녀는 복수로 되돌려 받은 걸까? 아니면 감사함으로? 파벨 예브그라포비치는 바로 그것을 걱정하고 있었고, 그래서 숨을 몰아쉬며 외친 그 문장의 비밀을 반드시 알아내야 할 것만 같았다. 왜냐하면 그것은 이제 끝으로 치달아 온 자신의 삶과도 관계가 있기 때문이었다. 그것의 진정한 의미가 복수일 때와 감사일 때는 완전히 다르다. 쓸쓸하게도 그는 그것이 복수라는 쪽으로 기울었는데, 비록 유치하고 별것 아닌 것이더라도, 어쨌거나 복수인 것이고, 그것이 이젠 마치 유행인 것 같다. 너는 나에게, 나는 너에게, 네가 나를, 내가 너를. 그 모든 방식으로 말이다. 우스티-카멘의 산림 채벌장에서 갑자기 흰 수염을 한 노인이 속삭이며 파벨 예브그라포비치의 성이 이러하냐고 물어 온 적이 있다. 맞다는 대답을 들은 그는 이도 없는 얼굴로 환한 표정을 짓더니, 땅바닥까지 몸을 굽혀 절을 하고는 주머니에서 헝겊으로 감싼, 노랗게 변해 버린 설탕 조각을 꺼냈다. "20년이 지났지만, 감사를 받아 주시지요. 당신이 사형 집행에서 구해 준, 한때 사제였던 파계승이 드리는 것입니다. 미하일린스카야 마을을 기억하시는지요? 1919년이지요?" 그런 다음 흥미로운 이야기를 했다. 어느 교부의 글에 따르면, 감사의 감정은 신성의 현현이다. 그 때문에 그것은 드물고, 배은망덕은 훨씬 더 자주 마주치게 되는 것이란다. "나는 내가 당신에게 축복을 선물할 수 있어서가 아니라, 이 순간 신과 함께 말할 수 있어 스스로가 행복해서 기뻐하는 거랍니다."

이것이 바로 손자의 달음박질, 우연한 외침으로 인해 회상하게 된 것이다. 그리고 문 두드리는 소리가 들리더니 베라가 들어왔다.

"아버지, 배고프신가요? 폴리나 아주머니가 왔어요……."

폴리나와는 그랬다. 갈랴가 죽은 후 첫 두 해 남짓 동안에는 그

녀를 볼 수가 없었고 대화하는 것도 참을 수 없었다. 모든 것이 갈
랴를 떠올리게 했고, 피가 솟구치게 했다. 긴 코, 검은 눈에 주름
진 폴리나의 얼굴, 그들이 같은 옐리자베트그라드 출신이었기에
갈랴의 사투리를 닮아, 독특한 [h] 발음이 섞인 그녀의 남부식 말
투, [r]인지 [l]인지 불확실한 발음, 농담하는 태도 등 모든 것이 그
랬다. 물론 갈랴가 더 섬세하고 더 예리한 농담을 했지만 말이다.
하지만 대체 어떻게 비교가 된단 말인가? 갈랴는 현명하고 깊이
있는 여인이지만, 폴리나는 그다지 똑똑하지는 않다. 나중에야 그
는 그녀와 화해했고, 갈랴가 없는데 그녀는 **계속해서 존재하고 있다**
는 사실과도 화해했다. 얼마의 시간이 지난 후 다시 그녀를 좋아
하게 되었고, 그녀의 끈기에 놀라게 되었다. 세간살이를 짐으로 실
은 채 조그만 바퀴가 달린 수레를 끌면서 노쇠하고 느린 딱정벌
레를 닮은 그녀가 발을 끌며 걸어가는 것을 큰길에서 마주친 뒤
부터 그는 연민을 느껴 그녀를 도와주려 애쓰게 되었고, 그런 수
치스러운 일을 하게 내버려 둔 그녀의 딸과 사위, 손녀를 마치 적
을 미워하는 것처럼 진심으로 증오했다. 사위와는 날카롭게 대립
했다. 두 번 정도 정당한 참견을 했다. 이보게들, 자네들에게는 자
동차가 있는데, 노부인이 모든 걸 직접 짊어지고 끌다니, 어떻게 그
럴 수가 있는가…… 그 대답으로 무례한 말들이 뒤따라왔다. 그
래서 그는 이 집안에서 뭐라도 고쳐 보겠다고 다짐했지만, 무거운
짐을 진 폴리나를 만나면 언제나 수레를 빼앗고 가방을 들었다.
비록 의사들이 3킬로그램 이상 나가는 물건을 운반하지 말라고
명했건만, 그는 의사들에게 손을 내저었다.

폴리나는 소리를 낮춰 비밀스러운 뭔가를 설명하고 있었는데, 검은 눈은 동그래지고 주름진 입은 한쪽으로 비뚤어졌다. 많이 늙었구나, 안쓰럽군! 완전히 노파다. 어쨌든 갈랴는 결코 노파가 되지는 않았지.

"뭘 그렇게 속삭여?" 그가 골을 내며 말했다. "그냥 말해. 알잖아. 내가 비밀을 좋아하지 않는다는 걸……."

그는 비밀 때문이 아니라, 잘 들리지 않아서 짜증이 났다. 매번 상기시켜야만 한다. 사실 불쾌하다. 자선을 베풀라며 구걸하는 것 같다. '늙은이를 도와주시오, 더 크게 말해 주시오!'라고. 폴리나는 물론 좋은 여자이고 갈랴를 진심으로 좋아했다. 갈랴도 그녀를 좋아했지만, 그저 그렇게 잘 지낼 뿐, 그녀는 어느 누구에게도 우정을 선물하지는 않았다. 하지만 모두에게 그렇듯 뻣뻣한 갈랴도 자기 사람들에게는 관대했다. 그녀는 여자 친구의 어리석음을 용서했다. 갈리나*가 죽고 얼마 되지 않았을 때, 그녀는 어딘가 이상하게 화려한 옷차림에 잔뜩 분칠을 하고 입술에는 짙게 연지를 바르고 손님으로 나타났다. 그녀는 무슨 생각을 하고 있었던 걸까? 도대체 무슨 행차였을까? 파벨 예브그라포비치는 화가 나서 얼굴이 붉어지는 것을 느끼며 잇새로 내뱉고 말았다. "제발, 기억해 줘, 절대로 그렇게 잔뜩 바른 입술을 하고 나한테 오지 마!"

그녀는 계속 소곤거리며, 그러나 극장에서처럼 크고 긴장한 목소리로 말했고, 눈은 더욱 휘둥그레졌다. 무슨 서류와 증명서, 이사, 거주에 대한 것이었다. 아, 맞다, 또다시 아그라페나 루키니치나의 집이다. 그는 이 일을 하지 않겠노라고 단호하게 말했다. 이쪽 편에서도 저쪽 편에서도 말이다. 조합의 자기 지분을 이미 루슬란에게 양보했고, 회의에는 참석하지 않으며, 발언권도 없으니 직접 알아서들 하라고.

"파샤, 나는 당신에게 아무것도 요구하지 않아요. 그저 내게 서류만 줘요."

"나는 서류를 줄 수 있는 사무소가 아니야. 나한테는 도장이 없어."

"파샤, 농담하지 말아요, 제발. 지금 이야기는 나의…… 그러니까 더 정확하게 하자면 ─ 울퉁불퉁 보조개가 많은 아래턱이 실룩거렸고, 거북한 듯 웃음 짓는 입은 옆으로 비뚤어졌다 ─ 삶 전체가 아니라 바로 그 끝에 대한 거예요. 가장 끝 말예요!" 그러고는 손가락 두 개로 살아갈 날이 얼마나 조금 남았는지를 보여 주었다. 이건 유머였다. 그러나 적절치 않았다. 만약 갈랴가 그런 주제로 농담을 하려 했다면, 그녀는 뭔가 놀라운 걸 생각해 냈을 거다!

"도대체 무슨 서류가 필요한 거지?"

"내가 말했잖아요. 내가 혁명적 과업에 참여했었다는 서류요."

"무슨 일을 했었지?"

"그러니까 1919년에 데니킨 방첩 기관에 감금당했잖아요. 잊어버렸어요? 갈카가 당신에게 백번은 이야기했어요. 갈카도 감금당했고요."

"아이고, 엄마! 넌 겨우 열네 살이었어. 갈카는 열세 살이었고." 그는 웃었다. 갈랴에 대해 말하는 건 유쾌하다. "맙소사, 무슨 혁명적 과업을 이야기할 수 있는 거지?"

"파샤, 우리는 의식 있는 소녀들이었어요, 우리는 정말로 혁명을 사랑했다고요……." 그러면서 그녀는 보통 수다를 떨듯 입방아를 찧기 시작하는데, 반쯤은 농을 던지는 것 같고, 반쯤은 재치를 부리는 듯도 하지만, 사실은 완전히 헛소리였다. 갑자기 말을 끝맺더니 정곡을 찌른다. "갈카가 살아 있었다면 그런 서류를 곧바로 해 줬을 텐데! 아무것도 필요 없어요. 그저 고인이 된 아내의 말을 통해, 폴리나 카를로브나가 혁명적 수행으로 데니킨 방첩 기관에 추적당했었다는 사실을 알고 있다는 것만 써 주면 된다고요."

"미안하지만, 어떤 수행을 말하는 거지?"

"시장에서 '자유학생연맹'의 이름으로 전단을 뿌렸어요. 우리를 파출소로 끌고 가서 6일이나 감금했어요. 우리를 자기들 하고 싶은 대로 했어요. 때리고, 강간하고, 총살하고……. 그들은 완전히 주인이었으니까……."

그녀의 아둔함이 불쾌한 냄새를 풍겨 대고 있었다. 그런 종류의 서류가 누굴 도와줄 수 있겠는가? 냉소적이고 무심한 사람들이 앉아 있는 조합 관리들은 그저 비웃을 것이다. 그렇다, 사실 우습다. 그런데 폴리나는 다른 것을 위해 서류가 필요하다고 말했다. 혁명 전사의 집에서 살고 싶다고 했다. 모스크바 근교 우스펜스코예에 있는 혁명 전사의 집이 얼마나 특별한지, 파벨 예브그라포비치도 들은 적이 있다.

이 이야기는 상당히 놀랄 만한 것이어서 충격을 받은 그는 입을 다물었다. 혁명 전사의 집은 파벨 예브그라포비치에게는 은밀한 공포의 대상이다. 꿈결의 몽상이나 한밤의 사색, 혹은 다른 사람들의 이야기 속에서 낯선 노년들 말곤 아무것도 없는, 사방에 낯선 노년들뿐이라는 점이 가장 큰 고민거리인 마지막 거처, 노인들에게 가장 고통스러운 그것이 그의 머릿속에 그려지곤 했다. 과연 그곳에도 창문 아래에서 들려오는 손자의 고함 소리 ─ '그런데 너 그녀에게 몇 배로 되갚아 줬지?' ─ 를 듣는 행복이 있을는지. 양로원 이야기들 속에서 정원, 카펫, 도서관, 텔레비전들이 더욱더 그려지면 그려질수록, 파벨 예브그라포비치의 심장은 추위로 더 강하게 옥죄었다. 이런 집들의 호화로움은 이슬람교의 낙원을 연상시켰다. 자식들, 손자들과 헤어지는 것은 갈랴로부터 마지막으로 남은 것들과의 결별을 의미했다. 그러나 다행히, 이런 것이 그를 위협하지는 않았다. 다만 폴리나가 그 집에 대해 평화롭게 말한다는 사실이 그를 놀라게 한 것이다.

"무슨 어리석은 생각이야!" 그는 화가 나서 말했다. "오늘 당장 진카와 이야기할 거야, 네 사위하고도. 개들이, 정신이라도 나간 거야?"

"개들은 몰라요. 내가 아직 말 안 했어요."

"무엇 때문에 그런 생각을 한 거지?"

"왜라뇨, 파샤……." 폴리나는 말을 할지 말지 결정을 내리지 못한 듯 말을 더듬었다. 세탁부, 가방 끄는 여자의 야윈 힘줄투성이 손이 손바닥을 위로 혹은 옆으로 하며 곤혹스럽게 돌아갔다. "나는 그들에게 필요 없는 존재예요, 파샤."

"헛소리하지 마! 어리석은 소리야! 머리에서 떨쳐 버려!" 그는 소리쳤다.

"아니, 파샤, 순수한 사실이에요. 알료나가 어렸을 때는 필요했지만, 이젠 그렇지 않아요. 지금은 어떤 의미에서 짐이지요……. 개들은 3년간 멕시코로 가려고 하는데, 알료나를 기숙 학교에 넣고 싶어 해요. 그런데 어쨌거나 정말 우리가 그들에게 필요할까요?"

파벨 예브그라포비치는 침묵했다. 이 모든 것이 그의 마음에 들지 않았다. 첫째, 왜 '우리'인가? 왜 동등한 취급을 하는 거지? 우리는 완전히 다르고, 서로 다른 상황에 처해 있으므로 똑같이 여겨서는 안 된다. 둘째, 어쨌거나 어리석은 말 속에 사실인 부분이 있긴 하지만, 가장 불쾌한 것은 감춰졌다. 게다가 폴리나의 결정은 용기를 필요로 하는 것이어서 가련한 노파에게 그런 용기가 있을 거라고는 전혀 예상하지 못했고, 그래서 그는 스스로 상처받아 심지어 모욕을 당한 것처럼 느꼈다. 그가 찾아낸 유일한 말은.

"그렇다면 개들이 무엇 때문에 아그라페나의 집에 대한 권리를 주장하는 거지?"

"나도 모르겠어요. 나는 개들 일에 참견하지 않아요. 파샤, 제발, 몇 마디라도……."

그는 탁자로 가 앉은 뒤 안경을 썼고 노트에서 모눈종이 조각을 뜯어 글을 써 줬다. 폴리나는 종이를 두 번 접어 허리춤에 쑤셔 넣고 파벨 예브그라포비치의 뺨에 입을 맞춘 후 나갔다. 그러나 1분 뒤 되돌아왔고, 의미심장하게 또다시 눈을 둥글게 뜨고는 ─ 중학생 시절의 오랜 습관인데 노파에겐 어울리지 않으므로, 이젠 그만둘 때다 ─ 속삭이며 말했다.

"딱 한 가지만 부탁하자면, 파슈타, 가족들한테는 아무 말도 하지 말아 줘요!"

　파벨 예브그라포비치는 폴리나의 이상한 행동들에 대해 생각하며 한동안 탁자에 앉아 있었다. 왜 뺨에 입을 맞추며 파슈타라고 불렀는지, 오직 갈랴만 그렇게 불렀기 때문에 그래서는 안 되는 거였는데, 또다시 아둔한 사고력으로 인한 부적절한 행동이다. 그러나 마음속에서 이 모든 생각을 물리친 뒤, 그로즈도프의 편지와 자신의 답장에 골몰했다. 일은 잘 진척되지 않았다. 베라와 루슬란이 몇 번이나 들여다봤고, 식사를 하라고 부르며, 질문으로 주의를 끌고자 했으나, 그는 화를 내며 다 쫓아 버렸다. 더위가 수그러들지 않은 데다 정원에서 날아드는 좋지 않은 냄새가 그를 괴롭혔는데, 닭고기를 그슬었거나 쓰레기를 태운 듯싶었다. 아마 이웃인 스칸다코프가 또 소란을 피웠을 것이다. 그는 철제 통에 온갖 잡동사니들을 넣고 불태우는 걸 유행시켰는데, 그 불쾌한 냄새가 이웃 지역까지 퍼졌으나, 이 망나니짓을 중단시킬 수가 없었다. 사람들이 창피를 주고 관청으로 그를 소환하였고, 파벨 예브그라포비치는 그의 회사에 서신도 보냈으나, 모두 허사였다. 철면피인 그는 이렇게 말했다. "나는 바람의 방향에 대해선 책임지지 않아요!" 한 시간 가까이 괴로워한 끝에, 정말 대단히 함축적이지만, 겨우 네 문장을 쓰고 난 뒤 파벨 예브그라포비치는 식사를 하기 위해 베란다로 향했다. 더위는 모든 사람들을 지치게 하고 나가떨어지게 만들었다. 뮤다는 젖은 수건을 머리에 얹은 채 간이침대에 누워 있었고, 루슬란은 맨발에 팬티 차림으로 베란다 구석 탁자에 앉아 허리를 숙인 채 파란 종이 위 자신의 설계도에서 뭔가를 수정하고 있었다. 발렌티나는 사탕무로 만든 수프와 죽과 닭고기 커틀릿을 담은 접시를 내주었는데, 요양소에서 갖고 온 것이었다. 식욕이 없었다. 며느리 역시 맨발에 반쯤 벌거벗은 채 서성거렸는데, 어깨에 걸친 사라사 면 가운 아래로 수영복이 붉게 보이고, 배와 배꼽은 누구나 볼 수 있도록—자, 보고 싶은 사람은 모두 보라!—노출한 채, 마치 파벨 예브그라포비치로부터 뭔가를 기다리는 것처럼 베란다에서 떠나지 않았다. 음식을 칭찬할까? 그러나 그녀의 수고가 아니라 국가에서 만든 음식이다. 그런데 괜히 떠나지 않고 있는 게 아니라는 것이 느껴졌다. 모두들 뭔가를, 어떤 대화를 기다리고 있었다. 이때 베라도 나타났다. 잠을 잔 듯 얼굴이 붉게 조금 부어 있었다. 맙소사, 그녀는 브래지어에 마로 된 짧은 바지를 입고 있었는데, 그녀의 다리에는 전혀 어울리지 않았다.

루슬란이 물었다. 폴리나 카를로브나가 무엇 때문에 왔어요? 바로 이걸 기다리고 있었던 것이다. 그로 인한 동요였다. 더위에 죽은 것 같던 뮤다마저도 더 잘 들으려는 듯 고개를 돌리고 얼굴에서 수건을 떼어 냈다. 파벨 예브그라포비치는 말했다. 특별한 건 없고, 이야기를 했으며, 그녀가 엄마와 어떻게 중학교에 다녔는지 옛날 일을 회상했다고. 그보다 엄마를 더 오래 알았던 유일한 사람이며, 그가 1922년부터라면, 폴리나는 1915년부터라고. 그렇게 진지하고 진심 어린 기분이 모두의 관심을 실용적인 생각으로부터 돌려놓은 것 같았다. 그들은 서로를 배려하며 엄마에 대해 그리 자주 이야기하진 않았지만, 일단 그가 말을 시작한 만큼, 당연히 그녀의 오랜 친구가 무엇을 회상했는지, 버려진 노인들이 무엇에 대해 이야기했는지 관심을 가질 것이었다. 그러나 루슬란은 고집스레 끝까지 캐물었다. 집에 대해서는? 정말 아무것도 없었어요? 단 한 마디도? 아무 말도 없었어. 그녀는 그것에 대해 별 관심이 없어. 그들의 일, 그러니까 지나와 칸다우로프의 일에 관여하지 않는다고 말했어. 그러니 집에 대해 무슨 대화가 있었겠어?

"있긴 있었지!" 파벨 예브그라포비치가 짜증을 내며 말을 막았다. "다만 다른 집에 대해서……."

물론 **어떤 집**에 대해서인지는 설명하지 않았다. 이것저것 물어본다! 그에게 말을 시키려고 한다. 하지만 안 될 거야, 아가들아, 알아내지 못할 거야. 갑자기 말문을 연다.

"그리고 또 말했지. 우리가 아무에게도 필요하지 않다고……."

하지만 이 문장은 그에게 마치 농담 비슷한 것이 되어 버렸고, 그래서 루슬란은 웃음을 터뜨렸다.

"아이고, 아니-이-요! 이거 정말 죄송한 걸요! 아버지는 우리에게 필요하세요. 어쨌거나 아버지, 프리호디코와 한번 이야기해 보셔야 해요."

파벨 예브그라포비치는 아무 말도 하지 않고 나가 버렸다.

또다시 갈랴에게서 온 편지가 생각나 꺼내 읽기 시작했다. 이런, 왜 갈랴에게서 온 편지라는 거야? 갈랴가 아니라 아샤한테서 온 거지. 그는 당황했다. 너무 이상하고 너무 쉽게 혼동되었다. 사실 이 편지든 저 편지든 모두 생각하기 어려운 일이어서 일어난 일이다. 그러나 하나가 나타났다면……. 갑자기 심장이 두근거리면서 실제로 **갈랴로부터 편지**를 받는 상상을 했다. 평범한 짙푸른 색 봉투에 항공 우편이다. 물론 항공 우편이다. 다른 방법은 불가능하지 않은가? 신문과 함께 우체통에 넣었다. 반송 주소는 없다. 그런데 뭔가가 적혀 있다. 거기. 이 한 단어뿐이다. 아무도 아무것도 모른다. 그래서 '거기'다. 그러나 또다시, 반송 주소도, 그 한 단어도 없고, 공허다, 봉투도 없다. 봉투 없는 종잇조각으로 그 위에 적힌 첫 문장만 보인다. '사랑하는 파샤, 쓸데없는 일로 스스로를 갉아먹지 말고, 원하는 대로 하게 내버려 둬, 당신은 폴리나와 나의 기분을 상하게 하지 않을 거야……'

그는 나무 계단에 멈춰 서서 둥근 창문을 내다봤다. 폭염의 저녁 해가 나뭇가지 위에서 녹고 있었다. 그는 생각했다. 만약 폴리나에게 상관없다면, 갈랴에게도 상관없고, 그에게도 상관없는 것이다. 프리호디코와 한번 이야기해 볼 수도 있다. 이젠 중요하지 않다. 다만 그들이 아무것도 생각하지 않으려 하고, 아무것도 기억하지 않으려 하는 것이 나쁘다. 프리호디코와 이야기하려 하지 않는 것도. 어떤 끈이, 서로 단 한 번도 본 적이 없고 서로에 대해 알지 못했던 두 여인, 갈랴와 아샤를 연결시키고 있다. 그는 갈랴에게 아샤 이야기를 하지 않았다. 갈랴는 질투심이 많았다. 하지만 그녀는 아샤에게 질투하지 않을 수도 있다. 왜냐하면 그들은 서로 다른 분자, 서로 다른 물질로 이뤄져 있기 때문이다. 아샤가 있었을 때 갈랴는 세계에 존재하지 않았다. 그리고 갈랴가 나타났을 때 아샤는 존재하기를 그만두었다가, 갈랴가 사라졌을 때 다시 나타났다. 마치 다른 질료로 이뤄진 것처럼, 아샤는……. 한 사람이 그에게 온 육신으로, 온 존재로 속해 있으면, 다른 사람은 공기가 되고 도달할 수 없는 것이 되었다. 이젠 서로 자리를 바꿨다. 갈랴가 도달할 수 없게 되자, 아샤는 기차로 세르푸호프까지 와서 그다음에는 버스로……. 더위는 저녁 무렵에도 수그러들지 않았다. 마치 1921년의 살스키* 초원에서처럼 말이다. 그때도 서늘함이 아니라 더위를 몰고 오는 바람이 불었지. 베란다에서는 약 냄새가 났다. 여자들은 쥐오줌풀로 만든 물약을 마셨다. 루슬란, 니콜라이 에라스토비치, 토요일마다 오는 손님 둘 — 백발의 약간 젊은 뚱보 랄레츠키와 체조 선생 그라프치크 — 은 큰 탁자에서 프레페란스 카드놀이를 하고 있었다. 이제는 차를 마시지도, 전등갓 아래 앉아 있지도 않는다. 부엌에서는 베니어판 덮개가 달린 작은 탁자에 베로치카와 뮤다, 빅토르가 자리를 잡고 차를 마셨다.

베로치카는 더위 때문인지, 혹은 울어서인지 눈이 빨갰다.

"아빠, 거의 결정이 다 된 일이래요." 그녀가 속삭였다. "집은 칸다우로프가 받게 될 거래요. 랄레츠키가 말했는데…… 물론 그가 어마어마한 연줄이 있어 정부에서 서류를 받아 왔고, 어딘가에서 프리호디코에게 전화를 했다는군요……. 저는 폴리나 아주머니를 좋아하지만, 칸다우로프는 개자식이에요."

파벨 예브그라포비치는 어깨를 으쓱했다. 개자식이라도 어쩌겠어. 그녀가 눈물을 보이는데도 완전히 무관심한 자신을 보여 주고 싶지는 않았다. 그러나 스스로를 극복하지는 못했다. 이 모든 것이 다 시시하다. 부질없다.

"어떤 후보자가 더 있는데?"

"세 사람이오. 모두 떨어져 나갔어요. 우리와 칸다우로프 그리고 또 아그라페나 루키니차나의 먼 친척이라는데, 국영 집단 농장에서 온 미탸*가 남았어요. 그런데 이자는 계산에 넣을 필요가 없어요, 술꾼에다 거지거든요. 아버지도 그를 보셨어요. 자주 여기서 빈둥거리며 쇠나 유리, 아니면 무슨 판자를 권하는데, 물론 모두 훔친 거래요……. 랄레츠키는 칸다우로프가 받게 될 거라고 말했어요. 이건 정확해요."

"베로치카, 얘야." 파벨 예브그라포비치가 말했다. "왜 그렇게 절망하니? 무슨 일이 있어? 30년 동안 우리는 이 집 없이도 살았고, 앞으로도 그럴 거야. 너희들은 살게 될 거라고. 나한테는 필요 없지만."

베로치카가 눈을 치뜨며 바라봤다. 그러고는 뜨거운 손으로 잡고 부엌에서 방으로 끌고 가더니 문을 닫았다. 어릴 때 그랬던 것처럼 비밀 이야기를 하려고.

"아빠, 니콜라이 에라스토비치가 얼마나 힘든지 아시잖아요. 좀 이상하고, 아픈 사람이잖아요……. 그는 낮에 자주 누워야 하는데, 어디서 그럴 수가 있어요? 그는 이렇게 말해요. '나만의 공간이 있었으면, 하다못해 작은 베란다라도…….'"

"그래? 그래서 뭐?"

"그는 더 이상 힘이 없다고 말해요. 법적 근거 없이 말이죠. 베란다라도 있었으면 좋을 텐데. 이해하시겠어요? 그는 지금 한계에와 있어요……."

"그가 뭘 더 사랑하니? 너니, 아니면 베란다니?"

"그렇게 말씀하시지 마세요……."

소녀같이 앞머리를 자른 베로치카의 둥근 얼굴, 젊지 않은 여인의 구겨지고 건강하지 않은 얼굴에 주름이 졌고, 입술이 떨리기 시작했다. 베로치카는 뒤돌아 방을 나갔다. 파벨 예브그라포비치는 망설이며 서 있었다. 그녀가 안돼 보였다. 하지만 그는 그녀의 기분이 나아지도록 하기 위해 무엇을 해야 할지 몰랐다. 베란다는 도움이 되지 않을 거다. 방에서 나간 그는 창문 밖을 응시하며 행주로 부엌 식탁을 닦고 있는 베로치카에게 다가가 그녀를 안았다.

"그러시면 안 돼요. 안 돼. 안 된다고요……. 그것도 아버지를 사랑하는 가족들에게는 더더욱……." 딸이 속삭였다.

"그럼 너를 위해 뭘 하면 될까?" 그는 딸의 머리에 키스했다.

"모르겠어요, 아버지가 뭘 하실 수 있는지. 프리호디코와 이야기해 보세요. 그러면 갑자기……. 모르겠어요, 한번 해 보세요……."

베로치카에게는 매우 드문 재주가 있다. 순간적으로 모욕을 받지만, 순간적으로 완전히 그 모욕감을 잊기도 한다. 누군가에게는 훌륭한 아내가 되었으련만, 그녀가 그토록 아이를 갖고 싶어 했는데, 이젠 늦었다. 그럴 세월이 지나가 버렸다. 그런데 그가 낙태를 강요했다. 갈랴가 살아 있을 때 두 번 했는데, 갈랴가 없는 지금은 몇 번인지 아무도 모른다. 오, 신이시여, 그들의 일은 아무것도 이해할 수 없습니다. 예를 들어 그가 만약 베로치카의 자리에 있었더라면, 에라스토비치라는 작자와는 3일도 함께 살지 못하고 귀신에게 쫓아 보냈을 것인데, 그녀는 살며 참아 내고 있다.

파벨 예브그라포비치는 베란다로 돌아와 활짝 열어젖힌 창문가에 잠시 앉아 있었다. 이미 8시였고 날이 완전히 어두워졌음에도 불구하고 공기가 가벼워진 것이 조금도 느껴지지 않았다. 카드놀이를 하는 이들은 목소리를 낮춰 말을 주고받고 있었다. 파벨 예브그라포비치는 카드를 전혀 이해하지 못했고, 그러고 싶지도 않았다. 그렇게 카드 없는 삶이 흘렀다. 지주와 부르주아의 놀이로, 그것에 대한 경멸적인 편견이 유년 시절부터 남아 있었다.

현관의 나무 계단을 따라 조용히 발걸음을 옮기며 ─ 그는 언제나 들리지 않게 걸었고, 조용히 말했다 ─ 정원에서 빅토르가 올라오더니 파벨 예브그라포비치에게 다가가 나란히 바닥에 앉았다.

"할아버지, 여쭤 보고 싶었어요." 목소리를 낮춰 그가 물었다. "그녀가 할머니에 대해 무슨 이야기를 했어요?"

"폴리나가 무슨 이야기를 했냐고?" 파벨 예브그라포비치는 기뻐했다. "내가 이야기해 주마! 지금 기억해 낼게. 매우 흥미로운 이야기를 했는데…… 아, 그래, 이거야. 그들, 그러니까 너의 할머니와 폴리나가 열세 살 때 혁명적 활동을 했었대. 심지어 엘리자베트그라드에 있는 데니킨 감옥까지 갔었단다. 완전히 소녀들이었는데……. 거기서 그들을 위협하고 시험했지만, 한 사람도 배신하지 않았다고……."

빅토르 외에는 아무도 베란다에서 파벨 예브그라포비치가 하는 말을 듣고 있지 않았다. 카드놀이를 하는 이들은 자기 카드에 대해 이야기하고 있었다. 갑자기 루슬란이 말했다.

"아빠, 죄송해요. 하지만 발렌틴 오시포비치하고 어떻게든 좀 하셔야겠어요. 그러고 싶지 않으시다는 건 알고 있지만, 그렇게 해 주세요……."

"내가 말해 보마." 파벨 예브그라포비치가 말했다. "노력해 볼게."

"아뇨. 더 이상 끌지 마세요. 다음 주에는 이사회가, 이달 말에는 전체 회의가 있을 거예요."

"이달 말이 아니라, 9월 첫째 일요일예요." 랄레츠키가 말했다.

"하지만 전부 소용없어요. 집은 칸다우로프에게 갈 거예요. 지금 여기 앉아 있는 당신들이 카드 3을 가지고 있지 않는 것만큼이나 확실하게요."

랄레츠키가 큰 소리로 웃으며 말했다. 사람들은 또다시 알 수 없는 말을 하며 카드를 쳤다. 그러자 루슬란이 이렇게 말했다.

"형제들, 여러분들은 공동체를 과소평가하고 있어요. 사실 여러분들은 **칸다우로프에게 반대**표를 던질 거지요?"

"아마도." 랄레츠키가 말했다.

"나로 말하자면……." 그라프치크가 말했다. "나는 굵은 연필로 줄을 그어 그를 지워 버릴 거예요. 그런 유형의 인간들은 나한테 상극이에요."

"그가 어떤 점에서 나쁘다는 거지?" 파벨 예브그라포비치가 물었다.

"저는 설명하기 어려워요, 파벨 예브그라포비치. 예를 들어 저는 당신을 깊이 존경합니다. 제가 손님으로 이 댁에 와서 당신이나 당신의 아들과 이야기를 나눌 때면, 나는 어딘가 영혼과 마음이 평화로워지고, 긴장이 풀어져요, 이해하시지요?"

"예쁘게 말하는군, 불한당 같으니." 루슬란이 말했다.

"그런데 이런 인간을 보게 되면 내 혈당 수치가 올라가죠."

"게다가 또 다른 경쟁자가 뛰어들었어요." 랄레츠키가 말을 이었다. "이즈바린이라는 사람이에요. 전쟁 전에 여기서 살았다죠. 프리호디코가 그를 끌고 왔어요. 무슨 까닭인지 이해가 되지는 않지만, 어쨌거나 상관없이 집은 칸다우로프에게 갈 겁니다……."

"왜 이해가 안 된다는 거지? 아주 잘 이해되는데……."

"마에스트로, 게임이요! 카드를 던지세요!"

"심지어 아주 잘 이해되는데, 칸다우로프에게 돈을 더 뜯어내고 싶은 거지. 사실 경쟁자가 많을수록 더……. 다들 알잖아?"

"이즈바린? 산카?" 루슬란이 외쳤다. "그가 아직 살아 있는 거야?"

그들은 카드를 치며 저녁 내내 그리고 밤새 수다를 떨 수 있었다. 파벨 예브그라포비치는 정원으로 가서 공기를 좀 마시고 오겠다고 말했다. 불쾌하기 짝이 없는 이 대화가 영혼 위에 드리워지지 않도록 지체하지 말고 지금 당장 프리호디코에게 향하자는 생각이 떠올랐던 것이다. 그러나 이것에 대해 알리고 싶지는 않았다. 지팡이를 챙겨 현관에서 내려가기 시작했다. 정원은 캄캄했고 답답했다. 늘 풍겨 오던 협죽도와 담배나무의 달콤한 냄새 ─ 8월에는 저녁마다 그곳에서 강렬한 냄새가 났다 ─ 는 이제 거의 느껴지지 않았다. 모두 말라붙고 약해져 썩어 버렸다. 나무들이 만들어 내는 검은 음영 위, 별들 덕에 은빛으로 은은하게 빛나는 밤하늘에는 밝은 달이 떠 있었다. 지팡이로 오솔길을 더듬어 찾으며 파벨 예브그라포비치는 덤불과 어린 보리수나무 수풀에서 나와 지역의 중심부를 향해 뻗은 길로 나섰다. 그들은 프리호디코와의 대화가 불쾌하리라 짐작하고 있지만, 그 이유는 아무도 모른다. 그걸 알 만한 사람들은 남아 있지 않았다. 갈랴는 알고 있었다. 그녀는 그와 인사도 하지 않았다. 그와 그의 아내하고는 단 한 번도 인사한 적이 없었다. 물론 그의 아내는 아무 상관 없었지만, 갈랴는 단호했다. 그녀는 말했다. "당신이 원한다면 그와 인사를 나눠도, 차를 마셔도, 국제 정세에 대해 이야기해도 좋아요, 그건 당신 일이니까. 하지만 나는 그를 절대 참지 않겠어요. 나에게 그는 하얀 기생충 같은 존재였고, 앞으로도 그럴 거예요. 왜냐하면 내 남편을 모욕한 사람은 평생 나의 적이니까요." 그녀는 바로 그런 여자였다! 파벨 예브그라포비치는 멈춰 서서 지팡이로 돌을 짚은 채 하늘을 바라봤다. 그러자 그의 눈에는 눈물이 핑 돌았다. 그녀라면 프리호디코에게 가는 것을 허락하지 않았을 것이다. "당신이 이 기생충에게 뭔가를 부탁할 거라고요? 그럼 그는 당신 머리 꼭대기에서 허세를 부리며 자기가 당신의 은인이라고 생각할 텐데?" 하지만 갈랴, 뭔가가 필요한 아이들을 위해서라면? 그들은 예전처럼 비좁은 곳에서, 불편하게, 영혼의 안정을 얻지 못한 채 제대로 못 살아. 원하는 대로가 아니라 살아지는 대로 살고 있어. 그들은 불행해, 갈랴. 이 5년 동안 아무것도 바뀌지 않았어. "방과 베란다를 좀 더 구하면 그들이 행복해질 거라고 생각해요?" 물론 아니다. 행복은 뭔가 다른 것에서 오는 거다. 그게 뭔지는 이해되지 않지만, 행복은 우리에게 있었던 바로 그거다. 하지만 뭘 할 수 있을까? 힘도, 생각도, 가능성도, 아무것도 없다. 바로 이 집, 베란다와 방 두 개…… 그러라지 뭐…… 그들 생각이 그렇다면……. 오래 살게 된다면 낯선 만남들, 얼토당토않은 갈등이 일어날 것이다. 마치 누군가가 이 모든 일을 의도적으로 꾸며 낸 것처럼 말이다. 오래 사는 것도 나름대로 불편하다. 누가 그토록 기이하게 상황과 원인들, 우연한 일치들로 이뤄진, 얇디얇은 실과 거미줄의 멀고도 넓게 펼쳐진 그물망을 엮을 수 있었을까? 1925년 파벨 예브그라포비치는 모스크바의 바우만 지역에서 불순분자 정화위원회에서 일하며 사관 학교에 재학했던 사실과 키예프에서의 몇 가지활동을 감췄던 도시산업 협회의 노동자 프리호디코를 제명시키는데 동의하여 투표했는데, 거의 반세기가 지난 이제 아이들이 행복하게 될지 여부가 사관생도였던 그자에게 달려 있는 것이다. 진지하게 생각해 보면, 얼마나 부조리하고 기괴하기 짝이 없는 헛소리란 말인가! 그러나 생각을 하지 않으면, 특별한 건 아무것도 없다. 평범한 부조리다.

파벨 예브그라포비치는 혹독한 삶 속에서 하루하루 버텨 내기 위해 안간힘을 쓰며 발버둥 치는 소소한 거짓말쟁이에 대해서는 기억조차 하지 못했다. 그런 자들은 적지 않았고 동정할 겨를도 없고 기억할 수조차 없었지만, 그에게 고약한 일이 일어나지는 않았다. 그리고 6년쯤 뒤 그들이 별장 조합원 회의에서 만나게 되었을 때, 파벨 예브그라포비치는 실크로 만든 톨스토이 식 셔츠를입고 값비싼 구두를 신은, 뚱뚱하고 거만한 금발 머리 남자, 공장사장을 봤으나, 그를 알아보지 못했다. 오래도록 알아보지 못했다. 그 당시 그는 우랄에서 일하고 있었고, 모스크바에는 가끔씩 다녀갔다. 어느 날 그가 직접 대단히 친밀한 척, 반쯤 농을 하며 알려 주지 않았다면 결코 알아보지 못했을 것이다. "친애하는 이웃이여, 당신이 나를 당에서 때맞춰 몰아내 준 것, 아시는지요?" "그래요?" "정말 그래요." 그걸로 끝이었다. 헤헤, 하하. 모든 것이 잘 화해되어 정리되었고, 하나로 뒤섞여 견고해졌다. 저녁마다 우리는 리넨으로 만든 챙 달린 모자와 밀짚모자를 들어 올리며 인사를 주고받았다. 그 후 여러 해가 흘렀고, 뜻하지 않은 이별, 그리고 전쟁 전에 돌아왔으나 모스크바에서는 살 수가 없었으므로 별장집이 유일한 거처가 되었다. 갈랴는 그가 무롬으로 오가며 지내는 것을 사람들이 발견하여 거주 등록이 그곳에 있는 것을 알아내게 될까 두려워하며 떨었다. 그리고 또다시 만남이 이뤄지고, 이것저것, 아이들, 전쟁에 대한 명확하지 않은 대화가 이루어졌다. 유럽은 전쟁 중이었고, 우리는 바로 그 직전이었다. 그가 갑자기 회상했다. "1925년에 나를 어떻게 당에서 축출했는지 잊지는 않으셨지요?" "잊었어요." 파벨 예브그라포비치는 고백했다. "그런데 나는 아닙니다. 영원히 기억할 거예요." 그러곤 미소를 지으며 떠났다. 하루 뒤, 검증을 하겠다며 사람들이 들이닥쳤고, 그에 휩쓸려 상황이 급격하게 돌아갔다……. 갈랴는 그러고 확신했다. 누가 알겠는가. 그일 수도 있다. 정확하게는 모른다. 아무런 결론도 나지 않았는데, 6월이 붕괴되었기에 결론을 내지 못했던 것이다. 파벨 예브그라포비치는 전장으로 떠났고, 전쟁 기간 내내 병사였다. 두 번의 부상을 극복했다. 1944년 폴란드의 폐허가 된 장원에서 어느 날 밤 루슬란과 맞닥뜨렸다. 전차병들이 묵고 있었다. 그렇게 만남이 이루어졌다! 몇 년이 더 흘러 모든 것이 다 새롭게 정리되었고 바뀌었으며 안정되었다. 별장 집들은 내려앉거나 썩었고, 철은 녹슬었다. 대신 집 근처에 가스통들이 나타났고, 정원에는 녹음이 우거졌다. 또다시 여기저기에서, 길이나 다른 집 베란다에서 만남이 이뤄지고, 인사를 하거나 사소한 것들에 대해 웅얼거려 댔다. 그의 딸은 어수선하고 뚱뚱했는데, 예의도 없이 뛰어 들어오곤 했다. "우리한테 빌려 줄 남아도는 전구가 없나요? 월요일에 돌려 드릴게요!" 갈랴는 단 한 번도, 아무것도 주지 않았다. 그러나 그는 주었다. 그에게는 과거의 모든 것이 어딘가 구덩이 속 깊은 곳으로 사라져 버렸으므로 기억할 것이 하나도 없는 것 같았다. 그러나 일은 우스운 지경에 이르렀다. 어느 날 소년 공산당원 한 떼가 나타났다. 그는 정원에서 그들을 맞이하였고, **조국 전쟁**에 대해 이야기했다. 맙소사, 구시대의 잔재, 가련한 사관생도가 무슨 이야기를 할 수 있는 걸까? 어떤 때는 넥타이를 움켜잡으러 가고 싶은 마음에 사로잡힌다. "이 나쁜 놈, 왜 네가 사람들 머리를 어지럽히는 거냐?" 그럼 생각할 것이다. 그를 쫓아내자고. 다 끝났고, 지나갔다고……. 그는 모두를 속이며 버텨 왔다. 그러니 썩 꺼져 버려라……. 다만 그에게 아무것도 부탁해서는 안 된다.

그는 벤치가 있는 둔덕으로 올라갔다. 거기 소나무 아래에는 무더운 저녁이면 언제나 누군가가 앉아 있었다. 그리고 지금 옆으로 지나가면서 파벨 예브그라포비치는 벤치 구석에서 움직이지 않고 있는 사람을 발견했다. 여자 같았다. 원피스가 밝아 보였다. 누구냐고 물었다. 여인이 머뭇거리며 대답했다.

"저예요, 파벨 예브그라포비치……."

발렌티나의 목소리였다. 기꺼이 옆에 앉았다. 유쾌하지 않은 방문이 질질 늘어지고 있다. 발렌티나는 담배를 피웠다. 집에서 그는 담배 연기를 참을 수가 없어, 흡연가들을 정원으로 나가게 했다. 하지만 그녀는 너무 멀리 나왔다. 마치 코감기에 걸린 것처럼 코를 누르고 있었다. 그는 어딘가 좋지 않은 거라고 생각했다.

"무슨 일이에요? 몸이 안 좋아요?"

"네……."

"무슨 일이에요?" 어디선가 들려오는 목소리가 '안 돼, 이 일에 깊이 들어가선 안 돼' 하며 되풀이하고 있었다. "무슨 일이 있었어요?"

"나한테는 아무 일도 없었어요. 아무것도요, 파벨 예브그라포비치……." 그녀는 머뭇거리며, 한숨을 내쉬었다. "아무것도요……. 당신 아드님이 나를 사랑하지 않아요."

"무슨 말을! 아마 당신이 잘못 알고 있는 것 아닌지요?" 똑같은 그 목소리가 말했다. '실수하는 게 아니야.'

"말해 주세요. 무엇 때문에 그는 첫 번째 부인을 별장으로 계속 초대하는 거지요? 빅토르는요? 뮤다는 좋은 여자고, 비탸도 내 마음에 들지만, 그는 그들을 전혀 사랑하지 않아요. 그들 없이 살 수가 없어서 그러는 게 아니에요. 그는 그저 나 때문에 그들을 부르는 거예요. **나에게 반항**하려고……. 내가 기억하고 알도록……. 끊임없이 비참하도록 말이지요……."

'그녀는 어리석지 않구나.' 내심 놀라며 생각했다. 발렌티나는 코를 풀었다. 이제 상황이 나쁘다는 것이 분명해졌다. 그는 우는 여자와 대화하는 법을 몰랐다. 갈랴는 절대 울지 않았다. 물론 그녀는 평범하지 않았다. 즐라토우스트에서 거의 헤어질 뻔했을 때, 떠나기로 결심한 다음 이별에 대해 말할 때도 그녀는 울지 않았다. 진료소에서 가무잡잡한 그녀가 나타났을 때도. 혼란스럽고 힘겨운 달이었다. 석 달 동안의 취기와 헛소리들. 그 후 모두 사라졌다. 자신의 의지와 상관없이 헤어졌을 때도 그녀는 울지 않았다. 그러니 발렌티나에게 무슨 말을 할 수 있을까?

"발랴, 알겠지만, 내가 보기에 —그는 조심스레 입을 열었다— 당신은 어떤 의미에서 옳지 않아요. 당신은 그가 술을 마시도록 허락하지요……"

"아, 그게 무슨 상관이죠?" 그녀는 손바닥으로 얼굴을 가리고, 큰 소리로 흐느껴 울기 시작했다. 숨을 헐떡이며, 그녀는 뭔가 말하고 싶어 했으나, 끝내 하지 못했다. "나는 더 이상 그에게 뭘…… 그가 뭘 하도록…… 허락해야 할지 모르겠어요. 나는 모두 다 허락했다고요. 다 하라지! ……그래서요?"

"바로 그래선 안 되는 거예요."

"그가 그 바보 같은 뚱보 여자와 연애했다는 걸 알고 있어요."

"누구와요?" 파벨 예브그라포비치는 물었다. 그러나 스스로 자신의 말을 가로막았다. "하지만 흥미 없어요, 누군지 알고 싶지도 않고요. 내가 당신 일에 깊이 개입할 수는 없고, 그래선 안 되지만…… 내가 해 볼 수 있는 유일한 것은 아그라페나 루키니치나의 집에 대한 거예요. 내가 프리호디코와 이야기해 볼게요."

"그런데 이 집이 누구한테 필요하죠? 도대체 누구를 위해서요?"

갑자기 눈물 사이로 적개심을 드러내며 발렌티나가 말했다. "그가 이곳으로 여자들을 끌어들이도록 말이죠? 그것도 프리호디코에게 부탁하러 간다고요! 멋지군요!"

'역시나 프리호디코를 미워하는군.' 파벨 예브그라포비치는 생각했다.

조금 앉아 있다가 별 의미 없는 위로의 말을 건넨 다음, 계속 걸어갔다. 모든 것이 혼란스러웠다. 한편에서는 집을 받고 싶어 하고, 다른 편에서는 원하지 않는다. 아무것도 이해할 수 없다. 발렌티나가 딱해 보였지만, 잠시였다. 그녀를 안타깝게 여길 일이 뭐란 말인가? 그녀는 젊고 건강하다. 프리호디코의 별장에는 유리를 해넣지 않아 탁 트인 베란다에 불이 켜져 있었다. 노파 둘이 바닥까지 오는 긴 탁자보로 덮인 탁자 옆, 나뭇가지를 엮어 만든 안락의자에 앉아 차를 마시거나, 혹은 카드를 치거나, 아니면 그저 대화를 나누고 있었다. 말라빠진 개가 탁자보를 흔들며 컹컹 소리와 함께 일어났고, 파벨 예브그라포비치를 향해 짖기 시작하더니, 안으로 들여보내지 않았다. 그러나 그는 들어가려 하지 않았고, 대신 나무 울타리를 통해 인사를 하며 그에게 뭐라고 대답하는지 알아들으려 애썼다. 개 짖는 소리 때문에 들리지 않았다. 백발의 높게 올린 머리 모양을 한 노파 중 한 사람은 프리호디코의 아내로, 뭔가를 말하며 그에게 미소를 지었고, 통통하고 흰 손으로 손짓했는데, 초대하는 건 아니었고, 마치 '저리로, 저리로!'라며 정원 깊숙한 곳으로 쫓아내는 것 같았다. 그 행동이 1분 동안 계속되었다. 노파는 뭔가 소리치며 손을 내저었고, 개는 짖어 댔고, 그는 알아듣지 못한 채 야생 포도나무가 휘감긴 나무 울타리 앞에서 탄원하는 사람처럼 서 있었다. 프리호디코의 별장은 야생 포도나무로 유명했다. 서 있는 것을 견디기 어려웠으나, 들어가서도 안 되었다. 뭔가 바보스러운 행동이다. 마침내 개가 조용해졌을 때 그는 외치는 소리를 정확히 알아들었다.

"일주일 뒤에 올 거예요! 그는 레닌그라드에 있어요!"

파벨 예브그라포비치는 안도하며 머리를 끄덕였다.

모두들 더위로 고통받았고, 모두들 서로에게 "기분이 어때요? 이 아프리카를 어떻게 견뎌 내고 계시는지요?"라고 물었다. 올레크 바실리예비치 칸다우로프는 침착하게 대답했다. "그럭저럭 견뎌 내고 있습니다. 기분은 괜찮아요." 실제로 기분이 매우 좋았고, 신체가 작동하는 데 아무런 불편도 제약도 느껴지지 않았다. 모든 것이 가고 흐르고 움직이고 작동했으며, 언제나처럼 규칙적으로 수축하고 응축하고 있었다. "당신의 혈압은 우주인의 것과 같군요!"라고 공중 보건 진료를 맡았던 의사가 말했다. 낯선 젊은 여자, 안겔리나 표도로브나였다. 그런데 올레크 바실리예비치는 의사 중에 아무도 몰랐다. 병원에는 거의 가지 않았고, 오직 서류를 가지러 가끔 들렀다. "당신의 연세를 고려할 때 아주 좋습니다." "실례지만, 안겔리나 표도로브나, 어떤 연세를 말씀하시는 거죠? 나는 마흔다섯이에요! 정말 이 나이를 연세라고 하나요?" "어쨌든 이미 소년은 아니지요." "아뇨, 소년이에요! 나는 소년입니다. 안겔리나 표도로브나." 그리고 올레크 바실리예비치는 손을 짚고 일어난 다음, 위로 내뻗고 있는 양말 신은 두 다리로 벽에 기댔다. 아침마다 하는 간단한 요가 동작의 하나다. 안겔리나 표도로브나가 웃었다. "소년, 소년이라뇨! 이제 됐습니다. 올레크 바실리예비치! 내려오세요!" 그 상태로 안겔리나 표도로브나를 아래에서 응시하며, 그는 무릎 위 아름다운 맨다리를 발견했고, 이젠 아무것도 할 시간이 없다고 생각했다. "자, 지금 맥박을 한번 들어 보세요. 신체 운동 이후에 말이지요." 손을 뻗었다. 그녀는 손가락으로 손목을 잡았다. 그런데 가련한 그녀 자신의 눈은 붉고, 멘톨 용액을 마시고 있다. 당연하게도, 그의 맥박은 보통 때보다 좀 더 높지만, 전체적으로 규칙적이었다. "자, 멕시코에 가셔도 됩니다!" 그는 참지 못하고 농담을 했다. "당신은 무엇을 멕시코라 부르시는지요, 안겔리나 표도로브나, 네?" 그녀는 미소를 지었고, 카드에 기록을 하며 비난하듯 머리를 흔들었다…….

그러나 이것은 오로지 의사, 그것도 젊은 여자들에게만 올레크 바실리예비치가 **모든 진실**을 말했기 때문이다. 기분이 어떤지, 혹은 그가 어떻게 아프리카를 견뎌 내고 있는지 물어보는 지인들에게 '잘 견뎌 내고 있습니다'라거나 혹은 '기분이 **좋습니다**'라고 답해야 했지만, 그는 '나쁘지 않다'거나 '괜찮다'고 답했다. 그러나 원칙이 있었다. 설령 약간 불쾌하게 할 수도 있겠지만, 꼭 필요한 경우가 아니면 사람들에게 절대로 아무것도 말하지 않을 것. 모두가 숨을 헐떡이거나 죽어 가는 그 순간에도 **매우 좋다거나 훌륭하다**고 말하는 것은 불쾌할 것이다. 심지어 그는 때로 이렇게 대답하곤 했다. "기분은 괜찮지만, 머리는 여전히 아프네요" 혹은 "괜찮아요. 그러나 모터가 좀 시원찮군요"라고. 하지만 상부와의 대화에선 거짓말하는 것을 스스로 용납하지 않았고, 순수한 사실만을 말했다. 건강은 강철 같다고. 여기서 이건 불변의 조건이었다. 만약 아프거나 모터가 정지하면, 집에서 앉아 쉬게 되는 것이다. 금요일에는 공중 보건 진료소에 갔으나 검사를 끝내지 못했고, 월요일과 화요일에는 이른 아침부터 바빠서, 겨우 수요일에야 병원에 갈 수 있었는데, 이날은 그늘에서도 온도계가 34도를 가리킬 만큼 최악의 날이었다. 그와 똑같이 진료실 대기줄에 앉아 있던 한 여자는 상태가 나빠져서, 사람들이 의자에 눕혀 약을 먹이며 치료했다. 그는 '멕시코에는 못 가겠군'이라고 생각했고 그녀를 동정하며 바라봤다.

안겔리나 표도로브나가 구두 굽을 울리며 복도를 따라 달리다가 순간 멈췄다. "어때요? 다 좋아요?" "모두 훌륭합니다. 그런데 당신에게 좀 큰 부탁이 있어요. 예외적으로 오늘 서류를 받을 수는 없을까요? 네? 내일은 제가 시간이 전혀 없어서요! 안겔리나, 형식적인 관료가 되지 마세요. 사실 당신은 선량하고 사랑스럽고 이해심이 많으며 인간적인 사람이잖아요……." 그는 축축한 손가락을 잡고 누르면서, 뭔가를 요청하는 데는 완강함과 열정이 필요하다는 사실을 기억하며 눈을 들여다보았다. 기력이 없고 고압적인 톤으로는 아무것도 얻어 낼 수 없다. 비굴해져 진창에서 버둥거리며 거의 사랑과도 같은 공격으로 놀라게 하고 유머로 무장 해제해야만 한다. "게다가 솔직히 말하면……." 그는 속삭였다. "건강은 강철입니다." "건강이 강철 같으시다니……." 그녀는 웃으며 말했다. "하지만 분석도 하지 않고 그럴 권리가 내겐 없어요. 내일 아침에 오세요. 아니면 내일 모레, 당신이 원하실 때요. 저는 그렇게 할 수가 없어요. 이해하시지요? 아무리 원하셔도요. 내가 문책받을 거예요. 당신은 소년이니까, 활동적이시지요. 게다가 차도 있잖아요. 어제 세련된 파란색 '볼가'에 타는 걸 봤어요. 그러면 병원 진료실에서 의사와 단둘이 보낼 수 있는 행복한 기회가 한 번 더 있을 거예요. 안녕히!" 그녀는 손가락을 흔들며, 계속해서 달려갔다. 그가 뒤따라 소리쳤다. "멕시코에서 뭘 가지고 올까요?" 그녀는 돌아보지 않고 대답했다. "선인장요!"

그는 아무것도 아닌 그 조그만 실패 — 오늘 서류를 얻어 낼 것으로 기대했는데 — 로 여전히 상심하고 있었다. 그리고 내일 하루를 어떻게 설계할지에 대해 곰곰이 생각했다. 빌어먹을, 성공한 일이 아무것도 없다. 내일은 별장에 가서 집을 얻어 내기 위해 사람들과 이야기해야 한다. 그러니 오늘은 수천 가지 일을 하고 5시에는 스베틀라나다. 이젠 이야기할 때다. 그녀는 발트 해 연안 지역으로 갈 준비를 하고 있는데, 돌아오면, 그는 이미, 아마도, 없을 것이다. 그러니 작별 인사를 해야 한다, 작별 인사를. 물론 그는 막연하게 말했고, 그녀는 예상하고 있지만, 구체적으로는…… 모든 문제는 믿을 수 없을 정도로 길게 **고무가 늘어났다**는 데 있다. 이렇게 하라더니 저렇게 하라 하고, 또는 맞다고 했다가 아니라 하고, 반년 후라더니 1년 뒤라 하고, 혹은 완전히 좌절되었다며 가방을 풀라고 했다. 그러더니 갑작스럽게 결정들, 스탬프 및 비자들이 한꺼번에 몰려왔고, 지체 없이 준비해야 했다. 어떻게든 모든 것을 해결하기 위해 한 달을 받아 냈다. 결국 사실상 아무것도 준비되지 않았다! 집과 관련된 걱정거리들은 이제 겨우 시작에 불과하다. 모든 사람들과 함께 논의해 봐야 한다. 우연이란 없다. 이 일은 워낙 독특해서 정교한 작업이 요구된다. 단 한 사람의 바보 때문에 엎어질 수도 있다. 네 명의 경쟁자라니! 그런데 별장 조합 '제비'라고 불리는 이 텃밭 왕국에 얼마나 — 왜 '제비'이지? 어떤 '제비'를 말하는 거지? 40년 전 이곳에서 대체 무슨 어리석은 과대망상이 들끓었던 거지? — 많은 멍청이와 비열한 놈들이 단지 그가 '볼가' 자동차를 타고 다니면서, 때때로 외국에서 산다는 것 때문에 그를 미워하는 걸까? 이 허약한 인간들이 전체 회의에서 어떻게 투표할까? 무슨 생각이 터무니없고 질투심 가득한 그들의 머릿속에 떠오를까? 만약 그가 각각에게 무스탕 코트를 선물할 수만 있다면…… 혹은 피에르 가르뎅 셔츠라도……. 그런데 옷 재단은 독창적으로 멋지게 되었다. 가장 중요한 일이지! 프리호디코와 표트르 칼리노비치의 대화, N. A.로부터의 편지, 막시멘코프의 전화. 나머지 것들은 기술의 문제임에 틀림없다. 하지만 **그래야 한다**. 이론상으로는. 사실 모든 것을 사람들에게 의지하고 있다. 통제되지 않는 비열한 놈들에게. 아글라야 니콜라예브나 타란니코바는 어떻게 처신할까? 랄레츠키는 어떻게 행동할까? 그라프치크는 어떻게 투표할까? 특히 이 인물은 근심거리다. 왠지 모르겠으나 그는 올레크 바실리예비치에게 불손하게 대하며 결코 그와 대화하는 법이 없고, 멀리서 경멸의 시선을 던질 뿐이었다. 귀신이나 잡아가라지. 생각해 보라고, 체육 교사라니! 한심한 진딧물 같으니라고! 그런데 이 왕국에서는 진딧물이 유명 인사로, 감사위원회 위원장이다. 일종의 꾀와 계략으로 스스로에게 권위를 불어넣었다. 모두들 그라프치크를 존경했다. "그라프치크가 말했어요……." "그라프치크가 약속했어요……." 올레크 바실리예비치는 아침마다 그라프치크가 달리기와 원시적인 학교 체조를 하고, 올레크 바실리예비치는 요가를 하고 물구나무를 서며 자기 식대로 특별한 호흡법을 하며 뛰는 강에서 그를 만났다. 때로는 좁은 길에서 코와 코를 맞대고 마주치기도 했는데, 올레크 바실리예비치는 예의 바른 사람이어서 언제나 고개를 끄덕이거나 혹은 눈으로 인사했다. "좋은 아침입니다. 아나톨리 자하로비치!" 그러면 그는 이미 오래전에 부엌이나 바닥을 훔치는 데 써야 했을, 자신의 걸레 같은 운동복에다 해진 운동화를 신고 달리느라 보지도 눈치채지도 못하고 거기에 더해 그토록 오만한 얼굴 표정을 던지는 것이었다. 나는 그라프치크입니다만, 당신은 누구인지요? 올레크 바실리예비치는 똑같은 대답을 했으나, 그는 무시했다. 세부 사항은 파고들지 않으면서. 올레크 바실리예비치는 그에게 전혀 필요하지 않았다. 그러나 그 후 모든 것이 필요해졌을 때, 그가 감사위원회의 위원장같이 중요한 나사였으므로, 자만심은 문제가 되지 않았고, 또다시 아침마다 인사하며 머리를 끄덕이기 시작했다. 그라프치크는 조금 풀어졌다. 대답으로 잘 알아들을 수 있도록 큰 소리로 뭔가를 말하는 것은 아니었지만 목구멍으로 뭔가 삼키는 동작을 했는데, 이 때문에 그의 머리는 마치 끄덕이는 것 같았으며 입술에는 일종의 혐오감과 '좋은 아침입니다!'를 동시에 의미하는 것 같은 찡그린 인상에 대한 암시가 나타났다. 때로 올레크 바실리예비치는 자신의 '볼가'를 타고 그라프치크를 앞질러 가기도 하였는데, 그는 아침마다 트롤리버스 종점으로 걸어 다녔다. 게다가 가끔 자전거를 타고 학교까지 가기도 했다. 학교는 그리 멀지 않은 카르브이셰프 가로수 길에 있었다. 어느 날 그가 레인코트를 뒤집어쓰고 후드 모자를 올린 채 비를 맞으며 큰 간선 도로를 천천히 걸어가고 있을 때 올레크 바실리예비치는 차를 세운 후 문을 열었다. "자, 타세요!" 하지만 그라프치크는 "아닙니다, 아녜요. 가세요, 감사합니다! 나는 걸어갑니다"라고 말하며, 직접 서둘러 문을 쾅 닫았다. 이 사람과는 오로지 기다리는 일밖에 할 수 없다. 다만 올레크 바실리예비치는 한 가지만은 분명히 알고 있었는데, 그것은 오래전 청년 시절부터 지켜 온 원칙이었다. 뭔가를 얻고 싶으면 온 힘, 온갖 수단, 모든 가능성, 모두, 모두, 모두……를 **끝까지** 집중시켜라! 그 방법으로 그는 소년으로 모스크바에 와서 대학으로 가는 길을 뚫었다. 또 그렇게 해서 지나이다를 얻었고, 멕시코에 가기 위한 가장 복잡하고 어려운 전투에서 꾀 많은 오시판을 이겼다. 그런 식으로 아그라페나의 집도 얻을 것이다. **끝까지** — 여기에 본질이 있다. 그리고 크건 작건, 어디서나 언제나, 매일매일, 매 순간…….

또다시 굽 소리가 울리기 시작한다. 안젤리나 표도로브나가 복도 깊숙한 곳으로부터 돌아오고 있었다. 올레크 바실리예비치는 긴장했고, 관자놀이에서 피가 고동치기 시작했다.

의자에서 일어나 옆으로 달려 지나가는 여의사의 팔꿈치를 잡았다.

"안젤리나 표도로브나, 값을 매길 수 없이 귀한 분이여, 부탁입니다. 제발 저에게 천사가 되어 주세요……." 안젤리나 표도로브나와 발을 맞추면서 축축하고 뜨거운 팔꿈치를 자신의 옆구리로 당기며 두서없이 열정적으로 웅얼거리기 시작했다. "이 모든 끔찍한 상황을 이해해 주세요. 내일 아침엔 대표단을 만나고, 낮에는 장관이 호출하고…… 모레는 모스크바를 떠나야 하는데…… 인사부에서는 빌어먹을 서류를 오늘 가져오라는군요! 어떤 대가면 될까요? 한번 얘기해 봅시다. 나는 말한 것은 꼭 지키는 사람입니다. 옛날 스페인 사람들이 말했던 것처럼 *gentil hombre*(고결한 사람)이지요. 당신은 서류를 해 주시겠지요, 그렇지요? 만약뭔가 조금이라도 당신을 위협한다면, 내 명예를 걸고 맹세컨대, 내일 그걸 다시 가져오겠습니다. 제발요!" 지갑에서 명함을 꺼냈다. "이 전화번호로 아침, 저녁, 한밤중…… 아무 때나 전화하세요. 될까요? 약속할까요? 당신이 한 사람을 구하고 계시다는 걸 생각해 주세요!"

그들은 진료실 문 앞에 서 있었다. 안젤리나 표도로브나는 그 전처럼 유쾌하지는 않게, 그보다는 생각에 잠긴 듯 미소를 지으며 바라보다가, 이내 머리를 가로저었다.

"한 가지 점에선 끔찍한 상황이라는 걸 알겠습니다. 당신은 무서울 정도로 집요하시네요, 올레크 바실리예비치."

"그럼 뭘 해야 할까요? 저에겐 출구가 없어요. 그리고 건강은 강철 같다고요. 안젤리나 표도로브나, 거기 뭐가……."

"강철, 강철……." 그녀는 문을 열면서 머리를 끄덕였다. "들어오세요, 끔찍한 분이여. 특히 여자들을 설득할 줄 아시는군요."

진료실로 들어갔다. 그는 작은 순간적인 기쁨을 경험하며 뒤를 따랐다. **끝까지!** 이것은 여전히 구원의 황금 법칙이다.

5시경 푸시킨스카야 거리에 있는 카페 '리라'로 왔다. 스베틀라나는 없었다. 달궈진 차 안에 앉아 기다리기가 힘겨워서, 그는 건물 그늘로 들어가, 벽 옆의 낮고 좁은 아랫단에 앉았다. 쭈그리고 앉아 있는 것 같은 모양이었다. 그는 마치 사이다*나 테투안* 거리의 부랑자 같았다. 오수의 시간에. 그는 'yes'라고 적힌 다 해진 셔츠, 술 장식이 달린 청바지, 더러운 발에 쓰레기통에서 꺼낸 듯한 샌들을 걸치고 있었는데, 알 수 없는 이유로 우연히 어느 아랍의 벽촌에 다다른, 진정한 스칸디나비아의 '방랑자'다. 앉기 전에 신문을 깔고 흰 셔츠를 벽에 대지 않으려고 노력했다. 스베틀라나는 5시 15분보다 일찍 오지 않을 것이다. 사내아이들을 **시험해** 봐야 한다는, 고칠 수 없는 학창 시절의 습관이다. 이미 오래전에 사내아이들은 없고 시험할 사람도 없으니, 신이시여, 그녀 스스로라도 벗어났겠건만, 습관은 남아 있었다. 그는 그녀에게 화내지 않았다. 왜냐하면 오늘은 그녀가 고통스러울 것이기 때문이다. 정확히 1년 전에 그녀는 나타났다. 역시 더운 여름이었는데, 지금과 같이 지독하지는 않았다. 스페인어 교생으로 똑똑하고 사려 깊었으며 모든 걸 매우 빨리 해치웠다. 대화하고, 계단을 달리고, 라틴어 활자가 있는 타자기로 타자를 치며, 부서 책임자로 그가 부여한 모든 임무를 완수했다. 그리고 모든 다른 일에서도 그랬다. 범상치 않은 속도였다. 한번은 18분 만에 식사를 준비했다! 이고리의 방, 그 곳간,

여러 달을 환기시키지 않아 곰팡내가 나는 **소굴**을 말 그대로 반 시간 만에 정돈해 냈다. 그것은 첫 번째 방문이 아니라, 9월, 두 번째 아니면 세 번째 방문에서였던 것 같다. 첫 번째 방문에서도 속도는 놀랄 만했다. 그가 걸쇠에 자물쇠를 채우기 위해 복도로 나갔다가 되돌아왔을 때, 그녀는 이미 침대 시트 아래에서 몸을 활처럼 웅크린 채 머리부터 뒤집어쓰고 있었다…… 옷은 모두 부채처럼 양탄자 위에 펼쳐져 있었고……. 5초 만에……. 그때는 모든 것이 나중에 밝혀진 것처럼 그렇게 될 것이라고 생각되지 않았다. 시작할 때처럼 쉽고 평온하고 가벼울 것이라 여겼으나, 열정과 고통이라는 것이 드러났다. 22년의 차이, 그녀는 딸이라고 해도 될 나이였다. 그것은 숨이 멎을 것 같은 광기의 정점, 빙글빙글 도는 머리, 끝없는 낭떠러지였다. 혹독한 겨울이었던 12월, 갑자기 틈이 생기기 시작하더니 어긋나고 파열되어, 마치 지하로부터 충격을 받은 오래된 집처럼, 모든 것이 금세 무너져 내릴 것 같은 순간도 있었다. 하지만 대들보가 휘어지고 지붕이 삐걱거리고 깨진 기왓장이 떨어져도, 집은 계속 버텨 냈다…… 그 후 봄에 고통, 탈린(Tallinn), 파열, 의사들, 쥐에 대한 실험들 그리고 사랑에 동반되는 숱한 악몽들이 있었으나, 그것들은 영원히 멀리 사라져 버린 것 같았다. 그녀에게는 그를 끊임없이 놀라게 하는 것들이 많았다. 그녀는 소녀였다. 하지만 다른 성숙한 여인들보다도 놀랍고, 훨씬 더 능숙하고 숙련되었다. 그녀는 어느 누구도 단 한 번도 그렇게 사랑한 적이 없을 만큼 그를 사랑했고, 사랑하고 있다. 하지만 그는 극복하기 어려운 장벽을 느끼고 있었다. 아니다, 젊음도, 변덕도, 격한 성격도, 순진한 독재성도 아닌, 자신과 관계있는 그 무엇이었다. 이 장애물은 바로 그 자신이었다. 그것은 그가 그녀 안에서 찾아냈고 가끔씩 깜짝 놀라곤 했던, 자신의 거울 이미지였다. 프리시의 유명한 소설처럼 정말로 운명이 갑자기 그와 딸을 만나게 한 걸까? 그러나 결코 딸일 수는 없었다. 현실은 다른 데 있다. 그들은 같은 흙으로 빚어졌다. 그가 자기 자신의 모습을 발견한 첫 번째 여자. 그것이 그를 두려워하게 했다.

모퉁이에서 빠르게 그녀가 나타났고, 지나가는 사람들을 앞지르며 거의 날아오다시피 그에게 달려왔다. 하지만 20분이나 늦어서 스스로 잘못했다고 느꼈기 때문도, 그를 발견한 뒤 그에게 이끌려서도 아니고, 단지 습관 때문이었다. 그런 식으로 그녀는 아침마다 부리나케 사무실로 경주를 했다. 아마 그녀의 조상이 러시아 대귀족의 궁정에 소속된 경보 선수였을 것이다. 아니면 타타르인 소귀족의 궁정일지도. 가무잡잡한 피부, 검은 머리, 약간 비스듬히 검은 눈과 무심코 동방의 빛을 띠고 있는 좁고 촘촘한 입술 주름을 보면 타타르 혈통임을 부인할 수 없다. 그녀는 모스크바에서 태어난 토종이지만, 아버지는 남쪽 어딘가 출신이다. 급히 달려와 가쁜 숨을 몰아쉬며 그녀는 사과도 하지 않았고, '안녕하세요'라거나 'Hola!'[1]라고 말하지도 않았다. 날카롭게 살펴보더니, 눈을 가늘게 뜨고 물었다.

"이발한 거야?"

---

1 스페인어로 '안녕'.

"응." 그들은 12일 동안 만나지 못했다. 그는 그녀의 어깨를 잡고 끌어당긴 후, 그가 키스하기 좋아하는 곳, 쇄골 위에 키스를 했다. 그러자 이내 땀으로 젖은 친밀한 몸 냄새가 그를 휘감았다. "점심 식사 하러 어디로 갈까? 여기로? '아스토리야'로 갈까? 아니면 전(全) 러시아 연극 협회로 갈까?"

"아무 데도 안 가."

"왜?"

"그냥. 그리고 싶지가 않네."

그는 조심스레 바라보았다. '그냥'이라는 단어는 필요 없었다. 단지 '그러고 싶지가 않네'라는 것은 이해할 수 있었다. 더위 때문이다. 그 자신도 전혀 식욕이 없었다. 하지만 '그냥'은? 그는 그녀의 모든 일이 괜찮은지 물었다. 직장과 집에서, 부모님이나 자매와 아무 문제가 없는지도. 언니가 몹시 아팠다. 지난달에는 그녀를 위해 프랑스제 약을 구해 주었다. 아니, 모두 다 괜찮아요. 언니는 많이 나아졌어요. 부모님은 다행히 별장에 계시고요. 그는 그녀가 뭔가를 눈치챘다고 생각했다. 개들이 지진이 가까워진 것을 느끼듯, 그렇게 여인들은 파국을 직감한다. 아직 아무런 징후가 없을 때조차도.

"갈까?" 그녀의 손을 잡으며 그가 물었다.

그들은 차에 탔고, 떠났다. 그녀는 옆에 앉아서 계속 부채를 흔들어 대며 바스락 소리를 냈다. 가끔 그의 뺨에 부채를 갖다 대고 조금 부쳐 주기도 했다. 아무 소용 없었지만, 기분은 좋았다. 이고리의 아파트는 아주 멀리, 남서쪽으로 가장 먼 지역에 있었다. 그들은 이 먼 거리에 익숙해진 터라 보통은 가는 동안 수다를 떨며 서로에게 짧은 이별의 시간 동안 일어난 온갖 소식을 이야기하곤 했다. 그러나 지금은 대화가 잘 이루어지지 않았다. 그녀는 침묵했고, 그는 적당한 주제를 떠올리지 못했다. 왜냐하면 지금 그가 살아가고 있는 모든 수단이 '금기'였기 때문이다. 그녀가 그의 출국을 모르고 있으므로 그는 자신이 느끼는 모든 설렘을 전달할 수 없었다. 이런 것이나 저런 것, 관료주의, 어리석음, 어려움, 질식할 것 같은 세부 사항들에 대해서 말이다. 하다못해 서류에 관한 오늘 일조차도! 또 의사를 설득하는 데 얼마나 힘들었는지도! 게다가 차는 어떻게 해야 하지? 아파트는? 여름과 겨울 방학 동안 딸을 어떻게 해야 하지? 만약 집을 받지 못한다면, 모든 것이 문제가 될 것이다. 새 주인들은 아마 세를 주고 싶어 하지 않을 테니까. 어떻게든 집을 받아 내야 한다. 최근 그를 애타게 만들고 고통스럽게 한 이 모든 일은 스베틀라나와의 대화에는 적합하지 않았으므로 그는 더위, 기후, 노인들의 지혜, 학자들의 무기력에 대해 뭔가 어리석은 말을 중얼거렸다. 그는 오늘 모든 것을 말하기로 결심했다. 다만 이별하기 직전에 말이다. 이 방법이 실제로도 가장 그럴싸한데, 곧바로 말하면 데이트는 그 즉시 중단될 것이기 때문이다. 그야말로 어리석은 일이다. 그들은 남서쪽 언덕으로 들어섰다. 황량한 거리에는 사람이 살지 않는 듯한, 모습을 고스란히 드러낸 채 태양 빛으로 눈부신 집들이 무리 지어 서 있었다. 인도는 폭염에 씻긴 듯, 사람들이 보이지 않았다.

"내 몸이 푹 젖었어." 올레크 바실리예비치가 말했다. "도착하면 바로 샤워를 하자고."

그녀는 호응하지 않았다. 그는 또다시 신경이 날카로워졌다. 더운 날에는 보통 샤워부터 시작했다. 하긴 덥지 않은 날에도 가끔 그랬다. 그들의 마음에 들었다. 이고리는 황제의 것과 같은 욕조가 있었는데, 그가 서독에서 가져온 각종 최신 도구들로 훌륭하게 갖춰져 있었다. 심지어 전화기도 벽에다가 특별히 만든 작은 홈 속에 들어 있었다. 만약 상태가 나빠지더라도 전화기에 손을 뻗어 '03'을 호출할 수 있다. 그는 다소 참을성 없이 물었다.

"샤워할 거지?"

질문은 다른 것을 의미하고 있었다. 그는 그 질문을 해선 안 되는 거였다. 약점이 드러났다. 하지만 그의 신경은 강철이 아니다.

"어디에서?" 그녀가 물었다. "차에서?"

그러고는 소녀처럼 킥킥 웃었다. 약간은 안심되었다. 그녀가 깜짝 놀랄 만큼 후덥지근한 이고리의 아파트에 도착했을 때 — 어리석게도 지난번에 창문을 닫지 않아 방 두 개가 모두 뜨겁게 달궈졌고, 마치 사우나탕처럼 30도에 육박하고 있었다 — 그녀는 불쾌함을 핑계로 샤워실에 들어가는 걸 거절했다. 속임수일 수 있다. 그녀에게 무슨 일이 일어난 것이다. 차가운 관에서 따뜻한 물이 나왔다. 그건 수도관이 지나가는 곳까지 땅이 데워졌다는 이야기다. '그럼 봄갈이 작물들은 어떻게 되지? 몽땅 타 버리겠는데!' 그는 작물의 종류에 대해 논평하길 좋아하는 폴리나 카를로브나의 사고방식으로 생각했다. 동시에 장모가 떠오르면서 불안감이 물밀듯 몰려왔다. 그녀에게 알렌카를 부탁했던 것이다. 딸은 그들의 말도 듣지 않는데, 할머니의 말을 어떻게 듣겠는가? 신랄하고 금세라도 폭발할 수 있는 나이다. "솔직히 말해서 우리에겐 그럴 권리가 없어요." 지나가 말했다. "지금 당장 떠나다니요. 사실 엄마는 양육자로 전혀 맞지 않아요. 너무 선량하시잖아요." 지나에게 일반적으로 좋다는 것은 아무 의미도 지니지 않는 평가이다. 그녀는 그들이 **어쨌든 떠나리라는** 것을 잘 알고 있었다. 다른 방법이 없었다. 기숙 학교에 맡겨서는 안 된다. 올레크 바실리예비치는 그렇게 생각했다. 땀이 가장 많은 곳에 비누칠을 했지만 물이 시원하지 않아서 몸이 가벼워지는 걸 전혀 느끼지 못한 채 올레크 바실리예비치는 그렇게 생각했다. 맨발로 돗자리를 따라 걸으며 방으로 들어왔을 때 — 이고리는 사방에 돗자리들이 있는데, 사실은 먼지투성이였다 — 스베틀라나가 아까와 똑같은 자세로 앉아 있었고, 시트는 깔려 있지 않았으나 방은 좀 더 선선해졌다. 두 개의 일본제 환풍기가 소리를 내며 계속 돌아가고 있었다. 그는 그녀가 왜 로렐라이처럼 생각에 잠겨 앉아 있는지 물었다. 무슨 일이야? *Qukê pasa?*[2] 아무것도 해서는 안 된다고 말했다. 그럼, 좋아. 그냥 좀 누워 있자. 쉬면서 삶에 대해 이야기하자. 그녀는 조금 있다가 기껍지 않아 하며 서랍에서 시트를 꺼내 베개 머리맡으로 던졌고, 그러자 거기에서 먼지가 났다. 순간 혐오감을 드러내며 스베틀라나의 얼굴에 주름이 졌는데, 그 모습이 그를 몹시 화나게 만들어서 하마터면 이렇게 말할 뻔했다. '찡그리는 대신, 어떻게든 그걸

---

2 스페인어로 '무슨 일이지?'.

마당으로 갖고 나가서 털면 좋겠는데.' 그러나 잠자코 있었다. 삶을 가르칠 시간이 없다. 때맞춰 가르치지 않았으므로.

그러다가 갑자기 매우 열렬하게, 극도로, 그가 영원히 이별하려는 그 소녀가 가여워졌다. 그는 부드러운 피부를 쓰다듬으며 그녀의 목, 쇄골, 부서질 듯 여린 척추의 선을 따라 아무 말 없이 키스했다. 말이 없었다. 그녀는 그가 원하는 것과 완전히 다른 모습으로 옆에 누워 있었다. 하지만 이성을 흐리게 하는 연민이 발작처럼 몰려온 지금, 아무것도 필요하지 않았고, 그저 포옹하고 쓰다듬고 이별할 뿐이었다. 그렇게 몇 분이 지난 후, 그가 입을 열었다. 무엇에 대해서냐고? 세상에, 무엇에 대해서냐면…… 이야기했어야 할 그것에 대해서가 아니라, 그에게 강요하고 고통을 주며 압박하는 그것에 대해, 이 모든 어리석고 부질없는 것들에 대해……. 조합 의장인 프리호디코는 늙은 치매 환자, 사기꾼, 악당이지만, 그는 그에게 접근할 방법을 발견했고, 결국 프리호디코가 약속해 줬다고……. 거기에는 1순위로 줄을 선 고로브초프라는 사람이 있는데, 그는 지금 바로 이 집을 주장하는 것이 아니라 가장 먼저 비게 되는 지분을 주장하고 있는 데다 조합에 아무런 공을 세운 바 없으므로 그에게 대처하는 것이 어렵지 않다. 반면 올레크 바실리예비치에게는 그것이 있다. 그는 전화기를 얻어 냈고, 사무소를 위해 절연용 덮개 재료를 가지고 왔다. 1년 전에는 모스크바 시 의회와 막시멘코프를 통해 수영장과 보트용 작은 선착장이 있는 강의 일부를 '제비'를 위해 분할하는 일을 해냈다. 제길, 자신이 아니었으면 그 협잡꾼들이 뭘 이뤄 낼 수 있었을까! 아무것도 이루지 못했을 거다! 그리고 이 썩어 빠진 조합은 오래전에 없어졌을 것이다. 그들은 수년 동안 요양소를 지으려고 준비해 왔는데, 만약 그가 바로 막시멘코프를 통한다면…… 단 한 번의 감사만으로도 그에게 집을 주었을 것이다. 그것도 그냥 주는 것이 아니라 선물을 했을 것이다. 사실 7년 동안 그에게 그만큼 투자되었고 엄청난 노력을 쏟아부었다. 가장 유쾌하지 않은 위험한 경쟁자는 루슬란 파블로비치 레투노프이다. 집 전체가 레투노프의 둥지다. 그들은 그곳에 뿌리를 내리고 정착했다. 그와의 싸움이 어려운 것은 바로 어느 사회, 어느 회사건 간에 전설이 존재하기 때문이다. 레투노프 노인은 그곳에서 전설이다. 그는 혁명 전사이자 참가자로, 레닌을 봤고 고통받았으며 유랑했다. 그를 존경하지 않으려고 한번 시도해 보라! 그곳에서 그는 바로 증서이며, 탁자 위에 놓인 모든 공로이자 상처, 흉터다. 하지만 할아버지는 아직 아무것도 아니다. 할아버지와는 합의할 수 있다. 그는 기억, 원칙, 존경 외에는 **아무것도 필요하지 않은**, 반쯤 죽은 멍청이들의 부류이므로……. 사람들은 거짓말을 한다. 물론 필요하다, 필요해! 모두에게 필요하다. 다 차려진 '특별한 식사'를 거절하지 않으며, 접시를 들고 매일 요양소로 산책을 간다. 게다가 그것은 놀이다. '**우리에겐 아무것도 필요하지 않아요**'라는. 그리고 또 생물학적인 측면도 있다. 노인들에게, 그들에게는 실제로 무엇이 필요한가? 간이침대와 담요와 냄비, 누워 있기와 추억하기. 그런데 그에겐 끔찍한 인간형인 아들이 있는데, 목구멍에서 올라올 것 같다. 루슬란 파블로비치. 무례한 알코올 중독자……. 별장 주변을 어슬렁거리며 해장술을 마시려고 3루블 혹은 5루블을 빌려 달라고 부탁한다. 그러니 어떻게 양심이 있겠는가? 사실 그는 고등 교육을 받은 엔지니어인데…… 짐승 같은 놈이다. 게다가 그의 누이는 정신 나간 진짜 불결한 여자다. 그런 그들이 자식들은 잔뜩 낳아 놓았다. 거긴 완전히 거대한 숙박지 같아서 누가 누구인지 알아볼 수가 없다. 그런 자들에겐 아예 번식하는 걸 금지해야 하는데. 그들에게 무슨 혈통이 있을 수 있을까! 그것도 그와 스베타 사이에서, 응? 이 루슬란은 지나이다에게 가는 습관이 있었는데, 어딘가 부족한 읽을거리를 가져오거나, 그가 음악광이라 카세트 녹음을 들고 오기도 하고, 아니면 그저 아침마다 창문을 두드리기도 한다. "지노치카,* 바닥에 아무것도 없어요?" 그리고 올레크 바실리예비치가 아내 대신 베란다에 나와서 이른 아침에 사람을 깨우는 게 무슨 유행이냐고 건조하게 물으면, 그 불한당 같은 놈이 순진무구하게 대답한다. "친애하는 이웃, 알다시피 당신 부인보다 더 선량한 사람은 없어요! 불운한 사람들이 어디로 가겠습니까?" 그를 약간 손봐 줘야만 했다…….

그때 올레크 바실리예비치는 문득 그가 반쯤 취한 루슬란을 어떻게 현관 옆으로 치워 버렸는지 이야기해선 안 된다는 것을 깨닫고, 입을 다물었다. 지난해 스베틀라나의 약혼자와 있었던 일, 그러니까 그가 레스토랑 '베이징' 근처에서 그들을 덮쳤을 때의 일을 상기시킬 수 있기 때문이었다. 그때도 지금도 완벽하게 효과적인 가라테 기술 하나가 사용되었다. 소년은 마치 낫으로 베어진 것처럼 쓰러졌고, 서류 가방은 저기로, 안경은 여기로, 머리는 뒤로 젖혀졌다. 그녀가 소리쳤다. "네가 그를 죽였어!" 그는 심각한 건 아무엇도 없고, 일반적인, 좀 아픈 기술이라고 설명했다. 그녀는 비명을 지르며 울고 있었다. 5분 후에 약혼자는 정신이 돌아왔지만 일어나지 못했다. 그녀는 남았다. 그는 떠났다. 다음 날, 모든 것이 끝났다고 말하며 그녀가 달려왔는데, 그가 그녀에게 좋지 않은 말을 했기 때문이었다. 그런 건 용서되지 않는 법이다. 세상에, 이미 그녀와 얼마나 많은 일을 겪었던가!

"너, 공포가 뭔지 알아?" 그는 계속해서 그녀를 쓰다듬으며 말했다. 부드럽게 그리고 더욱더 고집스레 그녀를 쓰다듬었다. 그러자 안쓰러워하던 마음은 다른 것에 자리를 내주며 서서히 사라져 갔다. 그녀는 저항했다. 저항은 그녀가 떨지도, 아무것도 갈망하지 않으며 머물러 있었다는 사실, 아무것도 원하지 않았고 아무것에도 응하지 않았으며, 조급함을 드러내던 손가락들을 그녀가 단호한 손으로 물리쳤다는 사실이었다. "공포는 사람에게 질투심이 많기 때문이야. 본질적으로 말해서…… 나는 질투야말로 존재를 위한 투쟁의 본능적 요소 중 하나라고 생각해. 유전자에 각인되어 있는 것이지. 변변치 못한 인간들은 나를 지독하게 질투하지. 그들이 나를 죽일 거야. 사람의 50퍼센트 정도는 질투로 되어 있어. 뭐, 어떤 사람에게는 좀 더 많을 테고, 어떤 사람에게는 좀 더 적게 있겠지. 너한테는 좀 더 적은 듯……. 내 생각에 너는 질투심이 많지는 않은 것 같은데? 그런데 스베토치카? 너도 질투해?"

그녀는 벽에 대고 말했다.

"남자들이 거짓말을 늘어놓지 않는 그런 여자들을 질투해."

마치 가라테의 공격처럼, 순간적인 통증과 의식 상실이 있었다.

그가 말하기까지는 3, 4초가 흘렀다.

"그런 여자들은 없어."

"있어……."

그는 온 힘을 다해 그녀를 안았고, 더 세게 그녀를 끌어당겨 안았다.

"너 알고 있어?"

"알아. 놔줘, 아파. 거짓말할 필요는 없어. 네가 오늘 지껄인 모든 게 거짓말이었어. 나는 너 때문에 부끄럽다고."

"스베틀라나, 하지만 뭘 할 수 있을까? 알다시피 이게 내 삶이고, 내 일이야……." 그는 팔을 풀었고, 그녀는 벽 쪽으로 물러났다. "나는 녹색 게임판 위에 있는 당구공처럼 달려. 내 길은 주머니 속이라고. 더 이상 아무 데도 갈 곳이 없어. 아니면 배 밖으로 가야지."

"아닐걸." 그녀가 비웃었다. "넌 배 밖으로 뛰어내리지 않을 거야. 네가 한 말 기억해? 넌 모든 것을 완전히 처음부터, 모두 새롭게 바꾸고 싶다고 했었지? 미친 듯이 야심 찬 계획들이었지……."

"스베토치카, 나는 국가에 소속된 사람이야……. 괴테의 작품 어딘가 이런 말이 있지. '네가 움직이고 있다고 생각하는가? 그러나 너를 통해 그들이 움직이고 있다'라고."

"그만 떠들어……."

정적이 찾아왔다. 그는 그녀가 울고 있다고 느꼈다. 담배를 피웠다. 갑자기 그녀가 조용한 목소리로 물었다.

"너 그거 알아? 솔직하게 대답해 줘. 네가 즐기거나 즐기고 싶어

하는 어떤 행복이 있어. 그러니까 여자, 그러니까 내가 있다고 치자. 사실 넌 나를 즐겼잖아, 그렇지? 그런데 다른 종류의 행복을 가져다주는 가족도 있어. 네가 행복의 원천인 것처럼 꿈꾸는 아그라페나의 집이 있잖아……. 그리고 나도 알고 있듯이, 네가 달성하려고 노력했던, 그래서 결국 얻어 낸 멕시코가 있어. 불가능한 것을 이루어 냈고, 그걸 소유하게 됐어. 도도한 여자 같은 걸 말이야. 그리고 여기 모스크바에는 네가 꿈꿔 온 더 높은 즐거움을 약속하는 또 다른 중요한 자리가 있어. 이제 말해 줘. 이 모든 것 중에서 한 가지만 허용된다면, 무얼 선택했을 것 같아?"

"이상한 퀴즈네. 왜 그러는 거지?"

"그냥 알고 싶어서. 어떻게 살아야 하는지를. 어쨌거나 당신은 나의 인생 선생님이잖아. 요약해서 말해 줘. 뭘 양보할 거야? 무엇 다음에 무엇이지? 여자, 가족, 부동산, 여행, 권력……. 네가 가장 원하는 게 뭐지?"

그녀는 몸을 돌려 눈물이 채 마르지 않은 눈으로, 그러나 진실로 학생다운 호기심을 갖고 그를 바라보았다. 반면 그는 그녀를 우울하게 바라보다가 느릿느릿하지만 거부할 수 없는 강철 같은 팔로 그녀를 포옹했고, 더 가까이, 더 꽉, 더 세게 그녀를 끌어당겼다. 그녀는 순종적으로 움직였는데, 왜냐하면 그의 답을 기다리고 있었기 때문이다. 그는 자신의 입술로 그녀의 입술을 향해 숨을 불어넣었다.

"전부 다 원해……."

태양이 지고, 낮이 저물었을 때 그는 그가 원하는 것을 얻었다.

왜냐하면 언제나처럼 그가 **끝까지** 주장했기 때문이다. 그리고 영원한 이별 전야에만 있을 수 있는 절망적이고 긴, 가장 쓴 달콤함이 있었다. 그 후 밤처럼 어두워지자, 그들은 욕실로 샤워하러 갔고, 그는 영원히 이별하려 하는 사랑하는 그 몸을 스펀지로 씻었다. 그가 말했다. *"Ponte el pie aqui."*[3] 그녀의 무릎을 잡고 발바닥을 욕조 가장자리에 올려놓았고, 그녀는 그의 말에 따랐다. 그는 그녀를 안고 그녀의 젖은 얼굴에 키스했으나, 그녀의 눈물을 입술로 느끼지는 못했다. 물이 쏟아졌고, 그들은 샤워기 아래에서 지칠 때까지 서 있었다. 물은 쏟아지고, 또 쏟아졌다. 그들은 서 있었다. 물이 쏟아졌고, 그들은 서 있었다. 물은 쏟아지고, 또 쏟아졌다, 마지막 한 방울까지.

11시 무렵, 그녀를 스타로코뉴센느이로 데려다주었다. 마당으로 들어갔는데, 거기에는 무덥고 몽롱한, 숨결을 빼앗는 듯한 어둠이 있었다. 그 후덥지근한 공기로부터 탈출할 방법이 없었다. 어두운 아파트의 모든 창문이 열려 있었고 목소리가 들렸고 사람들은 잠들지 않았다. 누군가가 벤치에 앉아 있었고, 누군가는 풀밭의 담요 위에 누워 있었다. 거기서 오래 머무를 수 없었으므로 완전히 작별해야 했다.

그렇게 작별했다. 수없이 작별을 했다. 그는 그녀를 도와줘야 할 일이 있는지, 누구와 이야기를 해야 하는지 물었다. 업무상. 8월 내내 그는 이곳에 있을 거라고 했다. 그녀는 오랫동안 침묵하다가, 만

---

3 스페인어로 '다리를 여기에 올려놓아'.

약 그렇다면 셀루댜코프와 이야기를 해 봐야 한다고 말했다…….
모로코에 사람이 필요하단다. 그녀에겐 어디든 마찬가지였다. 모로코든, 잠비아든, 북극이든, 어디건 상관없었다. 스페인어를 쓰기에는 모로코가 더 좋았다. 그는 셀루댜코프와 이야기하는 건 쉬운 일이라고 말했다. 오랜 친구이니까.

그리고 끝이었다. 그녀는 달리기 시작했다. 울타리를 지나고 풀숲을 지나 뒤도 돌아보지 않고 달려갔다. 그러고는 공원 반대편에 있는 문이 소리를 내며 부딪쳤다…….

그는 한밤의 고속 도로를 질주했다. 심장이 약간 찌르는 듯 아팠고, 빌어먹을 답답한 공기 때문인지 심지어 옥죄어 왔다. 그랬다. 상냥하기 그지없는 안젤리나가 옳았다. 그는 더 이상 소년이 아니다. 그는 우울하게 스베틀라나에 대해 생각하다가도, 파리를 경유해야 하므로 그곳에서 3일간 머물러야 한다는 사실에 대해 생각하기도 했다. 한밤중에야 별장에 도착했다. 그러고는 곧 놀랐다. 사람들은 자지 않고 있었고, 베란다에는 불이 켜져 있다. 노파, 지나이다와 알론카가 탁자에 앉아 있었고, 모두 자동차가 들어오는 소리를 들었지만, 아무도 현관으로 나오지 않았다…….

"무슨 일이 일어났어요?"

"아무 일도 안 일어났네. 우린 모두 정상이야." 약간 혼란스러운 듯 약삭빠른 표정으로 웃으며 폴리나 카를로브나가 말했는데, 그 걸로 보아 뭔가 **일어난 것**이 분명했다. 그리고 노파가 그 원인이다.

"엄마가 우리를 떠나 노인들을 위한 시설로 가고 싶어 하셔. 그러니까 양로원으로." 지나가 말했다.

"아니야, 지노치카, 양로원이 아니라 혁명 전사의 집이야!" 폴리나 카를로브나가 손가락을 들어 올렸다. "본질적으로 다르다고."

"아이고, 어머니, 무슨 차이가 있어요. 우리에게는 모두 똑같이 끔찍하고, 똑같이 모욕적이에요……."

"지노치카, 도대체 왜지? 거긴 명예로운 곳이야. 그러니까 너희들은 엄마가 잘 정착하는 것을 기뻐해야 해. 제발 성공하면 좋겠어. 아직 아무것도 분명하지 않아. 이제 겨우 서류를 준비하는 중이니까."

충격이 너무 강해서, 올레크 바실리예비치는 마치 비틀거리는 것 같았고, 더 단단히 서 있기 위해 문짝에 등을 기댔다. 물론 노파는 코미디언이다. 무엇 때문에 그녀에게 이런 것이 필요할까? 아무 이유도 없다. 스스로를 과시하기 위해서, 가정 내에 자신을 대체할 수 없다는 것을 보여 주기 위해서다. 우리가 설득하면, 모든 것이 악몽처럼 사라질까? 중요한 것은, 전표에 구멍을 뚫어 버리겠다고 위협하는 경찰관과 이야기하는 것처럼 섬세하고 탄원하듯 하는 것이다. 어쨌건 간에 개자식이지만.

"사랑하는 폴리나 카를로브나, 제발, 우리는 나쁘건 가난하건 간에 15년을 함께 살아왔어요. 정말로 우리가 이런 대접을 받아야 할 정도인가요? 이건 치명적인 모욕입니다. 그리고 그 외에도 당신은 우리를 죽이고 계십니다. 떠나야 할 바로 지금, 당신이 이런 발표를 하다니요, 그러니까 간단히 말해서……." 신경이 더 이상 버티질 못했고, 그는 적절히 계산된, 모욕받은 자의 억양을 유지할 수 없어 끓어오르는 분노로 끝을 맺었다. "당신은 우리를 칼도 없이 베고 있어요! 가장 나쁜 적군처럼 행동하고 계세요!"

노파가 어깨를 으쓱했다.

"이해하네, 이해해. 나는 모든 것을 아주 잘 이해하네, 올레크. 마침 지노치카와 저녁 내내 이것에 대해 이야기하고 있었네. 어떻게 해야 할지, 혹은 무얼 할 수 있을지를 말이지. 그러나 집과 알료나에 대해서는 내가 책임질 수 없네. 힘이 없어, 나는 너무 늙었어."

올레크 바실리예비치는 아무 소용 없다는 것을 깨달았노라고 조용히 말했다. 그는 모든 것에 있어, 예를 들면 이렇게 저렇게 양파를 자르는 법에 이르기까지, 보기 드문 노파의 고집을 알고 있었다. 결코 그 무엇도 그녀에게 증명할 수 없고, 다른 사람의 의견은 그녀의 귀에 닿기도 전에 스쳐 지나간다는 것을 알고 있었으므로, 이제는 벙어리가 되어 생각에 잠긴 채 침묵하고 있었다. 갑자기 기억이 났다. 언젠가 지나가 엄마에게 누군가가 있다는 사실을 넌지시 비친 적이 있다. 노년의 어떤 친구, 어떤 배우라고 했다. 아, 그거야? 양로원의 그 친구에게 가는 거야? 손녀와 남기에는 늙었지만, 노년의 추잡한 연애를 하기엔 괜찮다는 거군. 그래서 말이 혀를 맴돌았고, 직설적인 문장으로 내뱉을 뻔했으나, 그는 참았다. 아니, 아니다. 무턱대고 서두르는 말자. 결정적인 패는 마지막까지 놔두자. 잠을 자야 한다. 맑은 머리로 생각해야 한다.

침울해진 알료나는 인상을 잔뜩 찌푸린 채 탁자에 앉아 있었고, 안경 쓴 머리를 낮게 숙이고 종이에 연필로 낙서를 하고 있었다. 고집스러움의 계보로 따지자면 이 존재는 할머니의 뒤를 이어 2위를 차지하고 있었다. 그들은 벌써 서로 싸운 게 분명했는데, 알료나는 통통 부어 있었다. 올레크 바실리예비치는 예쁘지 않은 소녀를 분노의 마음으로, 그 즉시 아픔으로 바뀌어 버린 안쓰러운 마음으로 바라보았다. 그녀는 어떻게 될까? 기숙 학교? 다른 사람들처럼 그렇게. 내일, 내일. 선명한 머리로. 지나가 물었다.

"당신은 늦게까지 어디 있었어요? 집으로도 전화하고, 레오니드 바실리예비치에게도 전화했어요."

그의 눈에 생기를 띤 날카로운 호기심이 불타올랐다. 그가 갑자기 소리치기 시작했다.

"내가 어디 있었건, 뭐가 달라져? 지금 이게 신경 쓸 일이야? 지금은 재앙, 악몽이라고, 모든 계획이, 인생이 지옥으로 가게 생겼다고! 그런데도 당신에게 중요한 건 어디 있었고, 왜 늦었는지라니⋯⋯." 그는 손을 흔들었고, 어리석은 사람들로부터 멀어져 사과나무 아래 그의 침대가 놓여 있는 정원으로 갔다.

갑자기 전화가 왔다. "사냐* 이즈바린과 통화할 수 있을까요? 당신을 사냐라고 불러서 미안합니다. 당신은 이미 성인이지만, 저에게는 40년 전처럼 사냐입니다. 그때 당신이 내 정원에서 중국 사과를 땄고, 나는 당신을 쫓아내고 당신에게 잭 ─ 불독 잭을 기억하는지요? ─ 을 풀고는 당신 아버지에게 불평했었지요⋯⋯." 노인은 두서없이 중얼거리며 목이 쉬어 숨이 막히는 듯하지만, 지나치게 활기찬 목소리로 뭔가를 반복했는데, 그에게 무엇이 필요한지를 알아듣기란 불가능했다. 어떤 프리호디코라는데 성이 말해 주는 건 아무것도 없었다. "죄송합니다만, 프리호디코 동지, 제게 볼

일이 있으십니까?" "그렇습니다. 그것도 매우 시급하게요. 우리는 만나야 합니다." "시급하게요?" "네, 아주요. 의사들이 처방전에 쓰는 것처럼 Cito.* 사냐, 분명히 우리의 대화가 당신에게 매우 흥미로울 거라는 점만 고려해 주세요. 나는 거기에서 가까운 곳에 있어요. 정확히 15분 정도 걸려요……."

알렉산드르 마르티노비치는 아내를 방문하기 위해 병원에 갈 참이었다. 그는 12시 이전에 갈 거라고 말했었다. 노인은 10분 후에 나왔다. 오로지 알렉산드르 마르티노비치만이 마디 많은 노출된 두개골, 배를 닮은 코, 다소 아부하듯 교활하게 미소 짓는, 크게 벌어진 입을 알아보았고, 즉시 기억해 냈다. 그는 프리호디코가 아니라 푸조 혹은 스위처라는 별명을 지닌 사내로, 텃밭 쪽으로 멀리 있는 집에 살았었다. 그에게는 아이가 둘 있었는데, 슬라프카라는 소년과 조야라는 소녀였다. 슬라프카는 동갑이었고, 한 해 여름 친하게 지냈다. 참, 슬라프카는 귀를 비틀기 좋아하는 것으로 유명했다. 무엇보다도 자신의 귀를 꼬고 쥐어뜯어 봉투처럼 접거나, 귓불을 귓구멍에 쑤셔 넣곤 했다. 그렇게 꼬인 귀를 한 채 대화하거나 카드놀이를 하며 평온하고 만족한 모습으로 앉아 있었는데, 그러다 갑자기 동요하기 시작하면, 그는 참지 못하고 누구든 다른 사람, 조리크, 루시카, 스코르피온 아니면 그, 산카 이즈바린의 한쪽 귀라도 꼬아야 했고, 그래서 조르기 시작했다. "제발, 네 귀를 나한테 줘! 귀를 줘! 줘, 줘, 달란 말야!" 그런데 조리크에게는 그냥 명령했다. "귀를 이리 갖고 와, 네덜란드 코흘리개야!" 조리크는 얌전히 머리를 갖다 댔고, 그러면 슬라프카는 갸르릉거리며 마치 종이처럼 얇고 거무스레한 조리크의 귀를 꼬기 시작했다. 그는 사실 슬라프카 프리호디코다. 야생 포도나무가 휘감긴 베란다가 있었다. 슬라프카의 아버지는 — 커다란 입으로 웃고 있는 저 노인인가? — 엄마에게 뭔가 불쾌한 짓을 했다. 엄마는 그와 인사하지 말고, 그의 베란다에도 가지 말라고 명령했다. 그러나 슬라프카와 마당에서 지내는 건 허락했다. 모든 것이 퇴색하고 불태워지고 말라 버리고 사라졌다. 왜 노인은 죽지 않았을까? 무엇 때문에 나타났을까?

"그런데 사냐, 당신에게는 어느 정도 가능성이 있어요 — 나는 큰 가능성이라곤 말하지 않겠어요 — 오두막을 얻을 수 있는 기회 말예요. 사실 당신은 12년 동안 그곳에서 살았어요, 아닌가요? 그러니까 대략 1926년부터지……. 나는 당신의 아버지를 잘 기억합니다. 나는 사람들이 단 한 번도 문제를 제기하지 않았고, 어디론가 사라져서 없어져 버렸다는 사실에 놀라고 있어요. 그런데 당신에게는 도덕적으로 권리가 있어요."

"있지요." 알렉산드르 마르티노비치는 동의했다. "말씀해 보세요, 당신의 아들 슬라바는 어떤가요?"

"슬라비크는 전쟁에서 안 돌아왔어요. 1942년 북(北)캅카스에서 전사했지요. 나는 아내, 조야와 함께 추바시야로 피란 가서 살았어요……." 노인은 두서없이 빠르게 말했다. 너무 빨리 말해서 마치 그가 발음하고 있는 이 단어들에서 속히 해방되고 싶어 하는 것처럼 보였다. "자, 어때요, 사냐? 신청서를 쓰세요, 내가 당신을 도울게요."

알렉산드르 마르티노비치는 속으로 매우 흥분했지만 침묵을 지키며 생각했다. 그의 심장이 두근거렸다. 그토록 갑작스럽고 이상하게 그에게 덮쳐 온 그것은 오래전의 꿈을—그것이 일생의 첫 절반을 고통스럽게 했다—실현 불가능한 과거에 대한 꿈을 닮았다……. 전쟁이 끝난 후, 두 번인가 소콜리느이 보르에 우연히 가게 되었는데—그러곤 이미 20년이 지났다—울타리와 소나무, 지붕을 보지 않기 위해 **일부러 숲을 돌아 4번가까지 갔다.** 모든 것이 썩어 있었다. 이미 백발이 되었고 병이 들었으며, 모두를, 아들을 땅에 묻은 그에게, 갑자기 신비로운 대머리에 무서운 코를 지닌, 어쩌면 마법사일지도 모를 노인이 나타나서, 그 무언가를 대가로, 모두가 살아 있으며 그가 맨발로 돌길을 뛰어다니고 태양이 소나무 줄기의 뜨거운 타르를 태우던 그 시간, 그 어린 시절을 되돌려 놓겠다고 제안하는 것 같은 기분이 들었다. 그러나 무엇을 위해? 그는 무엇을 원하는 걸까?

"아시겠지만, 조금 갑작스러워서……." 알렉산드르 마르티노비치는 중얼거렸다. "생각을 좀 해 봐야겠습니다. 저는 병원으로 갑니다. 아내가 아파서요……."

그런 다음 그는 오랫동안 트롤리버스를 타고 가면서 기억을 떠올리지 않으려 애썼다. 하지만 저절로 기억이 났다. 그곳이 파멸의 장소였다는 것, 그게 문제였다. 그 때문에 그곳으로 되돌아가기가 그토록 두려웠던 것이다.

비록 보기에는 특별하지 않지만, 그곳은 파멸의 공간이었다. 소나무, 라일락, 울타리, 낡은 별장들, 모래 기슭이 무너져 2년마다

물에서 멀리 밀려나는 벤치가 있는 가파른 강변, 그리고 자잘한 조약돌에 거친 타르로 포장된 길이 있었다. 타르는 1930년대 중반에 깔았는데, 끝까지는 아니었고, 4번가로 혹은 예전에 아마도 혁명 이전의 명칭으로는 네 번째 **베어 낸 길**로 가는 모퉁이까지였다. 왜냐하면 여기에 언젠가 진짜 숲이 있었고, 그걸 **베어 내야만** 했기 때문이었다. 하지만 대략 40년 전부터 이미, 혹은 베어 낸 길, 혹은 *Groçe Allee*(큰 산책길)였는데, 언덕 사이로 모습을 감추는 그 숲길을 갈색 입술에 주름이 많았던 마리야 아돌포브나, 그 얼굴이 축 늘어진 낡은 양말, 그러나 한없이 선량하고 부드러운, 어딘가 놀라운 집에서 만든 양말을 연상시키는 그녀는 그렇게 불렀었다. 그녀가 울면서 사냐의 삶에서 영원히 사라져 버린 그 여름 이후, 그녀는 어디로 갔을까? 그 큰 오솔길 양쪽에는 거대한 새 별장들의 구역이 뻗어 있고, 울타리로 분리된 소나무들이 바람결에 소리를 내며 마치 연주하기 위해 결혼식에 초대받은 악사처럼 그 더운 날, 그 누군가를 위해 사사로이 타르의 혼을 흘리고 있었다. 아, 그런데 어쨌거나 좋다! 거리에 서서 음악을 들을 수도 있다. 소나무 위, 울타리와 베어 낸 길 위 공기는 놀라울 정도로 깨끗했고, 그 깨끗함은 너무나 강력해서 이 공기 속으로 우연히 찾아든 부주의한 사람을 곧장 도시로부터, 초만원이 된 버스에서 내리게 할 수도 있었다. 그해 여름 사냐에게도 똑같은 일이 일어났다. 어른인 것처럼 그는 여러 기관과 대기실을 돌아다니며 줄을 섰고, 저녁 무렵에야 보르로 돌아와 급히 음식을 먹다가 체하곤 했다. 그는 달콤한 공기와 쌉쌀한 예감을 느끼고 있었다……. 그래, 그랬다. 이곳은 파멸의 공간이었다. 더 정확히 말하면, 저주받은 공간이었다. 그 모든 아름다움에도 불구하고, 여기에선 사람들이 이상하게 죽어 갔기 때문이다. 어떤 사람은 한밤에 수영을 하다 익사했고 또 다른 사람은 갑자기 병에 걸렸으며, 누군가는 자기 별장 다락방에서 자살을 했다.

마리야 아돌포브나는 속삭였다. "O, jetzt muß ich mich auf den Weg machen……."[4] 그러고는 열 번째로 뭔가를 옮기고 싸고 의자에 앉았다가 쥐오줌풀 진액을 마셨다. 그러곤 또다시 "O, jetzt muß ich……." 황금색으로 인쇄된 고풍스러운 표지에 싸인 그녀의 책들은 '사세'*의 건조한 향수 냄새를 풍겼다. 그녀에게는 팔각의 나무 틀이 있었는데, 그 위에 마리야 아돌포브나는 두 가지 색깔로 된 냅킨을 예쁘게 접어 두었고, 사냐와 그의 이종사촌 누이 제냐와 제냐의 엄마 키라 아주머니에게 그렇게 냅킨 접는 방법을 가르쳐 주었다.

"O, jetzt muß ich mich……." 자리에서 꼼짝도 하지 않고 마리야 아돌포브나는 속삭였다. 사냐의 어머니는 연민으로 노파를 바라보며 눈을 훔쳤다. 그러나 대체로 마리야 아돌포브나를 가엾게 여길 필요는 없었다. 그녀는 모스크바 '아레' 극장 맞은편, 아르바트 거리에 있는 자신의 방으로 돌아갔는데, 그곳에는 흥미로운 도시의 삶이 들끓고 있었다. 사실 마리야 아돌포브나는 철저히 외로웠고 영화를 좋아하지 않았기 때문에 거의 거리로 나가지 않았다.

---

4 독일어로 '오, 나는 이제 길 떠날 채비를 해야 하네'.

"마리야 아돌포브나, 사랑하는 이여, 당신은 어디로도 서둘러 갈 필요가 없어요." 사냐의 어머니가 말했다. "당신은 아무 문제 없이 묵으셔도 됩니다……."

"아니요, 아니에요! 무엇하러? 나는 이해합니다. 내가 당신들에게는 타인이라는 걸……."

"당신은 우리에게 전혀 남이 아니에요, 마리야 아돌포브나, 그러나 이해해 주세요. 내게는 이제 당신에게 지불할 돈이 없어요. 그게 전부예요. 이건 전혀 비밀이 아니에요."

"*Ach, Gott*……."[5] 마리야 아돌포브나는 고개를 끄덕이며 코를 풀었다. 손수건을 든 그녀의 손은 컸고, 마치 남자처럼 손가락에 마디가 있었으며 혈관으로 뒤덮여 있었다. 마리야 아돌포브나는 떠날 힘이 없었다. 사냐의 어머니는 걱정했다.

그 후 마리야 아돌포브나는 아무것도 지불할 필요가 없지만 무료로 일하겠다고 말했다. 그러나 어머니는 동의할 수가 없었다. 아니요, 이건 불편해요. 그렇게는 안 되지요. 그녀는 노파에게 키스했고, 그녀가 몹시 좋은 사람이며, 3년 동안 그들이 친하게 지내서 이젠 가까운 사람이지만, 삶이 바뀌어 예전과 같을 수는 없다고 말했다. 어머니가 "우리는 별장과 이별해야 할 것 같다"라고 말했다. 사냐는 방구석에 서서 주의 깊게 대화를 들으며 여인네들을 바라보았다. 별장과 이별해야 할 것이라는 어머니의 말은 고통스러웠고, 그는 피할 수 없는 사실 앞에서 공포를 느꼈다. 그저 **떠나**

---

5 독일어로 '오, 신이시여!'.

는 것이 아니라 **이별하는 것**이었다. 그리고 어머니는 그토록 끔찍한 일을 침착한 어조로 말했다. 마리야 아돌포브나가 갑자기 어머니를 안더니, 나무라며 말했다.

"왜 내가 당신을 조금이라도 도와주길 원하지 않는 거지요? *Ach, Gott……*." 그녀가 속삭였다. "나는 당신의 키라에게 화가 났어요."

"아닙니다, 아니에요. 고맙습니다." 어머니가 말했다. "내겐 아들이 있으니, 걔가 도와줄 거예요. 고마워요, 사랑하는 마리야 아돌포브나. 그런데 키라에게 화내지 마세요. 보리스 알렉산드로비치한테는 급한 볼일이 있어서, 그가 그들을 함께 데리고 갔어요."

사냐는 전혀 그렇지 않다는 것을 알고 있었다. 엄마는 진실을 숨기며 꾀를 부렸다. 사실 어머니의 자매인 키라 아주머니와 그녀의 남편 보리스 그리고 딸 제냐는 자주 별장에 왔고 오랜 기간 살기도 했다. 아버지에게는 이걸 주제로 한 농담이 있었다. '오직 살충제만!' 그 농담은 이렇게 생겼다. 어느 날 아버지는 갑작스러운 휴가를 받았고, 별장에서 친척들 없이 어머니와 사냐하고만 지내기로 결정했다. 보리스와 키라를 어떻게 떼어 놓지? 그래서 이런 일을 생각해 냈다. 별장의 빈대를 퇴치해야 하기 때문에, 모두 모스크바로 떠나야 하는 것처럼 꾸민 것이었다. 실제로 빈대가 적지 않았다. 보리스와 키라는 떠났고, 아버지와 어머니는 남았다. 물론 빈대와 함께였지만, 단둘이서, 물론 사냐도 함께였다. 그렇게 된 것이다. "오직 살충제만!" 그런데 이틀 전에 갑자기 보리스가 나타나서는 그들이 늦기 때문에 키라 아주머니와 제냐가 그날 밤 당장 모스크바로 가야 한다고 말했다. 키라 아주머니는 울고 있었고, 사냐의 어머니에게 뭔가를 설명했다. 사냐는 그들이 어딘가에 늦기 때문이 아니라, 더 이상 보르에서 살고 싶지 않기 때문이라고 짐작했다. 보리스가 원치 않는다. 아마 키라 아주머니는 남았을 수도 있지만, 보리스와 싸우는 걸 두려워했다. 어머니는 그들에게 기분이 상하지 않았고, "그들에게는 탈출구가 없었다"라고 말했다.

이젠 마리야 아돌포브나도 떠났다. 별장은 텅 비었고 조용해졌다. 어머니는 낮엔 일터에 있었고, 그는 혼자서 방들을 돌아다니며, 책을 들고 이 침대에서 저 침대로 뒹굴며 하고 싶은 걸 했다. 주변의 모든 것을 손에 넣었지만, 헐벗었고 생명이 없었다. 어느 날 늦은 여름 마리야 아돌포브나가 다시 나타났는데, 마치 보르로 산책을 온 것 같았다. 고통스러운 순간들이다. 마리야 아돌포브나는 또다시 눈물을 흘렸고, 사탕을 내밀었으며, 그러고는 영원히 사라졌다. 1년 후 사냐의 엄마는 그녀를 방문하기로 결심했는데, 노파로부터 아무런 소문도, 흔적도 없었기 때문에 사람들은 그녀가 죽었을까 봐 두려워했다. 그러나 엄마는 가로수 길에서 아이들과 함께 있는, 건강하게 살아 있는 그녀를 발견했다. 마리야 아돌포브나는 기뻐하며 마디가 굵은, 남자 같은 손가락으로 눈을 닦아 냈다. 그리고 엄마를 구석으로 이끌더니, 엄청난 비밀인 양 속삭이며 알려 줬다. "나에게 사람들이 말하길 *es ist besser, ich sehe Sie* 결코 더 이상!"[6] 사라짐을 표현하는 이 단순한 모티브는

---

6 독일어로 '이것이 더 나아요. 나는 당신을 결코 더 이상 보지 못할 거예요!'.

매우 친숙한 것이지만, 어머니는 절대로 마리야 아돌포브나와 연결시키지 않았다. 그녀가 보기에, 마리야 아돌포브나는 그토록 신중하기에는 지나치게 나이가 들고 외로운 것 같았다. 그러나 노파는 뒤처진 아이들에게 소리를 지르고 앞으로 달려간 아이들을 딩겨 오면서 현재의 법규과 완전히 일치하도록 고골렙스키 대로를 따라 아이들을 인도하고 싶어 했다. "세료자,* 기억해. *Der Esel geht immer voran!*"[7] 이 '당나귀'의 지혜는 마리야 아돌포브나의 교훈 중에서 사냐에게 기억된 거의 유일한 것이었다. 솜털 같은 땅 위에서 그녀가 편히 쉬기를. 신중함과 눈물이 운명을 속일 수는 없었다. 행성 위에서 거대한 힘들이 서로 충돌하며 큰 소리를 내고 있었다. 수백만 노파의 운명은 한순간에 새겨진 불꽃일 뿐이었다. 1941년 여름, 마리야 아돌포브나는 모스크바에서 동쪽으로 출발했다. 마지막으로 사라지기 직전이었으므로 그녀는 오래지 않아 사망했으리라. 그러나 아무도 모른다! 어쩌면 금세 죽지 않았을지도 모르고, 어쩌면 지금까지 살아 있을지도 모른다. 그렇다면 그녀는 97세이다. 그녀는 여전히 밤마다 자신의 팔각 나무 틀 위에 비단 냅킨을 접고 있을 것이다…….

키라 아주머니와 보리스가 떠나고 마리야 아돌포브나까지 떠나자, 한꺼번에 사람들이 빠져나가기 시작했다. 어머니는 그렇게 될 것이라 짐작하고, 그 누구를 먼저 괴롭히는 일 없이 서둘렀다. 그녀는 모든 사람들에게 변명거리를 찾아 주었다. 이들은 아프고,

---

7 독일어로 '당나귀(멍청이)는 언제나 앞으로 간단다!'.

저들은 마음이 약하고, 저 사람은 대가족이고 이 사람은 지나치게 책임을 요하는 업무라는 식이었다. 귀찮은 엘자 페트로브나나 혹은 비명을 지르는 무례한 여자 아그라페나, 사람들이 그란카라고 불렀던, 별장 관리인이자 청소부인 바실리 쿠지미치의 부인 같은 이웃들이, 사실은 물어뜯고, 신경을 자극하면서 이를 즐기고 싶은 소망 때문이었겠지만, 어떤 시시한 일이나, 빨래나 텃밭, 혹은 사냐가 자전거로 꽃밭을 뭉갰다는 이유 등으로 비난과 욕설, 불쾌한 대화를 하며 찾아왔을 때 ― 예전에는 이렇게 찾아와서 소란을 피우도록 허락하지 않았다 ― 어머니는 그들을 위해서도 변명할 말을 찾아 주곤 했다.

"엘자는 동정해도 돼." 그녀가 사냐에게 말했다. "얀 야노비치가 죽은 이후부터 그녀는 성격이 나빠졌어. 그리고 불쌍한 그라냐*는 질투심이 너무 많아서, 특히 아이 있는 사람들을 부러워하지……."

하지만 어머니가 늘 선한 것은 아니었다. 가끔은 갑자기 독설적이거나 비상하게 예리한 뭔가를 말하기도 했다. "그런데 엘자의 얼굴은 마치 술에 절여진 위장 같아. 정말 닮았지?"

사냐는 깔깔거렸다. 어머니가! 정말이다, 정말! 그렇게 호감이 가는, 술에 절여진 위장이라니. 작은 콧수염을 가진. 하지만 아마 인간이 아니라 암소의 위장일 거다. 그녀는 풀과 텃밭 외에는 아무것도 말할 줄 모르니까. 그리고 그는 그녀의 정원에 들르지 않았으므로, 이건 루시카나 스코르피온의 손 혹은 더 정확하게는 발이 저지른 일이었다…….

그라냐와 바실리 쿠지미치는 큰 집 지하실에서 살았다. 모두들 쿠지미치 앞에선 약간씩 비위를 맞췄고, 심지어는 그를 살짝 두려워하기까지 했다. 비록 그가 조용하고 선량하며 말이 많지 않은 데다 수염이 있으며, 포도주는 마시지 않았고 담배도 피우지 않았으며, 오로지 빗자루와 갈퀴를 가지고 영지를 돌아다니며 쓰레기를 불태우고 우물을 고쳤을 뿐인데도 말이다. 수리는 그가 타타로 보 마을 출신의 노동자들을 고용함으로써 마무리되었는데, 그들은 우물 주변에 웅크려 앉아 담배를 피우곤 했다. 그들은 쿠지미치 앞에서는 비위를 맞추었는데, 그 이유는 이랬다. 그는 가장 고정적으로 오래도록 살고 있는 사람이었지만, 다른 이들은 이곳에서 마치 새처럼 아무 권리 없이 살고 있기 때문이었다. 살기도 하고 살지 않기도 하고, 떼 지어 소란을 피우다가도 창문과 문에 못을 박으며 일하기도 하고, 나타나는가 하면 사라지기도 하고 다른 이들이 나타나는 등 모든 것이 뒤죽박죽 섞이고 바뀌었지만, 그라냐와 쿠지미치는 한겨울 혹한이나, 빠져나갈 수 없이 축축한 가을, 연중 어느 때건 자신들의 거처인 지하실에서 영원히 살아가고 있었기 때문이다.

언젠가 다섯 개 조합의 별장들이 자리 잡고 있는 구역에 1917년 여름 직전 혁명 때 불타 버린 지주의 집이 있었는데, 그 방화는 새로운 권력이 아니라, 일을 즉결 처형으로 결정지어 버린, 악의적인 강 건너 농부들의 잘못이었다. 여지주의 성(姓)은 우유 파는 여자, 목재를 자르는 자, 버섯과 열매들을 별장마다 끌고 다녔던 노파들의 기억 속에 남아 있었는데, 코르진키나였다. 이 코르진키나의 흔적은 흰 돌로 만들어졌으며 날카로운 꼭대기가 있고, 불태우는 것이 불가능해 보이고 묘지의 문을 닮은 아름다운 정문과, 자전거를 타는 사람들에겐 극도로 위험하여 사냐가 자주 넘어져 무릎을 다치곤 했던, 시멘트가 발린 오래된 돌길 외에는 아무것도 남지 않았다. 전설의 코르진키나는 사냐의 상상 속에서 선명하게 그려졌다. 커다란 진홍색 얼굴에 뚱뚱한 그녀는 종처럼 길고 아래로 늘어진 검은색 코트를 입고 있으며, 때때로 초자연적인 힘에 의해 땅에서 떨어져 나와 고골의 마녀처럼 불꽃 다발들 속에서 집과 소나무 위를 날아다녔다.

묘지의 정문 외에 예전의 영지에서 남은 것은 이런 것들이었다. 수위가 살던 입구 가까이 있던 작은 나무 집. 이즈바*가 불길을 피할 수 있었던 것은 오로지 그것이 노동자의 소유였다는 이유 때문일 텐데, 그것 역시 주인들과 함께 사라졌다. 이 집은 돌로 만들어진 기초 위에 거대한 통나무로 단단하게 쌓아 올린 이즈바인데 높은 현관과 작은 베란다, 두 개의 방과 부엌이 있다. 1926년, 프롤레타리아 출신의 몇몇 모스크바 지식인들이 '제비'라는 이름의 별장 조합을 위해 불타 버린 황무지를 점찍었을 때, (이미 그때 나중에 고유의 지하철역을 갖춘 모스크바 거대 지역으로 확장된, 또 다른 조합 '매'가 생겨났다) 수위의 집은 그곳에서 유일한 인가였다. 아무도 그것을 탐내지 않은 까닭에 랍크린*의 일꾼인 마르틴 이바노비치 이즈바린이 아내, 아들과 함께 수위의 집으로 와서 정착하게 되었다. 그런데 1년 후, 구역에는 별장들이 늘어났다. 맨 처음에는 네 개의 베란다와 다락방이 있는 거대한 2층짜리 별장이었는데 그곳으로 몇몇 가족이 이사했고, 그곳에 사냐의 첫 친구이면서 수호자이자 모욕자, 타타로보 '사내들'과의 싸움꾼, 삶의 추악한 비밀의 폭로자인 루시카 레투노프가 그의 울보 여동생 베라와 함께 살고 있었다. 그리고 그곳 다락방에는 세계 청년의 날을 기념하여 그런 이름을 갖게 된 붉은 머리의 뮤다가 살았다. 그 후 좀 더 작은 두 개의 별장이 나타났는데, 그중 하나에는 비단 가운을 입고 원통형 모자를 쓴 채 구역을 산책하곤 했던 유명한 교수가 살았다. 가끔 지붕에 작은 환기창이 달린 검은 '롤스로이스'가 오기도 했는데, 교수의 아들인 스코르피온은 버스 정류장까지 왕복으로 차를 타자며 부르곤 했다. 또 다른 별장에는 개와 고양이를 끔찍이 좋아하고 아이들은 싫어했던 마르키자가 살았다. 마지막으로 무슨 이유에서인지 '커티지'라고 불렸던 독립된 이층집이 생겼는데, 그 집 한쪽에서 슬라프카 프리호디코가 살았고, 다른 쪽에서는 매우 시끄러웠던, 나이 많은 강연자이자 선동가인 부르민 가족이 소리를 질러 대고 있었다. 사냐의 아버지는 동부 전선 시절부터 부르민을 알고 있었지만, 소콜리느이 보르에서는 거의 왕래하지 않고, 뜰에서 만나게 될 때면 농담을 하며 대화했다. 아버지는 부르민을 어리석은 사람으로 생각했는데, (사냐는 그가 '바보 세묜'이라고 말하는 것을 들었다) 그래서 그의 전쟁 업적, 심지어는 훈장에 대해서도 조롱했다. 반면 루시카의 아버지 레투노프는 존경할 만한 지혜로운 사내라고 불렀다. 아버지가 "현명하게 행동한 유일한 사람이 파샤 레투노프야, 전쟁 후 대학을 졸업하고 엔지니어가 되었지. 우리가 그냥 수다쟁이들이라서 그러는 게 아니라……"라고 어머니에게 말했던 것이 기억난다. 루시카의 아버지는 북쪽, 우랄에서 일했기 때문에 보르에 거의 오지 못했고 심지어는 몇 달씩 오지 못했는데, 좋은 여자였던 루시카의 어머니, 즉 갈랴 아주머니가 오랫동안 그에게 가 있었다. 그래서 루시카와 베라는 둘만 외롭게 남았는데, 그들을 돌보도록 지명된, 하녀인지 혹은 친척인지 모를, 이상한 그들의 아주머니는 계산되지 않았기 때문이었다……. 그들의 아주머니는 모스크바로 몇 주씩 사라지곤 했던 터라 루시카와 베라는 완전히 혼자였다. 그들의 아파트에서는 귀신도 모를 놀이들, 고안된 놀이들, 경기들, 카드놀이들이 시도되었다. 베란다에 돛을 만드는 천으로 된 커튼이 드리워지면 소동이 시작되었는데, 위에서 막대기로 바닥을 두드려 댔다. 이것이 루시카가 거대한 연극이라고 불렀던 것이었다. 어둠, 기억 속에 꼭꼭 눌러 매장해 버렸던 부끄러운 것들……. 위대한 예술가, 저명한 작가가 되고 싶었지만, 여덟 살에 만든 첫 작품은 엄청나게 어리석은 것이었다……. 부모들은 서로에게 고함을 질렀고, 아이들을 몹시 때리고 마당으로 내보내지 않았다. 그러나 정말 루시카가 잘못한 걸까? 그건 모두의 수치였다. 무엇보다도 바보 같은 어른들의 수치였는데, 그들은 아주머니들에게 아이들을 맡기고 혹자는 크루즈 여행으로, 혹자는 집회로 달려갔고, 또 다른 이들은 염소수염을 한 부르민처럼 스스로를 옛 규범의 파괴자이며 새 규범의 창조자라고 자처했다. 당연하게도, 사실 모든 것이 어리석은 일이자 오락으로 여겼던 부르민의 엉뚱한 행동에서 시작된 것이다! 부르민과 그의 아내, 아내의 자매들과 그 남편들은 '벗은 몸'과 '수치는 꺼져 버려!' 단체의 회원으로, 자주 자신의 별장 근처, 정원, 심지어는 저녁마다 많은 사람들이 모였던 공동 텃밭에서 부도덕한 모습으로, 다시 말해 어머니가 낳아 준 모습 그대로 걸어 다니곤 했다. 별장 사람들은 격앙했고, 교수는 모스크바 시 의회에 편지를 쓰고 싶다 했고, 사냐의 엄마는 벌거벗은 임금에 대한 동화라고 말하며 웃었다. 어느 날 그녀는 '완두콩 어릿광대들'이 있는 텃밭에 가는 걸 금지시킨 아버지와 싸웠다. 사냐의 아버지는 이 '수치는 꺼져 버려!' 단체 때문에 부르민에게 나쁜 감정을 가지게 되었다. 그러나 다른 사람들은 웃었다. 부르민은 야윈 데다 키가 크고 안경을 쓰고 있어서 아폴론보다는 차라리 돈키호테를 연상시켰고, 부르민의 여인들은 그다지 아름답지 않았다. 물론 아주 멋지게 햇볕에 그을리긴 했다. 그리고 짚단색 금발 머리의 여자들도 모두 화려했다. 가장 어린 짚단색 금발 머리 여자는 마이야였는데 동갑내기 여자 친구였다. 얼굴은 기억에서 사라졌고 목소리는 잊혔지만, 일생 동안 마이야라는 이름에서는 어떤 온기가 풍겨 왔다. 풀과 제비꽃으로 가득한 나이에 사랑이 생길 수 있을까? 사냐에게는 있었다. 그는 그녀의 머리카락에 반했다. 풀 사이로 빛나는 황금빛 머리가 아른거리는 것을 볼 때면 그는 당혹감과 기쁨을 느꼈으며, 힘이 그를 버리고 몸에서 빠져나간 것 같았다. 마치 죽은 척하고 있는 딱정벌레처럼 꼼짝하지 않고 쓰러져 누워 있고 싶어졌다. 마이야는 부르민 가족을 닮았다. 천천히 대화했고 사려 깊게 바라보았지만, 절대로 다른 부르민 가족들처럼 벌거벗은 채 정원을 산책하지는 않았다.

그는 벌거벗은 어른들을 처음 보았을 때 느꼈던 혐오와 공포의 감정을 기억했다. 부르민은 장소와 과목을 알 수는 없지만 그 당시 어디선가 학생들을 가르치고 있었고 양육과 계몽, 역사의 문제들에 대한 일종의 논문을 쓰고 있었는데, 그것에 대해 이즈바린가 (家)의 연장자는 '사기'라는 단어를 사용하며 무례하게 평가했다. 부르민이 어떤 강의를 할 수 있었을까? 의문스럽다. 그에게는 교회 부속 학교의 두 개 학급이 등록되어 있었고, 나머지는 책과 친구들의 도움을 받아 파견 형식으로 맡았다. 내전 중에는 주요 인물이었으나 그 이후에는 무슨 이유로인지 밀려나서, 사냐의 아버지가 경멸적으로 말했던 시시한 일, 예컨대 아동학, 코뮌에서의 아동 양육, 태양 숭배 등에 대해 떠드는 일에 열중했다. 그런데 누드주의는 약간의 **진보적인** 요소를 갖고 있었다. 모든 것이 어느 날의 소란스러운 비명으로 끝났다. 하지만 그것이 아버지가 생각한 것처럼 어리석은 행동이었을까? 물결이 엄청난 힘의 정점으로 내몰아 간, 염소수염을 한 토지 측량 기사의 아들이 정말 어리석었던 걸까? 자명한 것으로 여겨졌던 부르민의 어리석음은 30년 남짓한 세월이 지난 지금에는 의심스러워 보인다. 사실 그는 '제비'의 토대를 닦은 지식인들 중에서 달궈진 숯으로 가득 채워져 열기로 불타던 이 시간들을 꿰뚫고, 불 속으로부터 심오한 노년과 새로운 시대의 시원한 공기 속으로 **다치지 않고** 나타난 유일한 사람이다. 사람들 말에 따르면, 그는 얼마 전에 죽었다. 루시카의 아버지는 아직 살아 있는데, 그는 숱한 일을 겪으며 불타는 고통을 느꼈다. 그리고 어리석음이 아니라 운명이 그를 구출해 주었다.

레투노프 노인에 대해서는 몇 년 전 우연히 거리에서 만난 루슬란이 말해 주었다. 과거의 친구는 놀랄 만큼 거만하고 권위적이고 뚱뚱해졌고, 마치 시골 배우처럼 화려한 백발 머리를 하고 있었다. 어느 공장의 기술 책임자였다. 다른 노인들은? 휩쓸려 가거나, 떠밀려 가거나, 물에 빠지거나 해서 죽었겠지…… . 그는 몇십 년 동안이나 그곳에 가 본 적이 없는 데다 아무것도 알고 싶지 않았고 사람들도 피했으므로 그저 짐작할 뿐이었다. 루슬란과 대화를 하게 된 것도 순전히 그가 옷깃을 잡고 큰 소리로 외쳤기 때문이었다. "산카! 세상에, 너 살아 있구나?"

커튼이 쳐진 그 방에서 — 정말 잊었을까? — 잿빛 머리의 뚱뚱한 소년이 누구는 속삭이며, 누구는 힘으로, 팬티와 러닝셔츠를 벗게 했는데, 특별한 것은 별로 없었다. 그저 부르민가(家) 어른들이 아무도 부끄러워하지 않으며 자신의 정원에서 한 것처럼 알몸으로 걷고 뛰고 뒹굴거나 싸웠다…… . 그러곤 이것을 거대한 연극이라 불렀다. 토지 측량 기사의 아들이 격분한 별장 사람들에게 대답했다. "아이들은 모든 것을 보고 모든 것을 알아야 해요! 가면을 쓴 위선자가 되지 마세요!" 사냐는 마치 나비가 날아가듯, 의미 없이 떨면서 이 방 저 방으로 날아다니던 금빛의 작은 몸을 전율하며 바라보고 있었다. "오로지 지주들만 아름다운 나체를 두려워해요!" 물감으로 물들듯 얼굴이 붉어진 부르민이 주먹을 흔들며 으르렁거렸다. "부르주아들은 위선적인 옷 속에 더러운 영혼을 숨기지요!" 그리고 구타와 가격, 가죽 벨트와 사냐 어머니의 외침이 뒤따랐다. "마르틴 이바노비치가 랍크린에 알릴 거예요! 이 추악한 짓을 그만두지 않는다면 말이지요!" 잘 그을리고 수치스럽지 않으나 금지된, 틈을 통과한 황금빛 속에서 반짝이던 그것은 영원히, 영원히……. 여름이 끝날 무렵 — 뱃길이 되어 연료 기름으로 강이 탁해지기 전까지는 양 기슭의 모래톱이 여전히 노랬고 그곳으로 여울을 건너다녔다 — 사냐는 여인의 통곡 소리를 들었다. 증기선의 고동처럼 공포에 질린 낮은 소리였다. 마이야의 어머니가 강변을 따라 뛰다가 비명을 지르며 갑자기 쓰러졌고, 몇 사람이 달려갔다. 물가에 사람들이 모여들었다. 소년들은 엄청난 도약을 하며 군중에게로 서둘러 가느라 경사면을 날아 내려왔다. 사냐도 달려가 마이야를 봤는데, 언제나 같은 모습이었지만 눈을 감고 있었고 머리카락이 풀잎처럼 그녀의 얼굴 위에 놓여 있었다.

먼 곳으로, 먼 곳으로. 그 모든 것 이전으로, 어린 시절 이전으로, 책의 광기 이전으로, 증기선들이 오기 이전으로, 급류 이전으로, 사람들이 흩어지기 이전으로…… 쇠파이프에 맞아 쓰러진 루시카가 비명을 지르기 이전으로. 수도 파이프 조각을 누가 멀리 던지는지 시합이라도 하듯 모두들 던져 대고 있었다. 사냐의 철 파이프 조각이 손에서 미끄러져 옆으로 날아가, 루시카의 무릎 아래를 쳤다. 루시카는 깁스를 한 채 한 달 반가량을 누워 있었다. 하지만 루시카의 어머니, 갈랴 아주머니는 **단 한 마디도 비난하지 않았다!** 그러나 누군가가 회의에서 — 아마도 십중팔구 그 코쟁이 노인인 듯한데 — 이렇게 표현했다. "아버지는 복무 중에 해를 끼치고, 아들은 자신의 또래들 사이에서 해를 끼쳐 아이들을 불구로 만들게 한다지요." 그러자 어머니는 참지 못하고 울며 회의에서 소리를 질러 댔고, 갈랴 아주머니는 그녀의 손을 잡고 집으로 데려가 환자처럼 그녀를 돌보았다. 다음 날 어머니는 그 노인네의 베란다로 가지 말고, 그와는 인사도 하지 말라고 했다. "단 한 번도 비열한 인간을 보지 못했니, 사냐? 이젠 알게 될 거야. 대머리인 그 사람이 속물이야." 그는 슬라프카와 놀아도 되냐고 물었다. "슬라프카와는 놀아도 돼." 어머니가 말했다. "아들이 아버지에 대한 책임을 지진 않으니까."

어느 날 낮에 아그라페나가 와서 지하실과 헛간을 볼 수 있는지 물었다. 사냐의 어머니는 물론 가능하다고 대답했다. 그러다 갑자기 놀랐다. "그런데 무엇 때문에 보시려고요, 그라냐?" 이미 아그라페나는 못으로 닫혀 있던 베란다 아래의 문을 열었고 지하실로 기어들어 가기 위해 어둠 속으로 모습을 감추려던 참이었으나, 중간에 멈춰 섰다.

"왜라니요, 클라브디야 알렉세예브나? 알다시피 당신네 거처가 우리에게 넘어오잖아요. 하지만 보지도 않고 받기엔……."

"그러니까 어떻게…… 당신들에게로 넘어간다고요? 누가 말했어요?"

"사람들이 말했어요. 나도 그래서 아는 거지요……." 아그라페나는 모욕받은 듯 당혹스러워하며 어머니를 바라보았다. "그럼 누구한테 넘어가길 바라시는 거지요? 사람들은 당신을 위해 일하고 있는데, 그동안 지하실에서 살고 있었어요. 근데 그곳이 얼마나 습한지 아시는지요. 한번 살아 보시지요……."

"나는 온전한 권리를 가지고 있는 조합원이에요!" 어머니는 사냐가 두려워하는 목소리로 부르짖기 시작했다. "함부로 그러지 마세요! 내가 살아 있는 한! 나가세요, 그라냐, 헛간을 닫으세요. 그리고 더 이상 그런 헛소리를 하며 나타나지 마세요!"

아그라페나는 투덜거리며 떠났다. "사람들이 지하실에 있는데, 그들에게는 하다못해⋯⋯." 하지만 모든 것이 끝났다. 어머니는 이것에 대해 알고 있었고, 사냐는 짐작했다. 늦여름에 어머니는 사냐의 생일 파티를 열었다. 그녀는 예전, 지난 수년 동안과 똑같기를 바랐다. 그녀는 사냐가 모든 것을 이해하고 있으므로 그녀의 노력이 필요하지 않다는 것을 알지 못했다. 이런 축일 없이도 그는 아주 잘해 나갈 수 있었고, 거의 고통받지 않았다. 물론 새 앨범과 프랑스 식민지 우표가 있는 투명한 꾸러미들은 거절하고 싶지 않았을 테지만, 파이와 꽃들, 사탕들은⋯⋯. 아이들 중에서는 루시카가 베라와 함께, 그리고 붉은 머리의 뮤다만 왔다. 그리고 뮤다는 10년쯤 후에 루시카의 아내가 된 것 같았다. 그토록 착하고, 두꺼운 입술에 통통한 뺨을 지닌 존재였다. 반면 베라는 조금 부담이 되었는데, 왜냐하면 그의 생각에는 그가 그녀의 마음에 들었기 때문이었다. 그리고 이것이 파이, 패랭이꽃, 강기슭을 따라 걷는 저녁 산책과 함께한 마지막 8월이었다. 어머니는 모든 것이 언제나 그랬던 것처럼 똑같아 보이도록 무척 애썼다. 8월, 심지어는 8월 하순의 날씨로는 지나치게 차갑고 비정상적인 바람이 불었다. 저녁은 마치 10월 같았다. 아무도 수영하지 않았다. 황혼 어스름 속에서는 가까스로 볼 수 있는, 지대가 낮아 물에 잠기곤 하는 반대쪽 해안에서 누군가가 모닥불을 피웠고, 그 반사된 모습이 차가운 물속에서 촛불처럼 길고 노란 반사광으로 빛났다.

그해 겨울, 엄마가 돌아가셨다. 마치 모래사장이 무너지듯 조용한 소음과 함께 갑자기 이전의 삶이 무너져 사라졌다. 그리고 다른 것이 시작되었다. 다른 학교, 다른 친구, 다른 침대, 도시 같지 않은 다른 도시, 나무로 만든 길, 나무 집……. 혹독했던 그 겨울에 기계들을 옮겨 왔고 모스크바로부터 군수 공장을 이전시켰다. 무엇을 위해 되돌아와 모래로 덮인 것을 파내는가? 강변은 무너졌다. 소나무들과 벤치들 그리고 고운 은빛 모래, 흰 먼지, 솔방울, 담배꽁초, 솔잎, 버스표 조각, 콘돔, 나사못, 언젠가 따뜻한 저녁에 이곳에서 포옹을 나누었던 사람들의 주머니에서 흘린 동전들이 떨어져 있는 길과 함께. 모든 것이 물의 압력 아래로 날아가 버렸다.

……알렉산드르 마르티노비치는 폭염으로 달궈져 참기 어려울 정도로 답답한 병실에서 아내의 침대 곁에 앉아 그녀의 손을 자기 손에 넣어 잡고 뭔가를 이야기하며 생각했다. '말하지 않을 거야, 무엇하러? 어쨌거나 불가능해. 그녀라면 할 수 있겠지만, 나는 아니야.' 완전히 평온했으나, 다만 한 가지가 흥미를 끌었다. 노인이 무엇 때문에 30년이나 지난 뒤에 나타난 걸까? 약속한 대로 그가 다음 날 저녁에 전화했을 때, 그는 곧장 그렇게 물었다.

"에……." 늘어지는 듯한 신음 소리, 그다음엔 기침, 그리고는 한숨, 그다음에는 또다시 쾌활하게 속삭이는 목소리가 들렸다. "이것에 대해 대답하기가 꽤 복잡하군요. 아니, 어쩌면 지나치게 단순해요. 하지만 어쨌거나 당신은 믿지 않으시겠지요. 거절하시다니 몹시 유감입니다. 그런데 당신이 옳습니다. 집을 얻어 내기가 쉽진 않지요. 거기엔 수많은 찬성과 반대가 있으니까요. 당신이 옳아요, 사냐. 걱정거리들로부터 거리를 두세요……."

"그런데 당신은 기억하시는지요?" 알렉산드르 마르티노비치가 물었다. "하늘에 계시는 우리 엄마가 당신을 속물이라고 불렀던 것을요?"

침묵이 찾아왔다. 알렉산드르 마르티노비치는 이 4, 5초 동안 이런 생각을 할 수 있었다. 삶은 모든 것이 신비스러운 형태로 천상의 어떤 계획에 따라 맺어져 있으며, 그 무엇도 조각조각 독립적으로 존재하지 않고, 모든 것이 서로 얽혀 완전히 사라지지 않은 채 서로 끌리고 끌리는 그런 체계이므로, 닭 다리 위의 집, 갈망과 한밤 눈물의 대상은 필연적으로 나타나야 했고, 그래서 마치 언젠가 사라졌던 사랑하는 강아지가 우울하고 반쯤 죽은 것 같은 개의 모습으로 나타나듯 이제야 나타난 것이라고. 노인은 간신히 들릴 정도로 소리를 냈다.

"당신은 삶에서 아무것도 이해하지 못했군요, 사냐." 그러고는 전화를 끊었다.

아침에는 루슬란을 제외하고 모두가 뿔뿔이 흩어졌다. 그는 일주일 전부터 별장에 나타났는데, 휴가 중이거나, 아니면 집으로 일거리, 혹은 방문할 필요는 없지만 돈을 주는 부업을 가지고 왔을지도 모른다. 이해하기가 불가능했고, 밝혀 봐야 소용없으며, 물어봐도 제대로 대답하지 않을 것이다. 그런데 끝없이 비꼬아 말하는 그들의 태도란! 모두에게 적절하든, 그렇지 않든 간에 익살이 필요했다. 오, 우리는 얼마나 똑똑한가. 둘이서 아침 식사를 했다. 태양이 이글거렸다. 루슬란은 맨발에 팬티만 입은 알몸이었는데, 어두운 표정으로 면도도 하지 않은 채, 몹시 진한 차를 마시고 담배를 피우며 침묵했다.

정원에서 타는 냄새가 밀려왔다. 음울한 침묵이 고통스러워 파벨 예브그라포비치는 참지 못하고 물었다.

"물어봐서 미안하다만, 너는 왜 오늘 출근하지 않는 거지?"

루슬란이 빈 컵을 탁자에 올려놓고 손가락을 포개서 입을 닦았다 ― 갈랴도 그런 식으로 손가락을 포개서 입을 닦곤 했다. 그러고는 잠시 앉아 있다가, 마치 안 들리는 것처럼 의자 위에서 몸을 흔들더니, 그다음엔 찻주전자를 들고 주둥이에서 바로 두 번 정도 들이켰다. 그러고 나서야 대답했다.

"세계 혁명에 영향을 끼치나요?"

꼴좋다, 스스로 자초하지 마, 늙은 멍추야. 파벨 예브그라포비치는 평화롭게 말했다.

"루샤, 네가 이야기 좀 해 봤으면 좋겠는데. 그가 다시 철통에 쓰레기를 태우고 있어, 망나니 같으니."

"누구요?"

"스칸다코프. 듣고 있어? 그가 대체 어떤 악취를 방출하는 거냐고?"

"스칸다코프라뇨!" 루슬란이 콧방귀를 뀐다. "스칸다코프는 며칠 전에 죽었어요. 사람들이 그를 화장했어요. 심근 경색이에요. 어디서 타는 냄새가 나는지 아세요? 모스크바 근교에서 숲이 타고 있어요. 이탄(泥炭)이 타고 있는 거죠. 마치 연대기에서처럼 '그해 엄청난 가뭄이 있었다……' 기억하세요? 천 년 전에 어떤 가뭄이 있었는지?"

"기억해." 파벨 예브그라포비치는 잠시 침묵했다가 다시 물었다. "말해 봐, 너는 왜 언제나 아버지와 바보처럼 우스꽝스러운 어조로 대화하는 거지?"

"네?" 루슬란이 손바닥을 귀에 갖다 댔다. "뭐라고요?"

"이것 봐, 제발……. 아, 세상에……. 모두 이해되는군……." 파벨 예브그라포비치는 나가려고 서두르며 일어났지만, 루슬란이 갑자기 그의 팔을 잡고 아래로 당겨 그를 마치 소년처럼 힘으로 의자에 앉혔다. 불손하게도 그는 힘의 우월함을 자주 이용하곤 했다.

"그런데 여쭤 보고 싶었어요. 아버지 생각은 어떤지, 집단 이성이 언제나 옳을까요? 그리고 혼자는 언제나 옳지 않은가요?"

"글쎄…… 네게 어떻게 말해야 할까?" 파벨 예브그라포비치는 아들이 진지한 질문을 던진 것이 기뻤다. 그래서 철저하고 명석하게 답하고 싶었다. 그는 긴장하며 생각을 집중했다. "나는 준비된 답을 너에게 주지는 않을 거야. 각각의 경우를 모든 연관 관계와 모순들 속에서 변증법적으로 논의해야 하니까……. 네겐 어떤 측면이 흥미로운데?"

"저는 제 자신의 것이 흥미로워요. 개인적인 측면이오. 이해하시겠어요, 뭔가 우스꽝스러운 연극이 벌어지는 중이에요. 직장을 바꿔야 할 것 같아요. 나를 공장에서 쫓아내려고 해요."

"무슨 말을 하는 거냐!" 파벨 예브그라포비치는 깜짝 놀랐다.

"두려운 건 아무것도 없어요. 일은 금세 찾을 거예요. 그런데 이게 나를 괴롭히는데, 그들이, 그 개자식들이 옳으면요? 그들은 내가 함께 일할 수 없는 사람이래요. 그들 말로는 내가 거만하고 무례하고 어리석고 이기적이래요. 내가 다른 사람의 이익을 전혀 고려하지 않는다는 거예요. 그래서 동료들이 나에게 반대하도록 만들었다는군요. 그런데 내가 전혀 상상도 못했던 사람들이 그렇게 말해요. 도끼로 머리를 맞은 것 같아요. 그러니까, 전체적으로 말해, 인신공격에다가 상황이 나빠서, 남아 있을 수는 없어요. 이게 바로 사실이에요. 아빠…… 그런데 문제는 이게 아니에요! 저는 이 유언비어들을 참을 수가 없어요. 나를 낙담시키는 또 다른 사실은, 만약 모두들 내가 **나쁘다**고 말하면, 아마도 나는 정말로 **나쁜 놈이겠지요**? 정말로 그렇게 비열한 놈인 거겠지요?"

"아니, 루시크. 아니, 아니야. 그런 생각은 하지도 마라!" 거의 40년 전처럼 아들에게 갑작스러운 연민을 느낀 파벨 예브그라포비치는 화를 내며 말했다. "누구나 그렇듯이 너에게도 물론 단점이 있어. 하지만 너와 함께 일할 수도 있고, 너와 함께 살 수도 있어. 내가 보기에는 그 반대로 너에겐 이기심이 별로 없어. 너는 너 자신에 대해서는 거의 걱정하지 않잖아."

"그러니까요. 하지만 그들은 다르게 생각해요. 나는 이제 스스로에 대해 어떻게 생각해야 하는지도 모르겠어요. 당신은 나쁜 사람이라고 사람들이 말하면 불쾌하잖아요. '당신은 나쁜 노동자, 나쁜 엔지니어입니다'라고 사람들이 말할 때는 제길, 그러라지요 뭐, 하지만 '나쁜 사람'이라는 건 불쾌해요."

"너는 절대 나쁜 사람이 아니야. 그러나 물론……." 여기서 파벨 예브그라포비치는 말을 멈췄다. 왜냐하면 약간의 느슨함, 부주의함, 무례하게 말하는 방식이 루슬란의 단점에 해당하고 이런 것들이 동료들의 마음에 들지 않을 수 있다고 말하려 했는데, 자세히 말하지 않는 것이 옳다고 생각했기 때문이다. 그는 아들의 백발 머리를 쓰다듬으며 말했다. "본질적으로 말해, 넌 선량하고 좋은 사람이지. 내가 원하는 것처럼 살지는 않지만, 뭐 그건 어쩌겠어."

그들은 잠시 침묵했다. 루슬란이 정원을 바라보고 의자 위에서 몸을 흔들며 애매하게 중얼거렸다.

"그런데 내 삶에서 뭐가 나쁘죠?" 그가 물었다.

"나쁜 것? 아무것도 없어. 하지만 좋은 것도 없지. 너에게는 집도 없고, 온기도 없어."

"아!" 마치 '그렇군요, 그걸 원하셨던 거군요'라고 말하는 것처럼 루슬란은 콧방귀를 뀌더니 한숨을 쉬면서 동의했다. "아버지가 옳아요. 옳아요, 옳으세요. 이것도 저것도, 다섯 번째도 열 번째도 없어요. 그 허세꾼에게 있는 파란색 '볼가'도 없고요." 그는 머리를 끄덕였다. 거리에 있는 나무 뒤쪽에서 칸다우로프의 '볼가'가 천천히 모퉁이를 돌고 있었다. "어떻게 나는 아무것도 없게 된 걸까요? 다른 사람들에게는 모든 게 다 있는데? 모스크바가 아니라 어딘가 그 반대 방향으로 갔어요. 아마도 협동농장이겠지요. 그렇게 해야 된다는 뜻이겠지요. 헛되이 휘발유를 쓰지는 않을 테니까요. 아, 이런, 신이시여, 그런데 내가 뭣 때문에 수선을 떠는 거죠? 알다시피 실질적으로는 모든 게 다 되었는데. 그림은 그려졌고, 몇몇 사소한 것들, 시시한 것들, 디테일들이 남았겠지요. 귀신한테나 가 버리라지……. 그런데 이틀쯤 뒤에 저는 멀리 떠납니다. 예고리옙스크 지역으로 화재와 싸우러 가요. 지원자를 모집하더군요. '그 누가 고귀한 기사인가, 아니면 평범한 용병인가……?'"

"네가 등록했다고?" 파벨 예브그라포비치는 진심으로 놀라서 외쳤다. "무엇 때문에? 미쳤구나! 젊은이들이나 가라고 해, 넌 쉰 살이고, 심장이……. 이 바보, 제발……."

"별것 아니에요. 심장은 정상이에요. 사무실에 앉아서 그들의 면상을 보는 것도 구역질 나요! 제 자신에 대해 확신할 수가 없어요. 뭔가를 말하거나, 아니면 누군가를 때릴 수도 있어요……. 제가 누군가의 면상을 날리겠지요. 그러면 아버지는 꾸러미를 갖고 오시겠지요. 차라리 불의 전쟁터가 나아요. 우리의 재산인 숲을 구하는 것 말예요……."

파벨 예브그라포비치는 당혹해하며 아들을 슬프게 바라보았다. 그가 정말 쉰 살인가? 아직 다 못 자란 미성숙한 싸움꾼, 바람둥이, 게으름뱅이이다. 백발의 머리에, 엔지니어처럼 옷을 입고 있지만, 뜨내기 같은 대화를 하고 있다. 손가락으로 아버지를 조롱하듯, 비호하듯 위협하는데, 마치 그가 아버지이고, 파벨 예브그라포비치가 아들 같다.

"아버지, 저는 아버지를 잘 알아요! 제가 없는 걸 이용하실 것이고, 약속한 것을 제대로 지키시지 않을 거예요……. 프리호디코와 꼭 이야기해 보세요, 듣고 계시죠?"

아침부터 올레크 바실리예비치는 잘리조나 크리보이 혹은 태어났으나 살지는 못했던 마을 주치코보를 따서 주치콥스키라는 별명으로 불리는 미탸를 찾기 위해 협동농장으로 갔다. 그는 모스크바의 공사장으로 가거나, 혹은 협동농장이나 별장 사람들에게 수위로 갔고, 동료들과 함께 쿠반의 좋은 일자리를 계약하기도 했다. 그런데 잘리조나는 이름은 보통 거래를 할 때 나타나므로, 대개 모의하듯 조용히 물어보곤 했다. "잘리조 안 필요한가요?" 올레크 바실리예비치는 미탸를 잘 알았고, 사기꾼, 악당으로 생각했기 때문에 그의 말과 약속을 한마디도 믿지 않았다. 하지만 그와 싸울 필요는 없으며, 그가 **필요한** 사기꾼이고 **유용한** 악당이라고 생각했다. 물론 그와 수없이 싸웠고 화가 나서 쫓아내며 1루블 이상은 빌려 주지 않겠노라 맹세했음에도 불구하고 시간이 지나 그가 또다시 뭔가 교활한 제안과 텃밭용 살수기나 길을 닦기 위한 시멘트 판처럼 매혹적인 물건을 들고 나타나면, 올레크 바실리예비치는 모욕당한 것을 잊어버리고 또다시 그와 경멸할 만한 관계를 시작하며, 루블을 빌려 주고 베란다에서 함께 보드카를 마셨다. 그러나 이렇게 오랜 시간 지속되어 온 소통 방식은, 달래고 보호할 수 있으나 언제든 더 멀리 보내 버릴 수 있는 예전의 친숙한 미탸, 언제든 원하는 것을 손에 넣으면서 책임을 회피하는 일꾼이자 식객, 술친구인 미탸에게나 적용 가능한 것이지, 변모한 지금의 미탸에게는 결코 통하지 않았다. 알다시피 그는 경쟁자가 되었다! 사실 위험은 그다지 크지 않지만, 미심쩍었다. 아그라페나의 직계 친척이 아닌 조카이지만, 무슨 일인들 일어나지 못할까? 선량한 사람들과 친절한 이웃들은 분명 뒤통수를 칠 뭔가를 갖고 오기 마련이다. 새로운 역할로 미탸가 나타난 건 두 번 정도였는데, 장례식과 장례 다음 날 두 명의 친구와 함께 짐차를 몰고 와 서둘러 아그라페나의 모든 세간―옷장, 침대, 텔레비전, 재봉틀―을 챙겨 도망가고 싶어 했을 때였다. 만약 집에 폴리나 카를로브나 혼자 있었더라면, 작전은 조용히 성공했을 것이다. 하지만 지나가 이 사회 임원 하나와 회계사 타이시야를 불렀고, 그들이 '무슨 근거로?'라고 물었다. 상속권을 증명해야만 했다. 미탸는 소리를 질렀고 그의 친구들은 그를 더욱 자극했다. 셋은 모두 약간 취해서 곧 열릴 거대한 연회를 기다릴 때처럼 환상적인 심리 상태였는데, 한순간 사람들이 그 연회를 빼앗았고, 영원히는 아니더라도 불특정한 시간 동안 연기시켰으므로, 그걸 참아 낼 수가 없었던 것이다. 그들은 어두워질 때까지 날뛰었고, 타이시야가 경찰을 부르러 달려갔다. 타이시야는 매우 믿음직한 사람으로, 거기에 적지 않은 힘을 쏟아부었다. 그런데 이건 허사가 아니었다. 마치 스위스 은행에 저축한 것처럼 사라지지 않을 것이며, 이자까지 줄 것이기 때문이다. 타이시야는 고함을 치고, 남자들 못지않게 욕을 퍼부었다. 그러나 미탸의 아내는―그와 전혀 어울리지 않는 상냥한 모습의 여인이었는데, 어떻게 이 머저리와 사는 걸까?―운전석에서 나오지 않고, 그저 애처롭게 신음할 뿐이었다. "미티, 그들을 내버려 둬⋯⋯. 미티, 우리 가자⋯⋯." 털털거리는 자기 자동차를 타고 온 경찰 발레라의 도움으로 끝까지 지켜 냈다. 그 후 미탸는 오래도록 사라졌다. 작업반과 함께 어딘가로 떠났다. 그러곤 일주일 전,

또다시 나타났다. 폴리나 카를로브나는 누군가가 손수레로 요란한 소리를 내는 걸 들었다. 현관으로 나왔다가, 판석으로 정리된 길을 따라 흙, 거름, 벽돌, 낙엽을 실어 나르곤 하던 아그라페나의 편리한 쇠수레를 끌고 가는 미탸를 발견했다. "미탸." 폴리나 카를로브나가 말했다. "너는 왜 허락도 없이 가져가니? 그건 네 물건이 아니잖아." "하지만 당신 것도 아니잖아요!" 미탸가 잘라 말했다. 그러곤 뒤도 돌아보지 않고 수레를 갖고 가 버렸다.

그러나 이 정도는 사소한 일이었다. 미탸는 올레크 바실리예비치를 두려워하지 않았다. 더 중요한 것은 뻔뻔함에 굴복하지 않는 것이었다. 8년 전 그곳에서 살았던 첫 번째 여름이 기억났다. 그때 그들은 아직 누구와도 알지 못해서 혼자 살고 있었다. 아그라페나는 병원에 있으면서 계속 치료받거나 검사받으며 추적 관찰되고 있었고, 그래서 무척 재미없는 아낙네였던 그녀와의 대화는 병과 의학에 대한 것이었다. 그때 크기가 맞지 않는 재킷을 입고, 모자는 코 위까지 내려 쓰고, 크리보이라는 별명처럼 한쪽 눈만 가늘게 뜬, 한쪽으로 기울어진 작은 남자가 와서는 유리가 필요하지 않은지 물었다. 겨드랑이 아래에 헝겊으로 싼 커다란 유리 두 장을 끼고 있었다. 올레크 바실리예비치는 필요하지 않다고 말했다. 그는 그들에게 그걸 사라고 고집을 피웠는데, 주인인 그의 아주머니가 시켜서 가져왔다는 것이었다. 사내에게서 알코올 냄새가 났고, 올레크 바실리예비치는 그를 쫓아냈다. 한밤에 포효 소리와 종소리가 모든 이를 깨웠다. 방에서 뛰쳐나간 그들은 울타리 쪽 베란다의 유리가 산산조각 깨져서 바닥에 떨어져 있는 것을 발견했다. 바닥에서는 커다란 조약돌을 발견했다. 길 쪽에서 누군가가 던진 것이었다. 누군지 의심의 여지가 없었다. 다음 날 이 뻔뻔한 인간은 마치 아무 일도 없었던 것처럼 다시 나타나서 졸라 댔다. 유리를 사 주시겠어요? 어쩌면 필요하실지도요? 저에게 분부를 내리셔서, 저는 그것에 대해 돈을 지불했어요. 올레크 바실리예비치는 불평했다. 어떤 불한당이 울타리 너머로 돌을 던졌는데, 유리는 매우 시의적절하다고. 미탸의 주머니에는 망치와 못, 유리 절단기가 있었고, 그는 즉시 일에 착수하여 한 시간 뒤엔 완벽하게 복구했다. "고마워요, 고마워." 미탸의 손을 꼭 쥐며 올레크 바실리예비치가 말했다. "건강하길! 놀러 와요. 형제." "그런데 16루블은요?" 미탸는 흠칫했다. "약속했잖아요?" "뭘?" 올레크 바실리예비치가 소리치며, 강인한 손가락으로 미탸의 목덜미를 잡고 너무 세게 누른 나머지, 미탸는 몸을 뒤틀며 앉았다. "내가 돌을 어떻게 던지는지 너에게 보여 주지! 너를 3년간 처넣어 주겠어, 이 비열한 놈아! 네 아가리를 찢어 버릴 거야, 이 악당 같은 놈! 내가 널 죽여 버리기 전에 여기서 썩 꺼져!" 그리고 미탸는 진짜로 꺼졌는데, 올레크 바실리예비치가 그를 제대로 밀었기 때문이었다. 그는 처음엔 무릎으로, 그다음엔 옆으로 떨어져 구르더니 벌떡 일어나서 혼이 나간 것처럼 도망갔다. 그 후 관계는 좋아졌다. 아그라페나는 조카를 좋아하지 않았고, 두려워했다. 미탸가 올 때마다 종종 그녀는 방문을 걸어 잠그고 자기가 없다고 말하라고 명했다. 그는 그녀에게 돈을 달라며 조르곤 했는데, 집요하고 흉악해서 그녀는 거절할 수가 없었다.

올레크 바실리예비치는 미탸가 나무망치로 양철의 홈을 두드렸던 구리 세공실에서 그를 찾아냈다. 미탸가 열심히 일한 것으로 보아—그의 어깨와 뺨에서는 땀이 줄줄 흘렀고 입은 벌어져 있었다. 첫 순간에 알아보지 못한 채, 그의 눈은 아무 생각 없이 흘끗 쳐다보았다—몹시 급한 개인 주문을 처리하고 있으며, 손님이 기다려 주지 않기 때문에 서두르고 있는 것이 분명했다.

"왜? 뭘?" 그는 마지못해 틀과 망치를 놓았다. 두 사람은 마당으로 나와 그늘에 앉았다. 미탸의 맨가슴에는 독수리 문신이 새겨져 있었고, 그 아래로 '우리의 인생은 어린아이의 셔츠처럼……'이라는 글이 있었다. 두 번째 줄은 배 주름 속으로 사라졌지만, 올레크 바실리예비치는 그 내용을 알고 있었다. 비록 예감은 모든 것이 힘겹고 좋지 않을 것이며, 미탸가 딴사람이 되었다는 것을 일러 주고 있었지만, 그는 가능한 한 경쾌하고 온화하게 말하려고 애쓰며 물었다.

"우리는 어떻게 살아갈까, 응? 교활한 미트리여?"

"너희들은 언제 모스크바에 들를 거지? 9월, 아니면 더 빨리?" 대답 대신 미탸가 물었다.

올레크 바실리예비치는 웃었고, '필립 모리스' 담뱃갑을 꺼낸 뒤 탁 치며 담배 한 개비를 뽑았다. 미탸에게 내밀었으나 그는, 이 역시 뉴스였는데, 경멸하듯 머리를 내저으며 바지 주머니에서 쓰레기처럼 구겨진 '두카트' 담뱃갑을 꺼냈다. 부러진 두카트 담배 반쪽을 파이프에 끼우더니 거만하게 피우기 시작했다.

"기대하는 거지?" 올레크 바실리예비치가 물었다. "헛수고야!

넌 아무것도 기대할 게 없어. 넌 직계 상속자가 아니라 조카잖아. 그리고 조카들은 법으로 상속받지 않아. 이건 내가 분명히 말할 수 있어. 나를 믿어도 좋아. 그러니까, 미트리, 네 일의 상황이 그다지 좋지 않아."

"하지만!" 미탸가 말했다. 그러고는 고개를 낮게 숙이고 눈을 가늘게 뜬 채 올레크 바실리예비치를 능글맞게 쳐다봤다. "그런데 왜 나한테 온 거지?"

"그건 내가 지금 설명하지. 하지만 우선 네게 아무 권리가 없다는 걸 너는 받아들여야 해. 절대로, 완전히 아무런 권리도 없어. 이런 걸 쓸데없는 걱정이라고 하지."

"하지만!" 미탸가 목소리를 더 낮추면서 좀 더 능글맞게 실눈을 뜨고는, 아까보다 더 조롱하는 듯한 어조로 반복해 물었다. "그럼 부양가족은? 만약 부양되고 있던 사람이라면?"

"네가 정말로 부양가족이었다고? 아그라페나 집에서? 이런, 미티카, 웃기지 마! 하하! 사람들이 네 머리를 돌게 만들었구나. 그런데 너는 그들을 믿는 거고, 바보 천치 같으니라고. 누가 그런 허튼소리를 한 거야?"

"똑똑한 사람들이 말해 줬어. 그것도 너보다 더 똑똑한 사람들이야. 그러니 생각할 필요도 없어. 아나톨리 자하르이치가 말했어, 그라프치코프인가 하는 사람 말야. 그는 평화적인 사내이고 모든 걸 제대로 설명해 줬어."

"네 그 그라프치코프의 키스가 어디로 갔는지 알아?" 올레크 바실리예비치는 짜증을 냈다. "그 사람이 왜 네가 헷갈리게 만드는 것 같니, 이 모자란 놈아? 너는 절대 부양가족이 아니야. 그란 카, 그녀는 네게 밥을 주지도, 물을 주지도 않았어. 그녀는 너를 볼 수조차 없었다고! 그녀에게 너는 전염병 같은 거였어. 너를 피해서 침대 밑으로 숨었었지."

"하지만 노잣돈을 주곤 했어."

"보드카 마실 돈이었겠지!"

"그러나 누가 알겠어?"

"모두 알아! 네가 술에 절어 있는 건 유명하니까. 모두들 증명해 줄 거야."

"그렇게 생각하다니 바보로군." 미탸가 조용히 말했다. "아무도 그러지 않을 거야. 왜냐하면 스스로도 알겠지만…… 그들은 널 좋아하지 않아, 바실리치. 그라프치코프, 아나톨리 자하르이치가 말했어. '그라냐가 너에게 먹을 것과 아파트를 줬다고 내가 증명해 줄게. 그러니 넌 걱정하지 마'라고 했어."

"모두 허튼소리야. 넌 아내가 있는데 어떻게 네가 부양가족이지? 그럼 아주머니가 아니라 그녀가 너를 먹여 살려야 하는 거지."

"무슨 소리야? 클라프카는 아내가 아니라 그냥 바람 같은 거야. 우린 혼인 신고도 안 했어."

"뭐, 좋아. 하지만 사실 네가 일을 하고 있고, 양철공, 기와공, 이런 전문가니까, 물론 대단찮겠지만, 어쨌든 네 스스로 살아갈 수 있잖아. 독수리처럼 튼튼한 네가 부양을 받다니…… 우습지!"

"건강이 나쁜 경우엔 우습지 않지, 친구. 한 달을 일하고 두 달 동안 병원에 있어. 나는 심장이 더 나빠질 수 없을 정도이고, 간도 나빠. 간은 아무 데도 쓸모가 없어. 난 술을 방울만 마셔, 이해하겠어? 그러니까 바실리치, 대들지 마. 너한테 해 주고 싶은 말은, '썩 꺼져라!'야. 알겠어?"

올레크 바실리예비치는 생각을 하며 잠시 침묵했다가 말했다.

"좋아! 이건 모두 잡담이고 시간 낭비야……. 그럼 내가 여기 왜 왔는지 말해 주지. 그런데 여기선 아니야. 난 이곳이 마음에 안 들어." 올레크 바실리예비치는 작업실 마당을 혐오스럽게 둘러보았고, 그곳에는 정말로 녹슨 기계들, 차축, 바퀴 없는 트레일러, 상자들, 쓰레기 등 보기 좋은 것이 거의 없었다. "갈림길로 가자. 조용히 앉아서 진지하게 이야기를 좀 하자."

순간 미탸의 얼굴에는 영혼 속에서 일어나고 있던 절망적인 전투의 흔적이 선명히 드러났다. 그는 한마디도 하지 않고 안으로 들어갔다 돌아와서는, 골을 넣었을 때 축구 선수들이 하는, '가자!'라는 뜻의 제스처를 재빨리 손으로 취했다. 반 시간 후 그들은 '휴식'이라는 카페의 흰 텐트 아래 탁자에 앉았고, 선택의 여지가 없었으므로 루마니아산 와인 세 병, 와플 한 팩과 사탕을 조금 산 다음 — 올레크 바실리예비치는 비록 미탸가 와플 한 조각, 사탕 하나 손대지 않았지만, 이 소박한 대접이 그의 마음에 들었다는 걸 눈치챘다 — 낮은 목소리로 대화를 나누었다. 올레크 바실리예비치는 직설적으로 설명했다. 상황이 복잡해서 네가 이길 수도 있고, 그렇지 않을 수도 있는데, 아마 질 가능성이 더 높다. 왜냐하면 가장 강력한 패가 올레크 바실리예비치의 손에 있기 때문이다. 이건 이렇고 저건 저렇고, 그리고 덧붙여서 또 이렇다. 그러니 노인에게 힘쓰지 말고, 바닥으로 내려오라. 그들은 와인 두 병을 더 샀다. 달려가야 했던 집은 멀지 않은 것으로 밝혀졌고, 그들은 울타리를 넘었다. 미탸는 취하지 않았고, 이내 술이 깼다. 그에게 논쟁은 선명해졌다. 소송해서 판결을 받고 싸우게 되더라도 재판으로 아무것도 얻지 못하고 시간만 허비할 터이니 여기 권리 양도 보상금이 있다는 것이었다. 진짜 돈이다. 1백 루블. 아무것도 없거나 1백 루블 중 무엇이 나을까? 그런데 미탸는 물론 바보가 아니므로, 이 금액을 비웃으며 스스로 액수를 제안했다. 5백 루블로. 흥정하기 시작했다. 오랫동안 지속되었는데, 시끄럽게 소란을 피우고 흥분을 하고 땀을 흘려 대다가 결국 170루블로 결론 났다.

"다만 바실리치, 듣고 있어?" 미탸가 손가락으로 무섭게 위협했다. "돈은 지금 당장 줘! 아니면 네가 잘 그러는 것처럼, 일주일 후 혹은 월요일에, 아니면 다음 언제 줄지……."

"돈은 여기 있어. 백 루블이야. 70루블은 전체 회의가 끝난 다음, 바로 그날 받게 될 거야. 그러니 이제 여기에다 그려."

미탸는 이마에 주름을 만들며 올레크 바실리예비치가 '트리움프' 타자기를 이용해 아그라페나의 집에 대한 요구를 미탸가 포기한다는 내용을 간결하게 적은 종이를 들여다보았다. 불평하다가 진땀을 흘리더니 갑자기 머리에 떠오른 생각을 막 발설해서 그를 곤경에 몰아넣을 듯한 표정으로 올레크 바실리예비치를 쳐다보았으나, 이내 말하지 않고 서명했다. 4시였다. 미티카로 인해 하루가 날아갔지만, 그를 **끝까지** 뚫어야만 했다. 아무것도 거저 주어지지 않으며, 모든 건 두드려서 끝을 봐야 하니까. 그 바람에 오늘로 예정한 수많은 시급한 일이 날아갔다. 신 와인과 지옥 같은 폭염에 올레크 바실리예비치는 몸이 무거워지고 기진맥진해졌다. 머리에는 잡음이 가득했고, 강에 뛰어들어 저녁까지 물속에 앉아 있고 싶었지만, 사무실을 닫을 때까지는 두 시간이 남았으므로 그는 모스크바로 내몰렸다. 그 덕분에 뭔가 할 수 있었다. 저녁에 샤워 후 해변에서처럼 니트 반바지에 비치 샌들을 신은 채 고요, 그늘, 성공의 느낌, **끝까지 추구하는 자신의 삶 전체가 올바르다**는 느낌을 즐기며 도심 속 아파트 베란다에 놓인 라탄 안락의자에 앉아 연필로 수첩에 끝낸 일들을 표시하고 있었다. 목록에서 '미탸', '국제 우편 사무소', '주택 사무소', '다음 권들'과 '포타포프'를 지웠다. 포타포프는 스베틀라나의 암호이다. 포타포프와의 이별이 이루어졌다. 그리고 이 일은 아무리 슬프고 아무리 가슴이 찢어져도 끝까지 완수하여 지워져야 한다. 그런데…… 그녀는 내일 떠날 것이다. 그럼 오늘은? 저녁이 비었다. 그는 그녀를 동정하면서도 그러는 자신을 격려할 수 없어 잠시 흔들렸다. 하지만 다음 순간, 오늘 저녁을 거부하는 건 원칙에 대한 배반이 될 수도 있다고 생각했다. 왜냐하면 그녀가 떠나기 전, 오늘 저녁이 **끝**이니까. 그리고는 재빨리 안락의자에서 일어나 방 안 전화기로 향했다. 스베틀라나의 번호는 응답하지 않았다. 그는 두 번 전화를 했고, 오랫동안 기다렸다.

그런데 수화기를 내려놓자마자 전화기가 울렸다.

노래하는 듯한 낯익은 목소리가 말했다.

"올레크 바실리예비치? 드디어! 오늘 당신에게 전화했지만, 당신이 없었어요. 안겔리나 표도로브나예요."

"네, 네!" 그는 말했지만, 곧바로 알아채지 못했다. "아, 안겔리나 표도로브나, 말씀하세요."

"특별한 건 아니고요, 올레크 바실리예비치, 단지 내일 오시라는 것, 그리고 소변을 한 번 더 가져와 달라고 요청하려고요. 가능하실까요?"

올레크 바실리예비치가 뭔가를 미처 생각하기도 전에 배 속 깊숙한 곳의 순간적이고도 가벼운 한기가 그 말에 대답하고 있었다. 그는 바보같이 물었다.

"그런데 무엇 때문이지요?"

"간혹 반복해서 요청하기도 합니다. 우리가 뭔가 의심이 되어 확인하려 할 때지요."

"저기, 안겔리나 표도로브나, 아무래도 내일은 안 되겠어요. 셰레메티예보에서 대표단을 마중하거든요." 올레크 바실리예비치는 무의식적으로 자신을 방어하며 거짓말을 했다.

"괜찮아요, 모레도 좋습니다." 안겔리나 표도로브나가 동의했다. "그럼 모레 아침에 오세요."

무쇠처럼 짓누르며 숲은 불타올랐고, 모스크바는 회색, 잿빛, 갈색, 붉은색, 검은색, 시시각각 다른 색깔의 안개에 숨을 헐떡이며 호흡 곤란으로 죽어 가고 있었다. 그것은 안개인 듯, 독가스인 듯 천천히 흐르며 퍼지는 구름으로 거리와 집을 꽉 채웠다. 탄 냄새가 여기저기 퍼졌고, 도망칠 수가 없었다. 호수들은 얕아졌고 강들은 바닥을 드러냈으며 수도꼭지에서는 겨우 물이 흘러나왔고, 새들은 노래하지 않았다. 태양으로 인해 죽어 가는 이 행성에서는 삶이 끝나 가고 있었다. 사람들은 밤마다 온갖 무서운 얘기를 해 댔다. 베라는 길거리에서 사람이 넘어지는 걸 보았다. 마치 슬로 모션처럼 몇 발짝 제자리걸음을 하다가 높이 무릎을 들어 올리며 머리가 뒤로 넘어갔고 그 사람은 넘어졌다. 지하철에서는 여인이 정신을 잃었다. 신문 「저녁의 모스크바」에는 부고가 넘쳐났다. 집 없는 개들은 총으로 쏴 죽였다. 어떤 노인은 10월 말까지 더위가 계속되다가 그 후에 조금 나아질 것이라고 말했다. 처제는 기후를 망치는 것 같은 — 물론 헛소리지만 — 원자 실험에 대해 얘기했다. 그녀는 자신의 장점, 때때로 벌이는 선행과 어리석음으로 파벨 예브그라포비치를 화나게 했다.

아무도 그녀의 공로를 부정하지 않았다. 모두 기억하고 있었다. 갈랴는 말했다. "나는 류바가 우리를 위해 했던 일들을 절대 잊지 못할 거야. 그녀가 아니었으면 아이들은 실종되었을지도 몰라." 진짜로 1940년까지 3년간 그들이 없는 동안 — 한편 그는 더 오랫동안 전쟁터에 나가 있었다 — 류바는 아이들을 데리고 다니며 보살폈고, 갈랴와 함께 그들을 리시바로 피란시켰으며, 거기서 루슬란을 전쟁터로 보냈다. 그녀는 소콜리느이 보르에 있는 별장을 살려 냈다. 모든 것에 감사하다. 그럼 무엇이 어리석다는 것인가? 아니다, 라디오를 듣지 않아서도 아니고, 신문을 보지 않아서도 아니고, 식사 도중 쓸데없는 이야기를 해서도 아니다. 그것은 바로 그녀가 — 속으로 — 어떤 점에서는 갈랴와 비교될 수 있다고 생각하기 때문이다. 저런, 류보치카! 비록 그대가 언니보다 다섯 살이나 어리지만, 몸매도 얼굴도, 눈은 당연하고, 갈랴와는 비교도 되지 않아요, 아예 시도조차 하지 말아요. 지능은 말할 것도 없고요. 하지만 당신은 좋은 사람이에요. 착하고 성실한 사람. 좋은, 아주 좋은 사람이라는 것은 두말할 필요도 없이 모두 다 알고 있다. 지인들이나 친척들은 모두 이렇게 말한다. "류바는 얼마나 착한가!" 그리고 어떤 이들은 덧붙인다. "그녀는 언니를 위해 자기 삶을 바쳤다고 이야기할 수 있어." 비록 어떤 점에서는 그 말이 맞지만, 완전히 그런 것은 아니다. 1937년에 류바는 스물아홉 살이었는데, 철도 종사원 하나가 그녀에게 청혼했지만, 그녀는 조카들이란 짐을 짊어졌기 때문에 이를 거절했다. 우리는 모두 알고 있고, 기억하고 있고, 고마워한다. 결코 잊지 않을 것이다. 그러나 마치 스무 살인 것처럼, 노인의 검버섯이 덮인 등을 드러낸 채 노출된 원피스를 입고 다니는 건 볼썽사나워, 류보치카…….

의사들이 처제에게 뭔가 호의적인 말을 했고, 격려를 받아 젊어진 그녀는 딸기를 들고 모스크바에서 돌아왔다. 우리는 베란다에 앉아 딸기를 먹으며 차를 마셨다. 타는 냄새가 들어오지 못하게 유리로 된 중간 틀과 정원으로 나가는 문은 닫아 놓았다. 별 도움은 되지 않았다. 어쨌거나 지독하게 역한 냄새가 났다. 누군가 베란다로 들어오고 나갈 때마다 계속해서 소리쳤다. "문이오, 문! 문 닫으세요!" 루슬란이 없는 동안 ─ 그는 소방관이 되어 예고리옙스크로 떠났다. 연이은 우매한 행동의 하나지만, 상황은 짐작건대, 장난이 아니다. 토탄지(土炭地)가 타고 있는데, 그것을 끄기가 너무 어렵다. 토지는 아주 깊숙한 곳까지 타들어 가고 있다 — 니콜라이 에라스토비치는 가장과 위로자 역할을 맡기로 하고, 화재에 대한 소식을 전달했다. 하지만 뉴스는 아니고 추측일 뿐이었다. 이미 2년 전에 지금의 가뭄을 예언했다는 알타이 노인에 대해서였다. 대체적으로 예측, 예보, 예언에 대한 것이었다.

"사람들 말로는 농업부도 진지하게 이 노인을 찾아가서 상의한다는군요. 그러면 그는 아주 정확한 권고를 한다네요. 한 번도 틀린 적이 없대요……."

처제는 놀라서 감탄의 소리를 질렀고 — 이런 미련한, 어리석은 수작에 넘어갈 준비가 되어 있군 — 베라도 물론 신앙심 충만한 자를 숭배하며 바라봤고, 책상에 앉아 있는 다른 사람들도 마찬가지였다. 뮤다와 빅토르 그리고 발렌티나는 탐욕스러운 호기심을 드러내 보이며 떠버리의 말을 듣고 있었다. 하지만 그는 그토록 터무니없는 말을 지껄이고 있었으니! 과학은 예언의 영역에서 무능력을 드러낸 것 같아요. 아무것도 실현되지 않고, 비껴 지나가고, 모두 들어맞지 않아서 심지어는 일주일 뒤의 날씨처럼 사소한 것도 예측하지 못하니 더 본질적인 것에 대해서는 말할 필요도 없지요. 그들은 절대 못할 것이고 그럴 힘이 없어요. 그들이 손에 갖고 있는 벽돌로는 집을 지을 수 없습니다. 뭔가 다른 것이 필요해요. 어때요, 알아볼까요? 모든 것에 대해 다른 접근이 필요합니다. 빅토르가 소심하게 물어봤다. "왜 농업부는 노인이 어떤 예언 방법을 갖고 있는지 알아내지 못하나요?" 니콜라이 에라스토비치가 코웃음 치며 손을 내저었다.

"그가 뭘 말할 수 있겠어? 그 자신도 무슨 방법인지 이해하지 못하는데……."

"아마 밝히기 싫어하는 거겠죠." 발렌티나가 추측했다. "뭐하러 자신의 비법을 누설하겠어요?"

"아니요, 문제는 그게 아니에요. 할 수가 없는 거죠."

"왜죠?"

"당신에게 어떻게 말해야 하나……." 니콜라이 에라스토비치는 말할까 말까 주저하며 눈으로 조언을 구하면서 베라를 바라봤다. 그런 다음 말했다. "그게 있잖아요, 사실 알타이 노인은 본인이 말하는 게 아녜요."

"아!" 빅토르가 말했다. "이해되는군요."

"뭐가 이해된다는 거지?" 파벨 예브그라포비치가 참지 못했다. "거짓말 마, 비티카! 터무니없는 말을 어떻게 이해한다는 거야."

정적이 찾아왔다. 니콜라이 에라스토비치는 마치 파벨 예브그라포비치의 말을 못 들은 것처럼 반대하지 않았고, 다른 사람들도 못 들은 것 같았다. 고요 속에서 회색 나방이 베란다 유리에 부딪히는 소리가 선명하게 들렸다. 그런데 처제가, 당연히, 가만있지 못하고 이어지지 않는 화제를 끄집어냈다.

"친애하는 니콜라이 에라스토비치, 이 늙은 바보를 용서하세요, 하지만 저는 아직도 완전히 이해가 되질 않네요. **본인이 말하는 게 아니라니, 무슨 뜻인가요?**"

그는 또다시 코웃음 치며 어깨를 으쓱했다.

"뭐 특별한 뜻은 없어요. 이해가 안 되시면 이해하려 할 필요는 없어요……." 그는 마치 '그냥 사세요. 제가 허락합니다'라고 하듯 관대한 제스처를 취했다. "게다가 설명하려면 오래 걸려요."

"오래요?" 류바가 놀랐다. "얼마나 오래요?"

"아주 오래요. 평생."

"당신은 나를 조롱하고 있군요……. 비탸, 너는 뭘 이해했니? 이모에게 설명 좀 해 주렴."

빅토르는 긴장하여 인상을 찌푸리며 생각과 말을 정리하고 있었다. 그는 성실하게 설명하고 싶었다. 하지만 말도 생각도 떠오르지 않았다. 그러자 그의 엄마인 가련한 뮤다―파벨 예브그라포비치는 왠지 항상 그녀를 불쌍히 여겼다. 그럴 필요가 전혀 없었지만―가 도와주기 위해 나섰다.

"넌 아마도 그 노인이 혼수상태에서 예언하는 걸 염두에 두고 있는 거지? 마치 수면 중처럼?"

"알약에 황금 칠을 하지 마." 파벨 예브그라포비치가 말했다. "류보비 다비도브나, 노인의 입을 통해 신이 말한다는 걸 너에게 주입시키려는 거야. 이게 비밀의 전부지. 니콜라이 에라스토비치는 종교적인 사람이지만 너와 나는 아니잖아. 그래서 우리는 절대로 그를 이해하지 못해. 마찬가지로 그도 우리를 이해 못할 거고."

"정말이에요? 이럴 수가!" 처제는 이 주제에 대해 언쟁한 게 한두 번이 아니었건만, 마치 새로운 소식이라도 들은 것처럼 놀란 표정을 지었다. "정말로 니콜라이 에라스토비치, 당신같이 박식한 사람도 신을 믿나요? 절대로! 나는 절대 동의할 수 없어요! 어리석은 말을 하는 거예요!"

니콜라이 에라스토비치의 입술이 떨리기 시작했고 볼이 빨개졌다. 그는 자기 앞에 놓여 있는 딸기 접시를 바라보며 1분 동안 앉아 있더니, 말없이 일어나 베란다에서 나가 집으로 가 버렸다.

베라가 당황하며 속삭였다.

"류바 이모, 왜 그리 눈치가 없으세요?"

"내가 무슨 말을 했는데? 나는 놀랐을 뿐이야……."

"아무것에도 놀라지 않았잖아요. 처음 듣는 것도 아니고, 그런 척하지 마세요. 잘못하시는 거예요. 두 분 다. 이모도, 아버지도. 계속 이해시키려 하는데…… 존중해야죠, 다른 사람들도, 다른 견해도요……. 이렇게 마음속을 꼬치꼬치 파고들어선 안 돼요."

"마음이란 건 없어!" 파벨 예브그라포비치가 소리치며 막대기로 바닥을 두드렸다.

베로치카는 그녀의 말문이 막히게 만든 뭔가를 들은 듯, 망연자실하여 아버지를 바라보며, 무거워져 둔해진 몸이 낼 수 있는 가장 빠른 속도로 일어났다. 그리고 신앙심 깊은 자를 뒤따라 베란다를 등졌다. 발렌티나도 더러워진 접시들을 모아 들고 나갔다. 빅토르는 정원으로 도망갔고, 파벨 예브그라포비치는 말이 안 통하는 처제와 단둘이 남았다.

"베라는 갑상선을 치료해야 해요." 처제가 말했다. 하지만 파벨 예브그라포비치는 대답하지 않았다. 그녀가 그의 신경을 긁었다. 아니, 모두가 그의 신경을 긁었다. 그는 그녀가 있는 쪽을 쳐다보지도 않았고, 그녀가 투덜대는 소리를 듣지도 않았다. 검은 유리에는 전등갓과 상보(床褓), 어깨까지 흰 머리 다발을 늘어뜨린, 등 굽은 노인의 모습이 비치고 있었다. 그 후 처제가 나갔고 그는 잠시 홀로 앉아 있었다. 문이 열리면서, 불붙은 궐련을 든 니콜라이 에라스토비치가 들어왔다. 집 안에선 담배를 피우는 것이 금지되었으므로, 그는 정원에 가려는 것이었다. 하지만 니콜라이 에라스토비치는 서두르지 않았고 담배 연기를 뿜어내며 베란다에 서 있었다. 아주 뻔뻔한 행동이었다. 그리고 크지 않은 소리로 말했다.

"충성스러운 복무에 대해 그들이 대단한 감사를 표했지요……."

파벨 예브그라포비치는 자신의 내부에서 누구의 것인지 알 수 없는 증오로 인해 자신의 모든 것이 떨리기 시작하는 것을 느꼈다. 그것은 니콜라이 에라스토비치를 향한 그의 증오였거나, 아니면 니콜라이 에라스토비치의 증오가 그에게 전달된 것이었다. 그는 겨우 들을 수 있을 만큼 가라앉은 목소리로 말했다.

"나는 누구에게도 **복무하지 않았고**, 그 어떤 **감사**도 기대하지 않았소."

니콜라이 에라스토비치는 연기를 내뿜으며 현관으로 나갔다. 곧이어 방에서 나온 베로치카가 옆으로 지나가며 아버지를 보지도 않고 말했다.

"루시크가 프리호디코에 대해 상기시켜 달라고 부탁했어요."

"그자는 없어." 파벨 예브그라포비치가 그녀의 뒤에 대고 말했다.

"왔어요. 아침에 봤어요."

파벨 예브그라포비치는 검은 유리에 비친 자신의 모습을 응시하며 계속해서 홀로 탁자에 앉아 있었다. 아니야, 오늘은 아무 데도 안 갈 거야. 다리가 아파. 그리고 머리도 복잡하고. 혈압이 올랐어. 방으로 들어갈까? 조금 이른 것 같은데. 책 읽기에는 눈이 침침하고 잠은 안 올 것 같고 어둠 속에서 3시까지 버티려면, 차라리 사람들이 있는 베란다가 낫겠어. 여기는 밝고 전등갓 아래 전구도 켜 있잖아. 그는 그렇게 오래 앉아 있었다. 간혹가다 사람들이 보였는데, 정원에서 집으로, 집에서 정원으로 지나갔고, 뭔가에 대해 불평하며 한숨을 쉬었고, 서로 대화하더니 문 사이로 사라졌다. 하지만 그는 신경 쓰지 않았다. 생각에 잠긴 그는 한 방향을 바라보고 있었다. 머리가 지쳐서 특별한 생각은 없었지만 말이다. 곧이어 깊은 밤의 정적이 찾아왔고, 계단을 따라 가벼운 짐승의 발걸음이 소리를 내기 시작하더니 문을 긁었고, 늦은 시간에 대한 용서를 구하듯 낯을 바닥으로 숙이고 꼬리를 쓸며 당황한 듯 아라프카가 들어왔다. 섬세한 개다! 파벨 예브그라포비치는 기뻐했고, 누구는 정원에, 누구는 집에, 모두들 잠을 청하려고 누웠으므로 삐걱거리지도, 발 끄는 소리도 내지 않으려고 애쓰면서 개를 위해 뭔가를 찾으러 부엌으로 향했다…….

그 8월, 똑같이 답답한 밤이다. 1919년, 이름을 잊어버린 어느 시골 마을이다. 쑥은 젊음의 향기이다. 너에게 쑥의 이 쓴맛이 그토록 강렬히 스며든 적은 결코 더 이상 없었다. 전보를 가지고 특사가 달려왔고, 아무도 그 밤에 잠들지 않았다. 그러니 꿈일 리가! 마몬토프의 공세는 우박처럼 우리를 얼어붙게 만들었다. 제8부대와 제9부대의 교차 지점, 서쪽으로 약 1백 베르스타 떨어진 곳이다. 그는 우리 쪽이 아니라 북쪽으로 돌진하기 때문에 멀리 있는 것 같지만, 가까스로 봉합된 상처처럼 온 전선이 떨기 시작했다. 탐보프와 코즐로프가 점령됐다. 그때 갑자기 전보와 함께 한밤의 파발꾼이 나타난 것이다. 미굴린 부대가 사란스크에서 전선을 향해 움직였다! 모든 명령을 거역한 자의적 출정이다. 배신인가? 병력을 되돌렸나? 데니킨과 결탁했나? **사람들이 경고하던 일이 일어난 건가?**

풀과 쑥 타는 냄새가 풍기는 스텝에서 선명한 한밤의 공포다. 첫째, 정말 그녀는 그와 함께 있는 걸까? 아샤는 나에게서 점점 더 멀리, 점점 더 보이지 않는 경계 너머로 떨어져 나간다. 이제는 벌써 이를 수 없는, 총검이나 죽음으로써만 이를 수 있는 경계 너머에 있다. 스스로에게 거짓말해선 안 된다. 처음 떠오른 내 생각은 그랬다. 총검과 죽음으로. 길이 있었기 때문에, 바로 **믿었기** 때문에, 심지어 찰나의 기쁨, 희망의 순간이 있었다. 전선의 정치부에서 온 사람들, 코즐로프로 잠입하려 했던 부상당한 사령관, 폭군에 고함꾼인데, 마몬토프가 움직이는 바람에 코즐로프에 있다가 지금은 어딘지 모르는 북쪽으로 퇴각한 남부 전선의 부대와 단절된 우리는 슈라를 제외하고는 모두 순간적으로 그 전보를 믿었다. 남부 전선의 명령에 의해 미굴린은 반역자로 명명되었고, 무법자로 공표되었다. 어떤 젊은 사제가 우리와 함께 머물고 있다. 아니, 사제는 아니고, 신학생이다. 마을 사람들이 그를 불쌍히 여겨 거두어 주었다. 실성한 신학생은 종일 뭔가를 중얼거리며 조용히 웃기도 하고 울기도 한다. 누구 한 사람 그를 신경 쓰지도, 그가 중얼거리는 것을 듣지도 않는다. 그는 구석에서 새처럼 울었다. 갑자기 그가 내게 다가와 옆에 웅크려 앉더니 — 그는 다리가 길고 말랐다 — 손가락으로 나를 위협하며 의미심장하고 슬프게 말한다.

"넌 이해할까, 저 별의 이름은 쑥이야……. 그리고 물이 쑥처럼 변했고, 사람들은 쓴맛 때문에 죽어 가고 있어……."

별이 쑥이라니, 그 말이 나를 놀라게 했다. 이것이 성서에 나온 말인 줄 몰랐는데, 나중에 사람들이 설명해 주었다. 이상하게도, 정치부의 노동자 중 박식한 사내 하나가 설명해 주었지만, 그 당시에는 헛소리, 터무니없는 소리라고 생각했다. 그가 그렇게 된 것은 그의 가족이 남쪽 어딘가에서 모두 살해당했기 때문이었다. 하지만 누가 죽었는지 우리는 알 수가 없다. 백군인지, 그리고리예프 부대인지, 혹은 그 무슨 마루시카 니키포로바인지. 알게 모르게 마루시카가 많아져서 무장 강도 패거리마다 한 명씩 있지만, 나는 로스토프 근처에서 1918년 5월에 진짜 마루시카 니키포로바를 봤다. 탄약 주머니가 달린 흰 체르케스 식 코트를 입고 있었다. 사제는 황당무계한 것들을 중얼거린다. "메뚜기가 먹어 치웠다…… 더러운 두꺼비들……." 그렇게 우리가 밤에 앉아서 논의하고 소란을 피우며 너덜거리는 옷에 타르 칠을 하고 있을 때, 전보가 온 것이다. 세르게이 키릴로비치는 무법자이다. 누구든 혁명의 옛 전사이자 영웅인 미굴린을 사살해도 좋다. 부상당한 사령관이 가장 분노하며 울부짖는다. 배신자! 위선자! 이유도 없이 그에 대한 소문이 돌았던 게 아니었어! 버티지 못했던 거야, 이 늑대 아가리! 나라면 생각도 하지 않고 단숨에 그를…….

모두가 충격을 받아 부르짖고 저주하며 미굴린을 욕한다. 슈라만 언제나 그렇듯 냉정하다.

"조금만 기다리시오. 좀 더 자세히 알아봅시다."

"뭘 더 자세히 알아봅니까? 모두 명백하잖소! 아주 치밀하게 시간을 선택했소. 이르지도 늦지도 않게, 딱 지금, 마몬토프가 전선을 뚫었을 때 말이오……"

"사전에 모의한 것이오!"

"혐오스러운 놈! 대령이라니!"

"그런데 말이지요, 나는 믿을 수가 없소……"

"전보를 믿지 않는 거요?"

"아니요, 전보를 믿소. 그리고 그가 출정했다는 것도 믿어요. 하지만 왜 그랬는지 모르겠어요."

"그럼 당신은 남부 전선이 그를 불법이라고 공표한 것을 믿는 거요?"

"믿소. 왜냐면 이것을 원했던 사람이 있으니까."

"이해가 안 되는군요. 당신에게 어떤 증거가 필요한 거요? 그가 당신을 벽 앞에 세우고 '쏴!' 하며 총을 들어 올리게 명령하는데도 당신은 계속 의심하겠군요……"

부상당한 사령관이 모제르총을 흔들고 있다.

"내 의지는, 내가 그를, 반혁명당 놈, 이 자식을…… 말없이 죽여 버렸을 것이오!" 그러고는 감정이 벅차오른 나머지 하늘에 대고 총을 갈긴다.

미굴린에 대한 분노는 지독하다. 모두 긴장하고 흥분해 있어서 지체 없이 뭔가를 하고 어디론가 움직여 보리소글렙스크를 향하든 사란스크로 가든 돌진하고 싶어 한다. 그런데 그때 번개처럼 빠르게, 별 의미가 없는, 그날 밤 절망적으로 끝난 한 사람의 운명을 제외하고 전쟁의 진행과 사람들의 운명엔 영향을 주지 않는 이야기가 갑자기 칼처럼 내 기억을 파고들었다. 전쟁의 소용돌이 속 부랑자의 우연한 죽음…… 무엇 때문에 그는 모제르총을 가진 사람에게 달려가 소리 지르고 격노하게 되었을까? 광분의 폭발과 병의 발작. 사제는 소리쳤다. "짐승 같은 놈! 사라져라! 물러가라!" 부상당한 자의 손을 아프도록 붙잡았고, 역시 순간적인 정신 착란에 빠져 있던 그는 사제를 향해 모제르총을 발사했다. 슈라는 즉시 그를 체포하라고 명령했다. 그가 어떻게 되었는지 기억나지 않는다. 그를 호위하며 사란스크로 끌고 갔는데, 그다음은? 기억나지 않아, 기억이 나지 않는다. 그다음엔 숲을 지나 서쪽으로 떠난 미굴린을 향한 사냥이 계속되었다……

오랫동안 지나치게 뭔가를 두려워하면 그 무서운 일이 일어나는 법이다. 하지만 실제로는 어떤가? 처음에는 믿었으나 그다음에는 의심이 생겼다가, 또 믿음이 굳건해지는가 하면 의심이 더해지기도 했다. 기나긴 삶과 끝없는 판단, 그러고는 언젠가 베라가 아버지가 아닌, 그녀에게 피해를 준 다른 노인에게 화내며 말했던 것처럼, 노인이, '쓸모없는 노인'이 되었다. 더운 밤에 보르에서, 삶이 끝나 갈 때는 아무것도 필요 없다. 수면제도 듣지 않는다. 무슨 소용이 있는가, 곧 피할 수 없는 잠이 가까운데. 스스로에게 답해 보라. 그는 무엇 때문에 그랬을까? 어떤 기사도, 기억을 영원한 것으로 만드는 것도, 도시 세라피모비치에 있는 거리도 필요 없다.

원대한 진리는 필요없다. 작은 진실이 필요하다. 모두 들을 수 있는 것이 아니라 비밀스럽게. **왜일까?**

여기 반질반질해진 마분지 위쪽 구석에 'S. K. 미굴린에 대한 모든 것'이라고 적힌 노란 사각형 투사지를 풀로 붙여 만든 파일이 있다. 쪽지들, 노트들, 편지들, 서류 사본들로 수년간 모아 온 것이다. 다시 한 번. 지금은 왜 안 될까? 밤 2시는 왜 안 되나? 어차피 잠도 오지 않는다. 눈을 아끼는 건 어리석은 일이다. 곧 필요 없어질 테니.

뒤로, 뒤로! 몇 달 뒤로. 무슨 일이 일어났는지 이해하기 위해서다. 심장이 찢어졌다. 그러나 그전에는 먹먹하고도 고통스러운 통증이……. 우리는 3월에 그와 작별했다. 그를 세르푸호프로, 그다음엔 스몰렌스크로, 벨라루스-리투아니아 군대로 끌고 갔으나, 당시 군대는 작전을 실행하지 않았으므로, 의미 없는 유형지였다. 활동하지 않는 군대 지휘관의 보좌관이었다. 돈 지역에서 모든 것이 불타 무너지고 데니킨이 공격을 해 오고 카자크의 봉기가 더욱 거칠어진 때였는데, 그들은 전장에서 그를 빼내 조용하고 평온한 우엉 풀밭으로 던져 버린 것이다! 저항 세력과의 전쟁을 위해 창설된 흐베신 군단은 일을 망치고 갈팡질팡하다 퇴각했다. 6월에는 또다시 미굴린을 기억해 냈다. 남부 전선 혁명 군사 소비에트 위원인 소콜스키가 공화국의 혁명 군사 소비에트 의장에게 보낸 전보가 여기 있다.

"코즐로프, 6월 10일. 3개 기병 연대의 연합으로 이루어진 것으로 보이는 데니킨 분대가 카잔스카야를 침공했다. 호표르스키, 우스티-메드베디츠키 지역의 반란 확장 위험이 크게 증가하고 있다. 전선 남쪽이 개방된 지금, 수송 군단의 임무가 제시되었다. 보구차르에서 우스티-메드베디츠키까지 돈 강 왼쪽 기슭을 점령하고, 북부 지역의 반란을 경고하는 것이다. 흐베신은 무기력한 상태를 드러냈다. 23분대 책임자였던 미굴린을 신속히 군단 사령관으로 임명할 것을 강력하게 요청한다. 늦지 않았다면, 미굴린의 이름은 북부 지역의 중립과 지원을 보장해 줄 것이다. 지체 없이 코즐로프로 회신 바람. 남부 전선 사령관은 전적으로 동의함. 소콜스키."

다음 날 혁명 군사 소비에트 의장은 직통 전화로 다음 메시지를 전달해 왔다.

"모스크바. 스클랸스키에게. 소콜스키가 수송 군단 사령관으로 미굴린을 임명할 것을 주장한다. 반대 없음. 세르푸호프와 연락할 것. 대답이 긍정적일 경우 지체 없이 미굴린을 호출할 것. 1919년 6월 11일. 혁명 군사 소비에트 의장 트로츠키."

그를 쫓아내고 풀밭에 내다 버린 바로 그 사람들이다! 총사령관 바체티스가 임명에 동의했다. 미굴린은 명을 받았고, 같은 날—무슨 날 말인가, 바로 그 시간에!—돈 지역으로 날아갔다. 군단의 전권 위원으로 슈라가 임명되었고, 물론 나도 그와 함께 간다.

문서들의 또 다른 발췌문이다.

"남부 전선 혁명 군사 소비에트의 명령. 수송 군단을 특별 군단으로 개명할 것. 남부 전선에 직속됨. 전임 지휘관 흐베신은 직위반납과 동시에 지휘 임무에서 해제되어 남부 전선 예비 사령부에 남아 개인 병가를 사용할 것. 군사령관의 권한으로 미굴린 동지가 특별 군단 지휘관으로 임명됨. 미굴린 동지는 흐베신 동지로부터 지휘권을 이양받아 지체 없이 군단 통솔에 돌입할 것. 수임과 이임에 대해 보고할 것."

6월의 끝, 신선한 여름, 비, 따뜻함……. 우리는 장갑 열차를 타고 군단 사령부가 있는 부투블리놉카로 이동한다. 객실에서 나는 아샤를 만난다. 총 4개월의 이별. 그러나 어떤 변화가 있었던가! 그녀를 보자마자 나는 달려가서 그녀를, 슈라 한 사람 외엔 가족 같은 이가 더 없으므로, 내 가족 같은 사람을 포옹하고 키스하고 싶은 충동이 일었으나, 그녀의 차가운 미소와 머리를 끄덕이는 인사가 그것을 가로막는다. 나는 그녀에게 손을 흔든다.

"아샤, 정말 기쁘다! 왜 이렇게 야위었어? 광대뼈가 나왔어! 그가 너한테 대포라도 나르게 한 거야?"

건조하게 웃는다.

"그거라도 나르면 기쁠 텐데. 대포는 안 줘."

모든 것이 새롭다. 농담을 이해하지 못하고, 시선은 파수꾼처럼 뭔가를 두려워한다. 뭘? 옛 우정을 드러내지 않도록? 내가 포옹하거나 어리석은 짓을 하지 않도록? 첫날 내내, 그리고 그다음에 왔을 때도 나와 함께 오래 머무르지 않으려 애쓴다. 미굴린도 마찬가지로 야위고 시들어 갔다. 그의 수염은 작은 타래 모양으로 검고 시선은 불타며 동작은 급하고 목소리는 날카롭다. 감정이 폭발하듯 소리를 지르며 말하는데, 마치 집회를 도모하거나, 카자크인들을 그룹으로 모으거나, 연설로 넋을 빼려는 듯했다. 그는 뭔가에 홀린 사람 같았다. 지금은 한 가지 열정밖에 없는데, 군단과 군대를 창설하고 지휘하여 혁명을 구하는 것이었다. 또한 다른 것에 대해서는 전혀 생각하지 않고, 아무것도 알아차리지 못하면서도, 조심스러운 눈으로 아샤를 추적하고 있다. 여기 아샤가 있나? 누구와? 순박하게 그녀를 찾으며 매 순간 염려하는 그의 이런 시선은 논쟁과 연설이 한창일 때에도 — 그는 동원된 카자크인들 앞에서 연설을 한다. 북쪽 구역에서는 동원이 부진하고 신통치 않았으나, 미굴린의 등장으로 상황이 나아졌다. 사람들이 그를 알았고, 그를 믿었다. 그는 카자크인들의 유명 인사였고 자부심이었다 — 거의 노인이 다 된 사람의, 이렇듯 솔직한 시선은 나를 놀라게 한다. 그는 사랑하고 있어! 그는 그녀 없인 안 돼! 하지만 그녀는, 그녀는……. 그녀에게 일어난 변화에 다소 놀란 나머지 — 그런데 바보같이 놀랄 게 뭐 있다고? — 기회를 틈타 이렇게 물어본다.

"너는 왜 나를 마치 남처럼 대하지? 무슨 일이 있었던 거야?"

"아무 일도 없었어……." 옛날처럼 부드럽게 웃는다. 그러나 금세 또다시 시무룩해졌다. "나는 네가 세르게이 키릴로비치를 어떻게 생각하는지 모르겠어."

"아, 그러니까 이거였어?"

"응."

"그런 원칙으로 사람을 나누니?"

"그런 원칙으로."

"잘 알겠어. 하지만 네가 나를 좀 용서해 줘……." 나는 크게 당황한 나머지 할 말이 떠오르지 않아 중얼거렸다. "조금 이상해, 너 같지 않아. 나는 널 알아볼 수가 없어."

"그건 이해돼. 예전의 나는 이미 오래전에 없어졌어. 그 소녀는 죽었어." 아샤가 단호하게 말한다. 그러니 이 사람이 정말 아샤인가? 냉랭해진 눈빛으로 그녀를 바라본다. "넌 아마 내가 죽어 갈 때 그곳에 있었을 거야. 나는 세르게이 키릴로비치 같은 사람을 만나 본 적이 없어. 그리고 내 삶은 이제 달라. 그는 비범해. 이해하지? 다른 사람들 같지 않아. 너랑 나 같지도 않아. 그로 인해 그 옆에 있으면서 나도 달라졌어. 그리고 물론, 그에게도 적, 악의를 품은 사람들, 질시하는 사람들, 그냥 악당처럼 그가 없었으면 하고 바라는 사람들이 있지……."

"설마 나를 그 범주에 넣는 건 아니겠지?"

"그 범주는 아냐. 그렇지만 파블리크, 솔직히 말해서 나는 느끼지 못하겠어, 너의 진실한……. 나한테는 마치 개에게 있는 것 같은 직감이 있어. 그런데 느끼지 못하겠어."

그러고 나서 우리는 좀 더 이야기를 나누었는데, 세르푸호프와 코즐로프에서의 수습 생활, 노동자-농민 붉은 군대 사령부의 호출을 받고 그곳 상부에서 해방된 지역의 카자크들로 기병 사단을 조직하는 임무를 약속했던 모스크바 여행에 대해 이야기했다. 세르게이 키릴로비치도 동의했으나, 무슨 까닭인지 흐지부지되었고 스몰렌스크에 보내는 것으로 끝이 났다…….

어떤 그리움, 어떤 굴욕인가, 그는 자신의 자리를 찾을 수 없었다. 살고 싶지 않았다. 그녀는 그 때문에 무척 겁을 냈다. 사실 그는 자살 직전의 상태였다. 상상해 보라. 열정적이고 용감하며 광포한 힘으로 충만한 사람이 평온을 취하도록 운명 지어졌다. 그런데 돈 지역에서는 대학살이 들끓고 있다! 그걸 어떻게 버텨 내겠는가? 그는 미쳐 갔다. 평온은 감옥보다 더 나빴다. 여기 무엇이 문제냐고? 누가 멈추게 하는가? 누가 그의 적인가?

그녀는 집중적으로 캐물었고, 열정적으로 자세히 들여다보며, 그를 위해 이해하고 알아내려 한다. 이 모든 고백도 그를 위한 것이다. 하지만 나는 도와줄 수가 없다. 나 자신이 아무것도 이해하지 못하기 때문이다. 뿌리 깊은 불신이 있다. 그런데 어디서 온 것일까? 그녀와 함께 이 문제를 논의하는 건 위험하다. 왜냐하면 모든 것이 곪아서 아프다는 걸 내가 알기 때문이다.

"아시카, 직접적인 적대자가 있다고는 생각하지 않아. 여기엔 몇 가지 편견, 어리석은 두려움 같은 것이 있어……."

"누구를? 누구의?"

"솔직히 나도 몰라. 아마 돈 지역 지도부에 그런 사람들이 있을 수 있고, 어쩌면 전선의 혁명 군사 소비에트에도……."

일부 **직접적인 적대자들**을 알고 있다. 쿠프초프, 후토랸스키, 심킨이 그들이다. 그녀는 알고 있어야 하며, 아마 그도 그럴 것이다. 성을 열거하는 것은 의미가 없다. 공화국의 혁명 군사 소비에트에도 직접적이고 실질적인 적대자가 아니더라도 이론적인, 다시 말해 이념적인 적대자들이 있을 것이다. 의장도 예외가 아닐 것이다. 몇 가지 문제에 관해서는 절대로 합의를 이룰 수 없을 것이다. 예를 들어 카자크의 자치권이 그렇다. 사실 그는 인민 사회주의였고,

이론가들은 언제나 그걸 기억하고 있을 것이다. 나움 오를리크처럼 '자연적 봉기 50퍼센트, 기타 30퍼센트와 마르크스주의 5퍼센트……'.

아샤는 계속해서 열심히 캐내고 있다.

"넌 남부의 혁명 군사 소비에트에 대해 이야기하는데, 그럼 소콜스키는? 알다시피 그는 우리 편이잖아! 그는 세르게이 키릴로비치가 군단을 맡는 걸 고집했잖아."

어떻게 설명할까, 목숨을 건 전투 상황에 처한 사람들은 감정이나 연민 혹은 혐오의 영향이 아니라 역사적이라고 부를 수도 있고, 혹은 운명적인 것이라고 부를 수도 있는, 위로부터의 강력한 힘의 영향 아래 행동한다는 것을. 우리 편이라는 것이 무엇을 의미하는가? (신이시여, 왜 **우리**인가? 그렇게 빨리? 그렇게 단정적으로?) 문제는 **우리**가 아니라 돈 지역이 죽어 가고 있으며, 그곳을 살려야 한다는 것이다. 거기에 절망이 있다……. 위험이 크지만, 조금의 기회도 있다. 소콜스키는 두뇌가 좀 더 생기 있고, 쿠프초프와 후토랸스키는 생각이 경직되어 있다는 게 차이이다. 하지만 그가 **우리 편**이라고 착각할 필요는 없다. 이건 모두 말해서는 안 된다. 나는 머리를 끄덕인다. 그래, 물론이지, 소콜스키가 주장했고, 전보를 보냈어. (하지만 뭘 할 수 있었을까?) 내가 이해한 건, 거기에 엄청난 혼란이 있다는 것이다! 나도 혼란스러웠다. 하나를 이해하면 다른 것과 연관이 되었고, 그것은 계층화되어 차곡차곡 쌓여 갔으며 여러 해가 흐르는 동안 서로서로 맞물렸다. 이제 일생을 지나고 보니 분명치 않다. 내가 그때 그렇게 생각했었던가? 내가 그렇게 이해했었던가? 모든 이해가 서로 뒤섞였다. 아니다. 1919년의 여름은 뭔가 달랐다. 그 때문에 나는 아샤와 이야기했고, 내 안에도 나중에 그를 괴롭혔던 악의 분자인 불신이 자리 잡고 있다는 사실을 두려워하여 모두 털어놓지 않았다. 어쩌면 아무것도 아닌, 거의 보이지 않는 분자인데…… 일부만 이러한 혼탁에서 벗어날 수 있었다. 아, 이 모든 것이 오늘에 와서야, 오늘에 와서야 보이다니! 생을 다 보내고 나서야! 하지만 그때는 그런 것 같았는데, 그게 아닌 것이다…… 그때는……. 1919년 여름, 데니킨이 공격해 오고, 반란이 활활 타오르는 가운데 미굴린을 모스크바로, 스몰렌스크로 호출해 댔다. 그 당시 불신의 행위는 불신의 올바름에 대한 확증처럼 여겨진 터라 아무런 증거도 필요 없었다. **제거되었다면, 그럴 만한 이유가 있다는 뜻이었다.** 카자크인들이 반란을 일으키는데 미굴린을 돈 지역에 남겨 둔다? 염소를 텃밭에 풀어놓는다고? 중지시키고 진화하기 위해서 그가 할 수 있는 모든 걸 했으리라는 것을, 목숨이라도 내놓았으리라는 걸 이해하지 못했다. 왜냐하면 모든 것을 이 일에 바치느라 다른 삶은 없었으니……. 그의 비극은 계속해서 단도직입적으로 꾸짖었다는 것이다. 입에 거품을 물면서 대검을 뽑아 들고 그는 주장했다. 심지어 잘 이해하지 못하는 것까지도. 그는 인민 대표단을 꾸짖었고, 맥시멀리즘*을 꾸짖었으며, 무정부 공산주의자들에게도 호통을 쳤다. 그는 집회에서 모든 전권 위원들이 용감하고 고귀한 것은 아니며, 겁쟁이들도 있다고 꾸짖었다. 또 모든 가난뱅이들이 선량한 사람들은 아니며, 악당과 살인자도 있다고 소리쳤다. 그러고는 돈 지역에 견고한 인민의 권력, 레닌 동지와 칼리닌 동지가 교시한 대로, 장군도 지주도 없고, 전권 위원 없이 볼셰비키가 책임자가 되는 진정한 소비에트 권력을 세우고 싶다고 소리쳤다.

이러한 호통으로 허를 찔린 몇몇은 할 말을 잃기도 했다. 또 다른 사람들은 뒤통수를 긁적였다. 어떤 이들은 이렇게 말했다. "뭐, 좋아. 그러라고 해. 하지만 우리가 그에게 군대를 줄 거야……" 그리고 한 가지 더 있었다. 바로 연대 사령관의 허영심이었다. 1919년 봄, 러시아에는 온갖 이름난 연대 총사령관들로 들끓는다. 우리의 사령관, 백위군의, 녹색군의, 흑색군의…… 전직 부사관이었던 연대 사령관 마슬류크는 미굴린의 이름을 편안히 들을 수가 없다. 입술이 굳게 다물어지고, 넓은 광대뼈 위의 결절이 움직이고, 이마를 가로지른 흉터 ― 오스트리아산 도끼의 흔적 ― 가 하얗게 보인다. 마슬류크는 미굴린에 대해 아무런 말을 하지 않는다. 좋은 말이든, 나쁜 말이든, 그 어떠한 말도 마슬류크의 혀는 발음할 수 없기 때문이다. 그런데 문제는, 다들 생각하듯 미굴린이 돈의 카자크이고 마슬류크가 보로네시의 농부라는 것도, 한 사람은 부사관이고 다른 사람은 중령이라는 것도 아닌, 타인의 영광이 마치 칼처럼 목구멍을 서늘하게 한다는 점이다……

나는 아샤에게 마슬류크에 대해 말하지 않는다. 비록 그가 적이지만, 내가 헤아리지 못하기 때문이다. 이 모든 것이 곧바로 이해되진 않는 법이다. 우리의 대화는 기쁜 속삭임, 행복한 눈빛으로 끝맺었다.

"그는 알아볼 수 없게 되었어! 완전히 다른 사람이야……. 제발,

우리에게 군단을 준다면 얼마나 기쁠까!" 그러다 갑자기 또다시 걱정스럽게. "너의 슈라는 세르게이 키릴로비치를 어떻게 대해?"

나는 말한다. 슈라는 그를 존경한다고.

그렇게 잘 시작되었는데…… 처음 며칠 동안은……. 오, 그래, 좋다, 활발하고 빠르고 열정적이었다! 동원, 교육, 총격, 집회, 연설, 밤마다 집필, 그리고 '미하일린스카야 마을의 시민이자 돈의 군사 지역 카자크인 S. K. 미굴린'이라고 그가 서명하는, 커다란 외침이 담긴 자극적 선동문을 아샤가 '언더우드'에 타이핑하기. 여기 한쪽 면에는 부투를리놉카 사탕 공장에서 만드는 사탕을 쌌던 보라색 사각형을 붙이고 다른 면에는 '돈 지역의 피란민들에게'라는 호소문을 적은 종이가 있다. 그의 문체이다. "카자크 시민, 농민들이여! 작년에 크라스노프의 반혁명주의 물결이 여러분 중 많은 사람들에게 고향의 초원과 초가집을 버리게 만들었습니다. 수없이 인내하고 고통받아야 했습니다. 만약 데니킨이 이기면, 그 누구에게도 구원은 없습니다. 아무리 달리고, 아무리 도망가도, 어딘가에는 사관생도 패거리들이 당신을 끝장내 버릴 벽이 기다리고 있을 겁니다. 그러나 우리가 이기면……. 그러니 망명자 시민 여러분, 모두 내게 오십시오! 죽은 자들이 듣고 일어나는데, 여러분은 잠을 자고 있을까를 두려워하십시오! 노예의 사슬이 이미 당신의 머리 위에 있을까를 두려워하십시오!" 그리고 작문의 끝이다, 물론 멋진 끝이다. "그러므로 사회주의 혁명이여, 환영합니다! 순수한 진실을 환영합니다!"

아샤는 데니킨 군대가 미하일린스카야 마을을 점령한 후, 그의 가족을 처벌했다는 사실을 비밀스레 이야기한다. 사람들이 아는 것을 미굴린이 원하지 않으므로 발설하지 않도록 내게 부탁했다. 엄마를 고문했고 아버지와 형은 총살했다. 전쟁 전에 헤어졌던 미굴린의 아내는 딸과 함께 도망쳐 살아남았다. 그리고 그의 큰아들은 독일 전선에서 전사했다. 초가집을 불태웠고, 마당은 — 피란민들이 이야기해 줬는데 — 불탄 자리에 이런 글귀가 적힌 기둥을 세웠다. '이곳에서 독사이자 돈 지역의 유다인 미굴린이 타락하다.' 동정하고 가엾게 여기기엔 자존심이 허락하지 않았다. 그러나 이 처벌은 그가 우리를 배신하거나 떠나지 않을 것이라는 사실에 대한 보증서이다!

"왜 그는 아무에게도 이야기하지 말라고 할까?"

"파블리크, 그는 이상해……. 그는 놀라울 정도로 책략을 쓸 줄 몰라……."

나를 놀라게 한, '책략을 모르다'라는 단어를 나는 기억한다. 아마 이런 뜻일 게다. '다른 것으로부터 자신을 위해 이익을 취할 줄 모르거나, 그러길 원치 않는다'라는. 그는 그녀에게조차 오랫동안 이야기하지 않았다. 그리고 나중에 이야기한 다음에도 이렇게 경고했다. "여기 있는 모든 것이 불타 버렸어. 그러니 아무에게도 말하지 마." 정말 이상한 사람이다. 아샤와 나는 사령부 객차 근처에 서서 이야기하고 있다. 아샤는 그 객차에 꼭 붙어 서른 발짝도 떨어지는 것을 두려워한다. 매 순간 그녀가 필요할 수도, 어떤 명령이나 호소문을 타자기로 쳐야 할 수도 있기 때문에(그래서일까?), 그녀는 멀리 이탈하는 것이 허용되지 않았다. 나는 그녀와 논쟁을 벌인다.

"아샤, 이해해 줘……." 그런데 그때 미굴린이 나타나 냉혹하고 의심쩍은 눈초리로 바라보았다.

"젊은이, 당신은 내 아내를 안나 콘스탄티노브나라고 불러야 하오." 그러곤 거칠게 고함쳤다. "아샤는 절대 안 돼, 알겠나?"

이 일은 그가 긴장하고 흥분하여 침착한 어조로 말할 수 없는 순간에 일어났다. 남부 전선이 도움을 주지 않는다는 것이다. 같은 일이 반복되었다. 미굴린 군단이 마치 자기편이 아닌 것처럼! 또다시 사랑받는 아이들 사이에서 의붓아들이 되었다. 그런데 군단이라는 이 명칭은……. 6월 말, 미굴린과 슈라는 남부 전선 사령부에 전보를 보낸다.

"특별 군단의 지휘권을 이어받아 전황과 진용 및 하부 조직의 상태를 파악한 후 보고함. 전선의 규모와 빈약한 하부 조직 구성(몇몇 연대에서는 80명 이하 병력)을 고려할 때 극도로 힘든 상황에서 전투가 진행 중임. 많은 조직들이 불충분한 훈련과 편성으로 불안정한 상태이며(첫 번째 공산주의 연대는 19일에서 20일로 넘어가는 밤에 뿔뿔이 흩어짐), 카자크인 기병 중대는 고향 마을을 지나면서 적의 편으로 넘어감(폐도세옙스카야, 우스티부줄룩스카야 기병 중대)……. 이러한 상황에서 하부 조직은 오랜 기간의 전투로 심각한 손실을 입었을 뿐 아니라 냉혹하고 사나운 전투에서 많은 수의 사령 조직과 전권 위원을 잃었으며, 그들의 도덕적 탄력성도 극도로 낮아 가벼운 커튼처럼 쉽게 이용당할 수 있으므로 뒤를 이을 새로운 하부 조직을 즉각 편성하여 훈련해야 함. 이 병력으로 적극적인 과제를 수행하려면 적절한 휴식 없이는 불가능함. 제2사단장의 마지막 보고에 따르면, 각 여단에는 150명 이하의 병사가 남아 있음. 특별 군단장 미굴린. 혁명 군사 소비에트 위원 다닐로프."

이 전보에는 슈라의 흔적이 느껴진다. '도덕적 탄력성'은 슈라에게서 나온 것이다. 대신 여기 6년 전, 어려운 시기에 ─ 갈랴가 죽었고, 나는 슬픔의 고통으로 거의 죽을 뻔했다. 오직 문서들 속에서만 나는 구원되었다 ─ 서류에서 베껴 쓴 종이들이 있다. 미굴린이 모스크바와 전선의 혁명 군사 소비에트에 보내는 엄청난 분량의 전보이다. 이걸 발견했을 때, 고통스러운 가운데에서도 얼마나 기뻤던지! 한 노인이 문서 번호와 컬렉션명, 목록명을 귀띔으로 알려 주었다. 비록 조금 들쑤셔 대긴 했지만, 탐욕스럽지 않은 좋은 노인이었다. 지금은 그 노인도 없다. 그리고 갈랴도…….

"6월 24일, 19시. 안나 역.

나를 특별 군단 사령관으로 임명하면서 남부 전선의 혁명 군사 소비에트는 이전 군단이 강력해서 병사 1만 5천 명, 그중 5천 명의 훈련생이 있었으며, 이것이 전선의 전투 단위 중 하나라는 사실을 공지했다. 만약 그 자료가 당신들에게 주어진 것이라면, 나는 실상과 이 자료들 간의 모순에 대해 보고하는 것이 혁명적 의무라고 여긴다. 나는 이것이 허용될 수 없다고 생각하는데, 왜냐하면 정보 자료들을 긍정적인 것으로 간주한 탓에 우리는 진짜 위험에 눈을 감고 안심한 나머지 제때에 조치를 취하지 않으며, 만약 취하더라도 이미 너무 늦기 때문이다. 나는 사회적 삶을 은밀하게 건설하거나 편협한 당파 프로그램에 따라 건설하는 것이 아닌 투명한 건설, 민중이 적극적으로 참여하는 건설을 지지해 왔으며 지금도 지지하고 있다. 이때 나는 부르주아나 부농들은 고려하지 않는다. 그러한 건설은 농민 계층과 진정한 지식인들의 공감을 불러일으킬 것이다. 나는 특별 군단이 전선을 따라 145베르스타에 걸쳐 약 3천 명의 병력을 가지고 있다는 사실을 보고한다. 일부는 지쳐서 쇠약해져 있다. 3개 훈련병 그룹을 제외한 나머지 훈련병들은 기준 이하이고, 우렁찬 수천의 병사들 가운데 가련한 백여 명과 십여 명의 군사들만 남았다. 공산주의의 연대는 뿔뿔이 달아났는데, 그중에는 소총을 장전하지 못하는 사람들도 있었다. 특별 군단은 장막의 역할을 수행할 수 있다. 이제 특별 군단의 상황은 오직 호표르스키에서 동원된 카자크인들을 이동시키는 것으로만 모면할 수 있다. 이 지역에 대한 데니킨 장군의 계산은 전혀 적중하지 않았다. 백위군이 이 공백을 바로잡는 순간, 특별 군단은 순식간에 붕괴될 것이다. 돈 지역에서 몇몇 혁명 위원회, 특별 부서, 재판소와 몇몇 전권 위원의 활동은 전반적인 반란을 야기했다. 그런데 이 반란이 큰 파도를 이루며 공화국 전체의 농촌 마을들로 퍼져 나갈 위험이 있다. 노바야 치글라, 베르호-티샨카, 그 외 다른 마을들에서 열린 민중 집회에서 공개적으로 '왕을 달라'는 목소리가 울려 퍼진다고 해 보자. 그러면 새로운 녹색군 분대를 형성하고 있는 탈주병 가운데 높은 비율을 보이는 농민 계층의 분위기가 이해될 것이다. 테르사 강변의 일로바트카에서 일어난 반란은 아직까진 미약하지만, 사라토프 주 대다수 현(縣)에서 일어나고 있는 강력한 소요는 사회주의 혁명 과업에 완전한 붕괴를 가져올 위험이 있다. 나는 비록 당적이 없지만, 데니킨 장군이 노동의 붉은 깃발을 짓밟는 것을 무심히 바라보기에는 사회주의 혁명을 위한 전쟁에 지나치게 많은 노력과 건강을 바쳤다. 상상의 눈을 앞으로 내달려 사회주의 혁명의 붕괴를 보며, 낙관할 만한 것을 찾을 수 없는 탓에 거의 실수하지 않는 비관론자인 나는 극단적 수준의 다음 조치를 제안할 수밖에 없다고 생각한다. 첫째, 새로운 사단을 투입하여 특별 군단을 강화할 것, 둘째, 그 조직에 제23사단을 기본 토대로 할 것…… 혹은 나를 제9……사령관으로 임명할 것……. 인민 대표단 소집의…… 전선의 혁명 군사 위원회에 카자크 마을 사람들의 숱한 청원서를 전달했다. 그러나 농민들은 불평했고, 그를 죽였다. 스스로 발견하게 될 것이다. 누가 진정한 공산주의이고, 누가 늑대의 탈을 쓴 자인지……."

새벽 3시에 혼란스럽고 적대적이며 절망적인 뭔가를 이해하기는 어렵다. 머리가 지쳤다. 하지만 이 텍스트를 가지고 집에 왔을 때, 너무 기뻐서 즉시 갈랴의 침대 옆에 앉아 소리 내어 읽기 시작했었다. 갈랴가 갑자기 끼어들며 물었다. "파샤, 이게 지금 누구한테 흥미롭기는 한가요?" 놀라울 정도로 갈랴답지 않았다. 그녀는 언제나 흥미로워했는데. 그리고 이제 흥미롭지 않다면, 그건 그녀의 삶이 끝나 가고 있다는 뜻이다.

나는 설명한다. 그날들에 이루어진 진실들, 우리가 그토록 격렬하게 믿었던 그것들이 오늘날까지 피할 수 없게 이어져 반영되고 굴절되어 사람들이 알아차리지 못하고 추측하지 못하는 빛과 공기가 되었다. 아이들은 이해하지 못한다. 하지만 우리는 알고 있다. 사실 그렇잖은가? 우리는 이러한 반영과 굴절을 선명하게 보고 있다. 그러므로 반세기가 지난 이제 미굴린이 파멸한 이유를 이해하는 것이 중요하다. 사람들은 총알이나 병 혹은 불행한 사고 때문이 아니라, 위대한 기운들이 충돌하고 죽음이 불꽃처럼 날아다니기 때문에 파멸한다. 그녀는 오랫동안, 한 번도 그런 적이 없을 정도로 오랫동안 어둡고 깊은 시선으로 바라보며 — 이 작별, 얼굴을 영원토록 기억한다. 다가온 작별의 냉기 속에 뺨을 베개 위에 얹은 채 힘없고 핏기 없던, 그러나 시선만은 열정적이고 찌르는 듯했던 그 얼굴을 — 묻는다. "그런데 내가 왜 죽는 거지?" 조용한 속삭임과 웃음은 대답하지 않아도 된다는 것을 암시한다. 이것은 그냥 질문이다. 자신에게 던지는, 혹은 그 누구에게도 던지지 않는. 나는 화를 내며 말한다. "넌 죽어 가는 게 아냐! 제발, 허튼소리 하지 마!" 익숙한 거짓말이다. 그리고 생각한다. 우리가 이 모든 것을 어떻게 견뎌 냈는지……. 어떤 힘이 우리를 갈라놓았는지, 그들은 나중에 절대 이해하지 못할 거라고. 미굴린은 운명의 순간에 냉기와 온기의 두 전류, **신뢰와 불신**이라는 대륙 크기의 두 구름이 천상에서 충돌하여 엄청난 힘을 방전시켰기 때문에 파멸했고, 그것이 질주하여 냉기와 온기, 신뢰와 불신이 뒤섞인 태풍으로 그를 쓸어 갔다. 변위로 인해 뇌우가 오거나, 소나기가 땅에 쏟아진다. 바로 그런 소나기로 무자비한 폭염이 끝난다. 살아남는다면, 나는 서늘함을 즐기리라. 갈랴와 나는 비를 피해 달려온 정자에 서 있다. 무거운 소나기가 펠트지로 덮인 지붕을 때린다. 정원에는 흰 물방울로 안개가 일렁인다. "꼭 이야기해 봐야겠어! 2시에 정원에서."

소나기, 정자, 젖은 원피스, 놀란 갈랴의 얼굴 — 아주 먼 학창 시절의 일이다. 그곳에서 데이트가 예정되어 있었다. 칼로 이름들이 새겨졌다…….

"무슨 일이야?"

"파블리크, 나는 그가 두려워! 그는 로가쵸프와도, 하린과도 지독하게 싸웠어. 누군가를 죽이겠다고 위협했어……."

세상에, 내 몸은 공포로 차가워진다. 나의 갈랴가 내가 아닌 누군가를 위해 두려워하다니! 다른 사람을 위해 울고 있다. 감각을 잃어 가는 입술로 물어본다.

"너는 그를 그토록 사랑하는 거야?" 이건 이상하다. 마치 그가 누군지 내가 아는 것 같은데, 그러나 동시에 나는 이해할 수가 없다. 나는 그렇게 잘 알고 있는 그 사람이 누구인지 짐작해 내려 애쓰느라 미칠 듯이 집중한다.

"정말 안 보이니? 그가 없으면 나는 살 수가 없어."

갑자기 갈랴가 아니라 아샤다. 이 사람은 정자에 있는 아샤다! 그녀는 현(縣)의 군사령관 집 정원에서 쪽지로 나를 불러냈다. 미굴린이 7월의 두 번째 모스크바 출장에서 돌아와, 중앙 위원회의 카자크 담당 부서에서 대화를 마친 후 고무되고 충만한 기운으로 돌아왔을 때다. 반란군에 대항하기 위해 창설된 특별 군단은 이제 의미를 잃었고, 전선은 북쪽으로 이동하였으며, 데니킨이 돈 지역과 차리친, 하리코프를 점령했다. 이제는 반란군이 아니라 데니킨과 싸우는 거다! 미굴린은 돈 카자크인의 새로운 군단을 편성하고 있다. 우리는 사란스크에 머물고 있다. 편성은 놀랄 만큼 천천히 진행되고 있는데, 슈라가 제9군대의 혁명 군사 소비에트로 새로운 임무를 부여받았다. 바로 이것이 아샤가 겁에 질린 이유다.

"알다시피 그는 세르게이 키릴로비치가 대화할 수 있는 유일한 사람이야! 비록 그와도 논쟁을 벌이지만……. 그러나 나머지 사람들은 상대조차 하지 않을 거야. 그들은 적이니까."

"정말로 적이야?"

"적이야!" 아샤의 눈에 완고함과 분노, 미굴린의 분노가 일었다. 속삭인다. "일부러 우리에게 보내는 거야…… 북쪽 구역에서. 그들에 대해 알고 있어, 그들이 거기서 난동을 부렸거든……. 그는 그들을 보는 것도 못 참아 낼 거야! 데니킨보다 더 증오해!"

"어디로 보낸다고?"

"우리의 모든 정치위원들이 거기서 와…… 호표르에서."

출발하기 전날 밤 준비. 백리향 꽃 냄새와 궤짝들, 성화가 있는 주인 방에서 나눈 슈라와의 대화. 주인이 동정하듯 캐묻는다. 어디로 퇴각했지요? 어디가 전선인가요? 왜 전 세계 프롤레타리아는 잠자고 있는 건가요, 정신 안 차리나요? 당혹스러운 것 같아 보이지만, 면도를 한, 비죽이 웃는 면상으로 미루어 기뻐하고 있음이 드러난다. 갑자기 속삭이며 알려 준다.

"공산주의 시민 여러분, 나는 당신들에게 솔직히 말하겠소, 당신들의 전쟁이 왜 용맹스럽지 않은지를요. 당신들한테는 장군이 없어요. 사령부마다 글쟁이들, 사무원들만 있는 데다, 중앙 사령부에는 안경 쓴 레프카가 있어요. 과연 그가 장군들에 대항해서 생각할 수 있을까요?"

슈라는 불행한 미굴린 부대를 떠나는 게 마뜩잖다. 그러나 더 남아 있을 능력이 없다. 그렇다. 그 부농은 장군이 없다는 걸 그럴싸하게 말했다. 만약 누군가 있다면 우리는 그를 야생 버섯처럼 절여 버릴 테다. 믿을 수 없는 어리석음. 슈라가 좋아하는 표현이다. 믿을 수 없는 어리석음. 일을 진척시키기 위한 슈라의 온갖 노력, 그의 모든 전보들, 남부 전선 담당자들과 대면하여, 혹은 직통전화로 치른 모든 설전이 결실을 맺지 못한다. 흔히 말하듯, 원하면 가시에 찔리는 법이다. 6월에는 원하더니 7월에는 비난을 해 대고, 그다음에는 이러더니 또 저런다. 이 때문에 슈라는 화가 났고, 그래서 누구나 알아듣게 설명할 수가 없다. "끝까지 믿으시오!" 미굴린에게도 화가 났는데, 그가 광포한 행동으로 스스로를 해치기 때문이다. 정치부의 수행을 감사하러 온 남부 전선의 최고 의장을 거의 주먹으로 쫓아 버렸던 것이다.

아주 젊은 정치위원 로가쵸프와 하린이 들어온다. 로가쵸프는 스물세 살, 하린은 그보다 좀 더 많다. 로가쵸프는 노보체르카스크에서 온 학생이고, 하린은 로스토프의 보일러 기사이다. 두 사람은 북쪽 구역에서 2월과 3월에 징발을 실시했는데, 확신에 찬 용맹한 **실행자**로 이름을 떨쳤다. 그들을 '호표르의 공산주의자들'이라 부르는데, 당연히 미굴린과 그들 사이에는 불화가 있었다.

"그러니까, 알렉산드르 피메노비치, 우리를 버리시는 건가요?" 작은 키에 코가 날카로운 로가쵸프가 창백하게 미소 지었다. 그는 머리를 뒤로 젖히고 언제나 거만하게 바라본다.

"당신의 출발이 유명한 존재들의 배로부터의 탈주를 닮은 것 같지는 않소?"

"나는 군에 복무하는 사람이오. 명령이오……." 음울하고도 모욕감 없이 슈라가 설명한다.

"하지만 본질은? 내면의 감정으로는 어떠신지요?"

그들은 젊다. 그들을 혈기가 덮치기도 하고, 공포가 사로잡기도 한다. 미굴린은 분노의 발작으로 그들을 쏴 버리겠다고 위협한다. 그러자 그들은 체포와 총살로 그를 협박한다. 이러니 어떻게 함께 일하겠는가? 업무는 전혀 진척되지 않는다. 군단은 무위 속에 썩어 간다. 그러나 데니킨은 그 시각 전선을 돌파할 준비를 마치고, 며칠 후 군대들의 교차 지점으로 마몬토프의 기병대가 뚫고 들어올 것이다.

"내면의 감정으로는 제군들, 당신들을 나는 안타깝게 여기오. 군단장이 마음대로 하도록 내버려 두고 싶지 않군요. 그는 당신들을 다 먹어 치울 것이오."

"어쩌면 우리가 그를요? 적대자를?" 팔이 무거운 보일러공이 눈을 가늘게 뜬다.

"그는 적대자가 아니오. 그는 혁명군이지만 농민 출신이오. 즉 프티부르주아란 뜻이지요. 그리고 우리의 적에 대한 적이니 우리에겐 귀중한 사람이오. 알겠지요? 당신들이 이 진실을 납득하지 못하는 한, 당신들에게 상황은 나빠지고 위험할 것이오……."

슈라는 모든 걸 그토록 잘 이해했지만, 훌륭한 혁명가들과 함께 일할 힘과 인내심이 없다. 트로츠키는 미굴린이 보낸 최초의 전보에 대한 답신에서 '돈 지역의 창설주의와 좌파 사회 혁명주의'라고 썼다. 지워지지 않는 붉은 봉랍 인장처럼 그렇게 남았다. 나움 오를리크! 그 역시 구성 성분을 규정하여 번호표 걸기를 좋아했다. 인류에 대한, 더 정확히 말하면, 인간에 대한 약사(藥師)와 같은 접근은 수십 년간 지속되었으나, 준비된 공식 같은 건 없고, 이젠 모든 것이 뒤섞였다. 작은 유리병이 깨졌고, 용액과 산(酸)이 섞였다. 이제 나는 많은 것을 이해하지 못한다. 때로는 아무것도······. 젊은 사람들과 중년의 군중들이 내 눈에는 특히 비밀스러운 것 같다. 노인들에게서는 뭔가를 짐작해 낼 수 있다. 노인들이 더 친근하다. 노인들에게라면 나도 오를리크 못지않게 번호표를 걸 수 있을 텐데, 젊은이들은 나를 당황하게 한다. 그런 혼란, 그런 혼탁함이라니! 여기에선 나움도 혼란스러웠을 것이고, 여기에선 그도 용서를 구했을 것이다. '오, 우리는 이 모든 것에 많은 죄가 있군요! 돈 지역은 버려졌고, 스스로에게 맡겨져 자기 자신의 피에 질식하다니······.' 내가 무엇을 읽고 있는가? 맙소사, 이건 중앙 집행 위원회에 보낸 편지다. 7월의 회의에서 미굴린이 블라디미르 일리이치에게 말했던 것이다.

"돈 지역 외곽은 3~4월에 당시 엄청난 수로 붉은 근위대에 합류한 선동자들의 난동과 횡포에 당했습니다. 전선의 카자크 사회가 겪은 이 어두운 드라마는 공정한 역사에 의해 밝혀질 겁니다. 처형되고 유형 보낸 카자크인들 수백 명 중에는 죄 없는 이들이 있었습니다. 혁명이 너무 심화된 나머지, 카자크 마을 사람의 빈약한 머리로는 눈앞에서 자행되는 사건들을 이해할 수 없게 되었습니다……. 그들에게는 나라의 기근으로 인한, 현재 돈 지역에서 일어나고 있는 가축과 곡식의 몰수가 이해되지 않습니다. 나는 카자크인 사회가 사람들이 생각하는 것처럼 그렇게 반혁명적이지 않다는 점을 깊이 확신합니다……. 그 누가 나에 대해 어떤 거짓말을 하고 어떤 음해를 하든, 나는 프롤레타리아의 얼굴 앞에서 그 과업을 배신한 적이 없으며 배신하지도 않을 것임을 장대하게 공표합니다. 다만 한 가지, 나는 비록 당적은 없지만 1906년부터 혁명을 수호하고 있는 자로 이해해 줄 것을 요청합니다."

그 이후는 잘 기억한다. 블라디미르 일리이치는 카자크 담당 부서 위원의 말을 빌려 "그런 사람들이 우리에게 필요합니다. 반드시 그들을 적절히 활용해야 합니다"라고 말했던 것 같다. 그리고 칼리닌은 그 말에 공감을 표현하면서 다만 미굴린이 자격 없는 개별 공산주의자들의 비판 때문에 당의 반대편으로 갈까 봐 두려움을 드러냈다.

맙소사, 이 모든 일을 한마디로 표현하는 것이 얼마나 무의미한가! 그러나 매번 그러려고 시도한다. 미굴린이 살아 있을 때도 '배신자', '변절자'와 같은 단어들을 외치며 그러려 했고, 지금도 '레닌주의자'와 '혁명당원'을 외치며 그러길 시도한다. 단순하게 한 단어로 설명된다면 한밤중에 종이들을 뒤적이며 앉아 있지 않아도 될 텐데……. 종이쪽지들이 고맙지만, 밤을 망쳐 놓았다. 3시다. 회상에는 잠도 없다. 머리가 맑아진 것 같다. 또다시 모두 잘 이해하고 있으며, 모든 것에 대해 생각하고 있다. 지금 나는 미굴린에 대해 읽으면서 추측하느라 괴로워하고 있지만, 그 뒤로 한 가지 생각을 한다. 루시카는 불타는 숲에서 어떻게 지내고 있을까? 병이 난 건 아닌가? 자신의 삶, **자기 자신**에게도 경솔하고 어리석은 청년이라 반드시 뭔가를 꾸미고 말 것이다…….

또 편지가, 더 늦은 시기에 쓴, 길고 열정적인 편지가 더 있다.

"……내 눈앞에 막 펼쳐지고 있는 광기를 향해 나는 가지 않을 것이다. 그리고 내 안에 있는 모든 힘을 다해 카자크 해체 정책에 맞설 것이다. 나는 고유의 습관과 종교성을 지닌 농민 계층을 다치게 하거나 그 풍속을 해치지 않으면서, 아직 그 입술에 젖도 마르지 않은 채, 집회에서 의기양양하게 농민들에게 농업 관리를 가르치지만 사실은 대부분 보리와 밀도 구분하지 못할 정도로 세상 물정 모르는 공산주의자들의 크고 과장된 문구가 아니라, 개인의 사례를 보여 줌으로써 보다 나은 밝은 삶으로 그들을 이끌고 갈 것을 천명한다. (나를 염두에 둔 것은 아닌지? 이 부분을 읽을 때마다 나라고 생각한다. 나 역시 데니킨을 물리치자는 둥, 청소를 해내자며 집회에서 뭔가를 외쳤지…….) 나는 민중의 진실한 일꾼으로, 땅과 자유를 향한 그들의 소망을 지키는 진정한 파수꾼으로 남고 싶다. 또한 최후의 수단을 동원하여 나 자신으로부터 가짜 공산주의자들의 온갖 비방을 벗겨 낼 것이다. 마찬가지로 드러난, 카자크 해체와 관련된 사악한 계획이 내가 주최한 집회들에서 선언들을 반복하도록 강요하고 있다. 1. 나는 당적이 없다. 2. 지금까지 그랬던 것처럼 끝까지 볼셰비키들과 함께 갈 것이다. 3. 전투 환경과 간부의 훈련 환경에 가짜 공산주의자들이 개입하는 것은 결코 허용할 수 없다. 4. 혁명의 이름으로, 그리고 고통받은 카자크 사회의 이름으로 중지할 것을 요청한다. 근절을 위한 핑계를 만들려는 목적으로 주민들 속에서 고의적으로 흥분을 조장하는 건달들은 모두 즉시 체포하여 재판에 넘겨야 한다. 나는 권력의 개별 하수인들이 야기하는 모든 악과, 최근 전(全) 중앙 집행 위원회의 의장이 다음과 같이 언급한 바로 그것을 위해 싸운다. '농촌의 와해와 붕괴를 불러온 전권 위원들을 우리는 가장 단호한 형태로 제거해야 하며, 농민들에게는 그들이 필요하고 유용하다고 생각하는 자들을 선출할 것을 제안합니다.' 나는 내가 밝혀내는 악이 당으로서는 전적으로 수용 불가능하다는 것을 안다. 하지만 왜 그러한 악을 지적하고 공개적으로 그러한 악들과 싸우는 사람들이 박해받아 처형되는 건지……. 어쩌면 이 편지 이후 똑같은 운명이 나를 기다리고 있을지도 모른다."

편지의 수신자들은 제때 읽지 않았다. 모든 것이 달라질 수 있었다. 그러나 다른 사람들이 편지를 읽었다. 가장 중요한 악은 진실함이다. 어떻게! 그는 자신에 대해서도 **거짓 소문을 퍼뜨릴 수 있다!** 그때 군단장이 허둥거리기 시작한다. 그에게는 사람들을 주지 않는다. 체포된 탈주병을 군단으로 보내 달라고 요청하지만 거절한다. 농민 징집을 제안하지만 안 된다. 8월 초 그는 당에 입당 신청서를 제출했으나, 로가쵸프와 하린이 수장인 정치부는 자신들의 군단장을 당으로 받아들이지 않았다. 바로 여기에 불행이 있었다. 그의 곁에는 진실한 전권 위원이 없었던 것이다! 차파예프 옆에 있던 푸르마노프 같은 자들 말이다. 제8차 전당 대회에서 언급된 그런 사람들이 말이다. '가장 좋은 간부들과 함께 손에 손을 잡고 빠른 시간에 전투력 있는 군대를 창설했다.' 레닌은 모든 디테일들은 몰랐지만, 비극의 본질은 이해했다. 구세프에게 보내는 편지! 1919년 9월에! "잠에 취한 바보들이 아니라 가장 정열적인 전권 위원들을 남쪽으로 보내야 한다." 제51권에…… 책갈피가 있어야 하는데…… 여기, 여기 있다! 혁명 군사 위원회 위원 구세프……. 세르게이 이바노비치에게 보내는 편지. "……사실 우리는 정체되었다. 거의 붕괴 상태이다. 마몬토프도 정체 상태다. 아마도 계속해서 지연된 듯하다. 북쪽에서 보로네시로 간 병력이 지체되었다. 제21사단의 남쪽으로의 이동이 지연되었다. 자동 기관총 부대도 늦었다. 연락도 지체되었고, 군 편성도 지연 중이다. 가을을 넘기면, 데니킨은 병력을 세 배로 증강시킬 것이고, 탱크 및 기타 등등을 받게 될 것이다. 그래서는 안 된다. **잠에 취한** 일의 속도를 **생기 있게** 바꾸어야 한다."

사실 이에 대해 미굴린은 여름 내내 외쳐 댔다! 왜냐하면 그의 군단이 지독하게 **잠에 취한 속도로** 조직되고 있었기 때문이다!

그때는 이미 슈라도 나도 사란스크에 없다. 우리는 코즐로프에 있다. 나중에 모든 것을 편파적이고 신뢰할 수 없는 이야기를 통해 알게 된다.

모스크바의 카자크 담당 부서에서 파견된 카즈임베토프의 연설 발췌문이다. 카즈임베토프는 며칠간 군단에 머물렀다. "개인으로서의 미굴린 동지는 현재 남부 전선에서 적위군이나 백위군에서나 대단한 인기를 누리고 있지요. 그의 이름은 정직과 사회주의 혁명 과업, 노동하는 민중의 이익에 대한 깊은 헌신이라는 후광으로 둘러싸여 있어요. 미굴린은 카자크 사회가 장군-지주의 폭압과 반혁명으로부터의 해방자로 신뢰와 희망을 가지고 바라보는 유일한 인물입니다. '거짓 공산주의자'들을 향한 그의 공개적이고 신랄한 표현들이 있기는 하지만, 혁명을 위해선 그를 적절히 이용해야 합니다." 계속, 이어서! "그러므로 신뢰의 첫 번째 이유는 대체적으로 그의 인기입니다." 계속. 군단 내의 분위기에 대해서……. 여기다! "군단은 거의 편성되지 않았고, 이제 편성 중입니다. 붉은 근위대는 정치부원들에 대한 반감으로 무장되어 있고, 정치부원들은 미굴린 동지에 대한 반감으로 무장되어 있습니다. 미굴린은 사람들이 전선에서 건강을 잃은 사회주의 혁명의 진정한 투사인 그를 믿지 않을뿐더러, 심지어 그가 부패하고 분별 없는 사람이라는 인상을 불러일으킬 수 있는, 그의 견해에 따르면, 근거 없는 보고들을 보내 그의 무덤을 파려고 애쓴다는 점에 격분하고 있습니다. 최근 미굴린 동지는 체포나 음모를 두려워하여 곁에 경비를 붙여 놓고 있습니다. 정치부원들은 미굴린을 두려워합니다. 붉은 근위대는 흥분한 상태로 매 순간 미굴린을 그에 대한 '음모'로부터 무장 방어할 태세입니다. 제 생각에 미굴린은 그리고리예프를 닮지 않았고, 모험가와도 거리가 멉니다. 그러나 '그리고리예프주의(主義)'가 허위로 꾸며지고 있습니다. 미굴린은 필사적인 표정을 지어야 할지도 모릅니다……."

로스토프의 어두운 황무지, 집들, 울타리들, 추운 밤, 따뜻한 창문 너머 촛불의 일렁임, 사람들은 크리스마스를 보내면서 아무도 우리의 존재를 알아차리지 못한다. 우리는 어떤 골목길로 들이닥쳐 쪽문을 부순다. 어디라고 짐작이나 할까 — 우리는 하루 만에 80베르스타를 움직였다! 나히체반 쪽에서 날아 들어왔다. 발타사르 축제에 오는 것처럼. 창문으로 불빛이 새어 나오는 집 근처에서 목소리들이 들리더니 방한용 두건을 쓰고 긴 외투를 입은 장교가 서 있다. 그는 여인을 껴안고 열정적으로 뒤로 젖힌 다음, 구부리고 기울이더니 그녀를 눈 속에 떨어뜨린다. 그녀는 모자를 쓰지 않고 드레스를 입고 있다. 집으로 들어가는 문이 활짝 열려 있는데, 아마 방금 거기, 따뜻한 곳에서 추위 속으로 달려온 듯싶다. 나는 현관에서 유심히 바라보다 알아차렸다. 미굴린과 아샤였다. 나는 "감히 어디서!"라고 소리친다. 그가 권총집을 낚아채며 아샤에게서 펄쩍 뛰어 물러났고, 나는 말 위에 있는 것처럼 대검으로 위에서 짧고 무서운 타격을 날렸다. 수박이 칼에 잘리듯 뭔가가 부서졌다. 간신히 "아……" 소리를 낼 수 있을 뿐이었다. 파벨 예브그라포비치는 이런 악몽의 환영으로 잠에서 깼고 오랫동안 마음을 진정시키지 못한다. 손이 떨리고 온몸이 욱신거리고 입이 마른다. 오, 맙소사, 이런 공포와 터무니없는 일 — 중요한 건 터무니없는 일이라는 것이다! — 을 꿈속에서 보게 되다니. 도대체 무슨 일인가? 왜 이런 일이? 바로 이것이 꿈으로 들어온 것이로군. 마른하늘에 날벼락이 떨어진 것처럼 로스토프가 해방되었다. 크리스마스 무렵, 1920년이 되기 직전에. 그리고 어떤 집과 마당, 창문에서 흘러나오는 음악, 도로를 따라 총격이 오갔고, 장교는 소녀와 키스하고 있다. 순간 병사는 그를, 그곳에서 죽이기로 결심했다. 그는 소란을 피울 생각이었다. 입을 다물고 있었더라면 살았을 텐데. 그들이 집 안으로 뛰어 들어갔고, 거기는 모두 다 준비되어 있었다. 상이 차려지고, 포도주와 안주들, 여인들은 소리 지르고, 축음기가 돌아가고…….

드디어 8월 중순쯤 아샤에게서 두꺼운 봉투 안에 든 답장이 왔다. 가느다란 글씨로 빽빽하게 글을 쓴 학생 노트가 반으로 접힌 채 들어 있었다. 파벨 예브그라포비치는 모두 읽었다.

친애하는 파벨! 너의 편지를 받아 말할 수 없을 정도로 기뻐. 편지에서 나는 네가 가까운 이를 잃은 것 빼고는 건강하게 살아 있고, 자식들과 손자들과 함께 살고 있으며, 전체적으로 네 삶이 안정적이라는 사실을 알게 되었어. 하지만 우리 나이에 이런 상실을 피한 사람은 거의 없을 거야. 나 또한 이 슬픔을 세 번이나 겪었으니까. 그래서 파벨, 나는 너를 잘 이해하고 매우 공감하고 있어. 답장을 지체했는데, 그건 네가 원한 대로 더 잘 기억해 내서 가능한 한 상세히 기록하고 싶어서였어. 여기 내 기억이 간직하고 있는 것들이야.

너는 묻고 있어. 너와 네 외삼촌이 부대를 떠난 후 무슨 일이 일어났냐고? 물론 너는 자세히 알 수 없었을 거야. 하지만 정말 온갖 끔찍한 소문이 퍼져 나가더군. 내가 보기엔 세르게이 키릴로비치의 적들이 일부러 퍼뜨린 것 같아. 물론 그는 발끈해서 겁먹은 위원을 좋지 못한 단어로 불렀고, 이것 때문에 나는 언제나 부끄러워지곤 했기 때문에, 그를 나무랐어. 하지만 알다시피 그는 미쳐 있었어! 비록 그는 공산주의의 적을 지독히 증오하여 평생 그들과 싸웠지만 한번 흥분하면 공산당원들까지도 욕했어. 내 생각엔 8월에 그가 당에 지원했지만 그를 받아들이지 않았는데, 그 일이 결정적으로 충격을 주었던 것 같아. 그가 통솔하는 정치부가 거부했다더군. 나는 지금 로가쵸프라는 성 외에는 이 사람들의 성을 기억하지 못해. 하지만 세르게이 키릴로비치는 그 성을 언제나 혐오하고 경멸하며 자주 반복하곤 했어. 가끔은 협박하듯 했지. "이런 코흘리개, 나한테 걸리기만 해봐!" 커다란 키에 텁수룩하고 머리가 검은 사람이 하나 더 있었고, 또 한 사람은 중년으로 수척했는데, 내 생각엔 라트비아 사람 같았고 러시아어를 잘 못했어. 하지만 세르게이 키릴로비치는 우스티-메드베디츠키 출신의 몇몇 동향인을 특히 더 증오했어. 그들은 예전에 혁명 군사 위원회 소속으로 잘못된 노선을 이끌었는데, 세르게이 키릴로비치는 그들에게 찬성하지 않고 언쟁을 했었지. 그는 항상 카자크 사회 때문에 논쟁을 했어……. 그 당시에는 카자크 사회를 둘러싼 숱한 이야기가 있었는데, 어떤 사람들은 찬성했고, 어떤 사람들은 반대했지. 지금은 그 불화의 근본 원인이 잘 기억나지 않지만, 세르게이 키릴로비치가 신경질을 내며 누군가를 머저리와 사기꾼으로 부르고, 그들이 혁명을 망칠 거라고 이야기했던 것만 생각나. 그는 그들이 일부러 자신에게 불쾌하고 적대적인 사람들을 보냈고, 그 사람들은 자신을 감시하고 통제하는 임무를 맡았다고 생각했어. 그들을 — 물론 자기들 사이에서만 — 거칠게 앵무새나 감시인이라고 불렀어. 군단 내 분위기는 전체적으로 뒤숭숭했어. 너의 외삼촌 다닐로프가 떠났을 때는 특히 더했지. 이제야 그의 성이 생각났어. 다닐로프. 그들 사이에 언쟁이 있었어. 무엇 때문인지는 기억나지 않지만, 아마 전방 사령부에서 보낸 어떤 위원회 때문이었을 거야. 세르게이 키릴로비치는 말했었지. "감사원들은 보내면서, 아무리 부탁해도 추가 병력은 보낼 수 없는 게로군."

그는 부당한 처사에 무척 슬퍼했어. 물론 나는 역사가도, 정치부 위원도 아니어서 최종적인 평가를 할 수는 없지만, 그 시간 동안 그를 가까이에서 관찰했던 사람으로 말하고 싶어. 그는 혁명과 소비에트 권력에 헌신했는데, 일부 사람들이 그를 적으로 만들었다고. 비록 그가 위원들의 무능력과 행동을 비판하긴 했지만. 이건 부정할 수 없지

저녁에 전령 이반이 묵는 객실로 와서 그를 어디론가 보낸 후, 마치 호랑이처럼 어슬렁거리며 침묵하거나 고통으로 신음하던 걸 기억해. "세료자, 무슨 일이지?"라고 내가 묻지. "아, 이야기하고 싶지 않아……." 그러다가 갑자기 소리치기 시작해. "데니킨이 공격해 온대! 그런데 나를 가둬 놓고 있다니. 나는 전선으로 달려갈 거야! 내가 그들에게 명령을 내릴 수 있다고!" 다닐로프가 떠났을 때, 그는 아주 심하게 억압된 상태로 와서 말했어. "죄수에게 인내심이 바닥났다면, 나한테는 뭐가 남아 있을까? 이마에 총알을 박는 일?"

당신들의 출발이 그를 죽게 했어. 그런데 뭘 더 할까? 밤새
위 사령부의 사령관들과 끝없는 회의를 했어. 긴박한 상황이었
지. 한 무리의 사람들이 회의를 하면 다른 사람들은 들여보내
지 않아. 세르게이 키릴로비치가 집중해서 일했고 어떤 프로그
램을 작성했다는 걸 기억해. 내가 타이핑했는데, 지금은 그게 무
엇이었는지 전혀 기억나질 않아. 나중에 재판에서 그것이 그에
게 불리한 증거로 사용되었어. 마치 그가 사전에 배신을 생각하
고 있었던 것처럼 말이야. 하지만 그건 사실이 아니야. 그는 뭔
가 추상적인 것, 역사적 주제에 대한 자신의 의견을 기록했지.
그는 철학을 공부하면서 판단하고 논쟁하는 걸 좋아했고, 진
짜 교육을 받지는 못했지만 똑똑한 사람들의 말문이 막히게 했
지. 남부 전선, 공화국의 혁명 군사 소비에트로 어떤 전보를 보
내건, 그곳으로부터 되돌아온 답변은 모두 호의적이지 않았어.
마침내 ─ 나는 느꼈어 ─ 그는 결정을 내렸지. 알다시피 데니
킨은 꽤 성공적으로 공습했지. 공포스러운 소식들이 들려왔잖
아. 그는 참아 내질 못했어. 다른 성격을 지닌 사람, 좀 더 이성적
인 사람이었더라면 극복해 낼 수 있었을 테지만, 세르게이 키릴
로비치는 폭발했어. 나는 그를 보호하는 게 아냐, 파벨, 나는 그
냥 눈물이 나. 그가 나에게 달려와 누군가를 저주하며 "내가 뭘
할 수 있지? 말해 봐, 조언을 해 봐!" 하고 묻던 걸 생각하면 눈
물이 나. 물론 그는 내가 아무것도 조언할 수 없다는 걸 이해했
고, 단지 절망만 남았어. 뭘 해야 할까? 나 자신이 횡설수설하고
있었어. 그 당시 나는 그저 그를 사랑했고, 그가 미칠 듯이 안쓰

러웠어.

갑자기 그가 내게 말했어. "넌 당장 떠나야 해!" 왜? 그래야 해. 아무것도 설명하지 않아. 나는 짐작했지. "당신, 전선으로 가려는 거죠? 그럼 당신과 가겠어요!" 우리는 밤새 다퉜어. 무슨 일이 있어도 함께 데려가고 싶지는 않았지만, 어디에도 갈 데가 없었어. 엄마와 아빠, 바랴 언니는 남쪽에, 로스토프인지 예카테린부르크인지 정확히 몰랐지만, 어쨌거나 전선 경계 너머에 있었어. 우리에겐 또 다른 친척으로 아빠의 언니인 아그니야 아줌마가 스몰렌스크에 살고 있었는데, 그녀에게 가는 걸 단호하게 거절했어. 그녀는 남이었고, 폴란드인과 결혼했으며 가톨릭을 믿었어. 문제는 그게 아니라, 내가 세르게이 키릴로비치를 떠날 수 없었다는 거야. 그때 그는 자기 누이가 있는 보로네시 주로 가라고 설득했지만, 그 지역에 우리 군과 백군 중 어느 쪽이 있는지는 알려지지 않았어. 그렇게 아무 데도 갈 곳이 없어서, 나는 그와 남았던 거야. 모든 것이 매우 빠르게 변하기 시작했어. 그가 호소문을 썼던 걸 기억해. 그의 보좌였던 코로빈이 지나치게 날카롭다고 말하며, 좀 더 부드럽게 쓰길 요청했어. 그들은 또다시 논쟁을 벌였고, 오랫동안 서로 싸웠어. 정치부 위원들은 세르게이 키릴로비치에게 몇몇 사령관들을 제거하고 그들을 재판에 넘길 것을 요구했지만, 그는 동의하지 않았어. 또 그의 친구인 미샤 보그다노프가 총으로 자살했던 것을 기억해. 이 사실은 무척 심각한 영향을 끼쳤어. 세르게이 키릴로비치가 갑자기 의욕을 잃고 독립적으로 출정하려는 생각을 버린 것 같았으니까. 그러나 이때 남부 전선의 사령관 중 한 사람, 아마 얀손인가 하는 사람과 직통 전화로 대화를 하게 되었지……. 나는 정확하게 기억을 못하겠어. 대화는 무척 잘 기억하는데, 내가 있을 때의 일인데다, 세르게이 키릴로비치가 나중에 자세히 다시 이야기해 줬기 때문이지. 이 대화는 영향을 미쳤어. 산에서 내려온 첫 번째 돌처럼 날아왔고, 그 뒤를 이어 거대한 눈사태가 덮쳤지.

물론 세르게이 키릴로비치가 오랜 생각 끝에 내린 결정이 무모한 것일 수도 있고 아닐 수도 있는데, 나는 내 남편을 심판하고 싶지 않아. 다만 그가 정직한 사람이라는 것만은 알고 있는데, 그는 출구가 없다고 말했어. 이 모든 것은, 밀폐된 공간에서 가장 가깝고 신뢰할 수 있는 사람들 사이에서만 논의된 것임에도 불구하고, 전선 사령부에도 알려졌어. 그리고 누가 보고했는지도 밝혀졌지. 세르게이 키릴로비치는 교활함이 필요했지만 부족했고, 많은 사람들을 쓸데없이 신뢰했어. 예를 들어 연대 사령관 유르가노프를 믿을 만한 친구라고 생각했는데, 그는 최악으로 처신했어. 심지어는 재판에서 자신이 왜 세르게이 키릴로비치를 쏘지 않았는지를 변명했어, 그 악당. 그는 어디선가 세르게이 키릴로비치에게 총을 쐈지만 맞지 않았다고 거짓말까지 하면서 자신의 사면을 빌었는데, 결국 아무 도움이 되지 않았지. 그런데 내가 살짝 옆으로 샜네.

얀손이 물어봤어. 사령부에 알리지 않고 전선으로 출정할 계획이 사실이냐고. 세르게이 키릴로비치는 단호한 목소리로 상황을 설명했어. 나는 이런 구절들을 기억해. "내 주변을 둘러싼 분위기에 나는 숨이 막혀……. 나는 내게 충성스러운 수백 명의 사람들과 함께 본 사단에 합류하는 데 동의했네." 그는 자신이 3월에 그 사령부에서 물러났던 제23사단을 염두에 두고 있었던 거야. 친구인 말리코프가 그곳 책임자가 되었지. 처음에는 대체로 조용하고 이성적으로 말하는 바람에 그 사람 같지 않았어. 얀손은 그 어떤 군 단위도 허락 없이 출정하지 않도록 혁명 군사 소비에트의 이름으로 명령이 내려왔다고 말했어. 그러자 세르게이 키릴로비치가 말했어. "그럼 나 혼자라도 떠나지. 여기서는 더 이상 살 수가 없어. 나를 지독하게 모욕하고 있어!" 얀손은 세르게이 키릴로비치에게 펜자로 떠날 것을 요구했어. 그 당시 사령부가 그곳에 있었거든. 그런데 내가 기억하기로 그는 이렇게 말했어. "어서 오게나, 함께 생각을 좀 해 보자고. 지금 그곳에서 전선을 통솔하는 자가 다닐로프 동지야." 하지만 세르게이 키릴로비치는 자신의 안전이 걱정되어 호위 없이는 가지 않겠다고 곧장 대답했어. 얀손은 아무것도 두려워할 게 없다고 안심시킨 다음 호위에 대해 동의했어. 세르게이 키릴로비치는 150명을 요구했지. 좋아, 150명을 데리고 당장 오게. 나는 그가 평정심을 잃었을 때 했던 마지막 말들도 기억해. 그는 창백한 모습으로 서 있었는데, 날씨마저 무척 더워서 땀이 얼굴을 타고 흘러내렸지. 그는 수화기에 대고 소리치고 있었는데, 나는 그의 앞에 서 있었고 그는 연신 내 쪽을 쳐다봤지만, 내가 보이는 건 아니었나 봐. 계속 소리쳤어. "23사단이 내가 펜자로 자원한다는 사실을 알게 해 주세요, 만약 무슨 일이 생기면 사단이 알 수 있도록 말이오! 얀손 동지, 나는 내가 신뢰하는 당신에게 나 자신을 맡기는 겁니다!"

나한테는 이것이 순박해 보였어. 하지만 나는 겁에 질려 있었어. 끔찍한 일이 몰려오고 있다는 걸 느꼈어. 그는 수화기를 내려놓으면서 '끝이야!'라고 말했어. 그런 다음, 내가 보기에 자기가 어떻게 말했는지 물었어. 나는 매우 단호하게 잘했다고 말했지. 그는 만족했어. 그는 바로 이것, 위엄이 있었는지 어땠는지를 알고 싶었던 거야. 그 후 하루 종일 이어진 그의 고뇌과 갈등이 시작되었어. 출정하는 걸 고민하기도 하고, 결정을 취소하려 하기도 했어. 그런데 얀손이 펜자에 다닐로프가 있다고 했던 말이 그를 움직였어. 비록 그가 네 외삼촌과도 다퉜지만(그가 안 싸운 사람이 누가 있을까?), 그를 존경했고 나에게도 그 느낌이 남아 있었어. 그래서 다닐로프가 우리를 떠났을 때, 그가 아무도 모르게 괴로워했던 거야. 다닐로프 없이는 상황이 더 나빠질 거라는 걸 느꼈던 거고 그렇게 되었지. 또 정치부에 '곰보'가 있었더라면 입당시켰을 건데, 젊은 악당들이 그를 파멸시킬 계획을 세웠다고 말했어. 그는 왠지 외삼촌을 '곰보'라고 불렀어. 얼굴은 전혀 기억나지 않지만, 작은 키에 다부지고 단단했으며 머리를 삭발하고 있었던 것만 기억나. 그런 다음 그는 나와 논의했어. "만약 다닐로프가 펜자에 있다면, 그는 왜 전화로 내게 아무 말을 하지 않았을까?" 그에게는 우연한 일이 아닌 것 같았어. 그는 다닐로프가 자기를 펜자로 부르는 것에 대해 책임을 지지 않는 것은 다른 자에 대한 확신이 없기 때문이라고 생각했어. 실제로 무슨 일이 있었는지, 왜 다닐로프가 그와 이야기하고 싶어 하지 않았는지 나는 몰라. 알다시피 얀손은 세르게이 키릴로비치가 이미 출정 명령을 내린 다음 날에도 두 번 전화했어. 그땐 둘 다 거칠게 악의적으로 대화를 했고, 얀손이 세르게이 키릴로비치를 위법자로 공표하겠다고 위협하자, 그는 심한 욕으로 맞섰어. 그런데 출정 전날, 직통 전화로 첫 번째 대화를 나눈 뒤의 일이었어. 누군가가 봉투에 넣은 쪽지를 객차로 던졌는데, 내가 바닥에 떨어진 걸 발견해서 읽었어. 크게 인쇄된 활자들로 딱 한 줄이 전부였는데, "펜자로 가지 마시오. 체포한 뒤 죽일 것이오"라고 적혀 있었어. 그 자리에서 나는 열병에 걸린 듯 무엇을 해야 할지, 그에게 말해야 할지 고민했어. 그때 무슨 까닭인지 그 즉시 내 마음에 들지 않았던 사령부의 한 사람이 생각났어. 그는 끊임없이 세르게이 키릴로비치가 정치부에 맞서도록, 대신 나서도록 부추겼고, 대체적으로 유쾌하지 않은 대화를 이끌었지. 그런데 한번은 나를 똑똑히 봤으면서도 다른 여자와 착각했다며, 잘못 알아본 듯 어둠 속에서 나를 붙잡더군. 나는 떨어져서 말했어. "당신은 사령관을 두려워하지 않나요? 만약 이 사실을 알게 된다면 당신을 그 자리에서 베어 버릴 거예요." 그가 불량한 태도로 히죽거리더니 말했어. "누가 누구를 먼저 벨지는 아직 모르는 거요!" 나는 이 말이 아주 마음에 들지 않았어. 나는 이자가 세르게이 키릴로비치에게 해를 끼칠 수 있겠다고 생각했어. 파벨, 나를 용서해. 내가 지나치게 자세히 쓰고 있는데, 멈출 수가 없어. 모든 것이 차례로 기억나고, 새로운 일들이 계속해서 떠올라, 한 가지 사실이 다른 사실들과 연결되면서 말이야. 네가 이해해 줘. 나는 오래전부터, 그러니까 세르게이 키릴로비치가 적으로 공표되었을 때부터 이걸 잊으려 노력했고 아무에게도 아무것도 말하지 않았고 더욱이 글로 쓰지도 않았어. 그런데도 이 모든 것이 뇌리에 남아 있다니, 스스로 놀라고 있어. 사실 50년도 더 지났잖아. 아니, 우리 인간의 기억은 진정으로 자연이 만든 기적이야.

어쨌든 나는 쪽지를 손에 들고 어떻게 해야 할지 생각하고 있었어. 솔직히 말해서 나는 그가 마음대로 전선으로 출정하는 걸 원치 않았어. 낯선, 혁명이나 규율같이 높은 질서를 생각해서가 아니라 정치에 대해 아는 게 없는 나는 그가 안쓰러웠던 거야. 나는 그가 무의미하게 살지 않으려고, 죽으려고, 파멸을 위해 탄환 아래로 내달리는 거라고 느꼈어. 죽음은 그를 전혀 두렵게 하지 못했지만, 그의 죽음은 나를 무척 공포스럽게 했지. 나는 그런 사람이어서, 언제나 가까운 이들을 걱정해. 나는 그가 펜자로 가길, 그래서 어떻게든 모든 것이 조정되고 진정되길 원했어. 나는 그들이 미굴린을 체포할 수 있다는 걸 믿지 않았고, 그래서 죽인다는 건 완전히 헛소리 같았지! 그는 너무 유명했으니까. 갑자기 그가 객실로 들어왔는데, 들어온 게 아니라 돌진했지, 마치 젊은이처럼 한걸음에 곧장 뛰어 들어와서는 — 그는 나이에 맞지 않게 무척 빠르고 민첩했으니까 — 메모를 발견하고는 물었어. "이게 뭐지?" 그러곤 내 손에서 뺏었어. 그는 질투심이 무척 강했어. 나는 그 사람에게 사실을 말한 거었어. 만약 미굴린이 어둠 속에서 마부가 젊은 처녀에게 그러는 것처럼 그가 나를 옥죄는 것을 봤다면, 당장 그를 죽였을 거라고 말한 것 말이야. 그는 쪽지를 읽더니 코웃음을 치며 찢어 버렸지. 그때는 펜자로 가지 않기로 결정한 상태였는데, 쪽지가 상황을 바꿔 놓았어. 그는 갑자기 내게 부끄러워진 거야. 자존심이 상했던 거지. 그는 상의 끝에 펜자로 가지 않기로 한 결정을 두고 쪽지에 적힌 내용에 그가 겁을 먹어 그런 것으로 내가 판단할 수 있다고 생각했나 봐. 그는 역으로 가서 객차에 대해 협상을 하라고 명령했어. 사람, 말, 군대 전체가 탈 객차가 많이 필요했거든. 오래지 않아 그와 가까운 기관총 부대 사령관이 달려와 사란스크 역 책임자의 말을 전하면서 객차가 없다는 걸 알렸어. 언제 생길지는 알 수 없고, 증기 기관차와 객차 1량을 줄 수 있으며 더 이상은 아무것도 없다고 했다더군. 미굴린은 이것을 그가 호위 부대 없이 떠나도록 그들이 잔꾀를 부리는 거라고 이해했어. 그래서 화를 내며 소리치기 시작했지. "그들과는 협의를 할 수 없군! 그들은 약속을 지키지 않아!" 또다시 모든 일이 다른 방향으로 틀어지고 말았어.

그는 집회에 카자크인들을 소집하라고 명령했어. 모든 입구와 도시로부터의 출구가 봉쇄되었어. 그는 몇몇 위원들을 체포하여 인질로 잡아 두라고 명령했어. 그는 집회에서 격문을 낭독했는데, 내가 선명히 기억하기로는, 전선으로 나가서 데니킨을 물리쳐 혁명을 구하고 아울러 — 그의 표현처럼 — '가짜 공산주의자'들을 무찌르자는 호소가 담겨 있었어. 이건 마치 전 민족적 심의회 같았는데, 그는 전사들과 어떻게 해야 할지를 상의했어. 팽팽한 긴장, 비명들, 공중 발포도 있었지. 나는 연단 뒤에 서 있었는데, 진정할 수가 없어서 계속 떨며 군중 속의 누군가가 그에게 총을 쏠까 봐 두려워하고 있었어. 그는 엄청난 의욕으로 이야기를 이끌 줄 알았는데, 나는 그런 연설가의 말을 들어 본 적이 없었어. 그때 세르게이 키릴로비치를 따르지 않도록 붉은 근위대를 설득하고 위협하고 세르게이 키릴로비치가 위법하다며 공개적으로 그를 비난하는 사람들이 나타났는데, 나는 그들의 용기에 더 놀랐어. 왜냐하면 대부분의 사람들이 그들의 반대편이었으니까. 하지만 세르게이 키릴로비치는 모두에게 발언하는 걸 허용한 후, 혼자 신경을 쓰며 말을 끊거나 이의를 제기하다가 갑자기 연단에서 그 검은 털북숭이 남자를 끌어 내리더니 소리치기 시작했어. "나는 내 병사들을 선동하는 걸 허용하지 않겠소!" 그 후 사령관의 기병 중대에서 온 병사들이 이 정치부 위원을 체포했어. 그가 소리쳤어. "나를 총살시킬 수도 있겠지. 그러나 미굴린, 나는 당신을 변절자라고 부르겠소!" 세르게이 키릴로비치는 사형에 반대하기 때문에 아무도 총살하지 않을 것이라고 말했어. 국고에서 가져온 돈을 둘러싼 논쟁도 기억해. 자베이-보로다라는 성(姓)의 사령관이 코로빈이 돈을 가져갔다고 고발했어. 세르게이 키릴로비치는 나중에 실제로 병사들에게 월급을 지불하기 위해 돈을 가져갔고, 말에 대해서는 따로 지불했다고 나에게 설명해 줬어. 세르게이 키릴로비치는 대체로 돈에 무심했고, 그것을 계산할 줄도 몰랐어. 내가 기억하기로, 그는 어느 집회에서 병사들에게 질문했어. "보라, 그대들은 출정할 준비가 되어 있는가?" "준비되었습니다!"라고 그들이 대답을 하자 그가 말했어. "백조라고 부르는 새가 있지. 지금 나는 나의 백조의 노래를 부르고 있다. 제군들, 나를 이해했는가?" 그들은 이해했다고 외치지. 준비되었나? 준비되었습니다!

그러고는 다음 날 출정했어. 총 수천 명, 대략 4천에서 5천 명이 우리와 함께 떠났어. 그런데 며칠 후 세르게이 키릴로비치가 반란자로 공표되고 그를 산 채로든 죽은 채로든 사령부로 데려오라는 명령이 내려졌다는 얀손의 지시가 알려지면서, 사람들이 겁을 먹었고 우리 분대는 절반으로 줄었어. 크지 않은 논쟁들과 총격이 있었고, 계속해서 사기가 떨어졌어. 모두에게 어떤 공포와 운명이 느껴졌어. 세르게이 키릴로비치는 더 빨리 전선으로 나가서 데니킨과의 전쟁에 돌입하고, 마몬토프 군대를 괴멸하기를 꿈꿨지만, 이 모든 게 꿈이었어. 그는 또다시 나와 헤어지려고 했어. 사륜마차에 태우고는 세 명의 병사를 붙여 북쪽으로 이동하라고 명령했지만, 나는 그가 나를 쫓아내면 스스로 총을 쏴 죽어 버리겠다고 말했어. 나한테는 리볼버가 있었거든. 그는 또다시 나와 헤어지지 못했는데, 굳이 말하자면, 그는 그것을 기뻐했어. 3주 동안 이어진 원정의 모든 것을 기억하지는 못해. 숲과 황폐한 길을 지나고 숲에서 노숙하며 우리 분대는 사라져 갔어. 여단 사령관 스크보르초프가 우리를 정지시키고 무기를 내려놓으라고 명령했을 때는 5백 명 미만이 남아 있었어. 우리는 싸울 수도 있었고 죽을 수도 있었지만, 스크보르초프는 매우 단호했고 세르게이 키릴로비치는 저항하지 말고 무기를 내줄 것을 명령했어. 이 끔찍한 날을 나는 마지막 살아 있는 날까지 기억할 거야. 그는 우리가 적이 아닌 아군의 포로가 되었다는 사실이 무서운 게 아니라 — 나는 이걸 당연하게도 이해하지는 못했지만 마음으로 느낄 수 있었는데 — 희망이 무너져서 아무것도 증명할 수 없다는 사실이 두려웠던 거야. 그는 결코 죽음을 두려워하지 않았어. 그는 아무것도 증명할 수 없다는 사실에 짓눌려 있었어. 그런데 마슬류크라는 연대 지휘관이 몹시 악의적이고 모욕적으로 행동했어. 그가 말을 타고 와서는 지독히 오만하게, 마치 서툰 배우처럼 우쭐거리며 히죽거리더니 이렇게 물었어. '정치부 위원들은 어디에 있나? 살아 있나?' 세르게이 키릴로비치는 살아 있다고 말했어. 손을 뒤로 흔들었어. 인질로 삼았던 두 명의 정치부 위원을 끌고 왔어. 세르게이 키릴로비치는 사륜마차에 앉아 있었지. 마슬류크는 얼굴이 시뻘게지더니 소리를 질러 댔어. '나와 이야기할 때는 일어나, 이 흉악한 것!' 그러면서 때리려고 손을 번쩍 쳐들었어. 세르게이 키릴로비치는 움찔했고, 나는 겁에 질렸지. 하지만 세르게이 키릴로비치는 자제하며 조용히 말했어. '너, 반카, 휘파람 불지 말고, '바리냐'* 춤을 춰…….' 그가 왜 '바리냐'를 추라고 했는지는 나도 모르겠어. 하지만 그때의 일이 선명하게 기억나.

세르게이 키릴로비치는 그를 경멸했던 거야! 그 후 마슬류크라는 자가 어떻게 되었는지는 몰라. 나는 그의 오만한 얼굴을, 그가 말 위에서 세르게이 키릴로비치를 아래로 내려다보며, 즐겁게 '이 흉악한 것'이라고 내뱉던 모습을 잊지 못할 거야.

그는 세르게이 키릴로비치와 몇몇 사령관들의 총살을 요구했는데, 그들에게는 즉석에서 총살할 권리가 있었으므로, 그는 그걸 이용하고 싶어서 여단 사령관인 스크보르초프를 압박하고 있었어. 세르게이 키릴로비치는 침착하게 행동했어. 나는 눈물을 주체할 수 없었는데, 그는 나를 안정시킨 다음, 자신이 죽은 뒤에 내가 무엇을 해야 하는지, 자신의 유산을 어떻게 처리해야 하는지에 대해 말했어. 맙소사, 유산이라니! 그에게는 아무것도 없었어. 사람이 나이 50세가 되도록 살면서 장화 한 벌, 줄무늬가 있는 카자크 통바지, 말과 무기 외에는 집도 돈도, 아무런 귀중품도, 아무것도 없었어. 가장 가난한 카자크인도 가지고 있는 토지 지분조차도 없었지. 대신 몇몇 종이들과 쪽지들이 있었어. 그는 그것들을 소중히 여겨 모스크바의 누군가에게 전해 달라고 요청했는데, 누군지 잊어버렸어. 내 생각에 그건 카자크 자치와 돈 지역의 전반적인 정비에 대한 그의 계획이었어. 나중에 그것이 몽땅 사라져 버렸지. 나 자신을 절대 용서하지 않을 거야. 발라쇼프에서 모스크바로 가는 길에 내 여행 가방을 누군가 훔쳐 갔는데, 거기에 그것들이 있었던 거야. 그 당시 그들은 아무도 총살하지 않았는데, 스크보르초프 부대 영내에는 군대 상위 계급들 중에서도 가장 중요한 직책의 인사가 있었어. 그가 누구인지는 기억나지 않지만, 그가 차에 탈 때 2초 동안 그를 봤는데, 크지 않은 키에 군용 재킷을 입고 검은 턱수염에 코안경을 쓴 문관의 모습이었어. 그 당시에는 누군지 알았는데, 지금은 잊어버렸어. 그는 발라쇼프에서 군사 재판을 받도록 명령했어. 자비심에서 그런 것이 아니라, 서둘러 숲에서 총살하는 것보다 공개적인 재판이 보다 더 무게가 있다고 결론지었던 거지.

그때 그에게서 나를 떼어 냈고, 나는 3주 뒤 선고를 내리고 나서 그들이 만나게 해 주었을 때에야 그를 보게 되었어. 어떻게 재판이 흘러갔는지는 너도 알지. 너는 기사에서 수형자들이 선고 이후에 밤새도록 혁명의 노래를 불렀다고 썼지. 어쩌면 그럴지도 모르지만, 나는 몰라. 그러나 뭔가를 들었는데, 그건 감옥 벽 아래에서 밤새 서성댔기 때문에 나한테까지 들려온 노랫소리였어. 나는 카자크의 노래를 들었어. 「아, 그대, 아버지, 영광스러운 고요한 돈 강이여……」 혹은 「과연 독수리를 구속해 둘 수 있나요?」와 같은 노래였어. 이 마지막 노래는 세르게이 키릴로비치의 애창곡이어서 그가 자주 부르곤 했지. 사실 그는 특별한 목소리를 가진 것도 아니었고, 듣는 것도 그랬어.

파벨, 너는 묻고 있어, 편지에서 네가 세르게이 키릴로비치의 기사를 썼다는 사실에 대해 내가 왜 놀라움을 표했는지를 말이야. 이건 옳지 않아. 약간 놀란 것도 사실이야. 하지만 그건 기사를 읽고 나서 내가 느꼈던 감정의 핵심은 아니야. 중요한 건 엄청난 기쁨, 그리고 소중한 이름을 떠올려 주었다는 것에 대해 너에게 보내는 무한한 감사지. 약간의 놀라움은 오로지 네가 1919년의 발라쇼프에서 있었던 재판의 사무국 직원으로 있었다는 사실 때문이야. 회의 첫날 네가 이미 늦었다고 말하면서 내가 변호사를 만날 수 있도록 도와주지 못했던 것을 기억해. 전반적으로 보아 파벨 너는 그 당시에 세르게이 키릴로비치의 유죄를 믿고 있었던 것 같아. 너를 비난하는 게 아냐. 그 당시 다수가 그렇게 믿었으니까. 사람들은 전쟁의 잿더미 속에 있었고, 그래서 모든 것을 침착하게 평가할 수 있는 지금과는 전혀 다르게 많은 걸 이해했지.

파벨, 나는 이 편지 때문에 지쳤지만, 내가 뭔가를 다 말하지 못했을까 봐 계속 두려워. 세르게이 키릴로비치에 대해 가장 중요한 것, 가장 값진 것을 잊어버려 쓰지 못했을 거라는 그런 공포감 말이야. 어제는 의사를 불러 하루 종일 누워 있었어, 엄청 흥분하면서 말이지. 그러니 끝맺을게. 안 그러면 끝없이 회상할 테니까. 나한테는 우연히 세르게이 키릴로비치의 마지막 편지들과 그의 몇몇 서류들이 보관되어 있는데, 당분간은 너에게 보내지 않을 거야. 어쩌면 너와 내가 이곳 클류크비노에서 만나거나, 혹은 내가 모스크바로 갈지도 모르지. 며느리한테 차가 있는데, 가끔 일 때문에 혹은 쇼핑하러 모스크바로 가곤 해. 그런데 소중한 파벨, 나는 너를 여기서 봤으면 좋겠어. 나는 상태가 아주 나빠져 진짜 노파가 되었어. 너에게 포옹을 보낸다. 속히 나에게 답장하길.

너의 아샤

추신. 그런데 다분히 스스럼이 없는 편인 며느리가 내가 쓴 걸 읽고 이런 결론을 내렸어. "저기, 엄니(그 아이 생각으로는 재치 있는 것 같은지, 그렇게 불러), 삶을 잘못 사셨어요. 소설을 쓰셨어야 해요. 바로 중단할 수 없도록 쓰셨어요, 마치 추리 소설처럼요." 노년에 이 무슨 칭찬인지. 어떻게 더위를 나고 있는지 알려 줘. 여긴 모든 것이 타 버려서, 감자도 없을 것 같고, 열매들은 전혀 보이질 않네.

파벨 예브그라포비치는 편지를 두 번 읽었고, 나중에 따로 몇몇 부분들은 더 반복해서 읽었다. 그는 환희와 이해할 수 없는 불안감을 느꼈는데, 그로 인해 심장이 뛰었고 손이 차가워졌다. 약을 먹고 나서야 조금 안정을 찾았다. 환희는 죽어 버린 것들이 학창 시절의 공책 속에서 떨며 살아가고 있었다는 데 기인한 것인데, 불안은 신만이 아실 일이다……. 마치 그가 미굴린의 유죄를 믿었던 것처럼, 아샤가 어리석은 것을 썼기 때문이 아니다. 설령 믿었다 해도 **다른 사람처럼은 아니었다.** 그리고 전혀 믿지 않을 수도 없었다. 따라서 반세기가 지나 그를 질책하며 그녀는 그렇게 써서는 안 되었다. 그저 실제로 어떠했는지를 기억하지 못하는 거다. 몹시 거칠고 편파적이어서, 변절자, 그러곤 끝이었다! 그녀는 뭘 원하는 걸까? 이 질책들은 무엇 때문일까? 그녀가 본질을 이해할 수 있도록 지체 없이 답하고 자료들도 보내고 싶었다. 잡지에 기사를 싣는 게 얼마나 어려웠는지! 심지어 지금도 그렇다. 그녀는 자신의 종탑에서 바라보며 많은 것을 발견하지 못하고 기억하지 못하며 알고 싶어 하지 않는다. 그럼 그가 연설 후에 곧바로 인쇄한 이 호소문을 보낼 필요는 없는 걸까?

고통받는 러시아 민중이여, 너의 수난과 고통, 너와 너의 양심에 대한 학대 앞에서 진실을 사랑하는 정직한 시민 그 누구도 더 이상 이러한 폭력을 견디고 인내해서는 안 된다. 모든 권력, 모든 땅, 공장과 제작소를 자신의 손안에 장악하라.

그러면 너의 이익을 지키려는 진정한 수호자들인 우리는 네가 지주와 자본가의 귀환을 원하지 않는다고 깊이 믿으며 사악한 적, 데니킨과 싸우기 위해 전선으로 간다. 그러니 스스로 노력하라…….

그리고 그다음에는……. 여기 이어서.

돈 혁명 군단의 붉은 깃발에는 이렇게 적혀 있다. '모든 토지를 농민에게, 모든 공장과 제작소를 노동자들에게, 모든 권력을 진정한 소비에트 노동자, 농민, 카자크 대의원의 얼굴을 한 노동하는 민중에게.' 모든 탈영병들은 나와 힘을 합쳐, 그 앞에서 데니킨이 떨고, 공산주의자들이 감탄하는 위협적인 힘을 만들 것이다.

돈 혁명 군단 사령관
시민 **미굴린**

여기 실제로 어떤 혼란이 빚어지고 있었는지 나타나 있다. 거기엔 모든 것이 뒤섞여 있었다. 그는 군단이 커지길 원했으나 군단은 와해되어 사라져 버렸다. 이제 카자크 담당 부서와 그의 관계를 보자. 그랬다. 처음엔 관계가 나쁘지 않았다. 모스크바로 갔을 때, 그는 부서에서 온 사람들을 만났고, 그들은 도움을 약속했으며, 그는 그들을 좋게 평가했다. 그다음엔 부서의 몇몇 사절이 군단에 와서 동정적인 보고서를 작성했다. 그런데 아샤, 너는 왜 언급하지 않지? 네가 그렇게도 자세히 묘사한 그 집회에서 그가 카자크 담당 부서를 '개 같은 부서', '맹장의 구더기 같은 돌기'라고 불렀다는 걸? 이게 진짜 그가 한 말이었다!

그리고 누가 믿었으며, 누가 믿지 않았는가에 대해서……. 그래, 솔직하게 말하면, 모두 믿었다! 한 사람도 빠짐없이. 이런 호소문이 낭독되었는데, 어떻게 믿지 않을 수 있겠는가.

"동지들! 우리는 미굴린과 공화국 소비에트 사이의 갈등을 평화롭게 조정하기 위한 모든 조치를 취했다. 이제 대화의 시간은 끝났다. 그러므로 당신을 어디로 데리고 가는지, 무엇을 하게 하는지 당신이 알 수 있도록 우리는 공화국 혁명 군사 위원회의 결정을 전달한다.

미굴린은 반란자로 선언되며, 그에 대항하여 강력한 분대가 출격하였다. 그는 무법자로 취급될 것이다. 소비에트의 권력에 대항하여 무기를 드는 사람은 누구든 지구 상에서 사라지게 될 것이라는 경고와 함께 이 사실을 군대에 알려라. 유혈 사태를 피하기 위해, 미굴린에게 군인의 의무를 수행하기 위해 되돌아올 것을 마지막으로 제안한다. 이를 거부할 시…… 혁명의 배신자로 간주될 것이다. 자발적으로 복종한다면 안전을 보장하지만, 그렇지 않을 경우 파멸을 피할 수 없다……."

그리고 여기 기소문의 발췌다.

"그가 출정 진로를 따라가며 인쇄했던 이 호소문들에는 그가 공산당을 전복시키기를 원한다는 증거들이 있다. 한 호소문에서는 이렇게 말하고 있다. '나는 여러분의 마음에 들지 않는 붉은 군대, 소비에트 권력에 대항하여 반란을 일으켰다…….' 그는 자신의 대오로 소비에트 러시아의 가장 큰 악(惡)인 탈영병들을 불러들여 남부 전선에서의 우리의 상황을 악화시켰다. 미굴린의 행군 과정에서 우리 붉은 군대와 몇 번의 전투가 있었는데, 어떤 문서에 따르면 네 번, 다른 정보에 따르면 다섯 번이다. 그래서 소비에트 권력이 당파적 연설을 허용할 수 없다는 것이 드러난 바로 그 순간, 미굴린은 무기의 힘으로 전선을 돌파한다. 8월 23일 늦은 저녁, 미굴린은 자신이 전선으로 나가면 무법자로 공표된다는 것을 알고 있었다. 우리 군대들 간의 충돌로 많은 사람들이 죽고 부상당했으며 미굴린 측의 손실도 있었다. 이렇듯 곤경에 처한 우리의 작전 활동 속에서 미굴린은 전화선과 전기선을 끊으라는 명령을 내렸다. 그 이후에 풀어 주기는 했지만, 미굴린이 출정 중 그에게 수레를 내주기를 거절했다는 이유로 공산주의자들과 몇몇 농부들을 체포했고 심지어 처형하겠다고 위협했다는 증거가 있다. 도중에는 한 공장이 강탈당했는데, 관리자는 일정 금액을 탈취당하기도 했다. (아센카, 보라, 어떤 이유에서인지 이러한 사실들은 네게 기억되지 않았다. 그렇다. 우리 인간의 기억력은 놀랍게도 어떤 것은 버리고, 다른 어떤 것은 보존하기 때문에 더욱 기적인 것이다!) 전선이 가까워지면서 미굴린은 매우 위험해졌고 자신의 게임이 패했다는 걸 느끼며 흔들리기 시작했지만, 평화롭게 항복하는 대신, 계속 나아가려고 했다. 미굴린은 공산주의자 두 명, 로가쵸프와 하린을 자신에 대한 살인 기도 혐의로 체포했다. 그러나 사실 이러한 시도의 존재를 입증할 자료는 없다. 미굴린은 이 공산주의자들을 인질로 공표하면서, 소비에트 군대 측에서 첫 발포를 하는 순간 그들을 총살시킬 것이라고 위협한다. 체포된 공산주의자들은 며칠 동안 붉은 근위대와 함께 갔으며, 언제든 총살당할 위험이 그들을 위협하고 있었다. 오직 우리 측 발포로 인해 야기된 공황 상태만이 그들에게 도망칠 기회를 만들어 주었다……."

그런데 그녀는 마치 체포된 사람들이 군단의 대열 속에 있었던 것처럼 쓰고 있으며, 마슬류크가 그들이 어디 있는지 물었을 때, 미굴린이 마치 여기 있다고 말하는 것처럼 뒤로 손짓했다고 쓰고 있다. 신이시여, 기억은 신뢰할 수 없는 것이지요. 오래된 종이들, 접힌 채 썩어 가는 서류들, 색 바랜 잉크, '언더우드'의 창백한 활자들이 필요하다……. **하지만 그녀에게 이 모든 것을 보내서는 안 된다.**

파벨 예브그라포비치는 답장을 쓰기 위해 앉았다.

"사랑하는 아샤! 풍부한 추억을 보내 줘서 고마워. 그 속에서 나는 흥미롭고 뭔가를 폭로하는 많은 것들을 찾아냈어……." 이 때 그는 '모든 이야기'라고 해야 할지, 아니면 '전체 과정'이라고 해야 할지, 아니면 단순히 '사건들'이라고 해야 할지, 어떤 표현을 선택할지 오랫동안 고심했다. 그리고 좀 더 깊이 생각한 결과, '약간의 세부 사항'이라고 쓰기로 결정했다. 계속해서 그는 '돈 군단의 전선으로의 출정'을 썼고, 어디선가 가까운 곳에서 들리는 발포 소리를 들었다. 그는 신경 쓰지 않았는데, 왜냐하면 군단 영내에서는 간헐적으로 총을 쏴 댔기 때문이다. 이곳의 규율은 '아아' 할 정도는 아니었다. 다음 문장을 막 시작했을 때 연달아 두 발의 총성이 탕탕 울렸고, 그는 기관총 같지는 않고 사냥총으로 쏘는 것 같다고 생각했으며, 어디에서 사냥총이 울리는 건지 이상하게 여겼다. 여자 같기도 하고 혹은 어린아이 같기도 한 가녀린 목소리가 비명을 지르고 있었다. 파벨 예브그라포비치는 펜을 놓고 잠옷을 벗고 언제나처럼 망사 셔츠와 줄무늬 바지를 입고 방에서 나와 뒷문을 지나고 커다란 공동 현관을 통해 마당으로 나왔다.

구역 내부로 가는 길모퉁이에서 그는 덮개 있는 차체가 달린 트럭을 보았다. 트럭 주변에는 몇몇 사람들, 여자들과 아이들이 모여 있었는데, 뭐라고 외치며 비명을 지르고 심지어 울고 있었다. 폴리나의 손녀인, 학생 적령기를 넘긴 알료나가 울면서 파벨 예브그라포비치에게 달려왔다.

"구해 주세요! 그들이 죽이고 있어요!"

"누구를?" 파벨 예브그라포비치는 놀랐다.

"구슬리크를 죽였어요. 이젠 아라프카를 찾아서 죽이려고 해요! 짐승들 같으니! 아, 신이시여, 짐승들, 짐승들!"

어깨에 사냥총을 멘 사람이 헛간 쪽으로 사라졌고, 그 옆에는 프리호디코일 것 같은, 밀짚모자에 희고 펄럭이는 뭔가를 입고 있는 남자가 보였으며, 아이들이 그의 뒤를 따라 쫓아가고 있었다. 파벨 예브그라포비치는 뭔가에 열중한 외침 소리를 들었다.

"톨랴! 서둘러 아라프카를 쏴!"

그는 공포에 질려 손자의 목소리를 알아들었다. 차체 뒤쪽 측면 근처에 서 있는 낯익은 청년이 보였다. 국영 집단 농장의 미티카, 머저리, 술꾼이었다. 보아하니, 지금도 술에 취해 있는데, 얼굴은 붉고 혀를 가까스로 놀려 웅얼거리며 여자들에게 뭔가를 설명했다. 그러면 그들이 그를 향해 소리 지르며 손을 휘둘렀다. 총을 맞은 개들은 차의 적재함에 있었다. 소년들이 들여다보기 위해 뛰어올랐다. 파벨 예브그라포비치는 사냥총을 든 남자가 아라프카를 찾아 쑤시고 다니는 헛간 쪽으로 숨을 헐떡이며 서둘러 갔다. 소년 하나가 울고 있었다. 다른 남자가 기뻐서 소리쳤다.

"저기 있다! 저기! 저기에 있어!"

살해자는 판자 더미를 사방으로 던졌다.

"무엇을 할 수 있겠어요?" 프리호디코가 말했다. "별장 사업소의 명령이라……. 동지들, 이건 우리가 어떻게 할 수 있는 일이 아니에요……."

"중지!" 파벨 예브그라포비치는 있는 힘껏 소리쳤다.

그러나 왠지 아무도 듣지 못했다. 그는 나무 상자 같은 것 위에 쓰러졌다. 다리가 지탱하지 못한 것이다. 가슴에는 통증이 있었다. 그는 불현듯 관처럼, 긴 나무로 된 뭔가의 위에 앉아 있다고 생각했다. 갑자기 슬프게 짖으며 판자 속에서 아라프카가 튀어나와 파벨 예브그라포비치에게 달려갔다. 그의 무릎으로 뛰어올라 그의 겨드랑이 아래에 코를 밀어 넣었다. 파벨 예브그라포비치는 개가 떠는 것을 느끼며 힘껏 안았다. 파벨 예브그라포비치는 숨을 헐떡였고, 가슴에는 통증이 있었다.

"이건 내 개요…… 집 없는 개가 아니라……." 약한 목소리로 그가 말했다. 사람들이 외치고 있었다. 여자들은 프리호디코와 다투고 있었다. 그는 자기 암캐에게 들러붙는다는 이유로 프리호디코가 아라프카를 죽이고 싶어 한다는 걸 알고 있었다. 잡종이라는 이유만으로 죽이다니. 그는 최고의 개다. 그들이 미친 것이니, 이 술주정뱅이들은 자기 자신이나 쏘라지. 그는 이 모든 사실을 총을 든 사람과 프리호디코에게 외치고 싶었고, 프리호디코에게는 속물이라 말해 주고 싶었다. 그는 과거 사관생도였으나 사상적 색깔을 바꿨다. 그러니 바로 그를 쏴 죽여야 한다. 하지만 소리를 지르기는커녕 말할 힘조차 없었고, 가슴의 통증은 사라지지 않았다. 그는 개를 안은 채 함께 떨었다. 그는 점점 메스꺼움이 몰려오는 걸 느꼈다. 아무리 소리 질러도, 아무리 보드카 냄새를 얼굴에 쏟아 낸다 하더라도, 아무도 그에게서 개를 빼앗아 가지는 못할 것이다. 프리호디코가 악랄하게 눈을 부라렸다.

"당신은 조항을 위반하고 있어요! 모스크바 소비에트의 지시입니다!"

파벨 예브그라포비치는 침을 뱉기 위해 입안에 침을 모았다. 소년 하나가 달려와 아라프카를 껴안고 파벨 예브그라포비치 옆에 앉았다. 이제는 둘이서 개를 껴안고 있다. 그다음, 다른 쪽에서 소녀가 다가와 겨드랑이 아래로 비어져 나온 아라프카의 목덜미에 손을 얹었다. 불현듯 그는 개가 떠는 걸 멈췄다는 사실을 느꼈다.

누군가 귀에 대고 목쉰 소리를 냈다.

"10루블짜리를 찾아보세요. 내가 저 뱀한테 줄게요. 그러면 떨어질 거예요……."

국영 집단 농장의 미티카였다. 파벨 예브그라포비치와 나란히 앉아 있던 소년이 아라프카를 손에 들었으나 지친 나머지 놓쳐 버렸고, 아라프카는 다리 쪽으로 바싹 붙으며 옆으로 도망갔다. 파벨 예브그라포비치는 통증이 짓누르면, 멈춰 섰다. 집 안에서 그는 주머니, 상자 등 사방을 다 뒤지고 발렌티나에게도 물어봤지만, 겨우 3루블 40코페이카를 찾아냈다.

미티카는 투덜거렸지만 이내 동의했다.

"좋아요, 그러지요!" 그는 농원을 뛰어넘고 덤불을 부스럭거리며 지나 트럭을 향해, 새로운 개들과 3루블들을 향해 서둘러 뛰어갔다.

파벨 예브그라포비치는 집으로 돌아가 문을 닫아걸었다. 누구와도 이야기하고 싶지 않았다. 여전히 가슴이 아팠지만, 그것 때문에 대화하고 싶지 않은 건 아니었다. 아니, 그것 때문이 아니다. 모든 것이 혐오스러웠다. 그는 아라프카를 구했다. 그러나 나머지는 어떻게 구할 것인가? 예를 들어 "여기 있다! 여기! 여기……"라고 소리쳤던 그 소년은? 그리고 내 손자는? 이제 프리호디코와는 어떻게 대화를 해야 하지? 갈랴가 살아 있을 때는 이런 일들이 일어날 수 없었다고 잠시 생각했다. 그렇게 개를 죽이는 자들도, 그렇게 호기심 많은 소년들도, 그러한 더위도 있을 수가 없었다. 더위는 비인간적이어서 이곳의 것이 아닌 듯싶다. 저 세계의 더위 같다. 갈랴가 있을 때는 모든 것이 달랐다.

흔들의자에 앉아 있는데 갑자기 베라와 에라스토비치의 대화가 들린다. 창문 아래, 아주 가까운 곳이다. 조용히 대화하고 있지만, 그에게는 마치 악의로 그러는 것처럼 모두 들린다. 그것도 놀랄 정도로 분명하고 명확하게. 베로치카가 불평했다. "몹시 걱정하고 있어요. 바라보는 게 고통스러워요. 그토록 늙고, 그토록 가여운 이상한 사람이 되었다니…… 겨우 걸어요……." 에라스토비치다. "머리에 담지 마. (이 얼마나 어리석은가. **머리에 담지 말라니.** 과학자라면서 표현하는 것 좀 보라.) 알다시피 오빠에게 술 마시는 걸 그만두라고 강요할 수는 없잖아? 노인에게 건강을 돌려줄 수도 없고? 그러니 머리에 담지 마." 조용히 듣고 있었다. 아무것도 새롭지 않다. 엿듣고 있다는 것이 그저 괴로울 뿐이다. 하지만 흔들의자에서 일어나는 것도 쉽지 않아 애를 써야 했다. 그래서 그는 두 사람의 고통스러운 대화가 중단되길 기대하며, 흔들의자에서 일어나기 위한 복잡한 작전을 시도할지 말지 잠시 고민했다. 바로 옆에 자기가 앉아 있다는 것을 알리려고 큰 소리로 기침을 하고, 지팡이로 바닥을 쳤다. 그런데 못 들었는지 계속된다. 베로치카는 더 애처롭게 말한다. "하지만 나는 그가 안쓰러워요, 정말로. 밤마다 앉아서 잠도 못 이루고, 종이들만 뒤적이고 있어요……." "소일거리가 있으니 다행이지." "그건 소일거리가 아니에요, 콜랴. 이건 뭔가……." "모든 노인들이 약간은 '찻주전자들'이야. 노년은 정신분열의 형태지." 그러더니 떠났다.

이상한 문장에 대해 생각했다. 모든 노인들이 약간은 '찻주전자들'이라니. 이 불쾌한 인간은 뭘 염두에 둔 걸까? 문장 때문에 불안감이 생겼다. 정신 분열은 이해한다. 그런데 그를 정신 분열자로 생각하다니. 그리고 여기서 찻주전자는 무엇 때문인가? 맙소사, 그들 자신이 아픈 거다. 그들은 몰이해를 앓고, 무감각을 앓고 있다. 그건 앙상하고 짓눌린 두개골을 한 남자 — 그의 이름이 뭐였지? — 가 꿈꾸던 것이었는데, 그는 감정에서 벗어나야 한다고 말했다. 그러니까 걔들은 벌써 벗어났나? 머리에서 성(姓)이 날아가 버렸다. 두개골이 둥근 빵 같았는데. 그는 1920년 봄 살해당했다.

아니, 나는 가지 않을 거고, 대화도 하지 않을 거다. 모든 대화가 흥미 없다. 흥미가 없으면 의미가 없는데, 무엇하러 그것을 걱정해야 하지? 이 모든 것은 오래전에 다 끝났으므로, 완전히 불필요하다. 생각해 보면, 상속자 없는 노파의 집을 누가 받았는지 수수께끼다. 아니, 아니, 흥미 없다. 유일하게 흥미로운 건, **무엇이 미굴린으로 하여금 사란스크에서 데니킨에게 가도록 만들었는가**이다. 이것이야말로 진짜로 아픈 것이고, 문제이며, 질문들의 질문인 것이다!

'넌 어쨌거나 그의 유죄를 믿었고……'라는 비난에 대답하기 위해서라도.

창틀을 따라 한 마리 뒤에 또 한 마리, 연달아 줄을 지어 달려가는 개미들에게 물어보라. 그들이 달려가고 있는 그곳에 먹이, 구원, 진실이 있다는 걸 믿고 있는지 말이다. 언제나처럼 한 사람이 의심하며 코웃음을 쳤다.

동이 틀 무렵, 그들은 발라쇼프에 도착했다. 안개 자욱한 어두운 10월. 우리를 위해 빌린 아파트에는 혁명 군사 소비에트의 신문 「길에서」의 기자 레프가 살고 있다. 그런데 사자와 닮지 않았다.* 가늘고 창백한 얼굴을 한 자로, 남의 옷을 빌려 입은 듯 군용 재킷이 걸쳐져 있다.

그가 미굴린에 대한 기사 「대령 미굴린」이 실린 「길에서」의 최신 호를 가지고 왔다. 트로츠키가 쓴 것이다. 재판은 이틀 후에 시작된다.

"저기, 정말 안 되잖아요……." 기사를 읽으면서 슈라가 말한다. 나는 그의 얼굴이 반점으로 마구 하얗게 변하는 걸 본다. 나는 흰 반점들이 흥분의 표시라는 걸 안다. "그가 뭐라고 썼는지 한번 보세요. '전직 대령이었던 미굴린의 경력이 수치스럽고 안타깝게 끝나고 있다. 그는 자신을, 그리고 많은 사람들이 그를 위대한 '혁명가'라고 생각했다……. 그런데 미굴린이 일시적으로 혁명에 참여하게 된 이유가 뭘까? 이제 분명히 드러났다. 그것은 개인의 야망, 경력주의, 노동 대중의 등을 밟고 높이 올라서고 싶은 욕망이었다.' 이어서 바로 반역을 이야기하는군요……."

"왜죠? 뭔가 만족스럽지 않은가요?" 레프가 묻는다.

"네. 왜냐하면 재판 전까지는 '이제 분명히 드러났다'라고 쓰면 안 되잖아요."

"이해가 안 되는군요……."

"만약 '분명히 드러났다'면 그땐 재판이 필요 없죠. 세상의 모든 재판은 분명하게 하려고 하는 거니까."

"우리는 세계의 모든 재판에는 관심이 없어요." 레프가 말한다. "혁명 재판은 그 무엇과도 다릅니다. 역사에 그런 재판은 없었어요."

레프, 이게 성인가? 이름이 조금 복잡한데, 모두 레프, 레프에 익
숙해졌다. 우리는 오래전, 3주 전부터 아는 사이다. 그가 코즐로프
에서, 즉 제9군대 사령부에 나타났을 때부터. 슈라는 상황이 이렇
다는 걸 알았으면 재판에 참여하는 데 동의하지 않았을 거라고
설명한다. 레프는 차갑게 말한다.

"알렉산드르 피메노비치, 나는 당신의 동의에 달려 있다고 생각
하지 않습니다."

이 어두운 새벽, '대령 미굴린'이라는 제목의 기사, 기자 레프와
의 유쾌하지 않은 대화로 모든 것이 엇나갔다. 슈라는 즉각, 가끔
그가 그러듯, 모든 것에 대해 하나하나 반박하기 시작했다. 자극
과 분노가 들끓고 있었다. 그는 제때 피하지 못한 자신을 저주하
며 이제는 다투고 부수고 떠나기 위해서 그 모든 일을 하고 있는
듯했다. 그런데 그가 필요했다. 그의 권위와 유형 시절의 영광은
재판에 신중을 가하게 했다. 재판의 다른 두 위원은 쿠반 출신의
카자크인들이었고, 의장은 오랜 당원인 시렌코가 지명되었다. 수
석 검사는 얀손이었다. 그는 슈라의 오랜 지인으로, 그들은 서로
를 '너'라고 부른다. 얀손이 그곳 수장이었으므로 모든 논쟁과 욕
설, 반박은 그와 함께했다.

"이해해라, 이 고집불통아, 이 재판은 법률적인 의미가 아니라
정치적인 의미를 지닌다는 걸. 선전을 위한 의미 말이야! 우리는
미굴린의 전설을 깨야 해. 우리는 첫째, 반혁명적 카자크 사회, 둘
째, 보나파르트주의, 셋째, 게릴라주의에 일격을 가해야 해."

그리고 슈라에게 덧붙여 말했다.

"알렉산드르, 너는 왜 항상 너의 노선을 무너뜨리지? 너는 왜 언제나 ― 나는 옛날 일을 잘 기억하고 있어 ― 엄격하게 규율과 집단의 의견에 따르는 거지?"

슈라는 연극이 아니라 재판 심리에 참여하러 온 것이며, 만약 여기서 사전에 예행연습을 끝낸 연극이 벌어지는 거라면 해임시켜 달라고 말한다. 완전히 사실인 것은 아니다. 연극은 「대령 미굴린」이라는 기사의 저자가 원했다. 그러나 상황은 다르게 진행되었다. 전혀 다르게 진행되어서 슈라는 일이 어떻게 될지 알지 못했다. 얀손은 안달하며 확언한다. 걱정하지 마, 진짜 재판이 열릴 거고, 검사도 변호사도 있을 거야, 재판 위원들, 청중, 기자들이 올 거라고. 하지만 얀손의 사전 의견은 확고하다. 미굴린이 변절에 대한 심판을 받아야 한다는 것이다.

"넌 그렇게 생각하지 않니?"

"나는 몰라. 그래서 온 거야, 알아보려고."

논쟁은 점점 더 날카로워진다. 슈라는 이를 깨물었다. 비극으로 끝난다. 저녁에 슈라는 이런저런 사항의 의견 불일치로 재판 위원의 임무를 포기한다는, 분노에 찬 설명을 남기고 펜자로 떠나 버린다. 나는 정확히 어떤 사항에서 그랬는지 기억하지 못한다. 그의 자리에 군대의 제10 혁명 재판소장이 즉각 호출된다. 슈라는 위험하게 행동하고 있다. 나는 그를 걱정하여 공포에 빠진다. 갑작스레 떠난 직후, 시렌코와 얀손이 광분하며 체포와 재판으로의 회부를 운운하던 순간이 있었다. 하지만 물론 헛소리다! 나중엔 어쩌면 그것이 더 나은 방향이었다는 데 동의한다. 재판에 회부될 뻔했던 그의 기분에 대해서는 알려지지 않았다.

한편, 나는 발라쇼프에 머물러 있다. 왜냐하면 이미 그전에 법정 서기관 보좌로 임명되었기 때문이다. 관료주의적 형식들도 많고, 서류와 이름들도 수없이 많다. 미굴린 외에 사령관과 그의 가까운 카자크인들 12명이 재판되고 15명 정도의 증인이 심문을 받는다. 스크보르초프가 체포한 430명은 모두 피고 위치에서 자신의 운명이 결정되기를 기다리고 있다.

우울하고 야윈, 갑자기 노인이 되어 버린 — 검은 머리카락에 희끗희끗한 머리가 평소보다 더 많이 퍼져 있다 — 미굴린이 재판관들의 탁자 옆 첫 번째 의자에 앉아 있다. 자주 발작적으로 몸을 앞으로 숙이고 어깨를 내민 채, 홀을 눈으로 훑는다. 아샤를 찾지만 그녀는 없다. 첫날은 청중을 입장시키지 않는다. 그날 저녁 나는 아샤를 만난다.

여기 파란색 파일 속에 160쪽의 귀중품, 최고로 진귀한 것이 있다. 재판 속기록이다. 집에서 불이 났을 때 가장 값진 것을 챙겨야 한다면, 나는 이 폴더를 집겠다. 하지만 왜? 이미 읽고, 또다시 읽은 것인데.

의장 피고 미굴린, 당신이 무엇 때문에 고소되었는지 들었습니까?

미굴린 들었습니다.

의장 자신의 죄를 인정합니까?

미굴린 제시된 모든 항목에서 몇몇 세부 사항을 제외하고 유죄를 인정합니다만, 재판 심리 중 저의 고백을 들어주시기를 요청합니다……

모두 읽고, 또 읽고, 다시 생각하고, 기억을 다시 가늠했다. 그러나 매번 뭔가가 새롭다. 갈랴도 읽었는데, 미굴린이 정의롭고 정직한 사람이지만 좁은 세계관을 가졌다고 말했다. 이건 그녀가 속기록을 통해 내린 결론이다. 그녀는 진정으로 이해하고 있었다. 하지만 아샤에 대해서는 아무것도 몰랐다. 갈랴는 사람들, 특히 남자들을 아주 잘 이해했다. 여자들은 그녀의 관심을 거의 끌지 않았다. 그래서인지 폴리나 외에 그녀에겐 여자 친구가 없었다. 그녀는 이야기하곤 했다. "그들과 있으면 지루해. 얼마나 허튼소리를 많이 하는지……"

미굴린 나는 공산주의 이념에 반대한 것이 아니라, 자신의 행동으로 소비에트 권력의 권위를 갉아먹는 개인들에 반대했습니다. 나는 집회에서 모든 사례들을 매우 입체적으로 그렸지요. 그러므로 나는 나를 둘러싸고 견딜 수 없을 정도로 형성된, 사란스크의 정치적 분위기를 지적하고 싶습니다. 그러더니 탐보프가 함락되었다는 소문이 들렸고, 나는 그런 상황이라면 사관생도들이 보고야블렌스크로 접근할 수도 있다고 생각했습니다. 나는 데니킨의 군대가 랴즈스크 방향의 우리 군 영역으로 침입할 것으로 여겼지요. 게다가 코즐로프의 철수에 대한 소문이 들렸습니다. 그래서 내가 직접 출정하면 어느 지점에서든 전선의 움직임을 멈출 수 있을 거라는 확신으로 당시의 실재 병력을 데리고 출격하기로 결정했습니다.

의장 당신은 공산주의자들을 체포하겠다고 위협했나요?

미굴린 그건 단지 전략이었어요. 왜냐하면 나는 그 누구도 내 길에 방해되는 걸 원치 않았으니까요. 난 우선 하린과 로가쵸프가 총살될 거라고 공표했으나 이후 그러지 말라는 명령을 내렸습니다. 왜냐하면 나는 원칙적으로 사형에 반대하기 때문입니다. 나는 체포된 공산주의자들 가운데 단 한 사람도 총살하지 않았습니다.

의장 그럼 당신의 선언문 「러시아 프롤레타리아 노동하는 농민들이여, 영원하라」는 언제 작성되었나요?

미굴린 8월 초순, 어느 집회에서 내가 '사회주의 혁명이란 무엇이며 인류는 어떻게 살아야 하나요?'라고 적힌 쪽지를 건네받았을 때입니다.

의장 당신은 당신에게 무기가 없는 걸 애석해하지 않았나요? 아니면 당신은 펜자를 지구 상에서 날려 버릴 수 있었을 테니까요.

미굴린 아니요, 그런 말은 하지 않았습니다.

의장 당신은 전투를 지휘했습니까? 그리고 출정 중에는 어떤 전투를 지휘했습니까?

미굴린 우리는 전투를 피하려고 애썼습니다. 그래서 수라 강에 이르기 전에 유르가노프와 상의했습니다. 충돌을 피해서 어떻게 통과해야 하는지를 말이지요……. 솔직히 말해, 원래 내 생각은 펜자로 가는 것이었습니다. 왜냐하면 나는 얀손 동지가 결국엔 나를 이해하기를 바랐기 때문입니다…….

얀손 당신은 자신의 부대를 이끌고 마치 전선 방어를 위한 것처럼 출격했는데 소비에트 권력의 후방에서 새로운 전선을 형성하는 것이 당신의 관점에서는 논리적인지요? 장교로서 당신은 이것에 대해 생각해 봤습니까?

미굴린 물론입니다. 나는 비논리적으로 행동했습니다만, 나의 심리 상태를 이해해 주십시오. 그 분위기를 이해해 주세요……

얀손 당신은 이 마지막 날들에 자신을 정상적인 사람으로 느꼈습니까, 아니면 당신의 이성이 흐려졌습니까?

미굴린 당신은 이미 내게서 들은 바 있습니다. 나는 명확히 인식하지 못했습니다. 그리고 당신과 협상하고 있을 때, 이쪽저쪽 오가며 갈팡질팡했습니다. 몇 번은 기지국으로 갔고, 몇 번은 송신기로 다가가기도 했지요. 그러다 결국에는 이 갈등에 지쳐서……

그녀는 내가 극장에 있다는 걸 어떻게 알았을까? 저녁에 나는 레프와 함께 극장에, 더 정확하게는 사라토프에서 온 배우들이 공연하는 클럽에 갔는데, 거기서 「토르조크에서 온 부인」을 보여 줬다. 그 이름 외에는 아무것도 기억나지 않는다. 레프가 평가에 있어 비상식적일 정도로 냉소적이어서 나를 놀라게 했다는 것, 그가 극장 애호가로 박식하며 수도에서 온 사람이라는 것, 모스크바 예술 극장의 배우 중에는 그의 친구들이 있다는 것도 기억난다. 심리가 끝나자 그는 곧장 모스크바로 돌아갔다. "만약 이런 유의 조잡한 작품이 무대에서 번창할 경우, 제2의 혁명을 조직해야 해요!" 배우들이 무리 지어 짐마차에 타자 그들을 기차역으로 데려간다. 짐마차에는 밀가루를 담은 자루를 실었다. 그때 갑자기 아샤가 나타나는데, 나는 곧바로 알아차리지 못한다. 그녀는 길고 검은 외투에 눈 근처까지 수건으로 감싸고 있다. 내 손을 잡고 승강장에서 어둠 속으로 끌고 간다.

"파블리크, 잠깐만……."

미굴린과의 만남을 주선해 달라고 요청한다. 나는 망연자실해한다. 내 위로 횡설수설 망상이 쏟아진다. 그녀는 이성을 잃었고, 병들었고, 미쳤다. 그녀에겐 열이 있고 입술은 불탄다. 그녀는 나에게 키스하며 나를 압박하고 애원하고 설득한다……. "나는 알아, 내가 네 앞에서 죄인이라는 걸, 넌 나를 사랑하잖아, 넌 나의 사람이잖아, 넌 해 주겠지…… 넌 도와주겠지. 내일 그를 보지 못하면 나는 죽을 거야……. 그가 오늘 무슨 소리를 했는지, 정말 끔찍해. 자기 자신을 음해했어! 이성이 흐려졌다고 말했다고……." 그녀는 재판 심리에 있었던 것이다. 누군가에게 간청하여 몰래 들어가 숨어서 앉아 있었던 것이다. 그는 연신 찾았으나 오랫동안 그녀를 발견하지 못했고, 그러자 나중에는 그녀가 **자신이 발견되도록** 만들었다! 나는 불가능하다고 말한다. 나는 거기서 보잘것없는 사람인 데다, 슈라 때문에 얀손과 시렌코와도 관계가 나빠졌는데, 그들은 그에게 화가 나 있으므로 나를 위해서 아무것도 하지 않을 것이라고. "하지만 그들은 그를 총살할 거야! 다른 방법은 없어!" 그것이 사실이기 때문에 나는 아무 말도 하지 않는다. 그녀에게 무슨 말을 할 수 있겠는가? 나는 그녀가 지독하게 불쌍하고, 그녀의 사랑 앞에서 느끼는 당혹감으로 숨이 막힌다……. 그래서 그녀가 내 손가락을 쥐고 내 눈을 들여다보지만 사실은 나를 보지도 않으면서, 내가 도와주면 그녀는 무슨 일이라도 할 준비가 되어 있으며, 나와 함께 남을 것이라고 중얼거렸을 때, 나는 묻는다.

"영원히 아니면 오늘만?" 이 질문은 끔찍하고 저속하다. 내가 한 것이 아니다, 내가 한 질문이 아니다! 내가 제정신이었다면 그렇게 물을 수 없다! 사실 나도 열에 들떠 있어서, 나 역시 미치광이 같다! 그녀는 나를 바라보다가 갑자기 통곡을 하면서, 손으로 '영원히, 영원히!'라고 표시하며 속삭인다. 영원토록 ― 아니, 단 1분 동안만이라도 그와 함께 있을 수 있다면…….

이것이 바로 그녀가 편지에서 회상하지 않은 것이다. 바로 이것을 그녀는 잊어버렸다. 마치 거리에서의 만남도, 통곡도, 광기도 없었던 것처럼, 그 후 레프가 벽 너머에서 코를 골던 그 아파트로 아침까지 **그녀가 남아 있었으나** 대화, 여러 시간 동안의 설명, 타인의 사랑과 우울, 환상적인 계획들 외에는 아무것도 없었고 있을 수도 없었던 그곳으로 우리가 가지 않았던 것처럼 말이다. 아무것도, 아무것도 없었기 때문에 그녀가 잊은 것이다. 내가 그녀에게 변호사를 연결시켜 주지 못한 것만 기억한다. 이해하고 싶어 하지도, 알고 싶어 하지도 않는다. 나는 말한다. "그렇지만 상황을 생각해 봐. 데니킨은 진격해 오고, 쿠르스크는 함락되었고, 모스크바에서는 음모가 발각되었고, 레온티예프 골목에서는 폭탄이 터져 동지들이 죽었고……. 너라면 죽도록 위험한 그때, 배신의 혐의가 있는 사람을 어떻게 판결하라고 명하겠어?" "아니야. 네가 원하는 걸 걸고 맹세하지. 그는 배신자가 아니야!" "하지만 그와 가까운 유르가노프조차 배신한 그를 총으로 쏴 죽이고 싶었다고 말했어." "거짓말! 유르가노프의 대답보다 더 혐오스러운 건 없었어. 나는 그 인간을 이해했어. 그는 폭풍으로 인해 바닥에서 떨어져 나온 부패물

이야······."

유르가노프의 답변들이 어디 있지? 미굴린이 그를 바라보던 시선을 잊을 수 없다.

유르가노프 나는 살인 혐의로 중학교 6학년 때 제적당했고 2년 뒤쯤 마을의 교사가 되었지만, 말이 전혀 통하지 않는 사제들과의 계속된 충돌로 교사를 그만두고 방랑하며 거칠게 살다가 입대했습니다. 케렌스키 시절에 군사 학교에 입학하여 소위가 되었고, 10월 혁명이 일어났을 때는 붉은 군대에 입대하여 지금까지 왔습니다······.

의장 어떤 직위로 근무했습니까?

유르가노프 처음에는 사병으로, 다음에는 사령관 대리로 여단을 지휘했고, 미굴린의 군단에서는 사령관으로 있었습니다. 그때 미굴린의 불화와 부당함을 발견했습니다. 정치부 위원들에 대한 근거 없는 그의 비난은 옳지 않습니다. 미굴린의 부당함을 저는 그의 병적인 흥분과 의심으로 설명한 바 있습니다. 저는 반목하는 당사자들을 이어 주려고 노력했습니다.

의장 당신은 여단 사령관 스크보르초프에게 미굴린을 세계 혁명의 대장이라고 부르면서 편지를 쓴 적이 있습니까?

유르가노프 네, 썼습니다. 하지만 8월 21일 집회에서 미굴린이 전선에 나서길 촉구하고 그의 호소에 선동된 대중들이 "전선 앞으로!"를 외칠 때, 미굴린이 나에게 "당신은 자신의 동지들을 수호하러 가나요?"라고 물었습니다. 내가 뭐라고 대답할 수 있었을까요? 나는 간다고 말했습니다. 이후 그는 집회에서 전권 위원을 체포했고, 내가 그의 행동이 부적절하다고 지적했을 때, 그는 "내가 조금 흥분했어"라고 말했습니다. 미굴린의 행동은 나를 분개하게 해서, 만약 그가 제대로 바꿔 놓지 않으면 내가 그를 죽일 것이라고 말했습니다……. (미굴린은 웃으며 뭔가를 외친다. 의장이 그에게 주의를 준다.) 그리고 결국, 어떤 경우에도 미굴린을 전선까지 가게 해선 안 된다고 생각하여 오래전부터 계획해 왔던 것, 즉 그를 죽이기로 결심했습니다. 그전에는 이 일을 실행하는 것이 가능해 보이지 않았습니다. 왜냐하면 그는 충직한 사람들, '친위병들'로 자신을 둘러쌌기 때문입니다…….

의장 당신은 왜 편지에서 여단 사령관에게 미굴린의 진격을 알렸나요?

유르가노프 나는 그가 평범하지 않은 뭔가를 할 수 있다고 썼습니다.

의장 그럼 당신은 여단 사령관이 당신의 모험을 지지해 주길 원했나요?

유르가노프 나는 편지가 미굴린의 압력 아래 작성되었다는 것을 다시 한 번 반복합니다.

의장 나는 가장 본질적인 문장들을 당신에게 읽어 주겠습니다. '미굴린은 위대한 전략가일 뿐 아니라 위대한 예언자이다.' 당신이 이 문장을 썼나요?

유르가노프 네, 제가 쓴 문장입니다.

의장 '그가 봉기하면, 그건 정의와 진실, 자유를 위해서다.'

유르가노프 제가 쓴 것입니다.

의장 '농민 계급은 그런 고통을 겪지 않을 수만 있다면, 데니킨의 신비교로 뛰어들 준비가 되어 있다…….'

유르가노프 그건 미굴린의 말입니다.

의장 당신은 왜 편지 끝에 '굳게 키스를 보내며, 아마도 마지막으로'라고 썼지요?

유르가노프 이건 일반적인 추신일 뿐이고, 별 의미가 없습니다. 게다가 그 당시 저는 미굴린을 죽일 것인가 아니면 스스로 자결할 것인가 하는 문제로 갈등하고 있었습니다.

드로노프에 대한 심문. 질문한다. 10월 혁명 전까지 무슨 일을 했습니까? 전쟁 중에는 무슨 일을 했습니까?

드로노프 저는 카자크 2등 대위 계급으로 연대 부관이었습니다. 10월 혁명 이후에는 키예프에 살았고, 붉은 군대 사병으로 입대했습니다. 미굴린 군단에는 8월 15일 제2연대 부관 직급으로 합류했습니다.

의장 스코로파드스키 시기에는 그의 군대에 있었습니까?

드로노프 저는 여섯 개의 정부를 거치며 사령부의 직책을 수행해야 했습니다.

의장 당신은 왜 미굴린을 따랐습니까?

드로노프 부분적으로는 개인적인 이유에서였습니다. 왜냐하면 한 달 반 동안 급여를 받지 못했기 때문입니다.

의장 당신은 위법이 무슨 뜻인지 알고 있습니까?

드로노프 나는 거기에 큰 의미를 부여하지 않았습니다.

아샤가 편지에서 바로 이 드로노프에 대해 — 갑자기 일어나더니 맵시 있고 날씬한 그가 공손하게 목을 늘여 빼고 의장의 말을 더 잘 들으려는 듯 귀를 의장 쪽으로 돌린다 ― 쓴 것 같다. 어둠 속에서 그녀에게 들러붙어 압박한 누군가가 바로 그가 아닌지? 무슨 이유에서인지 그라고 여겨져서 나는 분노하며 읽는다…….

의장 무장 해제 전에 미굴린이 군대에 호소했습니까?

드로노프 상황이 그랬습니다. 미굴린은 연대를 정렬시킨 후 진심 어린 말을 했습니다. '나는 피를 흘리지 않기 위해 내 삶을 희생한다. 카자크인들과 연대하러 가자. 가수들은 앞으로!' 그리고 연대는 노래를 부르며 진군했습니다. 이 일은 모크렌키예에 도착하기 전, 크루텐키예에서였습니다…….

의장 말씀하십시오. 당신은 미굴린으로부터 트로츠키에 대한 평가를 들은 적이 있습니까?

드로노프 네, 들었습니다. 행군 중에 몇몇 마을에서 집회가 있었고, 그때 이런 구절을 말하곤 했습니다. '최근 나는 신문에서 몇 년 동안 러시아에는 확고한 독재자의 권력이 필요하다는 글을 읽은 적이 있다. 레프 트로츠키가 이미 러시아의 독재자가 될 생각을 하고 있는 건 아닐까?'

의장 미굴린이 무법자로 공표된 것을 언제 알았습니까?

드로노프 출격하기 5~10분 전입니다.

의장 미굴린, 당신은 8월 22~23일 아침에 카자크인들이 공산당원들의 직위를 빼앗고 체포한 것을 알고 있었나요?

미굴린 그건 몰랐습니다.

두 시간 동안 휴정이 선언되었다. 저녁에는 얀손의 기소의 변(辯)

이 있다. 그는 스물여덟 살이었다. 그러나 연단 위에 있는 연한 흰색 머리에 다리가 짧은 인간에게선 젊음도, 대학생으로서의 과거도, 발트 해 연안 출신이라는 것도 나는 발견할 수 없었다. 그 누구도 발견하지 못했다. 대신 혁명이 얼음장 같은 목소리로 말하고 있었고, **사건의 과정**이 말하고 있었다. 영혼이 얼어붙었고, 손은 굳어졌다. 기억난다, 이제 기억이 난다…….

기억한다, 창문 너머 하늘의 차가운 광휘와 갑자기 햇살이 밝았던 날을. 기억한다, 아샤가 앞쪽 줄에서 아무것도 눈치채지 못하고, 아무것도 듣지 못한 채 회색 수염의 카자크인을 바라보던 것을. 기억한다, 커져만 가던 당혹감을. 내가 어떻게 그의 유죄를 의심할 수 있었지? 모든 것이 그토록 지독하게 분명한데.

"나는 카자크 대령이었던 미굴린과 그의 조력자들을, 소비에트 권력이 데니킨 군대와 전투를 벌이는 과정에서 그들이 우리 붉은 군대에서 책임 있는 직위를 맡고 있으면서도 소비에트 권력에 반항하여 무장봉기를 일으켰다는 혐의로 기소합니다. 우리 앞에 방대한 수사 자료가 있으며, 그것으로부터 반란의 전체 그림이 충분히 명확하게 그려졌습니다. 8월 23일 밤, 나는 사란스크에서 뭔가 좋지 않은 일이 벌어지고 있으며, 군단이 동요하고 있으며, 미굴린이 반란의 연설을 하고 있다는 것을 알게 되었습니다. 나는 평화적으로 갈등을 해결하기 위해 모든 조치를 취했습니다. 나는 직통 전화로 미굴린에게 남쪽 전선의 상황과 마몬토프의 습격을 알려 주면서 독단적인 그의 출정이 소비에트 공화국을 수호하는 과업에 커다란 해를 끼칠 수 있다고 말했습니다. 그러자 '더 이상 할 수 없다'라거나 '숨이 막힌다……'라는 혼란스럽고 황당한 대답이 뒤따랐습니다. 그는 군단을 이끌고 사란스크에서 전선으로 이동하여 제23사단과 합류해 미굴린 개인에게만 알려진 목적을 위해 군 병력을 조직하려는 의도를 지니고 있었습니다.

이곳 법정에서 미굴린은 지나치게 초라합니다. 그는 회개하고 있습니다. 그는 자신이 정신적으로 불안정한 사람이어서, 말하자면 상황이 그로 하여금 이 일을 하도록 만들었고, 그 일을 저지르면서 범죄로 인식하지 못했다고 말합니다. 그러나 미굴린이 자신의 뒤에 있는 어떤 힘을 느끼며 딴사람이 되었을 때가 있었습니다. 그는 러시아의 가리발디 같은 민중 영웅이 되기를 희망했습니다. 그때의 그는 심지어 위협할 수도 있었습니다. 예를 들어 나에 대한 전쟁을 선포한 격문이나 선언문에서 그는 이렇게 쓰고 있습니다. '만약 당신이 감히 나에게 맞선다면, 나는 당신을 파멸시키고 쓸어버리겠소……' 미굴린 사건에 대한 모든 자료를 분석하면서 나는 내 앞에 있는 자가 독수리가 아니라 한갓 오리일 뿐이라는 결론에 도달했습니다. 왜냐하면 그가 자신의 병사들을 이끌기 위해 도움을 받은 방법들은 지도자의 방법이 아니기 때문입니다. 나는 우리의 혁명 기간 동안 어느 누구도 이보다 더 혼란스럽고 모호한 사상을 만들어 내지 못했다고 단언합니다. 무의식적으로 미굴린을, 숨을 헐떡이면서도 '만약 당신이 나를 믿지 않는다면 나는 나 자신을 쏘겠소……'라고 말했던, 고결한 기억인 케렌스키와 비교하게 됩니다. 미굴린의 주요 공범인 유르가노프는 법정에서 비겁하게 처신하며 자신이 미굴린에게 맞섰을 뿐 아니라 심지어 그를 죽이려 했음을 밝히고 있습니다. 그는 자신을 공산당의 동조자라고 부릅니다. 이는 본 범죄에서 유르가노프가 자신의 당과 소비에트 권력에 대한 배신자로 두 배의 유죄임을 뜻합니다. 혁명 시기에 그토록 한심한 겁쟁이에게 동정적인 경우는 거의 없습니다. 그는 자신의 소심과 비겁을 극복하고 분명하고 명백하게 '미굴린은 반역자이며, 당신들은 사란스크에 남아 있어야 한다'고 군대에 말해야 했습니다. 그렇게 공언했더라면, 아마도 악명 높은 배신자와 변절자는 당연히 소수일 뿐인 4백 명이 넘는 사람들을 재판해야 하는 상황에서 우리를 구했을 것입니다. 미굴린과 함께 간 지휘관들 중에서 나는 드로노프라는 인물이 흥미롭습니다. 그의 진술에 따르면, 그는 우크라이나의 여섯 개 정부에 복무했으며, 그것은 필경 소비에트 권력, 그다음 페틀류라,* 스코로파드스키* 수령, 또다시 소비에트 권력 등일 텐데, 모든 정부들의 집권기 동안 그는 사령부의 직책에 있었습니다. 나는 이번에야말로 그가 마지막으로 변절한 것이라고 생각합니다……. 미굴린처럼 심리 상태가 안정적이지는 않지만 서툴지 않은 연설자들은 우매한 대중을 선동한 다음 스스로를 절제하지 못합니다. 그들을 대체하기 위해 데니킨 분자들이 오고 있습니다. 드로노프는 마몬토프와 함께 실제로 소비에트 권력에 대적하는 전선을 만들었을지도 모릅니다. 그가 미굴린과 함께 간 건 우연이 아닙니다. 그의 말에 의하면, 한 달 반의 급여를 받기 위해 그를 따라간 듯합니다. 전직 연대 부사관의 입에서 이런 이야기를 듣는 것은 우습기 그지없습니다. 모험을, 그리고 정치적 이익을 쉽게 얻을 수 있다는 가능성을 감지하고 그는 미굴린을 따른 것입니다. 이 자리에서 그는 자신을 소심한 사람, 단순한 사람으로 자처하며 모든 질문에 친절하게 대답하고 있습니다. 이런 종류의 무당벌레, 소심한 인간은 여섯 개 정부의 참모 직책에서 근무할 수 없었을 것입니다…….

여러분 모두는 거의 2년간 우리 혁명의 의미와 본질이 양극단, 즉 한편에는 노동 계급, 공산당과 소비에트 권력이, 다른 편에는 데니킨, 콜차크,* 유데니치*와 같은 부르주아적 반혁명이 서로 싸우는 데 있다는 것을 알고 있습니다. 절충주의적 정당들의 많은 시도들, 헌법 제정 위원들의 시도들, 온갖 '조화'의 지지자들, 즉 모든 종류의 중간적 노선을 찾으려는 시도들은 무의미한 것으로 판명되었습니다. 우리가 알고 있을 뿐 아니라, 그 누구든 수천 가지 사실들에서 확인할 수 있는바, 소비에트 권력에 대항하여 일어난 모든 투쟁이 강철 같은 냉혹한 논리로 데니킨과 반혁명에 이끌렸습니다. 체코인들의 봉기, 좌파 사회 혁명당원들, 멘셰비키의 민주 집단들이 우리에게 저항하여 일어섰습니다. 이 그룹들은 결국 데니킨의 품에 안겼으나, 그는 그들 모두를 길에서 쓸어 내 버렸습니다. 오직 그만이 결단력 있고 강한 상대이며, 소비에트 권력 혹은 데니킨 중에서 어느 하나만 이 잔혹하고 거대한 투쟁의 승리자가 될 것입니다……."

에드바르트 야노비치는 꽤 영리하게 주장했다! 연설하는 방법을 알았을 뿐 아니라, 두뇌가 명석하다. 1919년 10월은 격변의 시기이다. 그 당시 구석진 발라쇼프에서 무엇에 대해 생각하고 있었을까? 뭘 기대했을까? 나의 신이여, 데니킨이 보로네시를 점령하

고, 오룔과 브랸스크로 진군했다. 동쪽에서는 토볼스크가 함락
되었다. 유데니치는 크라스노예셀로에, 리가에는 독일인들이…….
모두 풍전등화이다. **그러나 최후의 승리에 대해서는 단 1초도 의심의 여**
지가 없다! 재판 다음 날 모두 사냥을 떠났다. 새벽에 일어나 먼저
호수에 갔고, 오리를 쏘아 잡은 다음에는 들꿩을 잡으리 들판 어
딘가로 향했다…….

"……여기서 그는 우리 앞에 반톨스토이적이고 반감상주의적
인 멜로드라마를 펼치고 있습니다. 그는 모두가 알다시피 아무런
폭력 없이 도입할 수 있는 체계를 지지한다고 말합니다. 하지만 그
누가 과거 전쟁에서 성 게오르기의 무기에 이르기까지 거의 모든
군사적 우월을 누리던 옛 카자크 장교인 당신이 그런 견해를 지지
하게 되었다고 믿을까요? 심지어 그의 국가에 대한 이론을 봅시
다. 그는 모든 시민들의 즉각적인 자유를 원합니다. 그는 사회주
의로 가는 길이 압제자들에 대한 압제당한 사람들의 독재에 있다
는 것을 이해하지 못합니다. 그는 내전 시대에 모두를 위한 자유
의 요구가 곧 반혁명주의자들을 위한 자유의 요구임을 이해하지
못합니다.

당신은 민중에 대한 사랑과 자유에 대해 수없이 장황하게 말할
뿐 아니라 러시아에선 민중이 잘살 수 없다면서 공산당을 비난합
니다. 당신은 거짓말을 하고 있습니다. 공산당은 여기에 아무 상관
이 없습니다! 당신은 우리가 4년간의 전투로 인해 파산했다는 사
실을 잘 알고 있으며, 반혁명주의가 석유, 석탄, 곡식 등이 풍부한
지역을 점령했기 때문에 우리 공장과 제작소들이 멈췄다는 것을

잘 알고 있습니다. 당신은 사람들에게 강요해서는 안 되고, 그들이 자발적으로 모든 일을 해야 하며, 전체적으로 모든 국가 기구는 약화되어야 한다고 말합니다. 좋습니다. 그러나 우리가 붉은 군대에 강제적인 징집을 하지 않았다면, 곡물 독점이 없었다면 지금 어떤 일이 벌어졌을까요? 당신, 시민 미굴린이 아니라 공산주의자들이 파멸했을 것이고, 장군의 독재 속에 그다지 풍요롭게 번성하지 않았을 것입니다. 당신은 농민이 살기 어렵다고 불평합니다. 농민이 살기가 쉽지 않다는 건 사실입니다. 나라가 파산했으니까! 그러나 당신은 우리의 생산 정책을 비판하면서, 도시들이 빈곤해져 그들에게는 빵으로 교환할 것이 아무것도 없다는 것을 기억하지 못했습니다. 소비에트 권력이 빵을 주지 않으면 노동자는 기아로 죽을 수밖에 없습니다. 곡식이 풍족한 나라에서 이런 현상은 수치스럽습니다……

이제 돈 지역의 폭동에 대해 말하겠습니다. 심리 자료를 통해 폭동이 일어났다는 사실이 명백히 드러났습니다. 그러나 이 공포스러운 상황의 주범들이 이미 총살당했다는 것도 알 수 있습니다. 이 모든 일들이 열정이 극도로 고조된 내전 상황에서 자행된 것임을 잊어서는 안 됩니다. 프랑스 혁명 그리고 국민 공회와 방데의 전쟁을 떠올려 보십시오. 당신은 국민 공회의 군대가 잔혹한 짓, 개인의 관점에서 몹시 잔혹한 짓을 저지른 사실을 발견하게 될 것입니다. 국민 공회 측 군대의 행동은 계급 분석의 조망하에서만 이해할 수 있습니다. 자신의 길에서 봉건제와 민중의 무지라는 구습을 쓸어 낸 새로운 진보 계층이 그것을 자행하였기에 그 행동들은 역사에 의해 정당화되었습니다. 지금 똑같은 일이 벌어지고 있습니다. 당신들은 이해해야 합니다…….

우리는 가장 큰 어려움을 겪고 있습니다. 혁명은 강철 연대에 의해 포위되어 있고, 우리 군대는 10월 혁명의 성취를 지키기 위해 마지막 힘을 쏟아 내고 있습니다. 우리 군대는 각 사령관이 독단적이고 원시적인 방식으로 행동했을 때, 이전 붉은 군대 일부에서 성행했던 방종을 서서히 근절하기 시작했습니다……. 미굴린주의는 그 어떤 마닐로프적인* 말로 포장하더라도 이 원시적 시대의 방종이 표출된 것입니다.

우리 앞에는 인류의 행복을 떠들면서 실제로는 마몬토프에게 모스크바로 가는 길을 열어 준 범죄자가 있습니다. 그런 사람들에게 우리는 동정을 보여선 안 됩니다. 프티부르주아적 사상은 혁명과 붉은 군대가 나아가는 길에서 제거되어야 합니다. 나는 미굴린과 그의 공범자들에게 가장 중한 형벌이 적용되어야 한다고 생각합니다.

나는 미굴린 그리고 그와 함께 걸어간 모든 지휘관, 모든 전권위원들과 공산주의자들에 대해 총살형을 요구합니다.”

그다음은 변호인 스트레모우호프이다. 누구도 닮지 않았다. 전쟁 전, 태곳적 사람을 닮은 그는 코안경을 쓰고 있다. 그는 보기 드물 정도로 뚱뚱한데, 숨 가빠 하며 말한다.

“동지들! 혁명 재판소는 피고인을 보호할 중대한 책임을 저에게 위임했습니다. 미굴린주의의 체계도, 미굴린주의라는 이름으로 알려진 역사적 현상도 아닌, 피고 본인을 말이지요……. 검사는 미굴린주의에 대해 총체적인 강연을 하면서 우리에게 공산당의 지배적 견해를 제시했습니다. 이 모든 것은 새로운 것이 아닙니다. 검사가 이 현상을 당의 관점으로 설명하면서 얼굴은 청중을 향하고 당신들에게는 옆을 보여 주었다면, (그러한 표현의 부적절함을 지적하며 의장이 변호인을 제지한다) 사람들의 변호인으로서 나는 당신들의 가슴에 호소합니다. 나는 이 사건에 대해 오랫동안 생각했고, 이제 질문합니다. 그들이 무슨 죄목으로 기소되었나요? 탈영으로……. 지금까지 우리는 **군대에서 도망친** 사람들을 잡아내서 기소했습니다만, 지금은 **전선을 향해 나아간** 일단의 사람들을 기소하고 있습니다!

우리는 여기서 누구를 비난하고 있습니까? 검사가 말한 것처럼 오리가 아닙니다. 우리 앞에는 혁명의 사자가 있습니다. 소비에트 러시아의 시작부터 그는 혁명 수비대에서 2년 동안 정직하게 싸웠습니다. 그는 고군분투했습니다! 이 오리는, 반복합니다만, 프롤레타리아트 혁명의 가장 첫 순간부터 싸워 온 것입니다. 사실 그는 오래된 당원임이 분명하지만 정치 프로그램을 완전히 그려 내지 못했고, 우리가 그 이야기를 흥미롭게 경청했던 검사처럼 정치의 섬세한 부분들을 모두 이해하지 못했습니다. 대신 혁명의 사자는 이 모든 문제를 가슴으로 이해했습니다. 그는 당이 불행한 노동 계급에 필요한 것을 지니고 있다는 사실을 가슴으로 느꼈습니다. 불행이 일어나는 곳, 백위군 일당이 우리 붉은 군대를 박살 내는 곳, 그곳으로 우리의 오리가 달려가므로, 그 위중한 순간에 사람들은 그를 신뢰하여 그에게 희망을 걸고, 그는 그들을 정당화합니다. 죄송하지만 당신들에게 상기시켜 드립니다. 작년에, 나는 우리 군대의 역사를 잘 모릅니다만, 우리 붉은 군대 일부가 호표르 지역에서 철조망을 뚫고 나가지 못할 때, 바로 이 오리가 적군의 뒤를 쳐서 전세를 뒤집고 적을 남쪽으로 몰아냈습니다. 이후 계속 전진하여 노보체르카스크에 이른 그가 과연 오리일까요?

그렇다면 피고인으로 지금 우리 앞에 서 있는 이 사람은 어떤 점에서 비난받았을까요? 바로 이것입니다. 붉은 군대의 전사로서 그는 나쁜 정치가였고 그를 둘러싼 정치적 분위기를 잘 이해하지 못했으며, 전사로서 그는 자신의 행동에 진술했습니다. 온전한 인간으로, 마음에 있는 그대로 실제에서 행동하며 자신의 생각을 숨기지 않는 사람이지요……. 19호실에서 나와 대화할 때 그는 자신의 모든 서신이 이곳으로 오게 되었다며 유감을 표명했습니다. 그 편지들은 개인적인 성격의 것들이니까요. 그는 인용하지 말 것을 요청했고, 우리에게도 필요하지 않습니다. 하지만 저는 단 한 부분에 대해서만은 그의 요청을 어기려고 합니다. 나는 편지에서 그의 전부가 드러나 있는 빼어난 한 구절을 읽었습니다. 그는 사랑하는 여인에게 이렇게 씁니다. '온전히 내 것이 되어 줘. 그게 아니면 나를 떠나 줘.' 이 짧은 구절 속에 미굴린의 모든 성품이 드러나 있습니다……."

아무리 회상해 봐도 나는 이 구절을 떠올릴 수가 없다. 변호인의 말을 주의 깊게 들었음에도 불구하고 말이다. 아니, 주의 깊게라기보다는 탐욕스레, 열광적으로 들었다! 처음에 얀손의 연설이 나를 사로잡아 뒤집어 놓은 것처럼, 그것은 나를 사로잡고 발칵 뒤집어 놓았다. 그런데 속기록에 그 문구가 있었다면, 그것은……
언제일까? 2월? 볼로댜가 아직 살아 있을 때인가? 그러면 그녀는
두 사람 사이에서 사랑을 둘로 나누고 있었던 건가?

"……국내의 행정적인 측면에서 볼 때, 돈 지역의 상황은 좋지
않았습니다. 미굴린은 소리칩니다. '불행이 닥쳐오고 있다! 우리의
성공은 무(無)로 돌아갈 것이다!' 하지만 그의 목소리는 희미하게
들렸습니다. 사람들은 그에게 중앙에선 돈 지역을 잊지 않고 명령
을 내리고 있다고 말했지만, 알다시피 문제는 명령을 내리고 우리
가 이 모든 봉기들과 싸울 것이라고 기록하는 데 있는 것이 아니
라, 봉기가 어쨌거나 계속되고 있다는 것에 있습니다……. 자기
자신과 소비에트 러시아에 충직한 미굴린은 영혼 깊은 곳에서 소
리칩니다. '더 이상 이렇게 살아선 안 됩니다! 도와주십시오! 현재
의 상황을 완화시키기 위해 무엇이든 하십시오!'

그리고 누가 알겠습니까, 잘 알려진 카자크에 대한 중앙의 관심
이 이 외침으로 촉발된 것인지 아닌지를. 우리는 최근 몇 년간 카
자크 사회에 대한 소비에트 권력의 정책이 변화되었다는 것을 알
고 있습니다. 9월 11일의 신문 「붉은 경작자」에서 카자크 사회와
관련된 정책이 바뀔 것이며, 돈 지역의 일상적 조건이 고려될 것이
라고 언급된 바 있습니다. 미굴린은 외쳤고, 그의 외침은 소비에트
러시아가 앓고 있는 궤양들 중 하나를 치유하도록 일깨웠습니다.
바로 여기에 그의 공적이 있으며, 이러한 공적만으로 그에게 관대
한 처분을 내릴 수도 있습니다. 따라서 사람들의 변호인인 저는
당신의 위대한 자비를 구하며, 그 과정에서 있었던 이러한 상황들

을 가늠하여 숙고해 주시기를, 그런 다음 당신의 결정을 내리시길 온 마음을 다해 부탁드립니다."

그리고 여기 미굴린의 진술이 있다.

"재판관 여러분, 19호실에서 정신을 차린 후, 저는 그 감방에 머무른 처음 몇 분 동안의 인상을 종잇조각에 옮겼는데, 그것은 제가 떠난 후에도 남아 있을 것입니다. 이 감방에서의 첫 순간은 황량했고, 문이 쾅 소리를 내며 닫혔을 때는 무슨 일인지 이해할 수 없을 것만 같았습니다. 제 인생 전부를 혁명에 바쳤지만, 그로 인해 감옥에 갇혔고, 평생토록 자유를 위해 싸웠지만 그 결과로 자유를 박탈당했으니까요. 감방에서 저는 처음으로 자유롭게 생각했고, 아무도 저를 방해하지 않았으므로, 내가 누구인지에 대해서도 곰곰이 생각할 수 있었습니다.

얀손은 제가 마르크스를 모른다고 말했습니다. 그렇습니다, 저는 그를 모릅니다. 하지만 이곳 감방에서 저는 처음으로 프랑스의 사회 운동에 관한 소책자를 읽었고, 예기치 않게 저와 같은 사람을 규정하는 개념과 마주치게 되었습니다. 사실 프랑스에서는 정의에 대한 생각에 사로잡혀 사방 모든 곳에서 그것을 추구한 사회주의자들이 있었습니다. 가장 진실한 사람들이지만, 과학적 지식과 방법론이 결여되어 있었지요……. 바로 제가 그런 사람이고, 바로 그 점에 저의 불행이 있습니다. 그러므로 저는 이것에 귀 기울여 주시길 혁명 재판소에 요청합니다. 저는 삶의 과정에서 제가 하게 되었던 그 혁명적 연설들에 대해 조금 이야기하려 합니다.

1895년 제가 아직 낮은 직급에 있었을 때, 저의 상관 중 한 사람이 9루블의 제 급여 중에서 6루블을 공제해 갔습니다. 저는 이에 대해 격분하여, 그런 개자식을 쏴 버리겠다고 말했습니다. 제가 오랫동안 버틸 수 없는 상황이 만들어졌고, 저는 치안 판사로 근무하기 위해 이직했습니다. 1904년부터 저는 이미 장교였으며 카자크 마을의 공직에 선출되었습니다. 당시 공공 자금으로 아홉 명을 충원해야 했는데, 이것이 카자크인들에게 무거운 부담을 주어, 그들이 부채를 안게 만들었습니다. 그래서 저는 카자크 사회의 이익을 열렬히 지지하며, 카자크인들의 부담을 덜어 주기 위해 모든 조치를 취했습니다. 그리고 말을 인수하는 과정에서 저는 위원회 앞에서 모든 말을, 아홉 마리였는데, 통과시킬 수 있었습니다. 카자크 수령이 도착한 뒤, 그는 이 말들을 모두 불합격시켜 배제시키고, 12시까지 새로운 말들을 대령하도록 명령했습니다. 말들이 왜 불합격되었는지 알아내기 위해 노력했으나 아무것도 얻어 내지 못했고, 그래서 저는 똑같은 말을 수령에게 다시 내놓기로 결정했습니다. 12시에 그에게 똑같은 말을 데리고 가자, 수령은 그중에서 여섯 마리를 선택하고 나머지는 불합격시키며, 3시까지 부족한 말을 대령하라고 명령합니다. 저는 또다시 같은 말을 제시하기로 결정했습니다……. 결과적으로 저는 똑같은 말들을 통과시키는 데 성공했습니다. 우스티-메디베디츠키 구역의 18개 마을이 저의 행동에 대한 증인입니다. 그 후, 일본과의 전쟁이 선포되었을 때, 저는 동원되어 전쟁에 나갔습니다. 그곳에서 저는 지휘관의 전횡과 난폭함을 보았고, 제4카자크 사단의 지휘관인 텔레쇼프 장군이 그가 저지른 난폭, 광란 및 범죄로 구금되었을 때, 저는 연대 사령관에게 우리 군대에서 자행되는 난동들을 견뎌 내기 어려우므로, 지휘관을 그렇게 처리했어야 했다고 공개적으로 말했습니다. 그리고 정신 병원으로 보내졌습니다. 진실을 밝힌 대가로 저는 광인으로 선고되었지요. 그 당시 저는 힘겹고 암울한 순간들을 경험해야 했는데, 10월 17일의 선언으로 얼마나 기뻐했었는지, 모두가 행복한 축제처럼 그날을 맞이했던 것을 기억합니다……. 1906년은 제게 매우 힘든 해였습니다. 저는 그 결과로 다닐롭스카야 자유 구역으로 가게 되었던, 시로코프 장군과의 사건에 대해선 이야기하지 않겠습니다. '러시아 민중 연맹'이 등장했을 때, 저는 모든 사람들에게 그 의미를 설명했습니다. 그리고 '러시아 민중 연맹'의 비밀 편지를 도중에 가로채였을 때, 저는 그것을 카자크인들에게 읽어 주고, 진정한 의미를 설명했습니다. 제가 삼소노프와 베르시닌 장군 휘하의 제1카자크 사단으로 보내졌을 때, 저는 아무도 이해할 수 없는 끔찍하게 어려운 순간들을 겪었으며, 상사와의 여러 충돌 중 어떤 사건 이후, 저는 그가 사람이 아니라 짐승이라고 그에게 말해 줬습니다. 그런 식으로, 저는 어디에 있든, 언제나, 그리고 모든 장소에서 권력의 권위를 실추시키기 위한 혁명적인 행동을 실행했습니다. 제가 여기서 보여 주기 위한 목적으로 말한 모든 것은……."

저녁 식사 시간에 갑자기 끔찍한 일이 밝혀졌다. 루시카가 병이 나서 병원에 있는데, 모두들 숨기고 있었던 것이다. 그들이 숨기고 있었다니, 숨기고 있었다니! 그것도 6일 동안이나! 온 동네가 알고 있는데, 아버지인 그만 모르고 있었다. 이 비극적인 음모를 프리호디코의 딸, 뚱보 조야가 무너뜨렸다. 그녀는 부풀어 오른 눈으로 달려왔다. "루시카는 어때요? 그가 좀 나아졌다고 들었는 데요?" 파벨 예브그라포비치는 망연자실했다. 그에게서 말소리가 사라졌고, 잠시 동안 멍해져서 그는 식탁에 앉은 이들이 대답하기 를 기다렸다.

베라가 전혀 당황하지 않고 대답했다. "네, 나아졌어요. 어제 병원으로 전화 통화가 되었어요. 상태는 그럭저럭 괜찮지만, 적어도 2주 이상 있어야 할 거라는군요. 모두에게 인사를 전했어요."

"누가 전화했어? 어디로?" 파벨 예브그라포비치가 탄식했다.

"제가요." 발렌티나가 말했다. "예고리옙스크로요."

"루시카에게 무슨 일이 생긴 거냐? 왜 내가 아무것도 모르고 있는 거지?"

"아빠, 왜 이런 황당한 말씀을? 안 부끄러우세요?" 베라가 혼란스러운 듯이 파벨 예브그라포비치에게 손을 내저었다. "제발, 그만하세요."

"루시카에게 무슨 일이 일어난 거냐고?" 파벨 예브그라포비치가 소리쳤다.

"아빠, 정신을 놓지 마세요. 이 번호는 버리세요."

베라는 손가락으로 위협했고, 에라스토비치는 화가 나서 쳐다봤다. 물론 연극이었다. 다른 사람이 있는 곳에서 거짓말쟁이로 보이고 싶지 않았던 것이다. 그리고 계속해서 연극을 하며 아무것도 말하고 싶어 하지 않았다! 그는 간신히 눈물을 참으며, 동시에 분노로 숨을 헐떡이며 요구했다. 당장 설명해 봐! **그는 정말로 아무것**

도 모른다! 그들은 그를, 마치 바보를 보듯 바라봤다. 아니, 마치 끝난 사람을 보듯 했다. 베라가 부드럽게, 인내심을 발휘하는 듯 보이려고 애썼다.

"아빠, 왜 이러세요? 화요일에 바로 여기 앉아 계셨고, 우리가 들어와서 대화했었잖아요. 그다음 아빠가 방으로 가셨잖아요……."

"파벨 예브그라포비치, 과로하셨어요. 당신의 회고록으로 말예요." 에라스토비치가 말했다. "좀 쉬셔야 해요."

파벨 예브그라포비치는 두 손으로 얼굴을 가렸다.

"세상에, 내가 좀 알 수 있을까……."

처제가 끼어들었다.

"그런데 밤에, 너희들도 알지, 노크 소리를 들었고, 놀라서 들어가 보니 그가 침대 위에 옷을 입은 채로, 그러니까 잠옷을 입은 채로 자고 있는 거야. 불은 켜져 있고, 서류철은 바닥에, 그리고 종이들은 사방에 흩어져 있었어……."

마침내 그는 알아냈다. 루시카는 화상을 입었고, 다행히 아주 위독하지는 않다. 전직 탱크 운전사였던 그는 그곳에서 트랙터 기사로 일했는데, 트랙터가 뒤집혀 달궈진 이탄 속으로 떨어졌다. 세부적인 것은 아무도 몰랐고, 당장 그리로는, 응당 그래야만 했으나, 무슨 이유에서인지 모두들 가지 않았다. 뚱보 조야가 순박하게 제안했다.

"저기, 그리로 제가 갈게요, 네? 예고리엡스크로요? 저는 지금 한가해요. 휴가거든요. 전혀 어렵지 않아요. 저는 기꺼이……."

그런데 이 말을 현재 아내와 첫 번째 아내가 있는 곳에서, 누이도 있고 아들들도 있는 곳에서 하다니……. 말이 안 되는 헛소리다. 베라가 알아들을 수 없는 말을 중얼거렸다.

"고마워, 조예치카, 하지만 지금은 특별히 필요하진 않아 보이는데……."

발렌티나는 부어오른 입술을 앙다물었다. 그 때문에 얼굴이 사각형이 되어 화가 나 보였는데 ― 이런 표정은 루시카와 싸울 때 나타나곤 했으나, 오랫동안 다툼이 없어 모두 가라앉았다 ― 아무 말도 하지 않고 그릇을 부딪치며 소리를 내더니, 나가 버렸다. 여자들 사이에서 무엇이 들끓고 있는지, 그는 전혀 상관하지 않았다. 나쁜 일이 생겼을 때는 좀 친절해 주게들……. 그는 발렌티나가 원망스러웠다. 이런 순간에 따지다니…….

"내가 가마…… 주소를 다오…… 어서!" 파벨 예브그라포비치는 부산을 떨며 식탁에서 일어났다.

모두 소리를 지르기 시작했다. 그에게 달려들었고, 위선적으로 손을 흔들어 댔다. 하지만 그에겐 그 소리가 거의 들리지 않았다. 그는 갈랴를 생각하고 있었다. 그녀가 이 꼴을 보지 못하니 참 다행이지. 노인이 병원에 갈 것이다. 왜냐하면 30년 동안 아들의 머리를 어지럽혔던 여자들이 **그를 나눠 가질 수 없기** 때문이다. 아, 신이시여, 제가 죄인입니다! 그 자신, 바로 자신에게 죄가 있다. 바보, 원칙도 없는 인간. 모든 삶을 자신이 원하는 대로 살았는데, 이제 그 벌이다. 물 한 모금 청할 사람이 없다……. 개처럼, 타인들 사이에서 목말라 죽어라……. 그와 동시에 아들에 대한 연민이 믿을 수 없을 정도로 강렬하게, 눈물이 날 정도로 파벨 예브그라포비치를 짓눌렀다. 그런데 어떻게 저들은 평화롭게 전등갓 아래 앉아서 차를 마실 수 있을까? 발렌티나가 잼을 가지고 온다. 베로치카는 씨 없는 것을 골라 잼 접시 위에 올려놓는다. 그러니까 이 순간에도 씨앗이 있느냐 없느냐가 의미 있다는 건가? 그들은 마치 마당에서 베란다로 날아 들어온 닭에게 하듯, 그에게 '쉬' 소리를 내며 팔을 흔들었다.

그는 숨을 헐떡이면서 그들의 손, 비명, 놀라움을 헤치고 걸어가며 중얼거렸다.

"너희들은 왜 먹는 거지…… 잼을?"

"비탸!" 베라가 소리쳤다. "물약! 아빠 방 책상 위에 있어!"

그녀가 그를 방에 눕혔다. 모두들 떠났다. 조용해졌다. 그녀는 맥박을 재더니 그의 손을 잡고, 공황 상태에 빠진 눈으로 바라봤다. 그리고 속삭이며 설명했다.

"아빠, 걱정하지 마세요. 그는 많이 나아졌대요. 그러니 조금도 걱정하지 마세요. 발랴가 그와 이야기했어요."

"그런데 너희들은 어떻게 그럴 수가 있지? 그토록 사람들이 많은데……."

"뭘 할 수 있겠어요, 그가 요구하는데……." 그러고는 더 조용히. "아무도 오지 말라고 말예요. 아시겠어요? 아무도요……. 그래서 발렌티나는 마음이 상했고, 뮤다는 가기 두려워하고, 저 역시 가고 싶지 않아요……."

즐거운 추측이다.

"그럼 걔가 혼자가 아니라는 거야?"

"저는 몰라요. 오빠는 비밀스러운 사람이잖아요……."

"쓸모없는 녀석!" 손가락으로 '모든 게 끝이다!'라는 것을 의미하는 동작을 했다. 그러나 이내 손가락을 풀었다.

늦은 저녁, 누군가 조용히 노크했다. 그라프치크였다. 왠지 환자에게 가는 것처럼 발꿈치를 들고 들어와서는, 속삭이듯 말하기 시작했다. 『해외에서』 최신 호가 들려 있었다.

"당신을 뵈러요, 파벨 예브그라포비치……. 그리고 루슬란에게 전해 주려고요…… 긍정적인 감정을……."

"그게 뭔가?"

"우선 그의 상태는 어떤가요?"

이자도 알고 있었다! 파벨 예브그라포비치의 표정이 어두워졌다. 그는 또다시 사악한 음모를 떠올리며, 건조하게 그럭저럭 괜찮다고 대답했다. 파벨 예브그라포비치는 그라프치크에게 친절하게 대했는데, 그를 생각 있고 교양 있는 사람으로 여겼다. 그 외에도 체육 교사는 관심의 징후들을 보이며 잡지와 책을 가져왔고(자식들에게는 요구해도 안 될 텐데), 기꺼이 대화에 참여했으나 바보 같은 질문을 하지 않았고, 흥미롭게 그의 말을 들었다. 하지만 이제 파벨 예브그라포비치는 눈살을 찌푸렸다. 그라프치크가 음모에 가담했다는 의심이 생겼기 때문이다. 왜 좀 더 일찍 『해외에서』를 가져오지 않았을까?

그라프치크는 우연히 작은 어린이용 의자에 앉게 되었는데, 그 때문에 쭈그려 앉아 있는 것 같았고 — 파벨 예브그라포비치는 신발 끈을 맬 때 그 의자를 이용하곤 했다 — 뭔가 유머러스한 것을 이야기했다. 어떤 친구에 대해서였다.

"저, 이런 식이에요. '긍정적인 감정을 원해? 5루블어치?' 혹은 이렇게 전화합니다. '긍정적인 감정을 줄 수 있어. ······루블어치.' 하-하!"

"그게 뭐지, 농담인가?"

"그것도 농담이지요. 그게······ 루블을 거절하지 않을 거라는 얘기지요."

"자네에겐 좋은 친구들이 있군."

"바보 같은 사람은 아니지요. 하지만 도박사예요, 이해하시지요? 생애 내내 모든 것에 대해 내기를······."

도박사에 대해 흥미롭지 않은 것을 이야기하기 시작했다.

파벨 예브그라포비치가 이야기를 중단시켰다.

"친애하는 아나톨리 자하로비치 씨, 무엇을 알리고 싶은 게지? 긍정적인 감정으로 말일세."

"네, 이겁니다. 집을 얻기 위한 전투에서 중요한 경쟁자가 떨어져 나간 것 같습니다. 칸다우로프요."

"어떻게 떨어져 나갔나?"

"떨어져 나갔습니다." 그라프치크가 속삭이며 반복했다. 그러곤 의미심장한 표정을 짓느라, 눈을 둥글게 하고 입술을 튜브처럼 내밀었다. "저는 그런 생각이 듭니다, 이건 그의 것이 아니라는. 심각하게 아프답니다."

"그래?" 파벨 예브그라포비치가 물었다. 젊은이들이 심각하게 아플 수 있다는 게 믿어지지 않았다. 그라프치크는 고개를 끄덕였다. 그의 얼굴은 의미심장했다. 그리고 이것은 그가 지금 쭈그려 앉은 것처럼 어린이용 의자에 앉아 있다는 사실과 어울리지 않았다. "무슨 병에 걸린 거야?"

"뭔가 나쁜 거래요. 저는 그에게 나쁜 일이 일어나길 바라지 않아요. 제발 그가 극복해 내길. 하지만 상황이 안 좋은 것 같아요."

파벨 예브그라포비치는 침대에 앉아, 아무 말도 하지 않고 생각에 잠겼다.

"그런데 자네, 아나톨리 자하로비치, 혹시 도박사 아닌가?"

"제가요? 무슨 말씀을!" 그라프치크가 웃기 시작하더니 갑자기 의자에서 일어났다. "무슨 말씀, 무슨 말씀을! 저는 가족이 있기 때문에 그럴 시간이 전혀 없어요. 그런데 제가 당신께 아무것도 이야기하지 않았다고 생각하셔도 좋습니다. 사실은…… 얼마나 어리석은가요!"

그런 다음 그는 갑자기 빠르게 사라졌다. 파벨 예브그라포비치는 무슨 이유인지 폴리나의 집 쪽으로 터벅터벅 걸었다. 밤이라 캄캄했고, 안개 속으로 별이 거의 보이지 않았다. 매일같이 이따금 연기 같은 연무가 인다. 무엇 때문에 폴리나에게 가는 거지? 만약 상황이 좋지 않다면, 무슨 말을 할 수 있을까? 폴리나의 남편 콜카는 몇 년 전에 죽었다. 그녀는 아직 50세 안팎의 젊은 나이로 자신의 삶을 꾸릴 수 있었지만, 원하지 않았다. 갈랴는 그녀에게 그러라고 충고했다. 그것도 지체 없이. 왜냐하면 시간을 허비해선 안 되니까. 갈랴가 알고 지내는 소아과 의사를 소개해 줬지만, 폴리나는 거절했다. 문제는 바로 여기에 있다. 미굴린과 비슷한 사람들은 평생 하나만을 사랑한다. 그들은 뭔가 한 가지만을, 한 여자, 하나의 이념, 하나의 혁명만을 사랑할 수 있다. 선택의 여지가 생겨 여러 방향으로 끌어당기기 시작하고 땅이 흔들려 유연성이 필요해지게 되면, 그런 사람들은 무너진다. 과연 미굴린이 그녀를 사랑하지 않을 수 있었을까! 선고를 내렸다. 총살형. 사령관들도 총살형이다. 모두들 조용히 경청했으나, 한 사람만, 아마도 사령부 소속 기병 중대의 사령관인 듯한 그만이 의식을 잃고 쓰러졌다. 미굴린은 소란 중에 미동도 하지 않았고, 사람들이 쓰러진 자를 일으켜 세우는 모습을 경멸스럽게 바라봤다. 갑자기 아샤가 홀에서 외친다. "세료자, 내가 당신과 함께 있어요!" 그 외침은 생기 있고 날카로우며 강력하고 도발적이었다. 순간 미굴린은 돌처럼 굳은 회색 노인에서 행복한 사람으로 변모했다. 그는 빛나는 눈빛으로 미소를 짓고 뭔가를 속삭이며 고개를 끄덕였다……. 다음 날 내가 사냥에서 돌아왔을 때 — 이것은 한 모금의 물과 같았다. 이게 없었다면 나는 신경 쇠약으로 죽었을지도 모른다! — 아샤가 쪽문 옆에서 나를 맞이했다. 그녀는 밤새 감옥 옆에 있었다고 말했다. 그녀가 경악하며 쳐다봤다. "너 사냥 갔었니?" 나는 걷고, 걷고 걸어 사냥터로 갔다. 아무것도 바꿀 수 없다. 나는 이걸 볼 수가 없어서, 이것에 대해 이야기를 나눌 수가 없어서 사냥터로 갔다……. 선고를 집행하기까지는 32시간이 남았다……. 그녀가 외쳤다. "너는 아무것도 모르는구나! 모스크바로 사면 청원서가 딸린 전보가 발송되었어." 나는 아무것도 모르고 있었다. 재판 마지막 날에 미굴린의 행동을 고려하여 법정에서 관대한 선고를 내려 달라는 요청을 담은 공화국 혁명 군사 위원회의 전보가 도착했다는 것만 알고 있었다. 그리고 미굴린은 최후 진술을 이렇게 마쳤다. "내 삶은 십자가였고, 만일 그것을 골고다 언덕으로 가져가야 한다면, 내가 가져갈 것입니다. 그리고 믿건 믿지 않건 간에 나는 소리칠 것입니다. '사회주의 혁명이여, 영원하라! 코뮌과 공산주의자들은 영원하라!'" 그러나 혁명 군사 위원회의 전보는 늦었고, 선고는 내려졌다. 얀손은 같은 날 밤 전(全) 러시아 중앙 집행 위원회로 미굴린과 미굴린 사람들에 대한 사면을 요청하는 전보를 보냈다. 나는 이 사실을 몰랐다. 또한 당연하게도, 늦은 밤 전 러시아 중앙 집행 위원회로부터 대답이 왔다는 것도 몰랐다…….

파벨 예브그라포비치는 뭔가를 위해 책상에서 속기록이 든 파일을 집었다. 어둠 속에서 수풀을 지나 폴리나의 집 쪽으로 향했고, 길 가는 도중에 갑자기 알게 되었다. 손에 파일이 있구나! 그런데 무엇 때문에? 무엇 때문에 그걸 폴리나에게 갖고 가는 거지? 이젠 늙어서 아주 미쳤구나. 무엇을 하고 있었는지, 전혀 기억나지 않는다…….

"내가 네 집을 좀 방문했어." 파벨 예브그라포비치가 말했다. "그런데 무슨 이유인지 파일을 갖고 왔네……." 그러고는 화가 나서 파일을 책상 위로 내던졌다.

작은 베란다에는 아무것도 없는 탁자에 폴리나와 그의 딸 지나와 어린 알료누슈카, 세 사람이 앉아 있었다. 파벨 예브그라포비치가 나타나자, 뭔가에 대한 대화를 나누다가 바로 입을 다물었다. 지나는 집 안으로 들어갔다. 폴리나가 말했다.

"사랑하는 파샤! 우리와 차를 마실 거지?" 그녀가 파일을 자기 쪽으로 끌어당기더니 리본을 풀고 페이지를 넘겼다. "네 작업은 아주 흥미롭네……. 내가 읽어 주길 바라는 거지?"

"아무것도 바라지 않아. 이리 줘. 실수로 가져온 거야. 집에서 우연히 갖고 왔어. 이해하지?"

"그렇구나, 파샤. 나는 네가 와서 언제나 기뻐……. 차 마실래?"

동의했다. 침묵이 감돌았다. 그는 기억을 떠올렸다. 내가 여길 왜 왔지? 이 늦은 시간에? 벌써 10시가 넘었다. 뭔가 중요한 일로 왔다. 그런데 아무것도 기억이 안 난다. 아니, 전혀. 전혀, 전혀 기억이 안 난다. 잘 지내고 있는데, 한밤에 사람들에게 아무 이유 없이 올 수는 없는 일 아닌가? 아니, 기억이 안 난다. 그런 일이 가끔 있었다. 이해할 수 없는 공허함이 생기고, 아무것도, 아무것도, 그 무엇으로도 채울 수 없는 일이 말이다. 기억해 내려고 집중한 탓에 그는 갑자기 쇠약해졌고, 긴장으로 인한 뇌경련이 올 수도 있기 때문에 약간 무서워졌다. 그래서 생각하는 걸 멈추기로 결정했다. 유일하게 기억나는 건, 미굴린과 아샤와 관련된 뭔가가 있었다는 것이다. 미굴린이 어떻게 총살형을 받아들였는가 하는 것과도. 그는 침착하게 형을 받아들였지만, 사면을 견뎌 내지 못했다. 얀손은 회상한다. 1926년 자신의 책에서. 거기에는 이렇게 적혀 있다. 서둘러야 했고, 선고를 집행할 시간이 임박했다. 하루 남짓한 시간이 남았다. 모스크바에서 온 답변이 기술적인 이유나 기상적인 이유, 그 어떤 이유에서든 단 30분이라도 늦으면, 끝이다! 나는 짓누르던 기다림을 기억한다. 나를 들여보내 주지 않았다. 오로지 심판 위원들과 시렌코, 이렇게 다섯 명이 논의했다. 전 러시아 중앙 집행 위원회에 사면을 요청하기 전에, 사형수들에게 맹세를 요구하기로 결정했다. 이 얼마나 순진한 생각인가! 하지만 그렇게, 정말 그렇게 되었다. 모든 것이 끓어오르는 혁명적 기운 아래 결정되었다. 미굴린과의 면담은 발라쇼프 감옥 사무실에서, 나머지 사람들과는 감방에서 이뤄졌다고 얀손은 회상한다. 밤사이 미굴린은 몹시 늙어 버렸다. 얀손이 사면을 청원할 것이라고 말했을 때, 노인은 참지 못하고 통곡하기 시작했다. 얀손은 미굴린을 노인이라고 부른다. 당시 미굴린은 47세였고, 얀손은 28세였다……

"사랑하는 그대들이 알면 좋으련만!" 파벨 예브그라포비치가 말했다. "얼마나 홀가분했는지! 나는 환호했고, 모두가 환호했지. 한편 여기서 얀손은 무척 인상적으로 묘사하고 있어. 내가 지금 찾아 줄게, 이건 속기록에서 뽑은 거고, 그의 책에서 따로 베껴 써 뒀거든. 여기 있다! 찾았다. 들어 볼래? 관심 있어? 아니, 정말로 흥미로워서야, 아니면 그저 예의로 그러는 거야?"

알룐카는 고개를 끄덕였고, 폴리나는 진심인 것처럼 속삭였다.

"아주, 아주. 파샤, 정말로 아주."

그러자 그는 읽기 시작했다.

"늙은 병사에게는 삶으로 되돌아가는 것보다 삶과 작별하는 것이 더 쉬웠다. 우리가 나머지 사람들이 있는 감방에 다가갔을 때, 그곳에서는 어떤 혁명의 노래를 부르다가 멈췄다. 우리는 들어갔고, 죄수들 중 한 명이 소리쳤다. '일어나라! 평화롭게!' 사람들이 바닥에서 튀어 오르듯 벌떡 일어섰다. 우리가 온 목적을 알렸을 때, 기쁨의 홍분은 대단했다. '데니킨을 공격하라!', '소비에트 권력이여, 영원하라!' 같은 외침이 감옥 안을 가득 채웠다. 사람들은 살 수 있고 싸울 수 있다는 가능성에 기뻐했다……." 그는 지나가 들어와 알료나의 귀에 대고 뭔가를 말했기 때문에, 잠시 멈췄다. 알료나는 곧바로 나갔고, 지나가 그녀의 자리에 앉았다. "지노치카, 분명 네게도 흥미로울 거야. 너는 심리적 체험을 좋아하잖아. 사형을 선고받은 사람이 무엇을 경험하는지 알고 싶니? 나는 미굴린의 수기에서 발췌해 읽을 거야. 이건 다른 부분에 있어. 그는 모스크바에서 기억에 의존해 기록했어. 읽을까, 혹 너무 늦었나?"

"읽으세요, 파벨 예브그라포비치." 지나가 말하면서, 팔 위로 고개를 숙였다.

그는 읽을 필요가 없어 보였다. 분위기가 적당하지 않았다. 게다가 늦은 1시이다. 하지만 그는 정말 하고 싶었다. 그때 갑자기 누군가가 현관에서 문을 두드렸다. 처제다. 그를 찾고 있는 것이다. 폴리나가 즉시 외쳤다.

"류보치카, 류보치카! 이리로 와!"

노파들은 소곤거리기 시작했다. 그에게서 읽으려는 열망이 한순간에 사라졌다. 왜냐하면 처제가 미굴린의 역사에 무관심하다는 걸 알고 있었기 때문이다. 그는 지나에게 말을 걸었다.

"지나, 네가 원한다면 나는 읽을 것이고, 그렇지 않다면 다음에 읽을 거야. 나는 정말 우연하게 이 파일을 갖고 왔거든."

"파벨 예브그라포비치, 저는 신경 쓰지 마세요. 저는 몹시 지쳐서, 사실 정상이 아니에요. 하루 종일 더위 속에서 병원에 갔다가 연구소에 갔다가." 앉아서 머리를 팔 위에 얹은 채 지나가 말했다.
"읽어 주세요."

그는 주저했다.

"네가 요청한다면, 좋아, 조금 읽을게. 그러니까 이래. 이건 미굴린이 사람들이 발라쇼프에서 그를 이송한 모스크바의 '알함브라' 호텔에서 작성한 거야. '선고를 받은 뒤 최후의 시간을 함께 보낼 수 있도록 우리 모두 한방에 모이게 해 달라는 요청은 거부되지 않았다. 이곳에서는 몇 시간 후에 네가 총살될 것이라는 것, 몇 시간 후에는 네가 존재하지 않을 것이라는 사실을 알고 있으므로, 너와 같은 사형수들을 관찰하고 그들의 상태를 자신과 비교하는 것은 지극히 교화적이었다. 이때 자신의 의지와 상관없이 인간의 모습이 온전히 드러난다. 영혼의 진정한 상태를 은폐하려는 모든 시도는 쓸모없다. 죽음, 들창코를 한 죽음이 너의 눈을 들여다보며, 영혼과 가슴을 얼어붙게 하고, 의지와 이성을 마비시킨다. 그것은 뼈가 앙상한 손으로 너를 안은 뒤, 한 번에 질식시키지 않고 차가운 포옹 속에 천천히 조여들어 온다…… 어떤 사람들은 그런 상황에서도 자랑스럽게 죽음의 눈을 들여다볼 수 있고, 또 다른 사람들은 영혼의 남은 힘을 집중시켜 이것을 보여 주려 애쓴다. 하지만 아무도 자신의 비겁한 모습을 보여 주고 싶어 하지는 않는다. 예를 들어 갑자기 자리에서 일어나 시멘트 바닥을 발뒤꿈치로 잘게 두드리며 탭 댄스를 추기 시작하는 우리의 동지는 자신과 우리를 속이려고 애쓴다. 그의 얼굴은 움직임이 없고 눈은 생기가 없는데, 그 안에 살아 있는 인간을 들여다보기가 두렵다. 하지만 오래지 않아 그를 찾아낸다……. 바닥에는 사형수가 누워 있다. 그는 온통 공포에 사로잡혀 있다. 그에게는 싸울 힘이 없는 것이다. 절망으로 가득 찬 그를, 깊은 연민 없이 바라볼 힘이 없다…….' 하지만 정말 아름답게 쓰는군! 안 그래? 정말 잘 썼지? 문체가 매우 아름답고 문학적이야. 작가가 될 수도 있었겠어."

"파벨 예브그라포비치……." 지나가 이상하게 바라봤다. 놀랍게도 눈이 빨갛다. "저는 당신께 이야기하고 싶어요. 전쟁이나 혁명이 일어나지 않는 우리의 삶에서도…… 역시 그렇다는 걸요……."

"뭐라고, 그게 무슨 소리지?" 파벨 예브그라포비치는 물었다.

"예를 들면 저도 가끔씩은 탭 댄스를 추고 싶어요."

그녀는 의자에서 일어나, 마치 집시처럼 팔꿈치를 펼쳐 팔을 벌렸는데, 그녀의 얼굴이 흔들리기 시작했다. 폴리나가 잽싸게 그녀에게 다가가 어깨를 감싸 안고는 데리고 나갔다. 처제가 속삭였다.

"가요, 가자고요, 파샤. 가야 해요. 갑시다……."

"잠깐! 나는 왔어……." 갑자기 기억이 났다. 폴리나를 도와주러 온 거야. 사람들은 노년에 이르기까지 살지 못하거나, 병이 나거나, 죽어 가지만, 누구도 도와줄 수가 없다. 하지만 도와주어야 한다. 갑자기 모든 것이 무너진다. 그래도 계속해야 한다. 붉은 달이 소나무 위에 걸렸다. 타는 냄새로 숨이 막힌다. 이제 그들은 오래도록 괴로워하고, 오래도록 싸우면서 마지막까지 희망을 품을 것이다. 폴리나를 존경하지 않고 마치 가정부 대하듯 했던 이 젊고 유쾌하지 않은 자는 마치 늪과 같은 자신의 파멸 속으로 잿빛 물결 속에서 정수리가 보이지 않을 때까지 더 깊이, 다시 돌아올 수 없도록 빠져들어 갈 것이다.

파벨 예브그라포비치는 파일을 가슴 쪽으로 당겨 앉은 채, 여자들이 베란다로 돌아오기를 참을성 있게 기다렸다.

8월 말의 어느 날, 현이 끊어진 것처럼 더위가 멈췄다. 그러나 모두가 이 멋진 시간까지 무사히 버텨 낸 것은 아니었다. 어떤 사람들은 끔찍하게 야위었고, 다른 사람들은 경색으로 건강을 해쳤고, 또 다른 사람들은 서늘할 때까지 기다리지도 못했다. 하지만 살아남은 사람들은 특별한 생기와 삶의 기쁨 같은 것을 경험했다. 그들은 이제 도시를 다르게 대했고, 물을 다르게 대했으며, 태양과 나무들, 비를 다르게 대했다. 그런데 이러한 기쁨의 시기는 약 2일 동안뿐, 그리 오래 지속되진 않았다. 3일째에는 모든 사람들이 얼마 전까지의 고통을 잊어버렸는데, 아침부터 내린, 가을의 권태를 심어 놓은 보슬비가 그걸 도왔다. 모두들 일에 몰두하기 시작했다. 가리크와 발렌티나는 도시로 이사했는데, 학교 갈 준비를 해야 해서 가게로 교복, 책, 이것저것을 찾아다녀야 했다. 뮤다와 빅토르도 마찬가지로 사라졌다. 빅토르는 감자를 캐는 집단 농장으로 보내졌다. 베로치카는 도시 아파트에 벽지를 새로 바르기로 계획했고, 에라스토비치는 키슬로보드스크로 떠났다. 별장들은 텅 비었고, 아이들의 목소리도 들리지 않았다. 파벨 예브그라포비치가 그릇을 들고 요양소로 갔을 때, 그는 기슭에서 사람들을 마주치지 않았다. 해변은 황량해져서, 선착장에는 아무에게도 필요하지 않은 보트들이 밀집해 있었다. 살짝 야생으로 변한 개들이 외곽 도로를 따라 질주했고, 주인들은 그들을 잃었다. 파벨 예브그라포비치는 마이코프의 그로즈도프에게 보내는 편지를 끝냈다. 루슬란은 지팡이를 짚고 구역을 여기저기 산책했다. 그에게는 9월 중순까지 병가 증서가 있었다. 루슬란은 사람들이 사라진 고요함을 — 8월 말, 9월 초 — 좋아했다. 그러나 삶에서 이런 달콤함을 맛보기란 정말 드물다! 젊었을 때 한 번 그런 적이 있고, 그다음엔 1950년대 중반에 그가 공장에서 나와 아무 데도 들어가지 않았을 때, 그러고는 지금이다. 그는 모든 것이 너무나 고요하게 세상으로부터 격리되고 메마른 채, 가을을 기다리는 그 구역을 돌아다니며 생각했다. 처음부터 다시 시작할 수 있어. 아무것도 무서울 건 없다. 이제 노인이 된 그는 수없이 새로 시작하곤 했다. 그는 오로지 처음부터 모두 다시 시작하는 것만 해 왔다.

　루슬란은 마당으로 들어와 돌길 모퉁이에 세워진 검은 '볼가'를 맨 처음 발견했다. 차에서는 세 사람이 나왔다. 그들은 밖으로 나와서 담배를 피우며, 천천히 사방을 둘러보았다. 한 사람은 빨간색 파일을 쥐고 있었다. 루슬란은 특별히 서두르지 않고 다가가, 누구를 찾고 있는지 물었다. 그들은 아무도 찾고 있지 않다고 대답했다. 대화를 하면서 그들은 구역 깊숙이 들어갔다. 빨간색 파일을 든 사람이 가운데에서 걸어갔는데, 뒤로 두 손으로 파일을 쥐고는 가볍게 등을 두드리고 있었다. 루슬란은 그가 파일로 등을 두드리는 모양새가 마음에 들지 않았다. 어딘가 오만했다. 그들은 천천히 걸으면서 주변의 아무것에도 관심을 보이지 않고 자기들끼리 대화했다. 마치 모든 걸 알고 있다는 듯.

루슬란은 스웨이드 재킷을 입은 운전사가 앉아 있는 검은색 '볼가'로 다가가 차가 어디서 왔는지 물었다.

"그럼 당신은 모르시는 건가요?" 운전사가 물었다.

"네."

"그렇군요!"

"모릅니다."

"이 차는 관리부에서 왔어요. 이곳에 기숙사를 지을 겁니다. 젊은 친구들을 위한……."

"그럼 우리들의 집들은요?" 루슬란은 놀랐다. 질문이 어리석었다. 그가 질문한 이유는 오로지 더위, 병, 입원 이후 영혼이 조금 쇠약해졌기 때문이다.

"집들이라!" 운전사가 머리를 흔들며 웃었다. 창밖을 한 번 내다보곤, 루슬란의 전 생애가 지나간, 검게 변한 나무들로 만든 영락한 통나무 별장들을 바라보았다. 그러고는 또다시 웃었는데, 이번에는 마치 나쁜 농담이라도 들은 듯, 몇 배나 더 억지스러웠다. "집들이라……."

사람들은 시간이 남지 않았다는 것을 이해하지 못한다. 시간이 전혀 없다. 나에게 노년이 무엇이냐고 묻는다면, 나는 시간이 없는 때라고 말할 것이다. 왜냐하면 바보들인 우리는 올바르지 않게 살아가느라 시간을 낭비하며 이리저리, 이것저것으로 헛되이 보내기 때문이다. 이것이 우리에게 그냥 주어진 것이 아닌, 얼마나 놀라운 보물인지, 늪의 개구리가 삶을 삼키듯 그렇게 말고, 우리가 뭔가 **수행하도록**, 뭔가 **성취하도록** 주어진 것임을 깨닫지 못한 채 말이다. 예컨대 자신이 꿈꾸던 것을 수행하고 자신이 원하던 것을 성취하도록 말이다. 그런데 한 가지 사소한 것이 부족하다. 바로 시간이다! 몇 년에 걸쳐 탕진되어 사라져 버린 것이다. 신이시여……. 그들은 말한다. 나이 든 당신, 어디로 가는가? 악천후, 비, 추위, 감기에 걸리고 폐렴에 걸릴 수도 있다네. 당신 나이에 폐렴은 끝이야. 봄까지 기다려, 당신의 아샤는 아무 데로도 안 도망갈 거고, 미굴린도 어디로 안 갈 거야. 당신은 긴급이라 생각하지! 국가적인 중요성이라고! 하지만 그런 건 예측되지 않는 법이다. 봄까지 나는 정말 아무 데로도 **사라지지 않을까**? 기다릴 시간이 없다. 없다고, 없어. 단 하루도 남아 있지 않다.

나를 지켜볼 수 있는 곳에 두려고 그들은 나를 별장에서 끌어내기 시작했다. 베로치카는 애원했고, 루슬란은 택시를 타고 달려왔고, 처제도 끌려왔다. "이해할 수 없어, 파블루샤, 산 사람이 어떻게 여기서 살 수 있어요?" 외투를 입고도 추위에 이를 부딪치고 있다. 하지만 나는 일부러 서늘한 온도, 13도 이하를 지키는데, 서늘한 곳에서 사는 것이 딱딱한 곳에서 자는 것과 마찬가지로 유익하기 때문이다. "파블루샤, 물론 당신에겐 실례지만, 이곳 당신 집은 냄새가 너무 심해요. 이것도 역시 유용하다고 생각하는 거예요?" 나는 소리쳤다. "그럼 노인에게 삶을 가르치는 건 유용한가? 삶이 거의 끝나 가는데도?" 소리칠 필요는 없다. 그들에겐 잘못이 없다. 이해하지 못할 뿐이다. 처제는 하염없이 울었다. 그들은 나를 가만히 내버려 두었다. 그래서 이제 별장에 혼자이고 주변에 사람이라곤 없다. 눈이 내렸고, 검게 얼어붙은 강은 기슭만 하얗다. 벤치는 젖었다. 아라프카와 함께 요양소로 점심을 가지러 갈 때 — 우리는 이제 천천히 가는데, 편도로 40분 정도 걸린다 — 젖은 벤치에 앉고 싶지 않아 선 채로 쉰다. 숨 쉬기가 힘들고, 공기는 습하다. 강가를 따라 걸어가면서 집배원 두샤가 자전거를 타고 오고 있지는 않은지 계속 큰길을 바라본다. 아샤로부터 소식을 기다리고 있다. 언제 올까? 그녀는 10월 한 달간 병원에 입원하여 다리를 치료할 것이고, 병원에서 퇴원하면 알려 줄 테니, 그때 내가 즉시 그녀에게 가면 된다고 썼다. 다른 시간은 없다. 악천후건 추운 날이건 이젠 선택할 수 없다. 오, 놓쳐 버렸어, 놓쳐 버렸다고! 그 많은 세월을……. 하지만 오직 그걸 위해 날이 연장된 거고, 그것을 위해 구원받은 것이다. 파편들을 모아서, 마치 꽃병처럼, 가장 달콤한 포도주를 채우도록 말이다. 그것을 진실이라고 부른다. 물론 모두가 진실이다. 느릿느릿 지나가기도 했고 날아가기도 했으며 짓누르고 시험하기도 했던 그 수십 년의 세월, 내 모든 손실, 노동, 모든 터빈들, 참호들, 정원의 나무들, 파내어진 구덩이들, 주변 사람들, 모두가 진실이다. 그러나 당신의 정원에 이슬비를 뿌리는 구름도 있고, 온 나라 위에서 울려 퍼지며 세계의 절반을 덮는 폭풍도 있다. 언젠가 회오리바람이 일어나 하늘로 휘몰아쳤지만, 나는 더 이상 결코 그 높이에서 항해하지 못했다. 가장 높은 진실은 **저기에** 있다! 우리 가운데 **저기에** 가 본 사람은 거의 없다. 그런데 그 다음엔 무엇이 있나? 언제나 바쁘고, 부주의하고 더디고……. 젊음, 탐욕, 몰이해, 순간의 쾌락 또는 일에 끌려가기도 했고, 가족,

고난들, 비록 얼마 안 되는 시간, 겨우 2년간이었지만, 공연히 먼 곳으로 내팽개쳐졌지만 운이 좋았다고 여기기도 했고, 전쟁, 전선들, 병원들 그리고 또다시 마지막 힘을 다해 모든 사람들처럼 평범하게…… 살아 돌아왔고, 지금도 살아 있다……. **오, 나의 하느님, 그러나 단 한 번도 시간이 있었던 적은 없었다!** 미굴린을 발라쇼프에서 모스크바로 이송한 그해엔 11월이 되기 전에 눈이 일찍 왔다. 유죄 판결을 받고 사면되고 강등되었지만, 살아남았다. 모두 처음부터 계획해 봐. 솥이 뒤집어졌으니, 다시 끓여. 언젠가 내가 그랬던 것처럼. 피폐해지고 병들어 나는 1940년 스보보드느이에서 모스크바로 왔다. 어떻게 살아야 하나? 신이여, 살아야지, 살아야 한다! 뭔가 보잘것없는 것을 접합하는 작은 공장에서 사무원으로 있었다. 1년 후, 8월에는 민병대와 함께 전쟁터에 갔다. 한편, 1919년 11월에 그는 시민이 되었다. 돈 지역 집행 위원회의 토지 부서 책임자였다. 로스토프는 아직 점령되지 않았으므로 그들은 사라토프에서 대기 중이었다. 하지만 두 달 후 다시 연대를 맡겼다…….

남자와 여자, 두 사람이 루슬란과 함께 왔다. 그들은 겨울 동안 집을 빌리고 싶어 한다. 그는 심장 마비를 겪은 이후여서 신선한 공기와 안정이 필요했고, 그녀가 그를 돌볼 것이었다. 그들은 마흔 살 정도로 꽤 젊다. 로만 블라디미로비치와 마이야던가? 차 좀 마실래요? 요양소에서 온 과일 콤포트인가요? 아뇨, 아뇨, 고맙습니다. 우리는 잠시 왔어요. 세부 사항들을 알아보려고요. 베란다가 추워서 그들은 방에 앉았다.

나는 즉시 이 새들이 지금 거짓말을 할 것이라는 것을 알아챘다. 속으로, 그들이 거짓말하면 아무것도 빌려 줄 필요가 없다고 결정했다. 루슬란은 사람들을 잘 모른다. 그들이 그를 바보로 만들 거다. 나는 엄격하게 묻는다. 그것도 콕 집어서.

"당신들은 부부인가요?"

그들은 서로 눈짓을 하더니, 여자가 웃는다.

"정확히는, 아니에요, 파벨 예브그라포비치…… 우리는 친구입니다. 직장 동료지요."

그녀의 미소는 개방적이고 매혹적이며 **이해심이 있다.** 아름다운 미소다. 예쁜 입술이다. 그리고 여자는 비록 한창때는 아니지만, 매력적이고 통통하며, 얼굴은 장밋빛이다. 로만 블라디미로비치에게 축하해도 되겠군. 하지만 그들에게 별장을 빌려 주고 싶지는 않다. 여자가 담배를 피워도 되는지 물어서, 나는 비록 동의의 뜻이긴 했으나 건조하게 고개를 끄덕였고, 그녀는 이해한다. 세심한 여자다, 감각이 있다! 그래서 곧바로 말한다.

"아, 아마도 댁에서는 담배를 안 피우는 듯한데요? 죄송합니다. 제가 서둘렀군요."

반박하지 않았다. 좀 참게 하지 뭐. 왠지 그들이 내 마음에 안 들었다.

"그런데 물어봐도 괜찮다면, 당신들의 직업은 무엇인지요?"

"저희는 학술 연구원들이에요." 로만 블라디미로비치가 대답한다. "생물학을 전공합니다. 저는 박사입니다."

이번에는 그들이 나에게 질문을 던진다. 어떻게 난로를 때는지?

내가 얼어 죽지는 않을지? 가스통에 가스는 있는지? 뜨거운 물은 없는지? 물의 처리 과정은 어떻게 되는지? 화장실은 작동하는지? 내가 매일 면도하는지? 외로움에 시달리는지? '시골의 엄청난 권태'라고 불리는 것이 괴롭히지는 않는지? 이웃은 있는지? 개, 까마귀는? 마르키자라는 별명으로 불리는 노파는? 그녀가 이 집에 사는지, 혹은 이웃에 사는지? 그녀에게 손님으로 가는지? 그녀는 당신에게 절대 안 오는지? 어떻게 그럴 수 있는지? 아무것도 말할 것이 없는지? 밤마다 뭘 하는지? 텔레비전은 없는지? 눈은 안 피곤한지? 수면제를 먹고 자는지? 그리고 갑자기 모든 것이 뒤집힌다. 나는 짐작한다. 이건 내가 생각했던 것이 아니다! 완전히 다르다. 전혀 그게 아니다. 짐작한다. 언제나처럼 바보 같은 아이들, 그들이 가여워진다. 루슬란은 물에 빠진 사람처럼 앉아 있는데, 전혀 그답지 않다. 마치 이 사람들에게 모든 것이 달려 있기라도 한 것처럼, 마치 그가 그들을 이리로 데려온 것이 아니라 그들이 그를 데리고 온 것처럼 말이다. 그럼 정말로 그의 삶이 그들에게 달려 있다면?

로만 블라디미로비치는 두꺼운 안경 사이로 주의 깊게 미소를 띠고 살펴보면서, 아랍인같이 거무스름한 자신의 얼굴을 검지로 연신 만지고 있다. 귀에서 뭔가를 파내 손가락으로 돌돌 만 다음 바닥에 던지기도 하고, 콧잔등에 손을 올리기도 하고, 입술을 문지르기도 한다.

"당신이 이야기해 주셨으면 좋겠습니다, 파벨 예브그라포비치. 우연이 우리를 이리로 이끌었으니……." 손가락을 입안에 집어넣고, 손톱으로 치아에서 뭔가를 파낸다. "미굴린에 대해 무엇이라도……. 제가 듣기로, 당신은 그에 대한 자료를 수집하고 계신다지요. 대단히 흥미로운 인물입니다! 만약 한가한 시간이 조금 있다면……."

"당신들에게 왜요?"

"그에 대해 들었고, 뭔가 읽은 적이 있습니다. 조금이라도 들려주시면 참 좋을 텐데요……."

거짓말이다. 그는 듣지도 않았고, 읽지도 않았다. 루시카의 말을 들은 게지.

"미굴린에 대해서는 오래도록 이야기할 수 있습니다. 하지만 내 아들은 그런 대화를 하지 않습니다. 대체 어떻게 된 일이지, 루슬란 파블로비치? 뭘 잘못 드셨나? 아니면 사람이라도 죽이셨나?"

"말씀하세요!" 음울하게 고개를 끄덕인다. "아버지에게 청하고 있잖아요……."

아니, 혀가 돌아가지 않는다. 또 그러고 싶지도 않다. 무엇하러 그들에게 미굴린 이야기를. 그들은 다른 걸 위해 왔다. 억지로, 예의를 갖춰 뭔가를 중얼거리면서, 그들은 마치 집중하고 있는 것처럼 듣고 있다. 로만 블라디미로비치는 머리를 흔들며 "그렇군요, 그렇군요"를 되풀이하고, 여자는 벽으로 다가가 갈랴의 초상화를 보고 있다. 전쟁 후 여름 강가다. 아무것도 묻지 않고 오랫동안 초상화를 들여다본다. 그때 나는 이야기를 끊고 말한다.

"죽은 아내에 대해 물어보고 싶나요? 물어보십시오. 당신들은 물어볼 **필요가 있으니까요.**"

의도적으로 '필요가 있다'를 눌러 말한다. 그러나 그들은 눈치채지 못한 척한다. 로만 블라디미로비치가 갑자기 묻는다.

"당신의 죽은 아내도 미굴린과 관계가 있었나요?"

그때 나는 그를 꿰뚫어 보았다. 어떤 의심도 남아 있지 않다.

"아니요." 내가 말한다. "잘못 알고 있군요, 여러분."

"그럼 파벨 예브그라포비치, 당신 자신은 느끼지 않으시는지요……." 그는 미간에서 안경을 검지로 지탱했고, 그래서 눈이 앞으로 튀어나온 것 같았다. "미굴린의 기억 앞에서 뭔가, 혹시라도 인식하지 못한, 어쩌면 아주 약간의 죄의식 같은 것 말이지요?"

"죄의식을?" 다시 묻는다. 그러고는 느꼈다. 그가 나를 뒤집어놓았다는 것을. 냉기가 바로 심장을 찔렀다. 이 악당이 왜 물어보는 걸까? 힘이 내 몸에서 다 빠져나가가 버렸고, 나는 침묵한다.

그는 사과하며 일어났고, 손을 가슴에 대고 다른 방으로 뛰어갔고, 낡아서 납땜이 다 떨어진 주전자를 들고 왔다.

"아니요, 친애하는 의사 선생. 그 앞에서 제 잘못은 느끼지 않소만, 모든 살아남은 자들에 대해서는, 그리고 당신들 앞에서는, 네, 죄가 있지요……."

"무슨 죄가 있으신지요, 파벨 예브그라포비치?"

나는 최선을 다해 설명했다. 진실을 공유하지 않은 죄가 있음을. 스스로를 위해 물었었지. 그러나 진실은, 내 생각에, 친애하는 의학 박사님, 오로지 모두를 위한 것일 때만, 오로지 그때만 진정한 보석이라오. 샤일록의 황금처럼, 오직 한 사람의 베개 아래에만 감춰져 있을 때는 뭐, 침 뱉을 가치도 없다오. 이것이 노년에 내가 고통스러워하는 이유요, 왜냐하면 시간이 남지 않았으니까. 당신들이 뭐든 이해했는지 모르겠소만, 아마도 아니겠지요. "그렇지요, 그렇지요"라고 동의를 표했지만, 집중하며 미소를 띠는 시선에는 안경 너머로 여전히 똑같은 냉기가 보인다. 아마도, 노인이 헛소리를 하고 있으니 자신의 염려가 옳다는 사실이 증명되었다고 결론을 내렸겠지. 불명확한 죄의식으로 인한 조울증적 정신 이상에 홀아비의 우울이 복합된 것이라고. 불쌍한 아이들! 나는 그들에게 연민을 느낄 뿐만 아니라, 공포와 놀라움, 그들이 별장 사람인 척하는 이 똘똘이들에게 달려갔다는 사실을 높이 평가한다. 하지만 그렇다 하더라도 그들은 여전히 아무것도 이해하지 못한다.

"너는 이해할 수 없어." 나는 루슬란을 옆방으로 불러 문을 닫은 후, 속삭인다. "왜냐하면 우리는 서로 다른 존재니까. 40년 전 네가 열한 살이었을 때 나는 서른세 살이었고, 지금보다는 서로 더 가까웠지. 왜냐하면 많은 시간이 남았으니까. 그런데 지금은 너에게는 그것이 있고, 나에게는 전혀 없어……."

"아버지!" 그가 내 손을 잡고 힘껏 쥐었다. "우리는 걱정하고 있어요. 우리는 아버지가 혼자 사시도록, 그렇게 혼자 떠나시도록 하고 싶지 않아요. 결국 아버지는 우리에게 훌륭한…… 아버지 같은 사람은 없지요……."

그는 나를 자기 쪽으로 당기며, 마치 내가 그의 품속에 있는 소년인 듯 커다란 손바닥으로 내 머리, 내 야윈 목, 나의 힘없는 등을 쓰다듬는다. 나는 그를 얼마나 사랑하는가!

"나는 너를 용서한다." 내가 말한다. "의사들과의 이 모든 헛소리들을……."

"용서하세요, 아버지! 우리가 원했어요……. 이 사람들은 친구들이에요……."

"신이 함께하기를. 어쨌거나 너희들은 이해할 수 없어."

"우리가 이해하지 못하지요, 아버지! 못해요, 못한다고요. 그래요, 아버지가 옳으세요……."

"물론이지, 사실 **시간이 없거든**."

"그럼 원하시는 대로…… 사세요……."

그리고 나는 그의 눈에서 눈물을 본다. 며칠 후 그는 나를 역으로 배웅하며 교외 철도선 객차의 창문 쪽에 나를 태워 준다. 나는 오랜만에 기차로 여행한다. 길게 늘어선 근교의 고층 가옥들을 보는 것이 흥미롭다. 그것들은 놀라운 동시에 공포스럽다. (저렇게 많은 집을 채울 사람들을 어디에서 데려오는 걸까?) 젖은 아스팔트 길을 보는 것, 횡목 앞에 늘어선 자동차 대열, 금속의 반짝임, 대낮에 켜진 전조등 불빛, 색색의 우산을 보는 것, 가방을 머리에 이고 빗속을 달려가는 아이들을 바라보는 것, 별장의 베란다와 울타리, 거무스름한 나무들, 안개 낀 풀밭, 모래 언덕 꼭대기에 앉아 있는 흰 개를 보는 것도. 그러곤 또다시 집들, 집들, 집들, 희거나 회색빛이 나며 조립된 거대한 그것, 하지만 이름이 없고 보기 드물며 가공할 만한 그것이 지평선 너머로 사라진다. 기차 객실을 따라 아이스크림을 파는 점원이 가고, 나는 미끄러운 와플 컵에 담긴 콘을 산다. 아이스크림이 먹고 싶은 건 아니었으나 주위의 모든 사람들이 콘을 사서 갉아 먹고 있다. 마치 우리가 언젠가 시베르스카야의 별장에서 당근을 갉아 먹고 핀란드인의 텃밭에서 훔쳤던 것처럼. 한번은 엄마가 세게 때리기도 하셨지. 나는 시베르스카야로 돌아가고 있다. 검고 축축한 울타리, 어둑어둑한 하늘, 11월의 낮인가 아니면 6월의 백야인가? 나는 교외선 열차를 타고 돌아가고 있다. 페테르부르크에서는 모든 것이 모호하고 공포스럽고 밤마다 총격이 벌어져 엄마는 나 혼자 저녁 기차를 타고 가는 걸 금지했다. 최근에는 객실 전체를 강도질했다. "도시에서 지체하게 될 때는 차라리 거기서 하루를 지내고 아침에 와라." 그러나 내겐 기다릴 인내심이 없었다. 나는 비록 밤에라도 여름날의 어둠을 뚫고, 2층 아샤 방의 창문이 언제나 반쯤 열려서 살아 있는 것처럼 흔들리는 별장 옆을 달려 지나가기를 꿈꾼다. 백야가 유리창을 밝히고 있다. 아샤는 잠에 빠져 내가 모랫길을 따라 옆을 지나 달리고 있다는 것을 모른다. 하지만 내일 아침에 나는 그녀를 만날 것이다. 바로 그런 이유로 나는 페테르부르크에 남아 있을 수가 없다. 와플 콘은 먹을 만한 것이 못 된다. 그 맛은 시베르스카야에 살기 이전, 언젠가 아득한 옛날 좋아했던 얼음 조각을 상기시킨다. 정오에 버스는 이름을 알 수 없는 도시로 나를 데려간다.

어떤 사람들이 콘크리트 바닥이 깔린 인도로 나를 데리고 간다. 바닥판들 틈새에는 침엽수 바늘이 검다. 마치 내가 무력한 노인이라 평평한 곳에서도 쓰러질 수 있다는 듯, 부축하여 데리고 간다. 바닥판은 젖었고, 어디선가 녹지 않은 눈, 살얼음으로 인해 미끄러질 수 있지만, 나는 조심하며 가고 있다. 나를 부축할 필요는 없다. 상태가 훨씬 더 나쁜 노인들도 있지만, 나는 아직 괜찮다.

"저기예요!" 여자가 소나무 사이로 높이 솟은 집을 가리키며 말한다. 12층짜리 타워다. 여자는 가게 문에서 사라진다. 사람들이 거기에서 유리로 만든 맥주잔을 들고 나온다. 어떤 사람들은 세 잔씩 혹은 네 잔씩 들고 간다. 한 사람이 잔으로 화환을 만들어 목에 걸었다. 놀랍다, 내가 아무런 흥분도 느끼지 않다니! 단지 나는 **뭔가를 알아내기 위해** 그녀를 더 빨리, 가능한 한 더 빨리 보고 싶어졌다. 사람은 열망으로 살아간다. 한때는 사랑과 성공과 원대한 일, 가까운 이들의 행복을 원했지만, 지금은 단 하나, **알아내는 것** 외에는 아무것도 원하지 않는다. 마지막 열정이다. 신이시여, 아샤에게서 무엇을 **알아낼까요**? 무엇에 대해 물어볼까요?

엘리베이터에서는 화학 약품 냄새가 난다. 12층에 서서 아래를 내려다본다. 소나무, 집의 지붕들, 얼룩 반점 같은 눈, 운모(雲母)로 반짝이는 굽이진 강, 그 너머로 머나먼 침엽수림과 푸르른 공간. 고대의 물감으로 그려진 그림들이 있다. 그것은 지하 무덤, 지하 묘지에서 발견되는데, 그것에 손을 대자마자 산산이 흩어진다. 하지만 심장이 두근거리는 이유는 내가 그것을 만지면 곧 산산조각이 날 것이라는 것에 대한 불안이나 두려움 때문이 아니라, 뭔가를 곧 **알아내게** 될 것이라는 예감 때문이다.

실수로 나를 의사라고 생각한다. 순간적인 난센스다. 이리 오세요, 여기 수건이 있어요. 그들은 내 손에서 서류 가방과 내 보물을 받아 어디론가 가져가고 싶어 하지만 나는 주지 않는다. 나는 말한다. "물 좀 주시오. 나는 약을 먹어야 합니다." 그래서 소동이 한창일 때, 엉클어진 회색 머리의 조그만 노파가 마치 나를 마중

하여 몸을 굽힌 것처럼, 순식간에 문에서 뛰쳐나와 온몸을 앞으로 기울이는데, 키키모라*처럼 말랐다. 내 눈에 녹색빛이 나는 정수리, 쭈글쭈글한 피부가 보이고, 익숙한 푸른 눈, 아샤의 눈에서는 공포의 빛이 스친다. 사방에서 행복한 와글거림, 물결치는 목소리가 들리고, 나뭇가지 같은 가벼운 팔이 나를 포옹한다. 그러고는 곧장 모든 것에 대해, 모든 시간들, 55년의 세월에 대해, 그리고 꼭 알아내야만 하는 것, 중요한 것에 대해 입을 열기 시작한다. 바로 이런 것들이다. 그 당시 그는 왜 전선으로 진격했는가? 1919년 8월에. 그녀는 알아야 한다. 온 세상에서 그 누구도 모르고, 그녀 외에는 아무도 남지 않았다는 것을. 미라 같은 모습의 노파가 반짝이는 눈으로 나를 바라보며 이상하게 눈을 깜빡이며 눈짓한다. "너한테 이게 중요해?" "오, 그럼! 아주, 아주!" "이해해, 그래, 그래……." 그녀는 공감하듯, 동정하듯 고개를 끄덕인다. 계속 눈으로 신호를 보내며 그녀의 입술은 신비한 미소를 짓는다. "파벨, 나는 너를 아주 잘 기억해, 소중한 이여……."

"나는 진실을 알아야 해!"

"이해해, 그럼, 물론이야." 노파는 고개를 끄덕인다. "이해하지, 파벨. 안 피곤해? 눕고 싶지 않아? 내가 쓸 수 있는 건 전부 편지에다 썼어. 더 이상은 몰라." 젊은 여자가 들어와 탁자에 유리 맥주잔 세 잔을 놓는다. 그런 다음 한 잔을 찬장 위에 놓더니 그 안에 물을 붓고 전나무 가지를 넣는다. 그러고는 자신의 작품을 감상하며 살펴본다. 여자가 맥주잔과 가지에 열중하는 동안 노파는 계속해서 내게 눈짓한다. 점차 노파는 아샤로 변한다. 나는 엉클어진 회색 머리도, 주름진 뺨도 알아보지 못하고, 오직 오래전부터 익숙한, 은밀하고도 장난스럽게 깜빡이는 푸른 눈만 보인다. 15번가에서 어른들 몰래 내게 뭔가를 알려 주던 그때처럼. 여자가 슬리퍼를 찰싹거리며 나가고, 아샤는 몹시 불안해하며 속삭인다. "그녀가 알아선 안 돼! 내가 다음에 설명할게. 그녀는 알아내려 하겠지만, 우리는 그녀가 감 잡게 놔두지는 않을 거야."

귀퉁이에 있는 작고 밝은 아샤의 방—그 방은 내 마음에 든다. 나는 아샤를 위해 기쁘다—책상에는 타자기가 있고, 사방에, 심지어는 침대 위에도 종이와 복사용 먹지들이 흩어져 있다. 아샤는 평생을 타자수로 일하고 있다. 미굴린의 사령부에서 '언더우드'로 타자 치는 법을 배운 1919년 이후 계속…… 물론 14년 동안이나 연금을 받고 있다. 그러나 일없이 앉아만 있지는 않는다. 집에서도 타자를 친다. 어떻게 일하지 않을 수 있겠는가? 과연 이것이 삶인가? 첫째, 기생충이 되고 싶지 않고, 둘째, 식객이 되고 싶지 않다. 아이고, 소중한 손주들에게, 며느리에게 의존하는 것? 신이시여, 그것만은 면하게 해 주소서! 아니, 독립적일 수 있도록, 그들에게 끊임없이 조금씩이라도 보태 줄 수 있도록, 그녀에게는 언제나 자기 돈이 있을 것이다. 그들은 되는대로 살아서 언제나 돈이 없다…… 아니, 며느리는 뭔가 다른 존재이고 그녀도 독립적이어서, 류드밀라와는 심지어 밥 먹는 것도 싫어한다. 그래서 그녀는 자신의 삶을 꾸릴 계획을 세운 것 같다. 비난해선 안 된다. 그녀는 아직 늙지 않았으므로……

"그런데 그녀는 아주 조금씩 시들어 가고 있어. 한쪽 편부

터 — 아샤는 젊은 사람처럼 낄낄거렸고 얼굴에는 주름이 번져 나
간다 — 묵은 사과처럼 말이지. 그래, 원하는 자들이 나타나서 데
려가겠지. 그녀는 지위가 높아. 연구소 관리부에 있거든. 게다가
사람들 말로는 계속 승진할 거래. 보리카는 아무것도 할 줄 모르
는데……" 그리고 속삭인다. "그래서 그녀가 조심성이 많은 거야,
이해하지? 그녀는 세르게이 키릴로비치에 대해 전혀 모르고, 듣고
싶어 하지도 않아……. 해가 될까 봐 두려워해. 그녀는 참 신중한
여자야……"

입 다물어, 입 다물어! 아샤가 손가락을 입술에 갖다 대고 또
다시 어릴 때처럼 눈짓으로 장난치기 시작한다. 이제야 방의 단
점들이 보인다. 무슨 까닭인지 문이 없다. 문 대신 커튼이 있다. 전
부 다 들린다. 옆방에서는 며느리가 슬리퍼를 끌며 다니고, 그녀가
아들과 대화하는 소리가 들린다. 커튼 근처에서 슬리퍼 끄는 소리
가 들리면, 아샤는 목소리를 낮춰 속삭이거나 — 내 귀에는 잘 들
리지 않아 나는 언제나처럼 짜증을 내며 다시 물어본다 — 아니
면 갑자기 과장되게 큰 소리로 말한다.

"내가 타자를 치는 힘은 대단했어! 다섯 번째 복사지까지 보이
도록 쳤으니까. 그런데 이제는 세 번째 복사지도 겨우 보여. 힘이
없거든. 하지만 예전엔 믿을 수 없을 정도로 쳤지. 죽은 남편이 내
게 말하곤 했어. '당신은 타이피스트가 아니라, 대장간에서 일할
걸 그랬어……'"

내가 정말 이 우스꽝스러운 키키모라를, 절망하여 쓰러지지 않
고 내 손에 잡고 있는 걸까. 그녀의 젊고 무거운 몸, 흰 배, 흰 다리,

송탄유처럼 날카로운 땀과 피의 냄새, 1919년의 냄새. 그는 그녀를 마치 자신의 전리품인 양 내 손에서 앗아 간다. 그 후, 불도 켜지 않은 발라쇼프의 방에서 우울과 다른 사람을 향한 그녀의 사랑이 내 숨통을 죄었을 때, 그때도 똑같은 의혹에 휩싸였었다. '그는 왜 전선을 향해 움직였을까? 그 모든 것 뒤에는 무엇이 감춰져 있었던 걸까?' 그리고 장티푸스를 앓아 삭발한 머리, 가녀린 목, 눈 속에 가득한 고통, 그녀의 엄마가 증오를 퍼붓던 그 후에도. 시곤체프가 살해당했던 그 당시에는 사람들이 밝은 색의 말을 탄 시곤체프와 어두운 색의 말을 탄 누군지 알 수 없는 자가 함께 사령부 마당에서 나와 마을 쪽으로 달려가는 것을 봤기 때문에, 시곤체프가 아니라 미굴린이 밤에 골짜기에서 살해당한 것으로 여겼고, 그래서 모든 게 끝난 것만 같았다. 시곤체프는 전투 명령서, 그 외에 봉인들과 암호를 이송했는데, 전령이 부상당했으므로 사령부 사람을 그에게 붙여 주었다. 미굴린은 옛일들과 강철 분대로 인해 이 병든 악마, 화를 잘 내는 시곤체프를 참을 수가 없었다. 그를 전권 위원으로 파견하는 것은 어리석은 일이지만, 누군가 고의로 그런 것이었다. 비록 그는 완전히 인정받았지만, 불신이 생겼고 미굴린에게 멍에를 지우고 재갈 물릴 기회를 엿보고 있었다. 그는 돈 집행 위원회 토지부에서 일했으며, 그 후 연대, 사단, 남쪽에서의 용맹한 행적들, 그러고는 또다시 병력을 모았고, 마니치 강에서 막히는 바람에 지체하여 노보체르카스크에서 비난받으며 고통받았다. 유빙기가 시작되어 목숨을 걸고 건너오니, 이제는 고의로 불굴의 멍청이 시곤체프를 보낸다. 그는 자신의 존재와 맹목적이고 열병 환자 같은 시선을 통해 자신이 구현하려 했던 혁명적 의지에 미굴린을 기필코 굴복시키고 싶어 했지만 실패했고, 그 때문에 좌절했다. 그러자 그들이 간밤에 그를 살해하고 잘못 구워진 빵처럼 이상하게 생긴 머리에 총을 쐈고, 말은 아침에 기수 없이 돌아왔다. 그들의 이름은 절대 알아내지 못했다. 모두 사라졌고, 바닥으로 가라앉았다. 아니, 반드시 모든 것이 만천하에 드러나는 법이라고 생각하지 마라. 그 뭔가는 사라진다. 살인자들을 찾지도 못했을 뿐 아니라 파고들지도 못했다. 그러나 미굴린을 죽이지는 못했는데, 전선의 혁명 재판소 위원회가 증거를 발견하지 못했다. 그는 다시 말을 타고 블류헤르*와 부돈니*와 함께 프룬제*의 군대에서 브란겔*을 협공했다. 페레코프, 보인카 역, 잔코이, 명예의 무기와 붉은 깃발 훈장, 그러다가 갑자기 겨울의 차디찬 방, 케로신 등불 아래 나는 신문에서 전직 군단 사령관이 반혁명적 음모에 가담한 혐의로 체포되었다는 내용의 세 줄짜리 기사를 읽게 된다. 1921년 2월, 굶주린 로스토프, 나는 치료를 받으며 절뚝거리고 힘겨워하고 있다. 모든 사람들을 하나씩 잃었다. 하지만 나는 징발 위원회에서 복무하기 위해 간다. 아, 나는 또렷이 기억하고 있다. 이 겨울을, 서류들과 탄원서, 총격을, 터키 국적의 키파로프, 공장주들, 울던 노파들을. 우리 소상인들은 큰길의 판매대에서 나와, 우리는 투기꾼도, 상품을 사재기하는 사람들도 아니며, 우리가 산 물건은 우리 판매대에 놓여 있다는 것을 밝힙니다. 그사이, 관리가 와서 우리에게서 징발하기 위한 엄격한 목록을 쓰는군요. 한편 나는 전선에서 돌아와 지금은 연계 업무의 전권 위원으로 일하고 있으니

백군 도당들과 함께 도망간 예술가의 침대 하나에 대한 지급권을 징발권과 함께 달라고 요청한다. 나는 청원자들, 신청자들, 불구자들, 가련한 사람들, 불행한 고아, 정직한 일꾼, 소비에트 권력의 지지자들을 버리고, 군단 사령관이 체포된 미하일린스카야 마을로, 다음 날 그곳에서 아샤를 데려오기 위해 달려간다. 지금이 아니면 안 된다. 털코트를 입고 노란 케이스에 든 모제르총을 찬 가무잡잡한 남자가 현관에서 맞이하는데 하얀 눈을 굴려 탐색한 뒤, 손을 뻗어 서류를 본다. 그리고 말한다. "그녀는 그와 함께 체포되었소. 그녀와는 어떤 관계인가요?" 내가 어떤 대답을 했는지 기억나지 않는다. 어쩌면 '친구', 어쩌면 '형제', 어쩌면 '아무도 아니다'였는지도 모른다. 그리고 이것으로 끝이다. 모두, 그리고 영원히, 평생토록. 얼음으로 뒤덮인 현관, 털옷을 입은 붉은 군대의 군인, 나는 눈 위에 주저앉는다. 다른 건 흥미 없다. 마르고 등이 굽은 노파가 정말 그녀인가?

그는 이틀 동안을 고향 카자크 마을에서 보냈다. 겨우 이틀 동안! 모스크바로 돌아오는 길이다. 들러 갈 것인지 말 것인지로 갈등했다. 친구들은 그만두라고 설득했고, 그녀도 몹시 원치 않았다. 아니, 그곳에 첫 번째 아내의 가족이 살고 있기 때문이 아니다. 그녀는 그것을 두려워하지 않았다. 그런데 예감이 있었다. 그녀가 밤새도록 멈추지 않고 통곡할 정도로 불안한 무엇, 그토록 갑작스러운 우울이었다. 그는 당황했다. "무슨 일이야?" 물론 그녀도 설명할 수 없었다. 스스로 자신을 책망했다. 바보 멍청이, 이제 지친

건가? 그에게 무슨 일이 일어날 수 있겠는가, 전쟁 영웅에게? 막
훈장을 받았는데. 하지만 언제나 그에게 일어나곤 했던 일이 또다
시 일어났다. 다툼에 끼어들지 말고 누군가를 보호하기 위해 일어
서지 말아야 하는데 참지 못했다. 그는 어쩔 수 없이 누군가를 방
어하고, 누군가의 낯짝을 때려야만 했다. 1921년 2월, 그 당시 카
자크인들은 농산물 징발 때문에 동요하고 있었다. 또다시 폭동이
들끓기 시작했다. 지역에서 바쿨린이라는 자가 날뛰면서 그를 따
르는 자들이 공포심을 불러일으켰는데, 과거 미굴린 사단의 카자
크였던 바쿨린은 마치 미굴린이 자신들과 합류하기 위해 돈 지역
으로 되돌아온 것처럼 소문을 흘렸다. 한편 미굴린은 비록 마음
이 무거웠으나, 고요하고 평화롭게 명예로운 직위, 붉은 군대 기병
대의 주 감독관 직위를 수여받기 위해 모스크바로 향했다. 그에게
는 이 직위가 필요했다! 또다시 똑같은 일이 일어났다. 돈 지역으
로부터 멀리 보내졌다. 어쩌면 바쿨린이 아닌 다른 누군가가 소문
을 퍼뜨렸을지도 모른다. 첫날, 카자크인들과의 시끄러운 대화, 불
평, 여인네들의 눈물, 농산물 징발에 대한 이야기들이 있었다. 미
굴린은 자신의 뒤에서 힘을 느꼈고, 아무도 두려워하지 않고 지
역의 위정자들을 저주하며 위협했다. "모스크바에 도착하면 가장
먼저 레닌에게 갈 것이며, 당신들의 악행에 대해 이야기하겠소."
위정자들은 겁을 집어먹고 그에게 스코비넨코라는 자를 염탐꾼
으로 붙였는데, 그는 오래전부터 세르게이 키릴로비치의 뒤를 캐
고 다닌 것 같았다. 이 불한당의 면상은 지금도 눈앞에 선하다. 두
꺼운 입술에 부풀어 오른 뺨, 곱슬머리를 한 무뢰한이었다. 분노한

미굴린이 무엇을 외치건 간에 ― 그는 무슨 말이든 외쳐 댈 수 있었고, 참을 줄 몰랐다! ― 스코비넨코는 그것을 모두 기억해 두었다가 기록했다. 그런데 특별히 뭐가 있냐고? 곧 모든 사람들에 의해 인정되었던 것, 그 결과 농산물 징발을 현물세로 대체하게 된 것이었다. 그래서 3일째 동틀 무렵 그들은 마침내 결심했고, 오두막을 둘러싼 뒤 총부리로 문을 두드린 것이다.

"아샤, 나는 한 가지가 궁금해. 그래서 그것에 대해 질문할게. 1919년 8월에 그는 어디로 진군한 거야? 그리고 뭘 원했던 거지?" 노파는 입을 다문 채, 기억을 더듬으며 생각에 잠겨 머리를 끄덕인다. 노파의 눈꺼풀이 나비의 메마른 날개처럼 떨리면서, 색이 바랜 푸른 눈을 덮는다……. 잠시 침묵하던 그녀가 모든 것을 떠올린 듯 말한다. "너에게 얘기해 줄게. 길고도 고통스러웠던 삶에서 나는 어느 누구도 그만큼 사랑한 적이 없어……."

그리고 노인이 죽은 지 1년 뒤 대학원생인 이고리 뱌체슬라보비치가 나타났다. 그는 미굴린에 대한 논문을 쓰고 있었다. 파벨 예브그라포비치가 살아 있었을 때, 대학원생은 그와 편지를 주고받았고, 심지어 로스토프에서 전화를 걸기도 했다. 그러나 이제는 회상록과 노인이 모은 모든 서류들을 받고 싶어 한다. 루슬란은 그에게 그것을 줬다. 루슬란은 이고리 뱌체슬라보비치가 마음에 들었다. 그들은 새벽 4시까지 앉아서 보드카를 마시며 혁명, 러시아, 볼셰비키, 의용군, 비상 위원회 위원들, 코르닐로프 장군, 마르

키스 드 퀴스탱(Marquis de Custine), 카자크인들, 표트르 대제, 이반 뇌제, 진리가 무엇인지, 민중에 대한 사랑, 미굴린이 자신의 운명을 피하지 않았으며 음모는 없었고 헛되이 죽었다는 것 등에 대해 이야기를 나누었고 또한 석유와 아마(亞麻), 곡물의 종류에 대해서도 말했다. 그리고 다음 날 이고리 뱌체슬라보비치가 기차역으로 서둘러 가느라 길로 나왔을 때, 추위와 함께 우박 섞인 소나기가 갑자기 쏟아져 내렸다. 그들은 택시 승강장에서 물러나 집의 차양 아래 숨어들었다. 숙취로 얼굴빛이 어두운 루슬란은 생각했다. 진실은 발렌티나가 그녀 자신의 엄마에게 떠났고, 또 다른 여자는 없으며, 세 번째 여자는 소식조차 없으며, 비를 맞은 재킷이 걸레로 변했다는 사실에 있다고……

이고리 뱌체슬라보비치는 어두운 색의 촌스러운 재킷에 비 묻은 안경을 쓴 야윈 젊은이였다. 그는 이렇게 생각했다. '진실은 선한 파벨 예브그라포비치가 1921년 반혁명적 봉기에 미굴린이 가담했을 가능성을 예상하느냐는 수사관의 질문에 진심으로 그렇다고 대답했다는 것이다. 물론 그는 이 일에 대해 까맣게 잊어버렸다. 당시에는 모두가 혹은 거의 모두가 그렇게 생각했으므로 전혀 놀랄 일이 아니다. 때로 진실과 믿음이 뗄 수 없는 한 덩어리로 용해되어 어디에 무엇이 있는지 분간하기 어려운 시절이 있지만, 우리는 그것을 가려낼 것이다.' 소리 내어 그가 말했다.

"기차 시간에 늦은 것 같아요……"

비가 창문을 타고 흘러내렸다. 오존 냄새가 났다. 투명한 비닐을 뒤집어쓴 두 소녀가 맨발로 아스팔트 위를 달리고 있었다.

8   **표트르 니콜라예비치 크라스노프**   Pyotr Nikolaevich Krasnov (1869~1947). 페테르부르크 출신으로 하바롭스크 사관 학교를 졸업한 군국주의자이다. 러시아 혁명 직후 케렌스키 밑에서 붉은 혁명군과 싸웠고 패배하여 포로가 되기도 했으나, 이후 독일의 지원을 받아 돈 카자크 군대를 지휘하여 돈 지역에서 볼셰비키 정권을 몰아냈다.

       라브르 게오르기예비치 코르닐로프   Lavr Georgievich Kornilov (1870~1918). 시베리아 카자크에서 태어나 러일 전쟁과 제1차 세계 대전에 참전하였으며, 러시아 혁명 당시 반혁명군 지도자로 남부 러시아 지역 백군 운동을 이끌었다.

10   **파벨**   Павел. 파벨은 애칭인 '파블리크(Павлик)', '파샤(Паша)', '파블루샤(Павлуша)'로도 불린다.

11   **루시카**   Руська. 루슬란(Руслан)의 애칭. 그 밖에 '루시크(Русик)', '루샤(Руся)'라는 애칭으로도 불린다.

       베라   Вера. 베라는 '베로치카(Верочка)'라는 애칭으로도 불린다.

13   **아샤**   Ася. 안나(Анна)는 '아샤', '아뉴타(Анюта)', '아센카(Асенька)' 등의 애칭으로도 불린다.

니콜라이 Николай. 니콜라이가 본명이고, '콜랴(Коля)'는 애칭이다. 다만 이 작품에서 니콜라이는 부칭인 에라스토비치(Эрастович)로도 지칭된다.

14 **빅토르** Виктор. 빅토르가 본명이고, '비티카(Витька)', '비탸(Витя)'라는 애칭으로도 불린다.

발렌티나 Валентина. 발렌티나는 애칭인 '발랴(Валя)'로도 불린다.

류바 Люба. 류보비(Любовь)는 '류비'나 '류보치카(Любочка)'라는 애칭으로도 불린다.

18 **데블렛 기라이** Devlet I Giray. 1571년 모스크바를 침공한 크림 칸국의 황제.

오프리치니크 Oprichnik. 이반 황제가 과거 봉건 귀족을 쓰러뜨리고 군주 직할령 체제를 유지하기 위해 봉토를 내려 운영한 하층 계급 무사단을 말한다.

32 **돈 강의 물결** 1918년 6월부터 1919년 11월까지 로스토프-나-도누(Ростов-на-Дону)에서 발간되었던, 역사, 문학, 풍자 주간지로 내전 시기 러시아 남부 지역 백군 운동의 역사 및 카자크 사회의 역사에 대한 뛰어난 1차 자료로 평가받고 있다.

36 **안톤 이바노비치 데니킨** Anton Ivanovich Denikin(1872~1947). 러시아 내전 시기 러시아 남부 지역 백군 운동의 지휘자 중 한 사람이며, 백군 지휘자들 중 가장 혁혁한 성과를 거둔 것으로 평가된다. 코르닐로프 반혁명군에 가담하였다가 실패하자 돈 지역으로 탈출했고, 돈 지역의 카자크를 장악한 후 북상하여 모스크바를 위협하기도 했다.

41 **므두셀라** Methuselah. 구약 성서에 나오는 인물로 에녹의 아들이고 라멕의 아버지이며, 노아의 할아버지이다. 성서에 나오는 인물 중 최고령인 969년을 살았다(「창세기」 5:21~27).

50 **슈라** Шура. 알렉산드르(Александр)는 애칭인 '슈라'로도 불리는데, 이 작품에서는 파블리크의 외삼촌인 알렉산드르 피메노비치

(Александр Пименович)를 지칭한다.

60 **사방에서~를 부른다** 「영원한 기억」은 정교회에서 망자를 위한 추도제나 위령제에서 부르는 찬송가이고, 「당신은 희생물이 되었다……」는 혁명 과정에서 희생당한 자들에게 바치는 장송곡이다.

67 **프랑수아 알퐁스 올라르** François Alphonse Aulard(1849~1928). 프랑스 역사가. 특히 프랑스 혁명에 대한 연구의 권위자로 꼽히며, 대표 저작으로는 1901년에 발표한 『프랑스 혁명의 정치사』가 있다.
골로다이 섬 Goloday Island. 페테르부르크에 있는 데카브리스토프 섬(Остров Декабристов)의 옛 이름.

70 **알료시카** Алёшка. 본명 알렉세이(Алексей)의 애칭이다.

72 **명예의 무기** 완전한 명칭은 명예의 혁명 무기(Почётное революционное оружие)로, 1919~1930년 붉은 군대 최고의 포상이었던 붉은 깃발 훈장 표식이 새겨진 대검과 모제르총을 말한다.
노동당원 1906~1917년 노동 대중의 권익을 주창하며 농민, 노동자, 인민주의(나로드니키, 나로드니체스트보) 성향의 인텔리겐치아들이 모인 분파로서 프티부르주아적 정치 단체로 규정된다.
인민 사회주의자 도시 인텔리겐치아들의 신인민주의적 당파로서 1905년 제정 러시아 때 출현했다. 유일하게 테러를 정치 투쟁의 수단으로 간주했다.
아타만 ataman. 카자크인의 우두머리를 지칭한다. 초기에는 선거로 뽑았지만 18세기 초부터 차르의 임명을 받거나 승인을 얻었다.

73 **알렉세이 막시모비치 칼레딘** Alexei Maksimovich Kaledin(1861~1918). 1917~1918년 내전 때 활동한 러시아 장교 출신의 백군 지휘관. 1917년 러시아 군대에 장교로 복무를 시작, 돈 카자크 군대 최초의 아타만으로 선출되었다. 붉은 군대에 효과적으로 저항하기 위해 돈 카자크 부대의 정비를 꾀하였으나 실효를 거두지 못했다.

89 **두호보르파** Dukhobor. '영혼의 전사들'을 뜻하는 명칭처럼 심령주의를 추구하는, 18세기에 성립된 러시아 정교회의 분파로서, 교

회의 외형적 제식. 성령을 부정하고 모든 사람의 영혼 속에 신이 존재한다고 믿는다. 농민들의 유토피아적 공동체 사상과도 연계된다.

93 레노치카 Леночка. 본명 옐레나(Елена)의 애칭이다.

100 성 게오르기의 무기 러시아 제국의 국가 훈장인 성 게오르기 훈장의 포상으로 주어진 무기를 말한다.

104 데샤티나 desyatina. 구러시아의 도량 단위. 약 4046.8제곱미터.

113 가이다마크 gajdamak. 1918~1920년 내전 시기에 소비에트 권력에 저항하여 싸운 우크라이나 민족주의자들의 반혁명군 병사를 말한다.

117 쿠르트 아이스너 Kurt Eisner(1867~1919). 독일 좌파 정치가이자 저널리스트로 독립 사회 민주당의 활동가이다. 바바리아의 반란(1918~1919)을 주도했고, 그 과정에서 1918년에 사회주의 공화국을 표방하는 바이에른 공화국의 성립을 선포하며 바이에른 공화국 초대 수상에 올랐으나, 1919년 뮌헨에서 암살당했다.

119 조르주 당통 Georges Jacques Danton(1759~1794). 프랑스 대혁명기의 혁명가, 정치가. 국민 공회의 좌익을 형성한 자코뱅당에 가담하여, 왕정을 무너뜨리고 제1공화정을 세우는 데 주도적인 역할을 했다. 공포 정치를 반대했으며, 혁명 재판소의 전신인 특별 재판소를 만들었다. 로베스피에르에 밀려 처형되었다.

120 마르크앙투안 쥘리앙 Marc-Antoine Julien(1775~1848). 프랑스 대혁명기의 언론인이자 정치가, 교육학자. 혁명기 정치가로서는 로베스피에르의 편에 섰고, 언론인으로서는 『레뷔 앙시클로페디크(Revue Encyclopedique)』의 편집장이었다.

132 방데 Vendée. 프랑스 혁명기에 일어난 왕당파의 반란인 방데 전쟁의 발생지로, 이 지역 농민들에 의해 시작되어 수많은 사망자를 냈다. 러시아에서는 반혁명 전쟁의 온상 혹은 반혁명 전쟁을 뜻하기도 한다.

137 알론카 Алёнка. 본명은 알라(Алла)고, '알론카', '알료나(Алёна)'

등은 애칭이다.

140 **갈리나** Galina. 갈리나는 본명이고, 갈랴(Галя), 갈카(Галка)는 그녀의 애칭이다.

149 **살스키** Salskie. 돈 카자크들이 활동하던, 볼가 강과 돈 강 사이에 위치한 초원 지대.

150 **미탸** Митя. 본명은 드미트리(Дмитрий)로, 애칭인 '미트리(Митрий)', '미티카(Митька)', '미탸', '미티(Мить)' 등으로도 불린다.

170 **사이다** Saida. 레바논의 도시. 고대 시돈의 오늘날 지명.
     테투안 Tetuan. 모로코 북부에 위치한, 지중해 연안의 옛 항구 도시.

179 **지노치카** Зиночка. 지노치카는 '지나(Зина)'의 애칭이다. 진카(Зинка)로도 불린다.

187 **사냐** Саня. 사냐 혹은 산카(Санька)는 알렉산드르(Александр)의 애칭으로, 이 작품에서는 알렉산드르 마르티노비치(Александр Мартынович)를 지칭한다

188 **Cito** 라틴어에서 온 것으로 '신속히, 빨리'를 의미한다.

192 **사셰** sashe. 향낭을 뜻하는 sachet의 러시아식 표기.

196 **세료자** Серёжа. 세르게이(Сергей)는 '세료자(Серёжа)'라는 애칭으로도 불린다.

197 **그라냐** Граня. 본명은 아그라페나(Аграфена)고, 애칭인 그라냐, '그란카(Гранька)' 등으로도 불린다

199 **이즈바** izba. 못을 쓰지 않고 통나무를 쌓아 올려 만든 러시아의 전통 가옥.
     랍크린 Rabkrin. 노농 감독국.

245 **맥시멀리즘** maximalism. 러시아 사회 혁명당원들 사이에 일었던 소비에트의 극단적 좌파주의로, 견해나 요구 사항에 있어 여하한 타협도 거부하는 주의.

278 **바리냐** Barynya. 러시아 민속 무용. 여지주 바리냐와 농부 간의

갈등을 테마로 하며 풍자-해학적이다.

293 사자와 닮지 않았다   러시아어에서 남자 이름 레프(Lev)는 일반 명사로 사용될 경우 사자라는 뜻을 지닌다.

308 시몬 바실리예비치 페틀류라   Simon Vasilievich Petljura(1879~1926). 우크라이나의 군인이자 정치가, 민족주의 지도자로, 1917~1920년 우크라이나 인민공화국의 우파 반동 정부를 이끌었다.

파블로 페트로비치 스코로파드스키   Pavlo Petrovich Skoropadskij (1873~1945). 러시아 제국군의 육군 중장으로, 1917년 혁명 후에는 우크라이나의 반혁명 세력을 이끈 정치가이다. 1918년 우크라이나 전통적 헤트만(Hetman) 직위를 부활시킨 뒤 스스로 헤트만이 되어 우크라이나 헤트만국을 수립했다.

309 알렉산드르 바실리예비치 콜차크   Aleksandr Vasil'evich Kolchak (1874~1920). 반혁명 정부의 사령관. 해군 사관 학교를 졸업하고, 러일 전쟁과 제1차 세계 대전에 참전하였으며, 1917년 혁명 당시 흑해 함대의 사령관이었다. 1918년 옴스크 반혁명 정부의 군사 장관이 되어 볼가 강까지 진군하기도 했으나, 혁명군에 체포되어 총살당했다.

니콜라이 니콜라예비치 유데니치   Nikolai Nikolaevich Yudenich (1862~1933). 군주주의를 지지한 장군으로, 북서부 전선에서 반볼셰비키군을 지휘했다.

312 마닐로프적인   19세기 러시아 작가 고골의 『죽은 혼』에 등장하는 인물 마닐로프(Manilov)에서 비롯된 표현으로, 주변 세계에 대한 비실천적이고 가상적 관계, 혹은 근거 없이 감상적으로 타인에게 친절을 베풀고 걱정하는 행위들을 지칭한다.

347 키키모라   Kikimora. 슬라브인들의 민속 정령. 가정주부의 영역에 관여하는 정령으로 알려져 있다. 작은 머리에 짚처럼 가는 몸, 혹은 머리를 길게 늘어뜨린 평범한 여자, 혹은 더러운 옷을 입은 곱사등이 여자 등 다양한 형태로 그려진다.

351 바실리 콘스탄티노비치 블류헤르   Vasilij Konstantinovich Bljuher (1889~1938). 소비에트의 장군. 공장 노동자 출신. 1917년 11월 볼셰비키 적위군의 지휘관으로 혁명에 반대하는 두토프의 반란을 진압하였고, 1918년에는 붉은 군대의 사령관에 임명되었다. 러시아 내전에서 가장 유능한 볼셰비키 지휘관으로 각지에서 반혁명군을 진압했다. 제51사단의 사단장이 되었고, 1920년에는 브란겔의 반혁명군을 진압하였다.

세묜 미하일로비치 부됸니   Semyon Mikhailovich Budyonnyi (1883~1973). 소비에트의 장군. 돈 지방 출생. 러일 전쟁과 제차 세계 대전에 참여하고, 러시아 혁명 때는 혁명 군사 위원회 의장으로 활약했으며, 내전 시기에는 '부됸니 기병단'을 편성하여 데니킨의 백군(白軍)을 격파했다.

미하일 바실리예비치 프룬제   Mihail Vasilievich Frunze(1885~1925). 소련의 군인이자 혁명가. 제정 러시아의 중앙아시아 비슈케크에서 루마니아 출신 농민의 아들로 태어나 페테르부르크 종합 기술 학교를 졸업한 후 혁명에 투신했다. 1917년 혁명이 발발하자 벨라루스 소비에트의 위원장으로 선출되었고, 1918년 우크라이나 보즈네센스크 지방 혁명 군사 위원회의 위원이 되었으며, 내전이 격화되자 붉은 군대의 남부 전선 총사령관이 되었다. 이후 동부 전선에서도 활약하였으며 각지에서 반혁명군을 진압했다.

표트르 니콜라예비치 브란겔   Pyotr Nikolaevich Vrangel(1878~1928). 카자크 기병대의 사령관. 볼셰비키에 대항하여 칼레딘에 합류했다.

혁명의 역사와 인간의 실존, 그 진실에 대하여

서선정(서울대 노어노문학과 강사)

'조국의 반역자'의 아들

1925년 모스크바에서 태어나 1981년에 사망한 작가 유리 트리포노프의 생애는 소비에트 사회의 성립 후부터 그 몰락의 전야까지 걸쳐 있다. 그는 자신의 작품에서 소비에트 사회와 일상을 다루었으나, 그의 작가적 자의식, 삶과 사회에 대한 태도의 근원에는 자기 아버지의 삶으로부터 유전된 기억이 자리하고 있다.

그의 부친 발렌틴 트리포노프는 볼셰비키 혁명과 내전, 붉은 근위대와 붉은 군대에 참여한 혁명가로 새롭게 성립된 소비에트 사회의 고위 관료로 이름을 날렸다. 덕분에 트리포노프는 고위 관료에게 제공되던 모스크바 강가의 아파트에서 유복한 유년 시절을 보냈다. 그러나 스탈린 공포 정치기에 아버지가 숙청당하고 어머니까지 투옥되어 트리포노프는 할머니와 함께 모스크바 교외 시골로 내려가 살다가, 세계 대전이 발발하자 타슈켄트로 피란을 떠나 그곳에서 중등 교육을 마친다. 1942년 모스크바로 돌아온 트리포노프는 대학에 진학하려 하지만 '조국의 반역자'의 아들이라는 이유로 뜻을 이루지 못한다. 결국 그는 비행기 공장에서 일하는 동시에 공장에서 발행되는 신문을 편집하며 때를 기다린다. 그러던 중, 그의 표현에 따르면, 진학하려는 지원자 수가 적었던 어느 해 고리키 문학 연구소에 입학하게 된다. 이때까지만 해도 트리포노프는 시에 몰두하고 있었는데, 당시 고리키 문학 연구소 입학위원회의 위원장이었던 페딘이 그가 지원하면서 정식으로 제출한 시가 아니라 첨부한 산문에 훨씬 더 깊은 인상을 받았다는 사실을 알고 자신의 산문적 재능을 자각하게 된다. 트리포노프는 고리키 문학 연구소에서 재학하는 동안 페딘의 문학 세미나에 지속적으로 참석하며 본격적인 작가 수업을 받는다. 그 과정에서 그의 재능을 아꼈던 페딘은 트리포노프가 작가로 성장하는 데 여러모로 지원을 아끼지 않았다.

작가로서 트리포노프의 이름을 세상에 알린 첫 소설 『대학생들(*Студенты*)』(1950)은 원래 고리키 문학 연구소 졸업 작품으로, 페딘의 적극적인 추천을 받아 그가 편집 위원으로 있던 『노브이 미르(*Новый мир*)』지에 게재하게 된 것이었다. 유형적인 인물들, 사건, 갈등의 구도 등 여러 가지 측면에서 전형적인 사회주의 리얼리즘적 문학을 구현하고 있는 이 작품은 훗날 작가 자신이 회고하는 것조차 불편해했지만, 그에게 스탈린상과 대중적 인기를 안겨 주었다. 특히 당시 독자들이 이 작품에 환호했다는 사실은 비록 메시지의 한계가 분명하다 할지라도 이를 전달하는 트리포노프의 문학적 재능이 이미 상당한 호소력을 지니고 있었다는 사실을 보여 준다. 무엇보다 소설『대학생들』은 '조국의 반역자'의 아들인 그가 작가로 활동하는 데 많은 제약들을 걷어 내 줬다. 하지만 그렇다고 해서 그가 소비에트 체제 속에 완전히 받아들여진 것은 아니었다. 그는 공개적으로 권력에 저항하는 작가가 아니었지만, 소비에트 정권의 입장에서는 언제나 요주의 인물이었다.

『대학생들』이후 트리포노프는 수년간 단 한 편의 작품도 발표하지 못하고 정체기에 빠졌으나 그것은 새로운 창작을 위한 침묵이었다. 트리포노프는 스탈린 사망 후 일어난 사회 변혁을 몸소 체험하는데, 1955년에는 아버지가 복권되고 1957년에는 자신이 소비에트 작가 동맹에 가입하게 된다. 당시 소비에트 사회는 스탈린 사후 격렬한 격하 운동과 함께 1인 독재로 인해 무너진 이상을 다시 환기시키려는 열망으로 들끓고 있었고, 이러한 시대에 영감을 얻은 트리포노프는 스탈린 독재로 단절된 혁명의 영웅들, 그들이 지닌 도덕적 이상과 가치를 사회 속으로 되돌려 놓고자 했다. 물론 그러한 영감의 가장 큰 근원은 자신의 아버지였다. 러시아 혁명과 내전의 참전 용사, 돈 카자크였던 아버지 발렌틴 트리포노프가 남긴 서류들을 바탕으로 그는 혁명기의 실존 인물들을 다룬 다큐멘터리 소설「모닥불 빛(*Отблеск костра*)」(1965)을 발표한다. 그는 혁명 용사를 묘사하였으나, 과거와 같은 사회주의 리얼리즘적 전형성을 제거하고 대신 인물의 세밀한 심리에 천착하여 새로운 주제를 발전시켰다. 인물들은 소비에트 사회에서 이상화되는 전설로서의 혁명가, 참전 용사가 아니라 혁명기라는 역사의 시간을 겪은 인간으로 조망되었다. 이 작품에서 트리포노프는 처음으로 역사와 인간의 관계를 주된 주제로 내세운다. 그에 따르면, 역사와 개인의 관계는 거대한 모닥불과 그 주변에 모여든 사람들 같아서, 역사는 각 개인에게 그 빛을 드리우는데, 모닥불이 빛과 인간, 즉 역사와 인간, 세세와 인간 사이의 관계 속에서 인간의 진정한 내적 가치가 드러난다는 것이다.

그러나 1970년대 초반에 이르기까지 트리포노프의 작품들은 역사와 인간의 주제를 발전시키기보다는 동시대인들의 일상적 삶과 고민, 고통과 갈등을 다룬다. 이 때문에 소비에트 문학사에서는 유리 트리포노프를 소비에트 중상류층 시민들의 삶을 다룬 '도시 문학' 작가로 규정하고 있다. 일련의 '도시 이야기들'에는 소비에트 인텔리겐치아들의 실존적 양심과 속물성이 사회 현실, 이념과 결부되어 제시되고 있다. 이 시기 그의 작품에서 무엇보다 주목할 만한 사실은 도시의 일상이 삶의 진실과 양심, 정의의 문제와 연관되어 있다는 점이다. 동시대 소비에트인들이 살고 있는 삶의 객관적 현실과 각 개인의 주관적 심리 사이를 파고들면서 트리포노프는 소비에트의 시대가 추구한 가치들을 그 자체로서 영웅화하지 않고, 개인들의 경험과 체험을 통해 표현했다. 이렇게 가치들을 예술적으로 구현해 내는 방식은 그가 동시대적 현실에서 역사적 현실로 관심을 돌렸을 때도 계속 유지되었다.

1970년대 중반 이후 트리포노프는 다시 역사와 인간의 주제로 돌아온다. 아버지가 겪은 역사 때문에 그가 감내해야 했던 삶의 부침처럼 트리포노프에게 역사와 인간의 문제는 숙명과도 같은 것이었다.『불안(*Нетерпение*)』(1973)을 시작으로 그가 연이어 발표한 중·장편들은 역사와 인간의 주제에 대한 지속적인 탐구의 산물이었다. 그는『또 다른 삶(*Другая жизнь*)』(1975),『강변의 집 (*Дом на набережной*)』(1976)과 같은 역사에 대한 일련의 작품들을 발표한다.

1978년 생전에 발표된 마지막 소설『노인(*Старик*)』에는 그가 추구한 역사와 인간의 주제가 그 깊이를 더하며 전개된다. 이 작품에는 일상과 이념, 역사와 인간, 정의와 윤리, 진실 등 그가 이전까지 탐색했던 거의 모든 주제들이 혼합되어 있을 뿐 아니라, 인간의 섬세한 심리를 드러내는 미학적 문체가 절정을 이룬다.

노인의 회고와 기록 그리고 진실

소설『노인』은 노년에 이른 주인공 파벨 예브그라포비치 레투노프의 삶에 대한 결산이자 회고의 기록이다. 그는 1919년 볼셰비키 혁명과 내전에 참전한 용사로서 주변 사람들에겐 혁명의 전설로 통하지만 1970년대의 현실에서는 무력한 노인일 뿐이다. 이야기는 어느 날 옛 친구 아샤로부터 날아든 편지 한 통에서 시작된다. 그녀가 오래된 잡지에서 우연히 미굴린이라는 혁명가에 대해 쓴 파벨의 기사를 발견하고, 수소문하여 편지를 보낸 것이었다. 수년 전 아내 갈랴를 잃은 뒤 자식들과 함께 공동 주택에서 거주하고 있지만 자식들과의 상호 몰이해와 소통 부재로 고독하면서도 우울한 나날을 보내던 파벨에게 아샤의 편지는 55년 만에 이어진 인연의 신기함으로 다가왔다. 그러나 미굴린을 재조명하는 기사를 쓴 사람이 파벨이라는 사실에 대해 놀라워하는 아샤에게서 미묘한 부당함을 느낀 그는 광산에 파묻힌 암석을 캐내듯 진실을 찾기 위해 의식의 심층으로부터 과거의 기억을 끌어 올린다. 그 기억은 그와 아샤, 미굴린 사이에 얽힌 비밀을 밝혀 줄, 가장 중요하고 내밀한 부분을 향해 서서히 나아간다. 노인의 기억은 사건의 추이를 따르지 않고 그가 살아가는 현실과 교차하며 두서없이 조각조각 떠오른다. 기억의 퍼즐이 그려 내는 과거에는 자신과 아샤를 포함하여 혁명과 내전의 시대를 겪었던 수많은 사람들의 삶, 혁명가들의 삶이 있었고, 그 한가운데 미굴린의 운명이 있었다. 돈 카자크, 혁명 붉은 근위대의 지휘관, 혁명의 열렬한 지지자였으나 반역자로 재판정에 오른 미굴린에 얽힌 기억은 역사적 진실의 회복과 밀접한 관계를 맺고 있다.

흐르는 용암 속에서는 뜨거움을 느끼지 못한다. 그러니 그 안에 있으면서 어떻게 **시대를 관조할 수** 있겠는가? 여러 해가, 온 생애가 흐른 다음에야 이해되기 시작하는 법이다. 어떻게, 무엇이, 왜 그러했는지를 말이다. 이 모든 것을 멀리서, 다른 시대의 정신과 눈으로 바라보고 이해한 자는 드물다.

휘몰아치는 역사의 소용돌이 한가운데 있는 사람은 그 순간을 뜨겁게 느끼며 살아갈 뿐, 그 흐름을 냉정하게 바라볼 수 없다. 따라서 혁명과 내전 시대를 떠올리는 노인의 회고는 그 시대에 대한 관조이자 진정한 이해의 시작이다.

그러나 파벨의 기억이 정확하고 객관적이라고는 확신하기 어렵다. 소설 속에는 동시대를 살았던 여러 노인들이 등장하지만 파벨과 함께 그 시절의 기억을 나눌 수 있는 사람은 없다. 죽은 아내의 친구인 폴리나가 그의 주변에서 아내 갈랴를 함께 추억해 주는 유일한 사람이지만, 그녀가 참전 용사의 집으로 들어가기 위해 필요한 증명서를 요청하면서 떠올리는 과거는 파벨의 기억과 다르다. 살아 있는 이들 중에 파벨이 겪어 온 수많은 사건들을 공유한 유일한 사람인 아샤조차 파벨과 다른 기억을 갖고 있다. 아샤는 파벨이 미굴린이 반역자로 낙인찍히는 데 결정적인 증언을 했던 사실을 기억하며, 그가 미굴린의 처형에 적극 동조한 것으로 판단하고 기억한다. 그 당시 주관적으로 받은 인상과 판단에 기초하여 기억이 굳어진 탓이다.

기억이 불러일으킬 수 있는 왜곡에 대해서는 사람들이 회상하는 미굴린의 모습을 통해서도 표현된다. 미굴린을 직접 봤다고 주장하는 노인들이 그려 내는 미굴린의 모습은 모두 제각각이다. 노인들은 아무것도 기억하지 못하고 혼동하는 데다 거짓말을 하기 마련이므로 그들을 믿어서는 안 된다고 말하지만, 파벨은 끊임없이 다른 노인들의 기억에 대해 신경을 쓴다. 그들에 비추어 자신의 기억이 믿을 만한지 스스로 의심하는가 하면, 자신의 기억에 확신을 갖기도 하고, 다른 노인들의 기억은 거짓말을 하는 것이라고 했다가도 그들의 삶에 대한 판단을 유보하며 모두 저마다의 사정이 있었을 것이라고 말하기도 한다. 그렇다면 파벨의 기억도 그가 처한 상황에 따라 형성된 그만의 기억일 텐데, 객관적이라고 확신할 수 없는 그의 기억이 어떤 진실을 찾아낼 수 있을까?

기억과 기록

기억이 자신과 미굴린의 운명이 얽힌 순간을 향해 다가갈수록 파벨은 마치 검증하려는 듯 사건의 진실에 다가가기 위해 관련된 기록을 찾아 읽는 일에 매달린다. 그러나 재판 기록은 사건의 생생한 진실을 재현해 주지 않을 뿐 아니라, 거짓된 자들의 진술에 의해 진실이 어떻게 왜곡되었는지만을 보여 줄 뿐이었다. 미굴린의 죄를 증언하는 자들의 진술은 그들에 대한 파벨의 기억과 교차되는 가운데, 미굴린을 눈엣가시처럼 여기던 자들이 조작한 거짓, 혹은 이미 기울어진 상황 속에서 살아남기 위해 자신에게 유리한 방향으로 진술해야 했던 자들이 만들어 낸 거짓이라는 사실이 드러난다. 기록은 노인의 기억이 갖고 있는 불완전함을 보완해 주지 못하고, 진실을 보여 주지도 않는다. 결국 파벨이 진실을 찾기 위해 마지막으로 향하는 것은 또 다른 노인 아샤의 기억이다. 그는 아샤에게 질문을 던지지만, 해답을 얻었는지는 드러나지 않는다.

이러한 결말이 보여 주듯, 소설 『노인』은 혁명의 과정에서 억울하게 누명을 쓴 지휘관 미굴린, 즉 한 인간에 대한 진실 규명보다 더 큰 주제를 향하고 있다. 그것은 혁명의 진실, 본질적으로는 역사의 진실이다.

> 진실은, [……] 모두를 위한 것일 때만, 오로지 그때만 진정한 보석이라오.

파벨은 자신에게 필요한 것이 거대한 진리가 아니라 작은 진실이라고 말하면서도 진실은 모두를 위한 것일 때 비로소 진정한 가치를 발한다고 말한다. 즉, 그가 밝히고자 하는 것이 미굴린이라는 혁명가 개인의 누명을 벗기는 일, 혹은 그 일과 연관된 자신에 대한 부당한 오해를 벗기는 일이 아니라, 모든 이들에게 의미 있는 좀 더 본질적인 것이라는 점을 밝힌다.

하지만 그는 자신이 회고의 과정, 진실의 추적 과정에서 알아낸 사실을 동시대의 그 누구와도 공유하지 못한다. 그 시절을 함께 보냈던 동지들은 더 이상 남아 있지 않고, 주변 사람들은 그의 이야기에 관심이 없다. 파벨은 자식들에게, 별장촌의 이웃에게, 혹은 아들 루슬란의 부탁으로 자신을 살피기 위해 찾아온 것이 분명한 의사들에게 그 이야기를 꺼내 보지만, 그들은 예의상 듣는 척하거나 그의 병세를 진단하기 위해 이야기를 들을 뿐이다. 어느 누구도 파벨이 추구한 진실 그 자체에 대해서는 관심을 기울이지 않는다.

이런 그의 앞에 로스토프에서 미굴린에 대한 논문을 쓰는 젊은 대학원생 이고리 뱌체슬라보비치가 나타난다. 파벨에게는 거의 손자뻘이 되는 세대이다. 그는 이 글에서 파벨을 제외하고 미굴린 사건, 즉 과거의 역사적 진실에 다가간 유일한 인물이다. 파벨이 살아 있는 동안 전화와 편지로 소통했던 이고리는 파벨이 죽은 뒤 아들 루슬란을 만나 회고록과 자료들을 전달받는다. 그렇게 해서 그에겐 왜곡된 실제의 역사를 회복하여 세상 밖으로 내놓아야 할 임무가 주어진다.

때로 진실과 믿음이 뗄 수 없는 한 덩어리로 용해되어 어디에 무엇이 있는지 분간하기 어려운 시절이 있지만, 우리는 그것을 가려낼 것이다.

루슬란이 파벨의 자료를 넘기는 순간, 혁명과 내전의 역사는 젊어서는 열렬한 혁명가였고, 노인이 되어서는 역사의 진실을 추구하는 역사가이고자 했던 파벨로부터 벗어나 그 시대와는 직접적인 관련이 없는 새로운 세대의 손에 던져진다. 젊은 연구자에게 노인의 삶의 기억인 회고록은 역사적 진실을 밝혀낼 하나의 자료가 될 것이다. 그것은 역사적 사건 자체에 대한 객관적 기록이라고 할 수는 없지만, 그 역사적 순간에 살았던 존재의 흔적으로서 일면의 진실을 간직하고 있다. 그는 자료들 속에서 진실과 믿음이 엉겨 붙은 덩어리를 발견하지만, 그것으로부터 진실의 몫과 믿음의 몫을 떼어 내야 한다고 말한다. 이고리의 짧은 독백 속에서 미래의 세대가 조작된 역사의 진실을 복원해 낼 것이라는 희망을 발견할 수 있다. 그러나 다른 한편으로 새롭게 정립될 역사 기록 속에서는 노인의 회고에서 발견할 수 있었던, 그 시대에 실제 존재했던 사람들의 느낌과 감정들, 그리고 사건들이 그렇게 흘러가도록 만들었던 개별적이고 인간적인 숱한 계기들, 그 모든 주관적인 진정성이 몇 줄짜리 문장으로 요약되어 결코 돌이킬 수 없는 시간 저편에 묻히게 되리라는 것도 짐작할 수 있다. 이렇듯 소설 『노인』은 미래에 대한 희망적인 기대와 더불어 형용할 수 없는 쓸쓸함과 여운을 남긴다.

역사와 인간

시대의 가치를 그 자체로 비추지 않고, 인간의 삶을 통해 표현하는 것은 작가 트리포노프의 오랜 주제였다. 개인의 내적 세계는 개인의 삶에 음영을 드리우는 역사와의 관계 속에서 비로소 빛을 발한다. 그러므로 역사적 진실은 역사적으로 실존했던 자들의 삶의 총체를 통해서만 제대로 그 모습을 드러낸다. 『노인』에서는 1919~1921년의 혁명과 내전의 시대가 인간 개인의 삶을 통해 다양한 형태로 표출된다.

아무것도 아닌 작은 일이, 마치 화살이 조금만 휘어져도 그렇듯, 하나의 길에서 다른 길로 이동하는 원동력을 만든다. 그리하여 당신은 로스토프가 아닌 바르샤바에 이르게 되는 것이다. 나는 강력한 시대에 흠뻑 빠진 소년이었다. 아니, 다른 노인들처럼 거짓말하고 싶지는 않다. 길을 알려 준 것은 시대의 흐름—그 안에 있는 것이 기뻤다—과 우연, 직감이지, 엄준한 수학적 의지가 아니다.

혁명이 일어난 1919년의 페테르부르크 거리에서 벌어진 대혼란은 사람들의 물결이 만들어 내는 역사와 사건을 표현하고 있지만, 그 속에 휩쓸린 개인의 삶은 그러한 흐름으로는 온전히 이해할 수 없는 개별성과 고유성을 갖는다. 『노인』에는 서술자인 파벨의 삶을 중심으로 아샤, 블라디미르 등 유년 시절의 사람들과 슈라, 시곤체프, 미굴린, 브라슬랍스키, 나움 오를리크, 프리고다 등 내전에 참여했던 사람들의 삶이 다양하게 펼쳐진다. 그중에는 이야기의 진행과 함께 확장되는 삶의 형태도 있지만, 삽화적으로 제시되는 삶 역시 수없이 많다. 역사의 거대한 흐름이 모두 지시할 수 없는 온갖 작은 일들로 인한 우연이야말로 바로 삶의 실존적 본질이다.

시대의 흐름 속에 놓인 인간의 삶은 그 개별성과 우연성으로 말미암아 역사와 시대에 대한 고유의 관계를 갖는다. 『노인』에서는 혁명과 내전에 대한 여러 관점들이 대립하고 갈등한다. 예를 들면 똑같이 혁명을 지지하더라도 혁명을 통해 성취하고자 하는 것, 혁명에 거는 기대와 혁명에 대한 관점 자체는 모두 다르다. 역사의 물결 속에는 개별적이고 주관적인 수많은 개인의 삶이 얽혀 있고, 그것이 함께 뒤섞여 시대를 특정한 방향으로 이끌어 가는 것이다. 그래서 역사 속 사건에 참여한 개인들을 배제하고서는 그것을 온전히 이해하기 어렵다. 마찬가지로 감정과 생각이 빠진 사건의 건조한 기록 속에는 역사적 진실의 실체가 존재할 수 없다. 파벨이 재판 기록에서 미굴린 사건의 진실을 발견할 수 없었던 것도 그 때문이다.

돈 카자크 출신인 미굴린은 혁명의 이상이 가져올 새로운 세계가 카자크인들에 대한 오랜 불평등을 해소해 줄 것을 기대하며 진심으로 혁명을 지지한다. 이념적 성향과는 별개로 그의 개성은 본능적 감각으로 사람들을 열광하게 만드는 타고난 선동가, 즉흥적 글쓰기와 노래 부르기를 좋아하며 아샤를 사랑하는 열정가의 면모를 지녔다. 지휘관으로서 미굴린은 상황의 문제를 능숙히 간파해 내고 목표를 집요하게 추구하지만 이성적 판단과 계산보다 본능적이면서도 예리한 직관에 의존한다. 그런 그의 행동에는 계산되지 않은 순수함이 있다.

재판 기록은 미굴린의 죄를 적에게 전방의 길을 터 주었다는 반역죄로 적시하지만, 파벨의 기억 속 미굴린은 붉은 군대와 볼셰비키 혁명 체제 내의 편견과 질시로 모욕받은, 전선의 소식을 들으면서도 출정하지 못하여 고통당하는 장교일 뿐이다. 이러한 불일치는 파벨이 재판 기록을 파고들수록 더욱더 적나라하게 드러난다. 그의 죄를 증언한 사람들은 미굴린에게 보내는 대중들의 지지와 신뢰를 질투하던 자들, 혹은 그를 짓누르려 했으나 성공하지 못했던 자들, 미굴린의 군대에서는 그를 따랐지만 재판에 회부된 뒤에는 살아남기 위해 그를 팔아넘긴 자들이었다. 그러나 충격적이게도 그러한 자들 가운데 미굴린의 유죄 판결에 가장 결정적인 역할을 한 사람은 파벨 자신이었다.

미굴린에 대한 파벨의 관계에는 아샤를 향한 그의 오랜 사랑
이 겹쳐 있었다. 유년 시절과 얽혀 있는 그녀에 대한 파벨의 사랑
은 그에게는 어쩔 수 없이 본원적인 것이었다. 동시에 파벨에게 아
샤는 언제나 도달할 수 없는 대상이었는데, 첫 번째는 함께 성장했
던 블라디미르에게, 두 번째는 운명의 밤에 아샤를 구출했던 미굴
린에게 그녀의 사랑이 향하는 것을 무력하게 지켜봐야만 했다. 타
인의 여인이 된 아샤를 만날 때면 파벨은 때때로 고통스러움을 느
꼈으나 그것이 질투로 연결되지는 않았다. 그러므로 미굴린을 향
한 파벨의 감정이 무엇인지는 소설 속에서 명확히 적시되지 않지
만, 재판 증언대에 선 젊은 파벨에게 이 모호한 감정이 아무런 영
향을 끼치지 않았으리라고 단정 짓기는 어렵다. 노인이 된 파벨이
재판 기록을 살펴보며 기억을 더듬는 가운데, 의심할 여지 없이 명
확한 미굴린의 무죄를 당시의 자신이 왜 확신하지 못했는지 의아
해하는 것은 그 때문이다. 그리고 아샤는 그 당시에도 그리고 55년
이 지난 편지에서도 그것이 미굴린에 대한 파벨의 질투 때문이었
다고 믿는다. 끝내 진실을 발견하지 못한 노인 파벨이 노파가 된
아샤를 찾아가 당시 미굴린이 상부의 허락도 없이 자신의 군대를
움직여 어디로 향하고자 했는지를 물었을 때, 아샤는 삶에서 어
느 누구보다도 더 미굴린을 사랑했었다는 말로 대답을 대신한다.
미굴린을 반역자로 만든 것은 미굴린이 실제로 저지른 죄가 아니
라 그를 둘러싼 숱한 사람들의 질시와 질투, 이기심 그리고 어쩔
수 없는 인간적인 감정들이다.

이념과 인간

"그는 그저 노동당원이었을 뿐이오. 인민 사회주의자라고요!
나는 그의 형제와 함께 아타만 학교를 졸업했고, 그의 가족을
잘 알아요. 그들은 진보를 부정하는 암흑의 악마들이지요. 볼셰
비키를 위해 일한 건 지휘봉 때문이라고요······." 이건 이해할 수
가 없다. 흑백이니, 진보를 부정하는 악마니 혹은 천사니. 그리
하여 그 사이에는 아무도 없다. 그러나 사실은 모두가 그 사이
에 있다. 어둠으로부터, 악마로부터, 그리고 각각의 천사로부터
도······.

트리포노프는 『노인』에서 이념의 문제 역시 인간 실존의 관점에
서 바라본다. 그는 흑백 논리에 빠지곤 하는 이념적 판단은 순수
한 추상, 논리로써만 가능할 뿐이고 실제 인간의 삶과 사고 속에
서는 불가능하며, 오히려 모두가 순수한·흑도, 순수한 백도 아닌
가운데에 있다고 확신한다.

뛰어난 지휘관인 미굴린을 궁지로 몰아넣어 무력하게 만들고,
종국에는 그로 하여금 무단 출정을 감행하게 만든 것도 현실에
존재하는 이념에 대한 흑백 논리이다. 이상적인 평등이 실현되는
혁명 이후의 새로운 세계를 열렬히 기대한다는 점에서 미굴린은
내전의 주축이었던 볼셰비키들과 같은 진정한 혁명가였다. 하지만
그가 한때 혁명의 또 다른 관점을 지지하여 노동당원, 인민 사회
주의자였다는 사실, 그리고 카자크 출신으로 혁명을 통해 돈 카자

크와 러시아인들 간의 차별이 사라지고 카자크인들의 삶이 나아지길 기대했다는 사실 때문에 그 신념의 진정성을 의심받는다. 그는 당국에 의해, 또 일부 주변인들에 의해 이중 첩자, 회색분자, 기회가 된다면 언제든 배신할 수 있는 요주의 인물로 거론된다. 그러나 『노인』에서 묘사되는 수많은 혁명가들은 모두 서로 다른 교육적·계급적·환경적 배경을 가지고 있고, 그로 인해 혁명 이론에 대한 이해 정도, 혁명에 대한 태도가 서로 달랐다. 그러므로 미굴린에게만 이념의 절대성을 요구하며 그를 '진보를 부정하는 악마'로 간주하는 것은 부당한 일이 된다.

이념과 인간의 실존 문제에서 보다 더 흥미로운 관점을 제공하는 인물은 나움 오를리크이다.

그에게 사람들이란 노련한 화학자처럼 그가 한순간에 구성 성분들로 분리시킬 수 있는 화학적 화합물 같다. 이쪽 절반은 마르크스주의자, 4분의 1은 신칸트주의자, 그리고 4분의 1은 경험 비판주의자. 어떤 볼셰비키 당원은 겉으로 보기에 겨우 10퍼센트만 그렇지만, 속으로는 멘셰비키이다.

그는 인간의 사고를 마치 화합물처럼 분석한다. 겉으로 드러난 이념적 정체성과 달리 사람의 내면에는 때로 모순적이기까지 한 온갖 성향들이 결합되어 있다는 그의 관찰은 이념과 인간에 대한 트리포노프의 해석과 부합하는 측면이 있다. 그러나 인간의 내면을 명백하게 분석 가능한 화학적 화합물처럼 간주하는 그의 과학적 접근법은 흑백 논리와 마찬가지로 이론적 추상화가 빠질 수 있는 또 다른 오류이자 삶에 대한 폭력일 뿐이다. 인간의 실존에는 수학적 논리로는 불가해한, 우연과 직감에 의한 부분이 분명 존재하기 때문이다.

한편, 어머니의 죽음을 앞둔 파벨의 고백은 혁명의 이념과 인간의 실존 사이의 경중을 가늠하게 해 준다.

> 나는 엄마와 남았다. 아무것도 할 수가 없다. 수백만 명을 죽일 수도 있고, 왕을 폐위시킬 수도 있고, 위대한 혁명을 일으킬 수도 있고, 다이너마이트로 세계의 절반을 터뜨릴 수도 있는데, **단 한 사람을 살릴 수가 없다.**

세계를 구원하기 위해 혁명에 뛰어들었지만, 정작 죽어 가는 자신의 어머니를 살릴 수 없다는 깨달음은 혁명의 이상에 도취해 인간의 실존적 본질을 잊은 자들에게 울리는 경종이다. 이처럼 소설 『노인』은 역사의 진실이 무엇인가에 대한 해답을 추구하면서 동시에 역사와 이념, 혁명과 시대 앞에 놓인 인간의 본질에 대한 깨달음을 추구한다.

반복되는 삶, 역사와 동시대의 교차

이 소설에는 혁명과 내전의 과거를 보여 주는 미굴린 사건 외에

1970년대 소비에트의 삶이 그려진다. 우선 두 시대의 교차는 제대로 소통하지 못하는 두 세대를 통해 표현된다. 파벨이 자식들과 소통하지 못하여 서로 이해하지 못하고 대화하지 않는 것처럼, 갈라의 친구인 폴리나는 자식들에게 쓸모없는 짐이 될까 노심초사하며 노년의 고통을 힘겹게 견딘다. 심지어 폴리나는 혁명 전사의 집으로 불리지만 실상은 양로원이나 다름없는 곳으로 떠날 결심을 하는 데 반해, 파벨은 창문 너머로 들리는 손자의 말소리에서 인생 유전을 느끼며 자식들과 함께 살아갈 삶을 더욱더 소망한다. 노인들의 관점에서 그러한 불화는 자식 세대들의 탓이지만, 우연히 소통에 성공하게 된 짧은 순간, 자식들 역시 그들만의 문제로 고통스러워하고 있다는 사실이 드러난다. 루슬란의 직장에서 일어난 사건과 퇴직, 남편의 발병으로 고통스러워하는 폴리나의 딸 지나의 모습을 직접 알게 된 파벨의 마음에는 비록 짧지만 이해와 공간의 순간이 찾아드는 것이다.

가장 큰 관심사는 소유자가 없어 조합으로 넘어오게 된 별장을 누가 소유하느냐는 것이었다. 이 문제에 무심한 파벨과 관심을 가질 것을 요구하는 자식들 사이에서 소동이 벌어지고, 파벨은 결국 자식들의 요청대로 조합장에게 편지를 쓴다. 모든 이가 함께 잘사는 세계를 만들기 위해 혁명에 뛰어들었지만 자식들은 여전히 가난에 힘겨워하며 파벨을 원망하고 있다. 혁명이 만든 새로운 세계는 분명 과거와 다른 세계지만, 고통과 가난은 없어지지 않았고 새로운 불평등과 부정들이 존재하기 때문이다.

이러한 동시대적 삶의 면면은 폴리나의 사위인 외무부 직원 칸다우로프를 통해 보다 내밀하게 표현된다. 칸다우로프의 삶은 여러 층위로 표현된다. 꽤 성공을 거둔 관리인 그는 멕시코로 파견 나갈 기회를 얻는가 하면, 문제가 된 별장을 점유하기 위해 별장 소유권을 주장할 수 있는 경쟁자들에게 협박과 회유를 서슴지 않는가 하면, 관리로서 자신의 위치를 이용한다. 모든 것을 자신의 필요에 의해 손쉽게 결정하는 칸다우로프의 방식은 애인 스베틀라나와의 관계에서도 적용된다. 사랑이 아닌 쾌락을 위해 만나는 것이어서 멕시코로 곧 떠나게 될 칸다우로프는 손쉽게 그녀를 정리한다. 보다 더 큰 문제는 이 모든 일들을 처리하느라 바쁜 하루를 보낸 뒤 집으로 돌아온 칸다우로프가 자신의 상태에 더할 나위 없이 만족하고 있다는 점이다. 그는 자신의 행위에서 어떠한 문제도 발견하지 못한 채, 자신이 이룬 모든 성과를 성공으로 여긴다. 이때 그가 성공을 위해 언제나 관철시키는 원칙이 드러나는데, 그것은 무엇이든 '끝까지' 밀어붙이는 것이다.

혁명이 이뤄 낸 세계인 소비에트 사회에서 칸다우로프는 국가 이념을 구현하는 구성원이며, 그에게서는 혁명의 이데올로기를 실현하기 위해 복무했던 숱한 개인들의 모습이 교차한다. 뭐든 끝까지 밀어붙임으로써 거둔 칸다우로프의 성공은 카자크인들의 삶을 이해하지 않은 채 자신들의 방식으로 그 세계를 쓸어버리고자 했던 중앙 혁명 위원회의 무자비함과 겹쳐지며, 그의 속물성과 도덕적 해이, 비윤리성은 자신의 권력으로 개인적 이익을 챙겼던 과거의 혁명당원들에게 그대로 덧씌워진다. 동시에 칸다우로프가 동시대인들에게 끼치는 고통은 미굴린이 겪은 고통과 교차한다. 혁명의 과정에서 노출된 삶의 문제들은 여전히 해결되지 않은 채 동시대의 삶에까지 이르러 반복되고 있는 것이다. 하지만 그토록 자신만만해하던 칸다우로프는 형식적인 것으로 치부하던 건강 검진에서 발견된 병으로 무너진다. 트리포노프에게 삶은 이처럼 우연의 연속이다.

풀리지 않는 역사의 진실, 해결되지 않은 인간 실존의 문제, 동시대적인 삶의 공허함과 반복되는 악과 비윤리성 앞에서 노인 파벨이 느끼는 답답함은 폭염 그리고 이탄 숲의 화재로 오염된 질식할 것 같은 공기로 표현된다. 그러나 파벨은 폭염이 가시고 청명해진 어느 날 세상을 떠난다. 그것은 소설 속에선 드러나지 않지만 파벨이 내적인 갈등들로부터 자유로워졌을 것이라는 암시, 나아가 소비에트 사회가 그런 문제들을 해결할 가능성에 대한 긍정적 암시로 볼 수 있다.

트리포노프는 어떤 작가인가?

트리포노프는 단 한 번도 소비에트 사회에 정면으로 맞서거나, 은폐된 진실을 폭로하거나 문제를 제기하지 않았다. 그의 창작은 스탈린상을 받았던 『대학생들』 혹은 그 이후 레닌상 후보에 올랐던 『갈증의 해소』와 같이 소비에트의 체제 속에 적극적으로 수용되었으며, 흔히 스탈린의 공포 정치 시기에 저항적이고 양심적인 작가들이 선택했던 자가 출판이나 지하 출판 대신, 소비에트의 공식적인 문학 잡지의 지면이나 국가가 공식적으로 지원하는 출판 사에서 출간되었다. 이 때문에 트리포노프를 소비에트 사회의 체제 순응적인 작가로 보아야 하는 것이 아닌가에 대한 의문이 계속 제기되어 왔다. 트리포노프를 이러한 체제 순응적 작가와 저항적 작가라는 흑백 논리 속에 가두는 것은 『노인』의 파벨이 이야기했던 것처럼 인간의 실존적 본질을 외면한 매우 아둔한 처사일 것이다. 미굴린 같은 돈 카자크였고 혁명과 내전의 전설을 아버지로 둔 트리포노프가 혁명의 이상이 낳은 소비에트 사회라는 체제를 부정한 것으로 보기는 어렵지만, 그렇다고 해서 그가 그러한 소비에트 사회를 지상에 구현된 이상적 사회로 칭송했다고 보기도 어렵다. 그는 소비에트 사회를 살아가는 사람들 속에서 실존적이고 윤리적인 문제를 끊임없이 제기했을 뿐 아니라, 『노인』에서 드러나듯, 때론 혁명, 이념, 역사의 재평가와 같은 무겁고도 본질적인 주제들을 제시했다. 그럼에도 불구하고 그가 소비에트 체제속의 작가로 남을 수 있었던 것은 그러한 문제의식을 노골적인 비판 대신 세련된 예술로 승화해 냈기 때문일 것이다. 그것이 그가 이념이나 체제적인 테두리를 벗어나 진실을 추구한 방식이며, 모든 독자들에게 진정으로 수용된 이유이다.

유리 트리포노프의 생전 마지막으로 발표된 소설인 『노인
(*Старик*)』은 잡지 『드루쥐바 나로도프(*Дружба народов*)』의
1978년 제3호에 처음 발표되었고, 1979년에 소베츠키 피사텔
(Советский писатель) 출판사에서 단행본으로 간행되었다.
1980년에는 같은 출판사에서 『노인』을 중편 「또 다른 삶(*Другая
жизнь*)」과 엮어 한 권의 책으로 출간했다. 1981년 작가 사망 이후
1990년까지 트리포노프의 작품은 계속 출판되었고, 『노인』은 대
부분의 작품 선집에 수록되었다. 1983년 이즈베스티야(Известия)
출판사에서 『노인』과 중편소설 「불안(*нетерпение*)」을 묶어 단행
본으로 출간했으며, 같은 해 브이샤야 슈콜라(Высшая школа)
출판사에서 간행한 트리포노프 선집에도 『노인』이 수록되었다.
1984년 소베츠키 피사텔에서 '영원한 주제들: 장편소설들, 중편
소설들(Вечные темы: романы, повести)'이라는 제목으로 『노
인』을 포함해 네 편의 소설들을 묶은 선집을 출간했다. 가장 포

괄적인 트리포노프 작품 선집은 후도제스트벤나야 리테라투라 (Художественная литература) 출판사에서 1985~1987년에 걸쳐 출간한 네 권짜리 선집으로 『노인』은 1986년에 출간된 제3권에 수록되었다. 1990년대에는 『강변의 집(Дом на набережной)』을 제외하고는 트리포노프의 작품 출판이 거의 이루어지지 않았다. 2003년 베체(Вече) 출판사에서 『노인』을 문고판으로 간행하였고, 2005년 미르 크니기(Мир книги) 출판사에서 1권에 『노인』을 수록한 두 권짜리 선집을 출간했다. 가장 최근의 선집은 2011년에 모스크바의 아스트(АСТ) 출판사에서 출간한 네 권짜리 선집 시리즈로, 『노인』은 「전복된 집(Опрокинутый дом)」과 함께 3권에 수록되었다. 본 번역은 이 출판본을 대본으로 삼았다.

유리 발렌티노비치 트리포노프 연보

1925 8월 28일 모스크바에서 유명한 혁명가이자 소비에트 연방 대법원 군협의회 의장이었던 아버지 발렌틴 트리포노프(1888~1938)와 축산 전문가였다가 나중에 기술 경제 전문가, 아동 문학가로 활동한 어머니 예브게니야 루리예(1904~1974) 사이에서 태어났다.

1932 모스크바 크렘린 근처에 있는 고위 관료의 고급 아파트로 이사한다. 이때의 경험이 나중에 작품으로 탄생한다.

1937~1938 스탈린 대공포 시대에 아버지와 삼촌이 체포되어, 삼촌은 1937년에, 아버지는 1938년에 처형된다. 같은 해 어머니마저 8년 형을 선고받고 투옥되어, 외할머니의 손에 자란다.

1942 전쟁 발발 후 피란을 떠났던 타슈켄트에서 중등 학교를 졸업한다.

1943 모스크바로 돌아왔으나 '조국의 반역자'의 아들로 낙인찍혀 고등 교육 기관으로 진학할 수 없게 되자, 비행기 공장에서 일한다.

1944 고리키 문학 연구소 입학. 원래 트리포노프는 시 창작에 뜻을 두었으나, 문학 연구소 입학 위원회의 수장이자 『노브이 미르』의 편집 위원이었던 콘스탄틴 페딘이 그가 제출한 짧은 산문에 대해 내린 평가를 통해 자신의 문학적 재능이 산문에 있음을 자각한다. 이후 트리포노프는 페딘의 문학 세미나에 지속적으로 참석한다.

1945 페딘의 도움으로 통신 야간부에서 주간부로 옮겨 학업을 이어 간다.

1948 신문 「모스콥스키 콤소몰레츠」에 단편소설 「익숙한 장소들(*Знакомые места*)」, 「초원에서(*В степи*)」 게재.

1949 고리키 문학 연구소 졸업. 볼쇼이 극장의 오페라 가수였던 니나 넬리나와 결혼한다.

1949~1950 졸업 작품으로 제출한 원고를 기초로 장편소설 『대학생들(*Студенты*)』을 집필한다.

1950 페딘의 소개로 트바르돕스키가 편집장으로 있던 『노브이 미르』에 『대학생들』을 게재한다.

1951 『대학생들』로 스탈린상을 수상하며, 작가로서의 이름을 알린다. 스탈린상 수상 이후 '조국의 반역자'의 아들인 그가 작가, 저널리스트로 활동하는 데 대한 잇따른 제약들이 많이 해소되었으나, 여전히 작가 동맹에 가입하지 못해 전업 작가의 지위를 인정받지 못한다. 딸 올가가 태어난다.

1952 결혼 후에도 정착하지 않고 볼가 강 유역의 수력 발전소, 중앙아시아, 투르크메니스탄의 카라쿰 운하 건설 현장으로 떠난다. 이 시기의 경험은 이후 많은 작품들, 특히 1960년대에 발표된 작품들의 창작 원천이 된다. 모스크바 예르몰로바 극장에서 『대학생들』을 개작한 「젊은 날들(*Молодые годы*)」 상연.

1955 11월 아버지 발렌틴 트리포노프에 대한 복권이 이뤄진다.

1957 작가 동맹 가입. 외할머니 사망.

1959 단편소설과 기록 모음집인 『태양 아래에서(*Под солнцем*)』 발표.

1963 『즈나먀』지에 투르크메니스탄 운하 건설을 다룬 장편소설 『갈증의 해소(*Утоление жажды*)』 연재.

1965 『갈증의 해소』로 레닌상 후보에 올랐으나 수상하지 못한다. 아버지의 복권 이후 아버지의 자료들을 바탕으로 돈 지역에서 일어났던 사건에 대한 다큐멘터리적인 중편소설 「모닥불 빛(*Отблеск костра*)」을 『즈나먀』에 연재한다. 영화 시나리오 「하키 선수들(*Хоккеисты*)」을

집필. 운동을 좋아했던 그는 이후로도 스포츠 영화 시나리오를 썼다.

1966 영화화된 「갈증의 해소」 개봉. 아내 니나 넬리나 사망. 단편소설 「어
느 여름 정오였다(*Был летний полдень*)」, 「베라와 조이카(*Вера и
Зойка*)」를 『노브이 미르』에 발표.

1968 출판사 폴리티즈다트(Полиздат) 편집장이었던 알라 파스투호바
와 결혼. 『노브이 미르』에 단편소설 「버섯 따는 가을에(*В грубную
осень*)」, 「승리자(*Победитель*)」 발표.

1969 『노브이 미르』에 중편소설 「교환(*Обмен*)」 발표.

1970 『프로스토르』지에 「끝없는 유희(*Бесконечный игры*)」 발표, 『노브
이 미르』에 중편소설 「예비 결산(*Предварительные итоги*)」 발표.

1971 중편소설 「긴 이별(*Долгое прощание*)」 발표.

1973 『노브이 미르』에 장편소설 『불안(*Нетерпение*)』 발표.

1975 『노브이 미르』에 중편소설 「또 다른 삶(*Другая жизнь*)」 발표. 소비
에트 영예 훈장 수여. 올가 미로슈니첸코와 동거. 10월 어머니 사망.

1976 『드루쥐바 나로도프』에 중편소설 「강변의 집(*Дом на набережно
й*)」 발표.

1978 『드루쥐바 나로도프』에 장편소설 『노인(*Старик*)』 발표.

1979 아들 발렌틴 출생.

1980 노벨 수상 위원회 위원이었던 하인리히 뵐의 제안으로 1981년 노벨
문학상 후보에 오른다.

1981 3월 신장암으로 입원. 3월 25일 신장 제거 수술을 받고 회복하던 중
3월 28일 폐혈전 색전증으로 사망. 모스크바의 쿤쳅스코예 묘지에
안장된다.

1981 『드루쥐바 나로도프』에 자기 고백적 장편소설 『시간과 공간(*Время
и место*)』과 연작 소설 「전복된 집(*Опрокинутый дом*)」 발표.

1987 『드루쥐바 나로도프』에 미완성 장편소설 『소멸(*Исчезновение*)』
발표.

새롭게 을유세계문학전집을 펴내며

을유문화사는 이미 지난 1959년부터 국내 최초로 세계문학전집을 출간한 바 있습니다. 이번에 을유세계문학전집을 완전히 새롭게 마련하게 된 것은 우리가 직면한 문화적 상황에 적극적으로 대응하기 위해서입니다. 새로운 을유세계문학전집은 세계문학의 역할이 그 어느 때보다 중요해졌다는 인식에서 출발했습니다. 오늘날 세계에서 타자에 대한 이해는 우리의 안전과 행복에 직결되고 있습니다. 세계문학은 지구상의 다양한 문화들이 평등하게 소통하고, 이질적인 구성원들이 평화롭게 공존할 수 있는 문화적인 힘을 길러 줍니다.

을유세계문학전집은 세계문학을 통해 우리가 이런 힘을 길러 나가야 한다는 믿음으로 만들어졌습니다. 지난 5년간 이를 준비하기 위해 많은 노력을 기울였습니다. 세계 각국의 다양한 삶의 방식과 문화적 성취가 살아 있는 작품들, 새로운 번역이 필요한 고전들과 새롭게 소개해야 할 우리 시대의 작품들을 선정했습니다. 우리나라 최고의 역자들이 이들 작품 속 한 문장 한 문장의 숨결을 생생히 전하기 위해 심혈을 기울였습니다. 또한 역자들은 단순히 번역만 한 것이 아니라 다른 작품의 번역을 꼼꼼히 검토해 주었습니다. 을유세계문학전집은 번역된 작품 하나하나가 정본(定本)으로 인정받고 대우받을 수 있도록 최선을 다했습니다. 세계문학이 여러 경계를 넘어 우리 사회 안에서 주어진 소임을 하게 되기를 바라며 을유세계문학전집을 내놓습니다.

을유세계문학전집 편집위원단
김월회 (서울대 중문과 교수)
손영주 (서울대 영문과 교수)
신정환 (한국외대 스페인어통번역학과 교수)
최윤영 (서울대 독문과 교수)
박종소 (서울대 노문과 교수)

을유세계문학전집